FÜR MARIANNE & EBERHARD PERPLIES,
DIE MEINER PHANTASIE IMMER FREIEN LAUF LIESSEN.
DAS HABT IHR JETZT DAVON.

Jenseits des Landfalls, so heißt es gemeinhin, endet die Welt. Dahinter liegen nur das endlose Wolkenmeer und das Nichts. Vor Tausenden von Jahren aber gab es noch keine Wolken. Die Legenden besagen, dass eine gewaltige Zivilisation in den Tieflanden lebte, deren Reichtum nur von ihrem Wissensschatz übertroffen wurde. Die ArChaon erforschten die Magie und die Schöpfung auf eine Weise, die sich heute niemand mehr vorstellen kann – doch ihre Neugierde wurde ihr Untergang, und die Nebel verschlangen sie.

AUS DEN AUFZEICHNUNGEN DES MAGISTERS
CORREN VON DASK

Kapitel 1

IM DUNKEL DER NACHT

11. Tag des 3. Mondlaufs im Jahr 850

Die Steilwand zu erklimmen wäre schon bei Tage nicht ungefährlich gewesen. Bei Nacht stellte die Kletterei eine noch viel größere Herausforderung dar. Niemand, dem keine Flügel aus dem Rücken wuchsen oder der nicht über die Alte Macht gebot, war so töricht, im Dunkeln den Aufstieg zu wagen. Zwar stand der silbrig schimmernde Mond beinahe in voller Pracht am Himmel über Endar, doch immer wieder wurde er von schweren Wolkenballungen verdeckt, die das Land in tiefe Schatten tauchten – und ebenso den einsamen Berg an den Gestaden des Terrhenianischen Meers.

Aus diesem Grund rechneten die Mönche von Tahza nicht mit einem Eindringling von dieser Seite des Klosters. Das Haupttor ihres abgelegenen Refugiums an der Südküste des Landes Carthaos wurde gut bewacht, ebenso die Vorderseite der auf der Bergkuppe thronenden Anlage, die über einen sanft ansteigenden Hangweg gut zu erreichen war. Bei den drei Seiten des festungsähnlichen Bauwerks, die zum Meer wiesen, überließen es die Mönche hingegen dem Stein und dem Wind, unliebsame Besucher fernzuhalten.

Corren von Dask schreckte weder das eine noch das andere. Er war bereits die titanischen Mauern von At Ethanon hinuntergeklettert – zugegeben, nicht ganz freiwillig –, und er hatte ein halbes Jahr bei den Settländern auf den Gipfeln der Grauen Berge gelebt. Höhen und eine frische Brise um die Nase war er daher gewohnt, und sein Talent im Klettern stand seinen Reit- und Fechtkünsten in nichts nach.

Vorsichtig bewegte er sich an der Steilwand aufwärts. Dabei musste er sich nicht allein auf sein Gefühl verlassen, um Spalten und Vorsprünge zu finden, die seinen Händen und Füßen Halt boten. Das Katzenaugen-Amulett, das er mit Hilfe eines geflochtenen Tuchs an seiner Stirn befestigt hatte, verstärkte das Mondlicht, das auf die Bergflanke fiel, so merklich, dass für Corren beinahe der Eindruck eines trüben Tages herrschte.

Obwohl er sich zu nächtlicher Stunde und über einen mehr als ungewöhnlichen Weg Zugang zu dem Kloster zu verschaffen suchte, war Corren im Grunde kein Dieb. Natürlich hatte er gelegentlich Dinge mitgehen lassen – nützliche Ausrüstungsgegenstände ebenso wie seltene Artefakte –, doch all das diente allein der Wissenschaft. Der sehnige, in dunkle Kleider gehüllte Mann mit dem schulterlangen braunen Haar und den klaren blauen Augen nannte sich selbst einen Forschungsreisenden oder einen abenteuerlustigen Gelehrten. Er stand auch wirklich als Magister im Sold der Akademie von Geolath, einer Stadt, die im Land Phoekia auf der anderen Seite des Ozeans lag. Allerdings hielt er sich dort eher selten auf. Corren sah seine Aufgabe vielmehr darin, den unzähligen Geheimnissen auf die Spur zu kommen, die in Jahrtausenden auf der Welt Endar und in den sie umgebenden Nebeln hinterlassen worden waren. Eines der größten beschäftigte ihn schon seit Jahren – und im Kloster von Tahza hoffte er, eine wichtige Spur zu finden.

Mit leisem Ächzen zog sich Corren über die Felskante auf die Bergkuppe. Seine Arm- und Beinmuskeln schmerzten, und seine Hände zitterten leicht. Viel länger hätte diese Kletterpartie nicht dauern dürfen. Er kroch in den Schatten eines der niedrigen Sträucher, die an dieser Stelle wuchsen, und legte den Kopf in den Nacken. Mit der Mauer des Klosters galt es, ein letztes Hindernis zu überwinden, aber sie war auf dieser Seite kaum drei Manneslängen hoch und bestand aus groben Felsquadern. Sobald er sich kurz ausgeruht hatte, war dieser Teil seines Aufstiegs kaum der Rede wert.

Dennoch wünschte sich Corren, er wäre nicht zu diesem ungebetenen Besuch gezwungen. Er schritt lieber hocherhobenen Hauptes durch die Vordertür, als sich geduckt durch den Hintereingang zu schleichen. Er hatte durchaus versucht, den ersten Weg zu gehen. Bedauerlicherweise erwiesen sich die Mönche als ausgesprochen feindselig. Sie schienen kein Interesse an Besuchern aus fremden Ländern zu haben und noch weniger an jenen, die ihre geheimen Schätze zu studieren suchten. Corren war froh, dass er diese erste Begegnung überstanden hatte, ohne mit einem Pfeil im Rücken zu enden. Man sagte den Mönchen, die einem recht unerfreulichen Geschwisterpaar aus dem Pantheon ihrer Heimat Carthaos huldigten, hohe Kunstfertigkeit im Umgang mit Waffen aller Art nach.

Rasch überprüfte Corren seine Ausrüstung. Der Rucksack saß noch immer fest auf seinem Rücken, Dolch und Kurzschwert steckten sicher in ihren Scheiden am breiten Gürtel, das Rufhorn hing an einem Riemen um seine Schulter. An ledernen Bändern baumelten ein halbes Dutzend Schutzamulette unterschiedlicher Herkunft, die er während der Kletterei sicherheitshalber in sein Hemd geschoben hatte. Und in einer Gürteltasche, die hinter der Dolchscheide saß, steckte etwa die gleiche Zahl an alchemistischen Tinkturen, die ihm bei diesem Ausflug nützlich sein mochten. Solcherlei Dinge – Amulette und Tinkturen – waren ausgesprochen kostbar, und Corren gedachte, sie nur im äußersten Notfall einzusetzen. Aber er war lieber zu gut vorbereitet als zu schlecht. Wie weise dies war, hatte er in den ersten Jahren seines Lebens als Forschungsreisender unter einigen Schmerzen und Verlusten lernen müssen.

Er holte tief Luft, dann kam er auf die Beine und glitt zur nahen Klostermauer. Aufmerksam lauschend und mit einem weiteren Blick nach oben vergewisserte sich Corren, dass keiner der Mönche zufällig auf dem Wehrgang herumspazierte, weil ihm der Schlaf verwehrt blieb. Er konnte niemanden hinter den Zinnen ausmachen. Das galt auch für die beiden nahen Türme, deren offene, säulengeschmückte Spitzen von kreisrunden Schindeldächern gekrönt waren, wie man sie häufig in diesem Teil von Carthaos sah.

Behände kletterte Corren die Mauer empor und zwängte sich zwischen zwei breiten Zinnen hindurch. In der Hocke landete er auf dem dunklen Wehrgang und sah sich um. Das Kloster bestand aus mehreren, miteinander verschmolzenen Gebäuden, die von der Außenmauer eingefasst wurden. An den Eingängen und Hausecken hingen Öllampen, deren Lichtkreise jedoch kaum ein paar Schritt weit reichten. Corren war dankbar für das Katzenaugen-Amulett, das ihn Bereiche des Hofs und der Wehranlagen erkennen ließ, die sonst in tiefem Schatten gelegen hätten.

Ein Mann ohne Kenntnis der örtlichen Gegebenheiten wäre dennoch auf der Suche nach der Klosterbibliothek verloren gewesen. Zu Correns Glück vermochten sich die Mönche nicht vollständig selbst zu erhalten. Sie mussten Nahrungsmittel und andere Güter des täglichen Lebens in den umliegenden Dörfern erwerben und von den Bauern anliefern lassen. Auch der eine oder andere Handwerker des Umlandes hatte das Kloster in der Vergangenheit schon besucht. Corren hatte all seine Menschenkenntnis und einige Edelsteine aufwenden müssen, um die richtigen Männer zu bestechen – also jene, die zwar etwas wussten, ihn aber nicht gleich an die Mönche verrieten. Der Preis seiner Mühen war eine immerhin leidlich glaubwürdige Beschreibung des inneren Aufbaus der Klosteranlage – die, soweit er das von seinem gegenwärtigen Platz auf der Mauer aus beurteilen konnte, größtenteils der Wahrheit entsprach.

Corren zog sein Kurzschwert – und schob es nach einem Augenblick des Nachdenkens zurück in die Scheide. Er war hier, um eine Karte zu finden, nicht um Menschen zu töten. Wenn sein heimlicher Besuch wie geplant verlief, erreichte er sein Ziel und verschwand wieder, bevor irgendjemand von seiner Anwesenheit Wind bekam. Das war ihm in jedem Fall lieber, als die Tricks, die er auf Lager hatte, zur Schau stellen zu müssen.

Lautlos eilte er über den Wehrgang bis zur nächsten Treppe, die nach unten führte. Über diese gelangte er in den Hof. Von Schatten zu Schatten huschte Corren an der Mauer entlang, bis er das nächste Gebäude erreichte. Die meisten Fenster waren dunkel, nur aus einer kreisrunden Öffnung im Dachgeschoss drang ein fahles, grünliches Licht. Außerdem glaubte Corren, als er darunter vorbeischlich, monotonen, mehrstimmigen Sprechgesang zu vernehmen. Er wollte gar nicht wissen, was um diese Stunde dort oben geschah. Es hieß, dass sich die Mönche von Tahza bei der Verehrung ihrer freudlosen Götter allerlei eigentümlichen und mitunter verstörenden Praktiken hingaben.

Verstohlen warf er einen Blick um die Hausecke. Nur noch wenige Schritte trennten ihn von der Bibliothek des

Klosters, einem schmalen, hohen Bauwerk zwischen zwei größeren Gebäuden. Unglücklicherweise war die einzige frei zugängliche Tür in den Schein zweier Öllampen getaucht, die links und rechts neben dem Portal brannten. Die Tür war nicht unmittelbar vom bewachten Torbereich aus zu sehen, allerdings wiesen genug Fenster benachbarter Klosterteile in ihre Richtung. Der zufällige Blick eines ruhelosen Mönchs durch eins dieser Fenster konnte zu Correns Entdeckung führen. Doch ihm blieb kaum eine Wahl, als das Wagnis einzugehen. Der einzige andere Weg, von dem er wusste, führte aus dem Inneren des angrenzenden Haupthauses in die Bibliothek. Sich von dort aus Zugang zu verschaffen war ungleich gefährlicher.

In Momenten wie diesen wünschte er sich einen Mantel, der ihn unsichtbar machte. Geschichten erzählten gelegentlich von derartigen Artefakten, aber er hatte noch nie einen Alchemisten oder Magiegelehrten getroffen, der imstande gewesen wäre, so ein Kleidungsstück herzustellen. Corren überlegte, ob er seine Phiole mit künstlichem Nebel einsetzen sollte, um sein Vordringen zu verbergen, verwarf den Gedanken allerdings gleich wieder. Ein unvermittelt einsetzender Seenebel, der sich kaum über das Kloster hinaus erstreckte, würde das Misstrauen der Torwachen wecken.

Seine Gesichtszüge nahmen einen grimmigen Ausdruck an, als Corren alle Entschlossenheit sammelte. Er musste diese Karte haben, ganz gleich, was es kosten würde.

Ein letztes Mal ließ er den Blick über die dunklen Klostermauern und Gebäude schweifen. Bis auf das Gemurmel hoch über seinem Kopf, das gerade leicht anschwoll, herrschte die Stille, die in tiefer Nacht zu erwarten war. Corren gab sich einen Ruck und eilte los, wobei er die Scheide seines Kurzschwerts fest umklammert hielt und versuchte, leicht wie ein Sidhari aufzutreten, um möglichst wenig Geräusche zu verursachen.

Als er das Portal erreichte, drückte er behutsam die Klinke herunter. Er ging davon aus, dass die Tür verschlossen war und er sich mit dem Schlosserwerkzeug behelfen musste, das in seinem Rucksack steckte. Doch zu seiner Überraschung öffnete sich das Portal widerstandslos und unter bloß leisem Knarren. Ohne sein Glück zu hinterfragen, schlüpfte Corren durch einen Spalt ins Innere.

Erst als er das Portal behutsam wieder zugeschoben hatte, ging ihm auf, dass der Umstand, es unverriegelt vorzufinden, bedeuten mochte, einen nächtlichen Gast hier anzutreffen. Corren hielt inne und lauschte. Es war nichts zu hören, keine Schritte, kein Rascheln von Buchseiten. Dann fiel ihm auf, dass an jedem Haken im Eingangsbereich eine kleine Laterne baumelte. Keine einzige fehlte. Ohne Licht hielt sich gewiss niemand in der stockdunklen Bibliothek auf.

Da auch er trotz seines Katzenaugen-Amuletts kaum etwas ausmachen konnte – die schweren Vorhänge vor den Fenstern hielten nicht nur die feuchte Seeluft draußen, sondern auch jegliches Mondlicht –, nahm Corren eine der Lampen und entzündete sie.

Die Laterne mit der Linken vor sich in die Höhe haltend, drang Corren tiefer in die Bibliothek ein. Als er den Hauptraum betrat, verharrte er voller Staunen. Der Architekt des Gebäudes schien sich des späteren Zwecks bereits bewusst gewesen zu sein. Daher hatte er die hohe, geschwungene Decke nicht mit einer Handvoll größerer Säulen abgestützt, sondern stattdessen mehrere wabenartige Gitterwerke aus Steinziegeln bis nach oben gezogen, die sowohl das Dach stützten als auch als steinerne Regale dienten. Tausende von Schriftrollen, verschnürten Kladden und gebundenen Folianten fanden darin Platz, manche vergilbt, brüchig und offensichtlich jahrhundertealt, andere eindeutig aus jüngerer Zeit, manche offen herumliegend, andere mit dicken Metallschlössern gesichert. Die Menge an gesammeltem Wissen, die an diesem Ort aufbewahrt wurde, raubte Corren schier den Atem. Angesichts ihres fragwürdigen Rufs hätte er die Mönche von Tahza nicht für derart leidenschaftliche Sammler des geschriebenen Worts gehalten.

»Ich hoffe, es gibt hier irgendwo ein Register«, murmelte er, als er langsam in den Raum hineinschritt. Es roch nach Staub, Leder und altem Pergament. Ein Teil von ihm verzehrte sich danach, einfach die nächsten zwei Wochen hier zu verbringen und nach Geheimnissen zu forschen, denen er von diesem Ort aus in die Welt folgen konnte. Corren unterdrückte das Gefühl. Nur Unsterbliche hatten die Zeit, alle Rätsel zu lüften. Er würde sich auf das eine konzentrieren, dessen Erforschung seine Laufbahn als Gelehrter krönen sollte und seinen Namen ein für alle Mal in die Annalen der Geschichte von Endar einschreiben würde.

Corren entdeckte einen Regalbereich, in dem Dutzende gleichartiger Rollen fein säuberlich aufgereiht lagen. Ein in geschwungenen Lettern verfasster Sortierungsschlüssel nach dem carthaotischen Alphabet legte nahe, dass es sich dabei um ein Bestandsverzeichnis handelte. Nachdem er die Laterne an einen nahen Haken gehängt hatte, zog Corren wahllos eine Rolle hervor und sah seine Vermutung bestätigt. In zierlicher Schrift waren die unüberschaubaren Bestände der Bibliothek aufgelistet, wobei am Ende der Schriftrolle Erwerbungen der letzten Jahre zu finden waren, die erst in die richtige Reihenfolge gebracht werden konnten, wenn jemand die Rolle neu verfasste.

Gezielt begann er, nach Hinweisen auf die Karte zu suchen, deretwegen er sich in das Kloster geschlichen hatte. Er wusste, dass die Mönche die Karte im Kloster aufbewahrten. Mehr als eine Quelle hatte ihn hierherverwiesen. »Wo bist du?«, murmelte Corren, als er sich hastig durch die Listen arbeitete. Er fand eine Handvoll Einträge, die vielversprechend klangen, aber jeder von ihnen erwies sich als Reinfall. »Das kann nicht sein.« Nicht bereit, ein mögliches Scheitern seiner Suche auch nur in Betracht zu ziehen, zog Corren Schriftrolle um Schriftrolle aus dem Regal. Er öffnete sie, überflog sie und ließ sie zu Boden fallen. Für Ordnung mussten später andere sorgen. Ihm lief die Zeit davon.

Aber er konnte den Aufbewahrungsort der Karte nicht finden. »Wo bist du nur? Du musst hier sein!« Ein furchtbarer Gedanke überkam ihn. Was, wenn irgendein Mönch die Karte in seinem Privatgemach aufbewahrte? In dem Fall würde Corren sie niemals finden. Er konnte nicht das ganze Kloster durchsuchen, zumal die Mönche, sah man von der singenden Ritualgruppe ab, gegenwärtig alle in ihren Gemächern lagen und schliefen.

Unschlüssig griff er nach seiner Laterne, drehte sich zum Eingang um … und erstarrte. Seine Augen weiteten sich. Dort oben, eine Manneslänge über dem Eingang, hing sie – und sie war deutlich größer, als er gedacht hatte! Einem Wandteppich gleich hatte jemand die sicher zwei mal vier Schritt messende Karte dort angebracht, wo sie nun in all ihrer Pracht prangte, ein fremdartiges Schmuckstück. Die Mönche hatten offenbar keine Ahnung, was es zeigte.

Einerseits verblüffte das Corren angesichts der umfangreichen Sammlung. Andererseits ähnelte das Bildnis wirklich kaum der Art von Karten, die in den Kulturen von Endar sonst gebräuchlich waren. Die scheinbar willkürliche Ansammlung vieleckiger Blöcke, die Linien und die vollkommen fremdartigen Symbole gaben dem unwissenden Betrachter wenige Hinweise darauf, was er hier vor sich hatte. Auffällig war allein das pyramidenähnliche Symbol genau im Zentrum der Karte, von dem ein in langen Strichen ausgeführtes, beinahe überirdisch anmutendes Strahlen ausging. Wenn Corren auch nur den geringsten Zweifel gehabt hätte, ob er tatsächlich gefunden hatte, was er suchte, wäre dieser mit dem Abbild der strahlenden Pyramide ausgeräumt gewesen.

»ThaunasRa …«, flüsterte Corren andächtig. Die Stadt am Grund des Wolkenmeers. Er hatte sie gefunden.

Kapitel 2

DIE HÜTER DER KARTE

11. Tag des 3. Mondlaufs im Jahr 850

Corren verlor keine weitere Zeit. Zu seinem Glück mangelte es nicht an Leitern in der Bibliothek, schließlich mussten die Mönche regelmäßig Schriftrollen und Bücher aus den oberen Fächern ihrer gemauerten Regale holen. Er lehnte eine von ihnen an die Wand neben dem Durchgang, über dem die Karte hing. Mit der Laterne in der Hand erklomm er die Stufen. Oben angekommen, hängte er die Lichtquelle an einen dafür vorgesehenen Haken an der Leiter, bevor er sein Messer zückte und den Arm ausstreckte. Der Gelehrte in ihm wand sich vor Unbehagen bei dem Gedanken, die uralte und in ihrem Wert kaum zu beziffernde Karte einfach so von der Wand zu schneiden und zu Boden fallen zu lassen. Aber er war nicht zu Hause in der Akademie von Geolath. Einen übertrieben vorsichtigen Umgang mit diesem Schatz konnte er sich gegenwärtig nicht leisten. Und eigentlich war dies hier ja auch nur ein Wegweiser, der Beginn einer Reise. Die eigentlichen Wunder warteten an ihrem Ende.

Rasch löste Corren die Karte von ihrem hölzernen Rahmen. Leise säuselnd glitt sie zu Boden. Mit der Lampe begab er sich nach unten und strich prüfend über das Material. Die Karte schien aus Stoff zu bestehen, allerdings einem sehr eigenartigen, der nichts ähnelte, was Corren kannte. Ungeachtet ihres Alters war sie erstaunlich weich und frei von Beschädigungen durch Insekten, und sie ließ sich leicht zusammenfalten, auch wenn Corren das Paket nicht so weit verkleinern konnte, dass es ganz in seinen Rucksack passte. Er schob die Karte tief hinein und sicherte den heraushängenden Rest mit den ledernen Riemen. Dann kehrte er in den Eingangsbereich zurück und löschte die Laterne. Ihn plagte kein schlechtes Gewissen, weil er ein wenig Unordnung in der Bibliothek hinterließ, doch ein Feuer wollte er gewiss nicht versehentlich auslösen.

Corren öffnete das Portal und trat ins Freie. Ein Hochgefühl erfasste ihn. Er musste bloß noch zurück auf die Mauer und mit dem Rufhorn das vereinbarte Zeichen geben, und kurz darauf wäre er mit der wundervollen Karte des legendenumwobenen ThaunasRa verschwunden. Mit einem Lächeln auf den Lippen eilte er um die Hausecke …

… und stieß beinahe mit der vierköpfigen Gruppe schwarzgekleideter Mönche zusammen, die ihm von dort entgegenkam. Die Mönche liefen barfuß und sprachen kein Wort, weswegen Corren sie nicht hatte kommen hören. Vielleicht war er auch durch seinen Fund etwas abgelenkt gewesen. Nun standen die Klosterbewohner unmittelbar vor ihm, hagere Gestalten mit braungebrannten Gesichtern und sorgsam gestutzten Bärten, die nicht nur heilige Symbole vor der Brust trugen, sondern auch gekrümmte Dolche im Gürtel.

Einen Herzschlag lang starrten sich alle wortlos und sehr überrascht an. Dann erkannten die Mönche, was aus Correns Rucksack ragte. »Dieb!«, brüllte der vorderste in der Sprache der Carthaoten. Alle rissen ihre Dolche hervor.

Fluchend wirbelte Corren herum und floh.

Seine Gedanken überschlugen sich, während er – alle Heimlichkeit über Bord werfend – quer über den Klosterhof rannte, ein Quartett Verwünschungen ausstoßender Mönche hinter sich. Er musste unbedingt irgendwo auf die Wehrmauer. Nur von dort konnte er abgeholt werden. *Oder von einem Hausdach*, fuhr es ihm durch den Kopf. Aber den Weg durch eines der Gebäude wollte er nur antreten, wenn alle anderen versperrt waren, denn er fürchtete, sich in den Korridoren zu verlaufen oder gar in eine Sackgasse zu geraten.

Und so hielt er auf eine zweite Steintreppe zu, die an der Mauer in die Höhe führte und die ihm bereits auf dem Hinweg ins Auge gefallen war. Fast hatte er sie erreicht, als sich in einem benachbarten Bauwerk die Tür öffnete und weitere Mönche auf den Hof strömten. Manche der Männer trugen knielange Nachtgewänder, andere weite Beinkleider und einer von ihnen hatte bloß einen um die knochigen Hüften gewickelten Lendenschurz am Leib. Bewaffnet waren sie jedoch alle, entweder mit den scheinbar zeremoniellen Dolchen oder mit verzierten Stäben und elegant geschwungenen, sehr scharf aussehenden Schwertern.

»Haltet den Frevler!«, rief einer seiner Verfolger den Männern zu, die Corren auch ohne diese Aufforderung bereits entgegeneilten.

Corren schlug einen Haken, rutschte auf dem glatten Untergrund aus, vermochte sich gerade noch zu fangen und hetzte dann in eine neue Richtung davon. Er musste aufpassen, dass dieser Hof, der sich zunehmend mit Feinden füllte, nicht zur Todesfalle für ihn wurde. Ein scharfes Zischen veranlasste ihn, schnell den Kopf einzuziehen. Im nächsten Moment prallte ein Pfeil klappernd vom Steinpflaster des Hofs ab.

»Zeit für etwas Zauberei«, murmelte Corren und öffnete im Rennen seine Gürteltasche. Mit fliegenden Fingern zählte er an den darin steckenden Phiolen entlang, zog eine Phiole heraus und betete, sich nicht vertan zu haben. Ansonsten würde es ein Blutbad geben. Er drückte mit dem Daumen das Alchemistensiegel am Korkstopfen ein und warf die Phiole unbesehen hinter sich. Rasch presste er die Augenlider zusammen und hielt sich beide Ohren zu.

Ein dröhnender Donnerschlag übertönte das Geschrei und Fußgetrappel der Klosterbewohner. Einen Moment lang fürchtete Corren, doch die falsche Phiole erwischt zu haben, aber da er weder sengende Hitze verspürte noch von einem unsichtbaren Hammerschlag zu Boden geschleudert wurde, steckte der *Drachenodem* wohl nach wie vor in seiner Gürteltasche. Er vernahm vielstimmiges Schreien und Wehklagen, und als Corren die Augen wieder öffnete, sah er die Mönche im Hof geblendet umhertorkeln. Der *Götterblitz*, wie ihn der alchemistische Meister in Geolath bezeichnet hatte, dem Corren vor jeder Reise einen Besuch abstattete, schien seine Verfolger vollkommen unvorbereitet getroffen zu haben.

Leider hatte der Krach wohl auch die letzte lebende Seele innerhalb der Klostermauern – und vermutlich mehr als nur ein paar im Umland – auf Correns Anwesenheit aufmerksam gemacht. Hölzerne Fensterläden wurden aufgestoßen, schwere Vorhänge beiseitegezogen und Laternen suchend ins Freie gehalten. Dabei erhellte jede zusätzliche Lichtquelle den Hof ein klein wenig mehr und erleichterte den Bogenschützen im Torbereich die Angriffe auf Corren. Ein zweiter Pfeil schoss knapp über seinen Kopf hinweg, ein dritter streifte ihn schmerzhaft am linken Arm. *Hoffentlich verwenden die Kerle kein Gift*, dachte Corren, während er im Zickzack rennend nach einem dritten Aufgang suchte.

Ein Mann stellte sich ihm in den Weg, den langen, schlanken Kampfstab zum Schlag erhoben. Corren stieß einen wilden Schrei aus und hielt, ohne zu verlangsamen, auf seinen Gegner zu. Als dieser den Stab nach unten sausen ließ, hob Corren den linken Arm und blockte den Hieb mit seiner metallenen Armschiene. Es schepperte, und Schmerz durchzuckte ihn, wenn auch nicht so stark, dass es ihn gestoppt hätte. Corren nutzte die Gunst des Augenblicks und sprang in seinen Gegner hinein, wobei er sich halb drehte und den gesenkten Kampfstab zwischen Körper und rechtem Arm einklemmte. Er drehte sich weiter und entwand dem Mönch so die Stangenwaffe. Gleich darauf versuchte er, den Schwung für einen eigenen Hieb zu nutzen, aber er hatte zu viel davon und wirbelte an seinem Gegner vorbei. Corren taumelte zwei Schritte und lief danach einfach weiter, wobei er den Stab von sich warf, ohne einen zweiten Gedanken an seinen misslungenen Gegenangriff zu verschwenden. Er wollte sich ohnehin nicht in Kämpfe verwickeln lassen.

Zur Linken tauchte der Klostergarten auf, in dem die Mönche allerdings kein Obst oder Gemüse anpflanzten, sondern lediglich dornige Büsche mit Blüten, die im Schein der Öllampen und Laternen eigentümlich blau schillerten. Auch einige niedrige, schmutzig braune Bäume mit verdrehten Stämmen und Ästen wuchsen dort, und von fremdartigen Blumen mit rotvioletten Kelchen ging ein schwerer, süßlicher Duft aus. Unwillkürlich fragte sich Corren, ob die Pflanzen einem eigenwilligen Sinn für düstere Schönheit geschuldet waren oder ob sie womöglich als Rauschmittel in Ritualen Anwendung fanden. *Oder als Waffengift!* Er schob diese Sorge von sich. Die Wunde brannte zwar leicht, mehr spürte er aber nicht. Der Pfeil war bestimmt nicht vergiftet gewesen.

In diesem Augenblick fiel ihm im hinteren Teil des Gartens die hölzerne Treppe auf, die zu einem weitläufigen Dachbalkon führte, der wiederum an die Wehrmauer angrenzte. Sofort änderte Corren seine Richtung und eilte in den Garten hinein. Eine Gruppe wütender Mönche folgte ihm. Die Dornenbüsche kamen ihm jetzt sehr gelegen, denn sie waren für die halbnackten Männer nur unter beträchtlichen Schmerzen zu durchqueren, und die Wege dazwischen waren so schmal, dass sich seine Verfolger gegenseitig behinderten.

Um es seinen Gegnern noch schwerer zu machen, fuhr Corren mit der Hand erneut in seine Gürteltasche und zog eine zweite Phiole hervor. Weißlicher Dunst waberte darin. Er schleuderte sie vor sich auf den Boden und noch während er an den Splittern vorbeirannte, sah er, wie sich in unfassbarer Schnelle dichter Dunst bildete, der sich in den Büschen und Baumkronen verfing und seinen Verfolgern alle Sicht nahm. Wie erwartet, stolperten die Mönche im hinteren Teil der Meute übereinander und verfingen sich im umliegenden Dorngestrüpp, was das Geschrei, das von allen Klostermauern widerhallte, nur noch verstärkte.

Dennoch blieben ihm mindestens drei oder vier der Kerle hartnäckig auf den Fersen, wie Corren mit einem raschen Blick über die Schulter feststellte. Er jagte auf die Treppenstufen zu und hatte die ersten beiden schon erklommen, als sich von hinten jemand gegen ihn warf. Dürre Arme umschlangen seinen Hals, und ein Dolch blitzte in Correns Gesichtsfeld auf. Er packte das Handgelenk des Mannes und zwang es zur Seite. Dann stieß er sich mit beiden Füßen von den Treppenstufen ab und warf sich mit seinem ganzen Körpergewicht nach hinten.

Der Mönch keuchte überrascht auf, als sie in seine Gefährten fielen und alle gemeinsam in einem Knäuel aus

Gliedern zu Boden gingen. Corren kam als Erster wieder auf die Beine. Er fuhr herum und verpasste einem der Männer, der sich soeben aufrappelte, einen schwungvollen Stiefeltritt gegen den Kopf. Der Mönch ächzte, verdrehte die Augen und sackte in sich zusammen.

Corren wartete nicht, bis sich die anderen zwei von dem Sturz erholt hatten, sondern wandte sich erneut der Treppe zu. Immer zwei Stufen auf einmal nehmend, eilte er sie empor. Gleichzeitig griff er nach dem Rufhorn und hob es an die Lippen. Oben auf dem von Zinnen eingefassten Dachbalkon angekommen, hielt er kurz inne und stieß hinein. Ein heller, klarer und weit in die Nacht hinaustragender Laut erschallte – das Signal für Zamashuras, ihn abzuholen. Corren nahm zwar an, dass sein Gefährte, der in einigem Abstand über dem Meer wartete, den *Götterblitz* und den Tumult im Kloster bereits bemerkt hatte, aber er hielt sich an das verabredete Zeichen.

Er hatte den ersten Hornstoß gerade beendet und wollte zum zweiten Ruf Luft holen, als ihn unvermittelt ein gewaltiger Schlag traf. Corren wurde mehrere Schritt weit über den Dachbalkon geworfen, überschlug sich dabei und krachte dann gegen die Wehrmauer auf der anderen Seite. Etwas zerbarst knackend, und ein stechender Schmerz fuhr durch seine linke Hand. Ein gepresstes Ächzen entrang sich seinen Lippen.

Blinzelnd rollte er sich herum. Das in mehrere scharfe Bruchstücke zersplitterte und nun vollkommen nutzlose Rufhorn lag am Boden. Nur beiläufig nahm Corren das Blut an seiner Linken wahr, das ihm aus mindestens zwei Schnitten übers Handgelenk in den Ärmel seines Hemds lief. Unwillkürlich zog er die Hand an den Körper und presste die Finger auf die Handfläche, um die Blutung zu verlangsamen. Dann hob er den Kopf, um zu schauen, was ihn getroffen hatte.

Der Anblick gefiel ihm überhaupt nicht.

Der Mann, der aus der Tür eines benachbarten Gebäudes getreten war, trug eine schwarze Pluderhose und ebenfalls schwarze Stiefel. Ein breiter Gürtel schlang sich um die Hüften, und ein geflochtener Riemen wand sich um die Stirn. Er trug kein Hemd, so dass Corren die breite, braungebrannte Brust sehen konnte, die mit arkanen Tätowierungen übersät war. Mit den meisten der Symbole konnte Corren nichts anfangen, obwohl er zumindest grundlegende Kenntnisse der carthaotischen Mystik besaß. Aber er musste ihre genaue Bedeutung auch nicht kennen. Der Umstand, dass die zeremoniellen Hautzeichnungen von einem giftgrünen Glühen erfüllt waren, genügte, um ihn davon zu überzeugen, dass er sich mit diesem Gegner nicht anlegen wollte.

Zeit gewinnen, schoss es ihm durch den Kopf, als der Mann, den Corren für einen Priester hielt, mit leichtvorgestreckten, ebenfalls tätowierten Händen und einem unheilvollen Lächeln auf den bärtigen Zügen, langsam näher schritt. Der Fremde schien sich seiner Überlegenheit so gewiss zu sein, dass er Corren nicht einmal daran hinderte, aufzustehen und mit der Rechten sein Kurzschwert zu ziehen. Corren hätte lieber nach dem *Drachenodem* gegriffen, aber der hätte auch ihn selbst vom Dach geblasen, wenn er ihn auf seinen Gegner geworfen hätte.

Mit lautstarkem Getrappel tauchten etliche Mönche am oberen Treppenrand auf. Jetzt saß Corren endgültig fest. Das einzig Gute war, dass seine Verfolger beim Anblick des Tätowierten erschrocken innehielten und am Rand des Dachbalkons stehen blieben. Offensichtlich wollten auch sie diesem Mann nicht in die Quere kommen.

»Du«, rief der Mann und deutete mit beiden Zeigefingern auf Corren, »bist des Todes, Frevler.« Seine kraftvolle Stimme war über den ganzen Balkon und sicher auch bis in den Garten hinunter zu hören. Der Auftritt des Priesters richtete sich nicht nur an Corren, sondern auch an sein Publikum.

Corren versuchte, seine Aussichten einzuschätzen, den Gegner irgendwie zu überrumpeln. Er hielt sie für nicht besonders gut. »Können wir möglicherweise darüber verhandeln?«, fragte er, um den unvermeidlichen Angriff hinauszuzögern. »Vielleicht vermögen wir, uns gütlich zu einigen. Ich bin nicht darauf aus, Euch zu schaden.«

»Uns zu schaden?« Der Priester lachte dröhnend. »Dein Schwert vermag meine Haut nicht einmal anzuritzen. Außerdem …« Seine Miene verfinsterte sich, und seine Stimme nahm einen zornigen Klang an. »… verhandeln wir nicht mit Gottlosen! Du bist in unser Kloster eingedrungen, um uns zu berauben. Von dieser Missetat kannst du dich nicht freikaufen. Nun erfahre, was wir mit Dieben wie dir –«

Ohne Vorwarnung sprang Corren dem nur drei Schritt entfernten Mann entgegen. Dabei reckte er dem Priester – ungeachtet dessen Prahlereien – die Spitze seines Kurzschwertes entgegen, in dem Versuch, ihn aufzuspießen. Er scheiterte.

Mit einer knappen Schlagbewegung wehrte sein Gegner ihn ab. Die Symbole auf seiner Brust glühten auf, als Corren von einem weiteren, unsichtbaren Titanenhieb getroffen wurde, der ihm das Schwert aus der Hand riss und ihn nach hinten fliegen ließ, bis er erneut gegen die Zinnen bewehrte Außenmauer des Klosters prallte. Sein Kopf schlug gegen den Stein, und ein heller Blitz des Schmerzes zuckte durch seinen Schädel. In seinem Mund machte sich der metallische

Geschmack von Blut breit, und vor seinen Augen tanzten bunte Flecken. Diese Geschichte nahm einen Verlauf, der ihm überhaupt nicht gefiel.

Stöhnend drehte er sich zu seinem Feind um und wischte sich mit dem Handrücken über die Lippen. »Ihr seid ein Feigling«, spie er dem Priester entgegen. »Ihr versteckt Euch hinter Eurer Magie, statt Euch in einem ehrenhaften Kampf Mann gegen Mann zu messen.«

Sein Gegenüber brach in schallendes Gelächter aus. Er schien dieses Schauspiel, das sie den Mönchen boten, außerordentlich zu genießen. »Du bist kein Mann, dem ich irgendeine Ehre erweisen müsste«, erwiderte er. »Du bist eine Made, nein, geringer als eine Made, und ich werde dich zerquetschen!« Wieder vollführte der Priester eine schlagende Handbewegung, und Corren krümmte sich unter einem heftigen Treffer. Beim nächsten Hieb fiel er keuchend und vornübergebeugt auf die Knie. Er spürte, wie sein Bewusstsein zu schwinden drohte.

Seine Rechte tastete zur Gürteltasche und dort nach dem *Drachenodem*. Wenn er schon sterben musste, wollte er seinen Widersacher mit in die Dunkelreiche reißen. Vazar würde dann entscheiden, wer von ihnen Ehre besaß und wer nicht.

Seine Finger schlossen sich gerade um die Phiole, als ein gellender Schrei die Nacht zerriss, wie der Jagdruf eines sehr großen Raubvogels. Ein zweiter Ruf schloss sich dem ersten an, voller Wildheit und Kampfesdurst.

»Was?« Verwirrt fuhr der Priester herum.

Zwei große Schatten fielen mit weitausgebreiteten Flügeln aus dem schwarzen Himmel. Dichte weiße Wolkenbänder bildeten sich mitten im Sturz unter ihren breiten Hufen, auf denen sie wie auf festem Grund binnen zweier Herzschläge herangaloppierten. Flügelschlagend und sich aufbäumend kamen die beiden Greifen mitten auf dem Dachbalkon zum Stehen. Wieder stießen sie wütende Jagdschreie aus, und ihr ungezügeltes Toben warf nicht nur den Priester zu Boden, sondern schleuderte auch zwei der Mönche rückwärts die Treppe hinunter.

»Magister!«, rief der grauhäutige Mann mit dem kahlen, kantigen Schädel und den großen, schwarzen Augen, der auf dem ersten der beiden Vogelpferde saß. »Kommt, schnell.«

Corren zögerte keinen Moment lang. Von neuer Kraft erfüllt, sprang er auf und rannte auf den reiterlosen Greif zu. Das kräftige Tier hielt still, während er sich auf seinen Rücken schwang und über den weißbraun gefiederten Hals beugte. »Los, Ishaljir«, befahl er dem Greif. Das Tier hob den schnabelbewehrten Kopf und stieß ein weiteres Kreischen aus, während es die Flügel ausbreitete und sich mit einem mächtigen Satz in die Luft erhob. Correns Begleiter folgte ihnen, bevor auch nur einer der Klosterbewohner etwas dagegen unternehmen konnte.

»Was hat Euch so lange aufgehalten, Shur?«, fragte Corren seinen Gefährten, einen Angehörigen des heutzutage selten gewordenen Volks der Quano.

»Ich kam, so schnell ich konnte«, rief Zamashuras zurück. »Aber unser Plan sah nicht vor, dass überall Wachen mit Bögen auf den Mauern stehen.«

»Schießt sie vom Himmel!«, brüllte der Priester unter ihnen, wie um die Worte des Quano zu unterstreichen. Corren warf einen Blick über die Schulter und sah, dass der Tätowierte die Arme gehoben hatte. Die Symbole auf seiner Brust glühten hell auf.

»Heute nicht, mein Freund«, knurrte Corren und drückte das Siegel der Phiole ein, die er nun doch aus der Gürteltasche gezogen hatte. Dann warf er sie hinter sich.

Eine donnernde Explosion erschütterte die Nacht, während Corren und Zamashuras auf ihren Greifen hinaus aufs Meer flohen.

Kapitel 3

GEOLATH

8. Tag des 5. Mondlaufs im Jahr 850

Die Akademie von Geolath gehörte zu den größten und bedeutendsten Horten des Wissens rund um den inneren Ozean – und zu den ältesten. Seit über tausend Jahren erhoben sich die mächtigen Steingebäude auf dem Hügel am Südrand der prachtvollen Handelsstadt, und weder Kriege noch Naturgewalten hatten sie schleifen können. Mehr noch als die Zitadelle unten am Hafen schien die Akademie über das Glück der Bewohner von Geolath zu wachen, und sie versprach das Licht der Zivilisation in einer Welt voller Dunkelheit und Barbarei.

Corren hielt sich so selten wie möglich auf dem Campus auf. Er mochte die Aura der Würde durchaus, die von den hohen Bauten mit ihren dicken Sandsteinmauern, den imposanten Säulen, den weiten Bogenfenstern und den prachtvollen Eingangsportalen ausging. Er wusste die Schönheit der weitläufigen Gartenanlagen mit ihren Teichen, Brunnen, Zierhecken und schattenspendenden Bäumen zu schätzen. Vor allem erfreute sich Corren daran, dass junge Wissenssuchende von nah und fern diese Gemäuer und Gärten mit Leben erfüllten und ihnen ein wenig ihrer Schwere und Stille nahmen.

All das machte jedoch nicht wett, was ihm an der Akademie von Geolath zutiefst missfiel. Wo alte Männer – und ein paar vereinzelte Frauen – zusammenkamen, die allesamt von herausragendem Intellekt und nicht minder großer Eigenliebe waren, mussten einfach Ränke und Intrigen herrschen. Wie oft hatte Corren schon erlebt, dass geflüsterte Gespräche endeten, wenn er in einem der langen Bogengänge an den Sprechenden vorbeilief? Wie viele Male waren ihm misstrauische oder missgünstige Blicke durch halbgeöffnete Türen aus den Studierzimmern der Magister zugeworfen worden? Und er war wahrhaftig nicht der Mann mit den meisten Feinden auf dem Campus. Dafür verbrachte er viel zu viel Zeit auf Reisen fern der Akademie, wobei eben diese – wie auch Correns beachtliche Erfolge bei der Erforschung der zahllosen Mysterien der bekannten Welt – bei manchen seiner Mitgelehrten durchaus der Grund für die Neidgefühle waren.

Doch so gern er der Akademie nach ein paar notwendigen Wochen des Aufenthalts wieder den Rücken kehrte, um hinaus in die Welt zu ziehen – vor jeder Reise stand die Begegnung mit dem Rat der Erzmagister. Der Rat entschied darüber, ob eine Forschungsreise von der Akademie unterstützt wurde, und auf diese Unterstützung war Corren angewiesen. Er hatte schon darüber nachgedacht, sich stattdessen an einen reichen Adligen zu wenden, der ihn förderte. Der Nachteil, wenn man von einem König Gold nahm, bestand jedoch darin, dass man sich damit zu seinem Diener machte, von dem erwartet wurde, dass er jedweden Fund zuerst seinem Herrn darbot. Und die meisten Artefakte, nach denen Corren suchte, wollte er nicht in den Händen von Männern und Frauen wissen, die sich über Familienzwist und ähnlich unbedeutende Dinge derart zu zerstreiten vermochten, dass Kriege ausbrachen. Dann schlug er sich lieber mit der selbstgerechten Art der Gelehrten der Akademie herum. Deren Fehden beschränkten sich immerhin auf Rufmord und das wissenschaftliche Überflügeln eines Kontrahenten.

Und so stand Corren wieder einmal inmitten der sonnendurchfluteten, kreisrunden Kammer, die sich auf dem flachen Dach der mächtigen Fakultät für Staatskunde und Philosophie erhob und in der der Magisterrat tagte. Der Boden des kleinen Saals war mit Marmor ausgelegt, auf dem zwölf prunkvolle Stühle einen weiten Halbkreis bildeten. Diese waren den Ratsmitgliedern vorbehalten. Corren war als Bittsteller gezwungen, seinen Fall stehend vorzutragen. Immerhin wurde er von Zamashuras und zwei Fakultätsdienern begleitet, die seine Unterlagen und die große, für den Zweck der Präsentation auf einen Holzrahmen aufgezogene Karte von ThaunasRa für ihn trugen. Über den Köpfen aller wölbte sich eine Kuppeldecke, die das unter Gebildeten verehrte Meisterwerk des cordurischen Malers Manatos zeigte: die Dreigötter, wie sie den Menschen das Wissen der Welt in Form einer Feder, einer Schriftrolle und eines Abakus überreichen.

Der Rat bestand in diesen Tagen aus zehn Männern und zwei Frauen in überwiegend fortgeschrittenem Alter, die zugleich die Köpfe der zwölf Fakultäten der Akademie waren. Geführt wurde er von Erzmagister Jovaal, einem Gelehrten aus der weitentfernten Metropole Agialon, die ganz im Nordwesten von Endar lag. Jovaal war ein hagerer Mann mit scharfen Zügen, sorgsam geschnittenem, weißem Bart und stechenden Habichtsaugen. Er stand der Handelsfakultät vor und galt als strenger Kritiker von Correns Reisen, welche er für frivole Unternehmungen hielt, die allein dem Zweck dienten, die Abenteuerlust eines gewissen Magisters von fragwürdigem Ruf zu stillen.

»Nun denn, Magister von Dask«, sagte Jovaal mit nasaler

Stimme. »Erheitern Sie uns mit Ihren neusten Plänen für eine Reise in ferne Länder.«

Corren lag eine wenig schmeichelhafte Erwiderung auf der Zunge, aber er schluckte sie hinunter, richtete sich auf und nickte dem Halbrund zu. »Geschätzte Erzmagister, gestattet mir, ein wenig auszuholen. Vor sieben Jahren begegnete ich auf einer Reise in die Wüste Shaom einem alten Sidhari. Er erzählte mir von einem Ort, den er das Wolkenmeer nannte, südlich der Wüste und südlich der Wälder, die jenseits davon liegen. Er beschrieb es mir als einen außergewöhnlichen Ort, an dem Vogelmenschen auf schwebenden Inseln leben und es Drachen in einer Vielzahl gibt, die wir uns nicht vorstellen können.«

»Schwebende Inseln?« Erzmagister Valarian von der Fakultät für Kriegskunde sah Corren ungläubig an. »Gewiss habt Ihr ihm dieses Märchen nicht geglaubt.«

»Das Wolkenmeer ist kein Märchen«, widersprach Erzmagister Samnion, der den Lehrstuhl für Geschichte innehatte. »Schon alte Schriften der Sidhari künden davon.«

Corren nickte seinem früheren Mentor dankbar zu. »Schriften, die auch ich mit Neugierde untersucht habe«, fügte er an. »Es gibt viele Lande auf Endar, denen ein besonderer Zauber innewohnt. Ich denke an den alten Wald Cerashmon oder die verfluchten Ebenen von Fundur. Doch keines von ihnen ist derart gewaltig wie das Wolkenmeer, dessen Weiten, so scheint es, noch niemand vermessen hat. Dieses Wunder wollte ich verstehen. Ich reiste nach Xol, und ich reiste nach Nemred, wo ich erfuhr, dass es tatsächlich Handelsschiffe gibt, die an der Küste des Westlichen Ozeans entlang nach Süden reisen, bis sie den Rand des Wolkenmeers erreichen, wo sie Handel mit den Einheimischen treiben, die von der Drachenjagd leben.«

»Warum wissen wir nichts von diesen Handelsrouten?«, fragte Nicodaios, der Erzmagister für Arkane Studien.

»Weil sie in Nemred enden?«, sagte Valarian.

Corren verstand, was er damit meinte. Die Freundschaft zwischen Phoekia und Nemred war noch nie sonderlich groß gewesen. In den letzten Jahren hatte sie aufgrund unterschiedlicher Wertvorstellungen weiter gelitten, was dazu führte, dass nur sehr wenig von dem, was in dem anderen Land vor sich ging, bis nach Geolath drang. Er selbst hatte Nemred nur deshalb ohne größere Zwischenfälle besuchen können, weil er aus einem Land im Norden stammte und man ihm seine Bande nach Phoekia nicht ansah.

»Das spielt jetzt keine Rolle«, unterband Jovaal jede mögliche Diskussion. »Bitte, fahrt fort, Magister von Dask.«

»Gern. Die Händlerschiffe waren nicht die wichtigste Entdeckung, die ich auf dieser Reise machte. Vor allem stieß ich, als ich die Krypta einer reichen Händlerdynastie besuchte, auf eine Legende, derzufolge das Wolkenmeer nicht natürlichen Ursprungs sei, sondern vor Jahrtausenden aus einer magischen Katastrophe entstanden sein soll.«

»Habt Ihr diese Schrift kopiert?«, wollte Jovaal wissen.

»Dazu hatte ich bedauerlicherweise keine Gelegenheit. Die Umstände meines Besuchs in der Krypta waren ... nun, mir blieb nicht viel Zeit vor Ort.«

»Seid Ihr etwa in diese Grabstätte eingebrochen?« Urshamnara, die Erzmagistra der philosophischen Fakultät, blickte Corren aus schwarzen Quano-Augen entrüstet an.

»Ich tat, was zu tun war, um zu erfahren, was ich erfahren musste«, sagte Corren zu seiner Verteidigung. »Ich versichere Euch, dass die Totenruhe nicht gestört wurde. Ich habe diesem Bauwerk nur eines seiner zahlreichen Geheimnisse entlockt. Und es war ein Geheimnis von faszinierenden Ausmaßen. Denn es handelte von ThaunasRa.« Mit einer vielsagenden Geste deutete er auf die Karte in seinem Rücken.

»Was ist ThaunasRa?«, wollte Jovaal wissen. »Eine Stadt?«

»Ganz recht«, antwortete Corren. »Der Legende nach lebte einst eine gewaltige Zivilisation, das Volk der ArChaon, in den Tieflanden, über denen sich heute das Wolkenmeer erstreckt. Ihr Reichtum, so heißt es, wurde nur von ihrem Wissensschatz übertroffen. Die ArChaon erforschten die Magie und die Schöpfung auf eine Weise, die wir uns nicht einmal annähernd vorstellen können – doch ihre Neugierde wurde ihr Untergang, und die Nebel verschlangen sie. Stellt Euch das vor! Was immer damals in ThaunasRa, dem Zentrum all ihres Schaffens geschah, es brachte das ganze Wolkenmeer hervor! Seitdem hat man nie mehr von diesen ArChaon gehört. Alles, was sie schufen, ging mit ihnen verloren.«

»Wenn alles verloren ging, woher habt Ihr dann dieses Artefakt?«, fragte Valarian und deutete auf die Karte.

»Aus der Bibliothek eines Klosters an der Südküste von Carthaos. Sie wurde von einem Mönchsorden verwahrt, der allerdings keinerlei Vorstellung davon hatte, was sich in seinem Besitz befand. Und bevor Ihr fragt: Von der Karte erfuhr ich durch einen nondurischen Abenteurer, dem ich vor einem Jahr begegnete.«

»Ein bemerkenswerter Zufall«, sagte Jovaal.

»Nein, ein *Glücksfall!*«, verbesserte Corren ihn. »Ein Zufall wäre es gewesen, hätte ich nicht nach ihm gesucht.«

»Und wie kamt Ihr darauf, ihn zu suchen?«

»Ich konnte nicht glauben, dass meine Spur in Nemred enden sollte. Also begann ich, meine Suche nach ThaunasRa und den ArChaon auszudehnen. Über die Stadt fand ich keine weiteren Geschichten. Aber ich fand Hinweise auf eine weitere Stadt: GongaThar, in den Tieflanden von Nondur.«

Jovaals Augen verengten sich. »Diesen Namen kenne ich von irgendwoher, nur etwas anders betont.«

»Es gibt Geschichten«, sagte Samnion, »dass vor beinahe hundertfünfzig Jahren eine gewaltige Schlacht vor den Toren einer uralten Stadt namens Gongathar geschlagen wurde. Menschen sollen an der Seite von Nonduriern, Alben und Drachen gegen Dämonenbrut gekämpft haben.«

»Richtig! Die Legende von den Kristalldrachenrittern. Ein Märchen, das man Kindern erzählt, die noch von edlen Heldentaten träumen.«

»Das ist kein Märchen«, widersprach der Magister für Geschichte. »Es gibt zahlreiche Aufzeichnungen aus jenen Tagen, die von der Schlacht künden, einige aus sehr glaubwürdiger Quelle.«

»Aber keine dieser Aufzeichnungen verknüpfte Gongathar – oder vielmehr GongaThar – mit den ArChaon«, nahm Corren den Faden wieder auf. »Es scheint damals niemand gewusst zu haben, welchen Ursprung jene Stadt einst hatte, denn sie stand schon vor hundertfünfzig Jahren seit Ewigkeiten leer. Ich selbst vermochte GongaThar nur deshalb den ArChaon zuzuschreiben, weil mir auf Abbildungen beider Städte architektonische Ähnlichkeiten auffielen.«

»Und seid Ihr nach GongaThar gereist?«, wollte Urshamnara wissen.

Corren schüttelte den Kopf. »Meine Fahrt führte mich nur bis nach Nonuada, eine Hafenstadt an der Südküste von Nondur. Tatsächlich versuchte ich, eine Expedition nach GongaThar zusammenzustellen, aber ich fand niemanden, der mich dorthin begleiten wollte. Ich wäre womöglich allein, oder vielmehr nur in Begleitung meines treuen Adlatus

Zamashuras, in die Wildnis vorgedrungen, aber das Unterfangen wurde hinfällig, als ich von besagtem nondurischen Abenteurer erfuhr, der GongaThar bereits erforscht hatte. Ich suchte ihn auf und überzeugte ihn, mir Einblicke in seine Funde zu gestatten. Viel besaß er nicht mehr, denn er hatte das meiste schon vor Jahren verkauft, um für eine bedauerliche Sucht nach Glücksspielen aufkommen zu können. Der Besuch bei ihm war dennoch ein wichtiger Schritt für mich, denn er führte mich, wie schon erwähnt, auf die Spur der Karte von ThaunasRa.«

Jovaal legte die Fingerspitzen seiner Hände zusammen und beugte sich leicht vor. »Es ist bemerkenswert, wie viele Mühen und zweifellos auch Geldmittel Ihr in diese persönlichen Forschungen gesteckt habt, Magister. Ich will mir gar nicht ausrechnen, was das diese Akademie bereits gekostet hat, ohne dass wir darüber unterrichtet wurden.«

Corren runzelte unwillig die Stirn. »Glaubt mir, Erzmagister, ich habe stets darauf geachtet, meine eigentliche Arbeit von dieser Nebenbeschäftigung nicht stören zu lassen. Das ist ja der Grund dafür, warum alle Vorbereitungen bis zu diesem Augenblick so lange gedauert haben. In offiziellem Auftrag wäre ich vermutlich binnen Jahresfrist an den Punkt gelangt, an dem ich jetzt stehe, statt mehr als ein halbes Jahrzehnt mit der Suche zu verbringen.«

»Und warum genau steht Ihr nun heute vor uns?«

»Ich möchte die Erzmagister darum ersuchen, eine Expedition ins Wolkenmeer zu unterstützen. Die Karte von ThaunasRa soll mir helfen, diese uralte Stätte am Grund der Nebel zu finden. Zum einen hoffe ich, dort die Antwort auf eines der größten Mysterien unserer Zeit zu erhalten. Wie ist das Wolkenmeer entstanden? Welche wundersamen Künste betrieben die ArChaon, die solch gewaltige

Auswirkungen auf unsere Welt hatten? Wer weiß, was wir von ihrer uralten Kultur lernen können. Abgesehen davon erwarte ich, dass diese Reise auch sehr viel unmittelbareren Gewinn einbringt; Schätze, die dieser Akademie zu besonderem Ruhm verhelfen werden, denn immerhin besitzt bisher keine Sammlung Artefakte der ArChaon. Meine Forderungen sind nicht groß, gemessen an der Bedeutung dieser Reise, die Ihr sicher erkennen werdet: Gebt mir nur die Mittel, um mit meinem Adlatus Zamashuras und drei Akademiedienern die Reise nach Skargakar anzutreten. Das ist die größte Stadt am Rand des Wolkenmeers. Dort will ich zwei Flugschiffe mit fähigen Mannschaften, Söldnern und reichlich Proviant ausstatten, um in die weißen Weiten aufzubrechen.«

»Warum Söldner?«, fragte Jovaal. »Ihr wollt doch keinen Krieg führen.«

»Das Wolkenmeer wird von den Taijirin bewohnt, Vogelmenschen«, antwortete Corren. »Es heißt, dass nicht alle ihrer Kolonien jenen freundlich gesinnt sind, die in ihr Reich eindringen. Außerdem soll es Drachen in großer Zahl in diesen Breiten geben. Ortskundigen Schutz halte ich für dringend geboten.«

»Ich sage, wir sollten Magister von Dask unterstützen«, meldete sich Samnion zu Wort. »Der Ertrag dieser Expedition klingt ausgesprochen verlockend.«

»Wie groß ist dieses Wolkenmeer?«, wollte Valarian wissen.

»Dem Vernehmen nach sehr groß«, gestand Corren.

»Eure Karte sieht nicht sehr genau aus. Was lässt Euch glauben, dass Ihr ThaunasRa überhaupt findet, zumal es von Nebeln verhüllt wird?«

Corren sah ihn eindringlich an. »Ich werde es finden.

Habe ich in all den Jahren nicht schon oft genug bewiesen, dass ich mein Ziel immer finde? Es mag manchmal länger dauern, als anfangs gedacht, und ich behaupte auch gar nicht, dass diese Expedition von raschem Erfolg gekrönt sein wird. Aber wenn ThaunasRa mehr ist als eine Legende, werde ich auf seinen Straßen wandeln und seine Geheimnisse ergründen.«

»Ich glaube Magister von Dask«, sagte Urshamnara ruhig.

Jovaal schnaubte abfällig. »Und ich glaube, dass er einmal mehr den Blick auf die Wolken richtet – und diesmal im wahrsten Sinne des Wortes –, statt sich um näherliegende Rätsel zu kümmern. Warum untersucht Ihr nicht die alten Siedlungsruinen am Rand der Shaom oder erforscht die Ruinen von Pryphos?«

»Weil es andere Männer für diese Aufgaben gibt«, gab Corren zurück. »Männer, deren Wurzeln in Phoekia liegen und deren Blick am Horizont innehält. Ich will damit nicht sagen, dass die von Euch vorgeschlagenen Unterfangen keiner Aufmerksamkeit wert wären. Dennoch werdet ihr dort nichts finden, das mit dem Wissen und den Artefakten vergleichbar ist, die in ThaunasRa warten.«

»Ich möchte vorschlagen, dass wir die Beratungen über den Antrag des Magisters in kleiner Runde fortführen«, mischte sich Nicodaios ein und nickte Corren zu. »Wir unterrichten Euch von unserer Entscheidung.«

Obwohl es Corren lieber gewesen wäre, weiter für sein Anliegen zu kämpfen, wusste er, dass ihm keine andere Wahl blieb, als sich zu fügen. Das Vorgehen des Rats war nicht ungewöhnlich. Er neigte den Kopf. »Wünscht Ihr, dass ich vor den Türen warte, oder kann ich mich in mein Studierzimmer zurückziehen?«

»Geht nur zu Euren Studien, Magister«, sagte Samnion. »Ich werde Euch später aufsuchen und Euch die hoffentlich frohe Kunde von der Zusage des Rats, Euer Unterfangen zu unterstützen, überbringen.«

»Ich danke Euch, Erzmagister. Ehrenwerte Ratsmitglieder.« Mit einem letzten Blick in die Runde verabschiedete sich Corren.

Sein Studierzimmer im ersten Stock der Fakultät für Geschichte war ein kleiner Raum mit einem schmalen Fenster, vor dem ein verzierter Sonnenschutz aus lackiertem Holz hing. So herrschte auch tagsüber, wenn die Sonne hell und heiß vom Himmel über Geolath brannte, ein angenehmes Halbdunkel im Raum. An den Wänden reihten sich schwere Holzregale, in denen Corren Folianten und Schriftrollen aufbewahrte, Texte, die teilweise aus eigener Feder stammten. Dazwischen standen und lagen einige verstreute Erinnerungen an seine Reisen, darunter ein Sidhari-Jagdmesser, eine bemalte Schale aus Xol, ein traditionelles Meditationswindspiel der Quano und eine kleine Statuette, die Crimsha zeigte, eine der legendären Rudelführerinnen der Wolflinge aus den Steppenreichen nördlich von Atlesia.

Die linke Raumseite wurde von einem großen Studiertisch eingenommen, an dem zwei Sitzgelegenheiten standen: ein breiter, schalenförmiger Sessel, wie er in Phoekia üblich war, und ein hochlehniger Stuhl, den Corren sich extra nach dem Vorbild der Möbel aus seiner alten Heimat hatte anfertigen lassen. Anders als im Rest des Raums, den Zamashuras in leidlicher Ordnung zu halten versuchte, lag auf dem Tisch ein Durcheinander an Dokumenten. Mehr als einmal hatte der Quano Corren darum gebeten, die Unterlagen aufräumen zu dürfen, aber Corren verweigerte ihm diesen Wunsch beharrlich. Das Chaos auf dem Tisch war seiner Meinung nach genau so, wie es sein musste, um erfolgreich arbeiten zu können.

Derzeit beschäftigten sich die meisten Bücher, Schriftrollen und sonstigen Papiere mit dem Wolkenmeer, den ArChaon und Correns geplanter Expedition. Eines nämlich stand für ihn fest: Ganz gleich, ob der Rat der Erzmagister seine Fahrt nach Süden befürwortete oder nicht – er würde dem Geheimnis von ThaunasRa auf den Grund gehen. *Oder vielmehr: Ich werde* für *das Geheimnis von ThaunasRa auf den Grund gehen*, dachte Corren schmunzelnd, nachdem er die Fakultätsdiener, die seine gerahmte Karte an eins der Regale gelehnt hatten, hinausgescheucht hatte.

»Braucht Ihr mich noch, Magister?«, fragte Zamashuras, der im Türrahmen stehen geblieben war.

»Nein, Shur. Geht nur. Ich warte hier auf den Richtspruch der Erzmagister. Sollte ich Euch benötigen, lasse ich nach Euch schicken.«

Zustimmend neigte sein Adlatus den Kopf und zog sich zurück. Die Tür ließ er hinter sich offen. Die meisten Magister pflegten ihre Türen offen stehen zu lassen, damit die Kühle des Gangs die Wärme in ihren Studierzimmern etwas linderte. Corren setzte die zeremonielle Haube ab und öffnete den Kragen seines bodenlangen Magistergewandes. Dann schob er die Ärmel hoch und benetzte Hände und Unterarme mit dem Wasser der Waschschale, die in einer Ecke des Raums auf einem kleineren Tisch stand. Der Sommer in Phoekia war unangenehm heiß, und selbst nach all den Jahren, die er nun schon in Geolath lebte, hatte er sich nicht daran gewöhnt.

Er setzte sich auf den hochlehnigen Stuhl und ließ seinen Blick auf der großen Stadtkarte ihm gegenüber ruhen.

»Der Grund des Wolkenmeers«, murmelte er. Er wusste so gut wie nichts darüber. Einer der Händler in Nemred hatte behauptet, es gäbe gar keinen Grund, sondern die Wolken würden bis in die Nebel reichen, die jenseits des Weltenrands lagen. Das hielt Corren für ein Märchen, denn die Legenden über die ArChaon – die schriftlich niedergelegten und durch Abbildungen belegten Legenden – sprachen ganz eindeutig davon, dass diese ihre Stadt ThaunasRa auf festem Grund errichtet hatten. Es hatte eine Zeit vor dem Wolkenmeer gegeben, als sich jenseits des Landfalls, einer gewaltigen Felsstufe, die das Land teilte, eine weite Tiefebene erstreckt hatte und eben kein Ozean aus weißem Dunst.

Ein anderer Händler hatte diese Version der Geschichte bestätigt. Allerdings wusste er seine ganz eigenen Schauermären zum Grund des Wolkenmeers zu erzählen. Gewaltige Schrecken hausten angeblich tief in den Nebeln, bleiche, aufgedunsene Geschöpfe voller Grausamkeit. Und lebende Tote gäbe es dort unten, glücklose Seelen, die es einst in diese stille Welt verschlagen habe. In einem Punkt waren sich beide Männer von der Küste des Landfalls übrigens einig gewesen: Wer einmal von den Wolken verschlungen wurde, den gaben sie nie wieder frei.

Corren seufzte. Wenn er für jede Schauergeschichte, die er im Laufe seines Lebens über abgelegene und verwunschene Stätten gehört hatte, eine Silbermünze erhalten hätte, wäre er heute der reichste Mann in allen Landen rund um den Inneren Ozean.

Er ordnete einige Schriftrollen, während er darauf wartete, dass Samnion ihn aufsuchte, um ihm Nachricht vom Rat zu überbringen. Als der ältere Mann schließlich eintrat, hatte sich der Stapel auf Correns Schreibtisch merklich gelichtet.

»Das hat lange gedauert«, stellte er fest.

»In der Tat«, betätigte Samnion. »Erzmagister Jovaal und zwei andere trugen sehr wortreich ihre Zweifel am Erfolg Eurer Reise vor, nachdem Ihr uns verlassen hattet. Letztendlich hat Euch der Rat allerdings, nicht zuletzt dank meiner Fürsprache, einen Begleiter und die Mittel für ein Schiff samt Besatzung für die Expedition zugestanden – aber es wird kein großes Schiff sein.«

Corren trat vor und legte eine Hand auf die Schulter seines alten Lehrers. »Ich danke Euch, Samnion. Ihr habt mich noch nie enttäuscht. Und mit dem Ergebnis dieser Beratungen kann ich durchaus leben. Ich mag überschaubare Reisegruppen. Um der Wahrheit die Ehre zu geben, habe ich meine Forderungen nur deshalb so hoch angesetzt, weil ich wusste, dass Jovaal sie mir mindestens um die Hälfte kürzen würde, ganz gleich, was ich erbitte.« Er grinste, und der andere Mann antwortete mit einem verschmitzten Lächeln.

»Ich dachte mir schon so etwas, Corren. Ich kenne Euch einfach schon zu lange.«

»Lange, doch noch nicht *zu* lange.«

Beipflichtend neigte Samnion das weise Haupt. »So ist es recht.« Dann wurde seine Miene ernst. »Und weil wir uns schon so lange kennen, wünschte ich mir, dass Ihr mir reinen Wein einschenken würdet.«

Verwirrt schaute Corren seinen früheren Mentor an. »Wie meint Ihr das?«

Samnion begann, in dem kleinen Raum auf und ab zu gehen. »Ihr habt Eure Gründe für diese Expedition gut dargelegt. Ihr sucht nach Wissen und nach Reichtümern, habt Ihr gesagt. Die anderen Erzmagister habt Ihr damit durchaus überzeugt, mich jedoch nicht.«

»Aber es ist wahr!«, verteidigte sich Corren.

»Wahr schon, nur nicht die ganze Wahrheit, oder?« Samnion blieb stehen und sah ihn mit prüfendem Blick an. »Vergesst nicht, wie gut ich Euch kenne. Ihr seid kein Mann, der einfach nur nach Goldmünzen und alten Schriften sucht. Dazu reist man nicht an alle vier Enden der bekannten Welt. Euch hat schon immer mehr getrieben. Ihr habt nach dem Lehrbuch der Zauberer des Silbernen Kreises gesucht und nach dem Schattenzepter von Zahadhul. *Derlei* Artefakte wecken Euren Forschergeist. Also, was glaubt Ihr in ThaunasRa zu finden?«

Kapitel 4

DAS GRÖSSTE ALLER WUNDER

8. Tag des 5. Mondlaufs im Jahr 850

Corren nickte langsam. »Ihr kennt mich in der Tat gut. Also schön, ich will Euch ins Vertrauen ziehen. Gesellt Euch zu mir.« Er trat an seinen Tisch und zog eine in verwittertes graues Leder gebundene Kladde aus einem der Dokumentenstapel. Vorsichtig löste er die Kordel, mit der er sie zugebunden hatte, und schlug sie auf. Im Inneren befanden sich einige sehr alt wirkende Pergamentbögen, die mit schwungvollen Symbolen und eigenartigen Zeichnungen gefüllt waren.

Neugierig beugte Samnion sich vor. »Was ist das?«

»Ich weiß es selbst nicht genau«, gestand Corren. »Ich erhielt die Kladde vor acht Jahren in Aidranon.«

»In der Hauptstadt von Cordur?«

»Ja. Ich war dort zu einem Gastvortrag an die Akademie eingeladen, wie Ihr Euch möglicherweise erinnert.«

Samnion schüttelte den Kopf. »Acht Jahre sind eine lange Zeit für ein so altes Gedächtnis wie das meine.«

»Es ist auch nicht von Bedeutung. Jedenfalls vertrieb ich mir den Abend in der Stadt und stieß dabei unweit des Hafenviertels auf einen kleinen Straßenmarkt. An einem Stand verkaufte ein Mann sichtlich alte Bücher und Schriftrollen. Ich weiß noch, wie mir damals auffiel, dass er augenscheinlich blind war, aber dennoch sehr genau zu wissen schien, was um ihn herum vorging.«

»Ein Diener der Alten Macht vielleicht?«, vermutete Samnion.

»Ja, ich hatte auch den Gedanken, dass es sich um einen Zauberkundigen handeln könnte«, sagte Corren. »Er bezeichnete sich als Wanderer und Chronisten, und erstaunlicherweise behauptete er, mich zu kennen. Er habe meinem Gastvortrag am Vormittag gelauscht und mit besonderer Freude mein Interesse an den größten Geheimnissen unserer Welt erkannt. Und dann überreichte er mir diese Kladde. Er wollte nicht einmal Geld dafür. Er sagte bloß, ich solle versuchen, dieses Geheimnis zu lüften. Erst als ich wieder in der Akademie weilte, wurde mir klar, wie alt und eigentümlich der Inhalt der Kladde wirklich war, doch als ich den Mann am nächsten Tag erneut aufsuchen wollte, waren er und sein Stand verschwunden.«

»Höchst seltsam«, bemerkte Samnion.

»Ja, das war es wohl. Ich wollte ihn für einen Scharlatan halten, der sich einen Spaß mit mir erlaubt hatte, aber die Pergamente wirkten echt. Meine Neugierde war geweckt. Diese Schriftsymbole erinnerten mich an die der Sidhari, und so begann ich, kaum dass ich wieder in Geolath weilte, mit der Entzifferung. Bis heute ist es mir nicht vollständig gelungen, aber ich fand Hinweise auf einen Ort, der *Meer aus Wolken* – oder so ähnlich – heißen musste.«

Samnion hob eine Hand. »Wartet, mein Freund. Sagtet Ihr nicht, ein alter Sidhari habe Euch erstmals von dem Wolkenmeer erzählt?«

»Das entspricht auch der Wahrheit, wenn man meine Aussage wörtlich nimmt.« Correns Mundwinkel verzogen sich zu einem hintergründigen Lächeln. »*Erzählt* hat mir wirklich erstmals ein alter Sidhari davon. Ich nutzte eine Expedition an eine Ruinenstätte in der Shaom, um mir Hilfe beim Verständnis der Pergamente zu holen. Ein Weiser aus dem Volk der Wüstenelfen bestätigte mir, dass diese Dokumente einst von Elfenhand verfasst worden waren, allerdings vor mehr als tausend Jahren. Selbst er konnte diese Texte nicht viel besser lesen als ich, aber er erzählte mir die Legende vom Wolkenmeer.«

»Schön und gut«, sagte Samnion. »Ihr habt also diese Schriften im Rat verschwiegen, die Ihr unter fragwürdigen Umständen erworben habt. Und vor mir habt Ihr sie während all der Jahre im Übrigen auch verborgen.« Eine unterschwellige Anklage schwang in seiner Stimme mit.

»Das ist wahr«, gestand Corren, der zögerte, bevor er weitersprach. »Ich kann Euch die Gründe dafür nur schwer erklären, aber ich hatte immer das Gefühl, dass diese Suche allein die meine sei, dass dieser Fremde in Aidranon mir und niemandem sonst dieses Rätsel aufgegeben hat. Außerdem hatte ich lange Jahre nur bruchstückhaftes und, wie Ihr selbst sagt, fragwürdiges Wissen gesammelt. Ich musste daraus ein Bild zusammensetzen, das ich den Erzmagistern präsentieren konnte, ohne mich der Lächerlichkeit preiszugeben. Irgendwie schloss das Euch mit ein. Doch handelte ich damit so viel anders als die anderen Gelehrten der Akademie? Verfolgt hier nicht jeder seine eigenen, geheimen Forschungen, die er erst darbieten möchte, wenn ihm niemand mehr den Ruhm dafür nehmen kann?«

Samnion seufzte. »Ja, vermutlich habt Ihr recht. Ich vergesse manchmal, dass Ihr schon seit zehn Jahren nicht mehr mein Schüler seid, sondern ein Magister wie ich selbst. Natürlich seid Ihr mir keine Rechenschaft schuldig, solange Ihr mich nicht in meiner Funktion als Mitglied des Rats um Geldmittel der Akademie bittet. Und so spreche ich auch nicht als Euer einstiger Mentor, sondern als Euer langjähriger Freund, wenn ich sage, dass ich noch immer nicht ganz erkenne, was Euch wirklich antreibt, ThaunasRa zu finden. Die Worte dieses blinden Zauberers waren es gewiss nicht.«

»Nein. Zunächst hatte mich tatsächlich die Entdeckerlust gepackt. Diese führte mich, wie geschildert, nach Nemred. Dort erfuhr ich nicht bloß von den ArChaon, ThaunasRa und dem magischen Ursprung des Wolkenmeers. Die Legenden dienten mir darüber hinaus als Schlüssel, der mir beim Entziffern weiterer Textteile dieser alten Pergamente half. Ihr könnt Euch meine Aufregung vorstellen, als ich auch in den Schriften Verweise auf die ArChaon und ihre Stadt entdeckte. Und ich fand noch mehr.«

Corren beugte sich vor und blätterte durch die Bögen, bis er den einen fand, den er suchte. Er zog ihn hervor und breitete ihn vor Samnion aus. Auch dieses Pergament war von Schriftzeichen übersät. In der Mitte aber zeigte sich das stilisierte Abbild eines quaderförmigen Artefakts. Es war von einem auffälligen Sternenmeer erfüllt, und Strahlen gingen von ihm aus, wie von einer Sonne. Corren legte die Fingerspitzen seiner gespreizten Hand auf das Pergament. »Hier. Schaut Euch das an.«

»Es scheint sich um einen Block aus Stein oder Kristall zu handeln«, sagte Samnion.

Verschwörerisch senkte Corren die Stimme. »Die Schrift nennt das Artefakt Schrein der Ewigkeit. Nach dem, was ich den Symbolen entlocken konnte, befindet er sich im höchsten Tempel von ThaunasRa. Ich gehe davon aus, dass es sich um dieses Bauwerk handelt.« Er deutete auf die ihnen gegenüberstehende Karte, in deren Mitte die strahlende Pyramide zu sehen war. »Es heißt«, fuhr Corren fort, »dass der Schrein dem Mann, der ihn berührt, ewiges Leben schenkt.«

»Ewiges Leben?« Unglaube zeichnete sich auf Samnions Miene ab. »Nun verstehe ich, warum Ihr diesen Teil bei Eurer Rede vor dem Rat verschwiegen habt. Ihr denkt doch nicht wirklich, es gäbe eine Macht zwischen Himmel und Erde, die imstande wäre, ewiges Leben zu schenken!«

»Die ArChaon waren nicht wie wir, Samnion.« Wie immer, wenn er über diese Dinge nachdachte oder sprach – bislang lediglich mit Shur –, ergriff Corren eine ganz besondere Erregung: die eines Suchenden, der sich sicher war, etwas wahrhaft Außergewöhnliches gefunden zu haben. »Das, was wir Magie nennen, war für sie alltäglich. In unseren Augen Unmögliches gehörte zu ihrem Leben. Ihr Scheitern hat das Wolkenmeer entstehen lassen – ein ganzes Meer aus Wolken, das scheinbar ohne Grenze ist und in dem Berge schweben wie Papierlaternen, die Kinder in den Himmel steigen lassen. Glaubt mir, angesichts all dessen, was ich in den letzten Jahren über die ArChaon zusammengetragen habe, halte ich den Schrein und seine Kraft für absolut möglich. Diesen Schrein zu finden … das wäre der Höhepunkt meiner vielen Reisen als Entdecker, das größte aller Wunder!«

Er sah seinen Mentor an, und einen Herzschlag lang glaubte er, in den dunklen Augen des alten Gelehrten etwas aufblitzen zu sehen, eine Hoffnung wider alle Vernunft, die jeden ergreifen mochte, der nach vielen Lebensjahren seinem Ende entgegenblickte, gefasst, aber dennoch niemals ganz bereit, diese Welt, die bei allem Leid so viel Wunderbares zu bieten hatte, zu verlassen. »Das Leben verlängern …«, murmelte Samnion, »… bis in die Ewigkeiten …« Seine Miene verschloss sich und als er weitersprach, war seine Stimme fest und unerwartet abweisend. »Das ist widernatürlich, Corren! Nichts, was lebt, ist dazu bestimmt, auf immer da zu sein. Ist der Wandel der Welt nicht genau das, was sie antreibt? Muss nicht Altes irgendwann vergehen, damit Platz für Neues geschaffen wird? Wie sähe Endar aus, wenn wir alle unsterblich wären?«

»Ich bezweifle, dass das Artefakt die Macht besitzt, jedem Mann die Unsterblichkeit zu verleihen, der es berührt«, gab Corren zurück. »Was die Feinheiten der Textbedeutung angeht, so bin ich mir nicht ganz sicher, aber ich glaube, der Schrein vermag seine Gaben nur begrenzt zu verleihen.«

»Ihr meint: dem Ersten, der ihn berührt.«

»Das wäre möglich.«

»Und wem gebührt es dann, dieser Erste zu sein?«, fragte Samnion. »Euch?«

»Das habe ich nicht gesagt.«

»Aber Ihr denkt es. Und es würde sowohl Eure Heimlichkeit in all den Jahren als auch Eure beharrliche Suche erklären.«

»Ich bin Forscher!«, fuhr Corren auf. »Es geht mir nicht um Macht oder dergleichen. Es geht mir um außerordentliche Entdeckungen! Habe ich nicht stets am Ende meiner Reise meine Funde der Akademie vermacht? Und wäre dieser Schrein nicht ein Schatz von unermesslichem Wert für uns? Falls er wirklich das Geheimnis der Unsterblichkeit in sich birgt, denkt nur, was die Magiegelehrten von ihm lernen könnten, wenn sie ihn studieren.«

»Es gibt Gesetze der Natur, die nicht gebrochen werden sollten, auch nicht von Magiern«, beharrte Samnion. »Der Lauf des Lebens gehört dazu.«

Corren schüttelte den Kopf. »Für einen Gelehrten sollte es nur eine Grenze geben, und zwar die der eigenen Neugierde.«

»Gebt acht, welche Worte Ihr aussprecht.« Warnend hob

Samnion eine Hand. »Männer mit dieser Geisteshaltung haben schon Königreiche in den Abgrund gestürzt – oder eine halbe Welt unter einem Ozean aus Wolken verschwinden lassen.« Er nickte vielsagend. »Ja, ich spreche von Euren ArChaon, Corren. *Ihre Neugierde wurde ihr Untergang, und die Nebel verschlangen sie.* So lauteten Eure Worte an den Rat, wie Ihr Euch vielleicht entsinnt. Lasst nicht zu, dass Eure Neugierde Euer Verderben wird.«

Corren wollte zu einer weiteren zornigen Erwiderung anheben. Er konnte die Engstirnigkeit und Furcht seines einstigen Mentors nicht nachvollziehen. Ihm war die Gefahr, die von magischen, ja legendären Artefakten ausging, durchaus bewusst. Schließlich war er kein Student mehr. Schon mehrfach in seinem Leben hatte Corren Gegenstände in den Händen gehalten, die ihresgleichen auf der Welt suchten. Es verstand sich von selbst, dass er auch im Umgang mit dem Schrein der Ewigkeit äußerste Vorsicht walten lassen würde. Eigentlich sollte Samnion das wissen.

Aber diesen Streit fortzuführen war weder sinnvoll noch erstrebenswert. Sie hatten beide ihre Meinung gesagt, und Corren fürchtete, dass er Samnion in dieser Sache nicht auf seine Seite würde ziehen können. Er war froh, dass er den Schrein im Ratsrund der Erzmagister nicht erwähnt hatte. Wenn das Wissen darum schon Samnion derart erregte, wollte Corren nicht erfahren, wie Jovaal darüber dachte. Bedauerlicherweise war nicht ganz ausgeschlossen, dass der eine dem anderen von dem Artefakt berichten würde.

Corren holte tief Luft und trat zwei Schritte zurück. Er drehte sich um und wandte sich dem Fenster zu. Durch die Schlitze des Sonnenschutzes schaute er auf einen der Innenhöfe der Akademie hinunter. Er sah Studenten auf marmornen Stufen um ein rundes, etwa acht Schritt durchmessendes Becken sitzen. Klares Wasser schimmerte darin in der Nachmittagssonne, und in seinem Zentrum erhob sich die Skulptur einer Frau, die aus einem Füllhorn Wasser über die ausgestreckten Hände dreier Männer goss, die ihr zu Füßen lagen. *Endloses Wissen* hatte der Künstler sein Werk genannt, und für Corren war es das Sinnbild dessen, was seine Arbeit an der Akademie von Geolath bedeutete. Er beneidete diese jungen Männer und Frauen – viele Menschen, aber auch vereinzelte Quano und Sidhari –, die dort unten im Sonnenschein lagen, diskutierten und lernten und noch immer glaubten, dass es in diesen hohen Hallen wirklich darum ging, gemeinsam und zum Wohle aller Wissen anzuhäufen. War man erst einmal zum Magister oder gar Erzmagister aufgestiegen, wurde aus diesem einfachen Leben sehr schnell ein kompliziertes.

»Heißt das, Ihr entzieht mir die Unterstützung für meine Expedition im Rat?«, fragte er Samnion düster.

Sein Mentor trat neben ihn, sah ihn aber nicht an. Auch Samnions Blick richtete sich auf den Hof und die dort versammelten Studenten. »Ich weiß es noch nicht. Ich muss darüber nachdenken. Unverändert halte ich die Erforschung des Wolkenmeers und die Suche nach seinem Ursprung für ein Unterfangen, das die Akademie verfolgen sollte – von der Suche nach der uralten Stadt der ArChaon ganz zu schweigen.« Nun wandte er sich Corren doch zu. »Diese Rätsel sind groß genug, um selbst einem Mann wie Euch Ruhm einzubringen, der stets nach Herausforderungen sucht, denen sich niemand sonst zu stellen wagt. Versprecht mir, dass Ihr davon ablasst, dieses unheilige Artefakt zu suchen, Corren, und ich will unser Gespräch bei keinem erwähnen.«

Corren straffte sich und hob das Kinn. »Tut mir leid, Samnion. Das kann ich nicht.«

Die Miene seines Gegenübers verfinsterte sich. »Ihr setzt den guten Willen des Rats aufs Spiel, indem Ihr Euch so uneinsichtig gebt – ist Euch das bewusst? Ihr verdankt dessen Wohlwollen meiner Fürsprache. Ein paar Worte von mir und Ihr werdet nirgendwohin reisen, denn Ihr werdet kein Geld für ein Schiff und eine Mannschaft haben.«

Corren vermochte nicht zu verhindern, dass seine Stimme im Zorn lauter wurde. »Wisst Ihr was? Das ist der Grund, warum ich meine Reisen lieber ohne jede Hilfe bewerkstellige. Diese Einmischung des Rats in meine Forschungen ertrage ich einfach nicht. Habt Ihr Euch nicht immer gern mit meinen Expeditionen an die unwegsamsten Orte unserer Welt gebrüstet? Und habt Ihr nicht immer gern die Schätze angenommen, die ich von dort mitgebracht habe? Was, so frage ich Euch, Samnion, ist an diesem verfluchten Schrein anders?«

»Eben das, Corren! Er ist verflucht! Ein Artefakt, das ewiges Leben schenkt, kann nur aus einem Dämonenpakt entstanden sein. Das ist nichts, womit sich zivilisierte Männer abgeben sollten.«

»Besser als unzivilisierte. Wäre es Euch lieber, wenn irgendein Despot des Schreins habhaft wird? Ein unsterblicher Gottkaiser von Xol wäre gewiss die Art von Feind, den sich Phoekia wünschen würde.«

»Und aus diesem Grund bleibt dieser Schrein am besten dort, wo er ist. ThaunasRa ist von der Welt vergessen, nur wenige Legenden berichten noch von dieser Stadt. Das durftet Ihr ja bei Eurer bisherigen Suche selbst erfahren. Niemand wird das Artefakt jemals finden, der nicht Euer Wissen hat, und selbst Euer Erfolg ist fraglich. Doch reißt Ihr den Schrein aus den Nebeln heraus und stellt ihn in Geolath auf ein Podest, könnt Ihr darauf warten, dass Begehrlichkeiten erwachen werden, gefährliche Begehrlichkeiten, solche, die zu Krieg und Leid führen mögen. Denn ganz gleich, welche Blasphemie er darstellt, welches Vergehen an der natürlichen Ordnung des Lebens, es wird skrupellose Geister geben, die den Schrein besitzen wollen, um ihre eigene Macht zu stärken.«

Corren wischte den Einwand mit der Hand beiseite. »Es gibt noch andere Artefakte der Alten Macht in dieser Welt, und jeder, der eines führt oder besitzt, sieht sich dem Neid ausgesetzt. Nur furchtsame Seelen verstecken deswegen, was ihnen geschenkt wurde. Und ThaunasRa, mit allem, was es birgt, wurde mir, wurde uns geschenkt. Warum sonst hätten die Dreigötter mir diese Pergamente zukommen lassen? Es war kein Zufall, dass ich diesen Alten auf dem Markt von Aidranon traf. Es war Schicksal!«

»Dass Ihr nicht zufällig in den Besitz der Hinweise kamt, die Euch zur Karte von ThaunasRa geführt haben, mag sein«, entgegnete Samnion. »Nur, wer steckt dahinter? Glaubt Ihr wahrhaftig, die Götter wollen, dass Ihr den Schrein der Ewigkeit findet? Oder haben hier nicht viel eher dunklere Kräfte ihre Hände im Spiel?«

»Ihr macht Euch viel zu viele Gedanken! Noch habe ich Geolath nicht einmal verlassen, und vielleicht finde ich, wie Ihr selbst sagt, ThaunasRa nie. Und selbst wenn ich es entdecke, mag es sein, dass ich die Hinweise nicht richtig gedeutet habe und es diesen Schrein entweder nicht mehr gibt oder auch nie gab.« Brüsk wandte sich Corren vom Fenster ab und begann, das Studierzimmer zu durchqueren. Er musste den Raum verlassen, bevor er womöglich Dinge sagte, die sich nicht mehr zurücknehmen ließen. »Ich lasse mich jedenfalls nicht von Eurem Unheilsgerede aufhalten«, rief er über die Schulter. »Und wenn Ihr mich deswegen bei

Jovaal ans Messer liefern wollt, dann tut es. Aber fragt Euch nicht noch einmal, warum ich zögere, manche Geheimnisse mit Euch zu teilen.«

Ohne eine Erwiderung seines alten Mentors abzuwarten, stürmte Corren nach draußen. Dabei stieß er beinahe mit einem Quano mittleren Alters zusammen, der nur wenige Schritte entfernt im Gang stand und ein Relief betrachtete, das die Wand schmückte.

»Magister Orashanos!«, begrüßte er den Mann alles andere als erfreut. Von den vielen Zufallsbegegnungen, die in diesem Augenblick auf dem Gang der Akademie möglich gewesen wären, war ausgerechnet diese dazu imstande, seine Laune noch zu verschlechtern.

»Magister von Dask.« Der Quano, der wie Corren der Fakultät für Geschichte angehörte, neigte den kahlen Schädel. Er hatte die Hände in die weiten Ärmel seiner Robe geschoben und wirkte völlig in sich ruhend.

Fachlich vermochte Corren nichts Schlechtes über Orashanos zu sagen. Seine Kenntnisse über das antike Cordurische Reich – ein Staatengebilde, das vor tausend Jahren weite Teile des Inneren Ozeans umspannt hatte – waren bemerkenswert. Bedauerlichweise war Orashanos auch ein Schatzjäger, der keine Skrupel hatte, aufwändige Expeditionen zu starten, nur um die Funde danach an einen erlauchten Kreis aus hochadligen Käufern zu veräußern. Für diesen Mann war die Wissenschaft ein Mittel zum Zweck der eigenen Bereicherung. Allerdings war er so geschickt in diesen Dingen, vermochte so trefflich seine neben der ernsthaften Forschung betriebenen Beschäftigungen zu verbergen, dass es nicht viele Magister oder gar Erzmagister gab, die Correns Meinung über den Quano teilten.

Corren schritt an Orashanos vorbei, ohne ihn weiter zu

beachten. Er war nicht in der Stimmung für geheuchelte Höflichkeiten.

Doch der Quano besaß tatsächlich die Frechheit, ihm nachzueilen. »Auf ein Wort, Magister«, sagte er mit vertraulich gesenkter Stimme.

»Dies ist kein guter Zeitpunkt, um mich in Eure Spielchen zu verwickeln, Orashanos«, warnte ihn Corren.

»Aber ich beabsichtige keine Spielchen, von Dask«, beteuerte Orashanos. »Hört mich nur kurz an.«

Vor dem Bogengang, der an der Hinterseite des Gebäudes verlief und in den Lehrgarten der Akademie hinausführte, blieb Corren stehen. »Nun gut. Was wollt Ihr?«

Der Quano sah sich verstohlen um, als wolle er sich vergewissern, dass niemand ihr Gespräch mithörte. Doch abgesehen von Samnion, der am anderen Ende des Korridors soeben Correns Studierzimmer verließ und mit einem letzten vorwurfsvollen Seitenblick um eine Gangecke bog, war niemand zu sehen. Orashanos beugte sich vor, so dass die Knochenwulst, die seinen grauen Schädel umgab, beinahe Correns Stirn berührte. »Ich kam nicht umhin, einen Teil des Streits mit anzuhören, den Ihr mit Erzmagister Samnion hattet«, eröffnete er Corren.

Dessen Miene verfinsterte sich. »Ihr habt gelauscht?«

Orashanos breitete entschuldigend die Hände aus. »Es lag nicht in meiner Absicht. Der Zufall führte mich durch diesen Gang, als Eure Stimmen aus dem Zimmer drangen. Vergebt mir meine Neugierde, aber einen Streit zwischen Magistern, der mit solcher Inbrunst geführt wird, erlebt man an der Akademie nicht alle Tage.«

»Ich verstehe.« Corren verwünschte sich im Stillen dafür, die Beherrschung verloren zu haben. Die Vorstellung, dass ausgerechnet Orashanos vom Schrein der Ewigkeit Wind bekommen haben könnte, gefiel ihm überhaupt nicht. »Und weiter?«

Mit einem verschwörerischen Funkeln in den großen, schwarzen Augen sah der Gelehrte ihn an. »Anders als Erzmagister Samnion teile ich Eure Einstellung, dass nur die Grenzen des Machbaren und nicht die irgendwelcher persönlicher Glaubensvorstellungen einen wahren Forschergeist beschränken sollten. Dieses ... Artefakt, das Ihr in ThaunasRa zu finden hofft ... Ich würde gern mehr darüber wissen.«

Orashanos' Worte bestätigten Correns Befürchtung. »Was sollte mir einen Grund geben, Euch davon zu erzählen?«, fragte er abweisend.

»Ich schlage Euch einen Handel vor«, sagte Orashanos. »Sollte Samnion Euch wirklich seine Gunst im Rat entziehen, kann Euch das die Geldmittel kosten, die Ihr benötigt. Dann müsst Ihr die gesamte Expedition, so Ihr sie dennoch unternehmen wollt – und nichts anderes erwarte ich von Euch –, aus eigenem Geldbeutel bezahlen. Verbündet Euch mit mir, und ich werde mich mit einer nicht unbeträchtlichen Summe an dieser Reise beteiligen.«

»Ihr bietet mir eine Partnerschaft an?«

»So ist es. In Anbetracht der erheblichen Vorarbeit, die Ihr geleistet habt, übernehme ich zwei Drittel der Kosten, die auf dieser Reise anfallen, den Gewinn aus den Funden, die wir in ThaunasRa bergen, teilen wir gleichberechtigt. Na, was sagt Ihr?«

Corren musste über das Angebot nicht nachdenken. Wäre es von einer anderen Person gekommen, er hätte es womöglich in Erwägung gezogen. Doch Orashanos' Händlermentalität widerte ihn an. »Ich sage nein. Ich reise nicht nach ThaunasRa, um es zu plündern und seine Schätze auf dem

Antiquitätenmarkt zu verschachern. Wissen ist der Schatz, nach dem ich suche, und was ich finde, soll allen, die danach ebenfalls streben, zur Verfügung stehen, nicht bloß Königen und Hohepriestern.«

Die Miene des Quano verhärtete sich. »Ist das Euer letztes Wort?«

»An Euch gerichtet: Ja.«

»Ihr seid ein Narr, wenn Ihr mich abweist. Niemand sonst wird Euch bei dieser Jagd am Grund der Nebel helfen. Euer Stolz wird Euch scheitern lassen.«

»Immerhin habe ich so etwas wie Stolz«, erwiderte Corren kühl und ließ Orashanos stehen.

Kapitel 5

EIN NÄCHTLICHER ANGRIFF

8. Tag des 5. Mondlaufs im Jahr 850

Als sich Corren an diesem Abend in seine Gemächer unter dem Dach der Fakultät für Geschichte zurückzog, hatte er die Karte von ThaunasRa bei sich. Er hatte sie aus dem Studierzimmer geholt, denn nun, da Orashanos von ThaunasRa wusste, riet ihm seine innere Stimme zur Vorsicht. Es war durchaus vorstellbar, dass sich der Quano selbst oder ein von ihm gedungener Diener in die Kammer schlich, um die Karte heimlich zu kopieren oder gar zu entwenden.

Doch niemand brach in dieser Nacht in sein Studierzimmer ein, und auch in den folgenden drei Nächten blieb alles ruhig. Zu Correns Erstaunen wurde er auch nicht erneut vor den Magisterrat gerufen. Er hatte erwartet, dass Samnion den anderen Ratsmitgliedern empfehlen würde, die Forschungsreise ins Wolkenmeer nicht länger zu fördern. Aber keiner der anderen Erzmagister, denen Corren in diesen Tagen begegnete, ließ durchblicken, dass sein alter Mentor erneut mit ihnen über Correns Vorhaben gesprochen hätte. Und so verkündete er dem Rat am vierten Tag nach seinem Streitgespräch mit Samnion, dass er sich binnen einer Woche auf den Weg nach Süden machen würde.

»Welche Route werdet Ihr einschlagen?«, wollte Jovaal wissen.

»Ich hatte zunächst überlegt, mich am Rand der Shaom

entlang nach Süden zu begeben, allerdings ist das dortige Klima um diese Jahreszeit kaum erträglich. Außerdem sind die Lande jenseits der Wüste so gut wie gar nicht erforscht. Es ist nicht abzuschätzen, welche Gefahren uns erwarten würden und zu welchen Umwegen wir gezwungen wären. Daher habe ich beschlossen, mit einem Handelsschiff an der Küste entlang bis Nemred zu fahren, dann bei Marsaal über Land bis zum Westlichen Ozean vorzustoßen und in Durbar nach einem Händler Ausschau zu halten, der mich weiter die Küste hinunter an den Rand des Wolkenmeers bringen kann. Von dort aus werde ich weitersehen müssen. Mein Ziel jedenfalls ist Skargakar, die Stadt, von der die Händler in Nemred immer wieder sprachen. Sie soll die größte Handelsmetropole am Rand des Wolkenmeers sein. Damit ist sie gewiss der Ort, wo ich am besten eine Mannschaft und ein Schiff für meine Expedition finden werde.«

Der Erzmagister nickte. »Ein durchdachter Plan. Passt bloß auf, dass Ihr Euch in Nemred nicht als Gelehrter aus Phoekia zu erkennen gebt.«

»Das habe ich nicht vor.«

»Wann genau reist Ihr ab?«, wollte Samnion wissen. Er wirkte etwas kühler als sonst, erwähnte ihr Streitgespräch aber mit keinem Wort.

»Das hängt davon ab, wann Zamashuras und ich eine Passage nach Nemred bekommen«, antwortete Corren. »Im Grunde bin ich ab morgen abreisefertig.«

»Ihr habt Eure Untersuchungen an der Karte von ThaunasRa erstaunlich schnell beendet«, warf Nicodaios ein.

»Keineswegs«, entgegnete Corren. »Ich nehme meine Forschung mit auf die Seereise. In den Wochen, die wir nach Skargakar unterwegs sind, werde ich mehr als genug Zeit haben, meine Unterlagen weiter zu sichten.«

»Wäre das nicht leichter hier in der Akademie, wo Euch das Wissen unserer Bibliothek und der anderen Magister zur Verfügung steht?«

»Womöglich. Aber ich möchte nicht unnötig Zeit verlieren. Das Jahr schreitet voran, und in den Wintermonden soll das Wolkenmeer ein rauer Ort sein. Nur wenn ich rasch abreise, kann ich darauf hoffen, mich wenigstens noch zwei bis drei Monde meiner Suche widmen zu können.«

»Nun gut. Ihr müsst tun, was Ihr für richtig haltet«, sagte Jovaal.

»Unsere besten Wünsche begleiten Euch«, fügte Urshamnara lächelnd hinzu. »Möget Ihr erfolgreich sein und schwerbeladen mit Wissen in die Heimat zurückkehren.«

Corren neigte den Kopf. »Das wünschen wir uns alle.«

Mitten in der Nacht wachte Corren auf. Er konnte nicht sagen, was genau ihn aus dem Schlaf geholt hatte, aber da es kein Albtraum gewesen war, musste es sich um ein Geräusch in seinem Gemach gehandelt haben. Corren blieb stumm und reglos. Tief und gleichmäßig atmete er weiter, während er angestrengt in die Stille lauschte, um herauszufinden, was nicht stimmte.

Im nächsten Moment vernahm er ein Rascheln jenseits des Durchgangs, der seinen Schlafbereich vom Wohnbereich trennte. Vorsichtig drehte er den Kopf. Im schwachen Silberschein des Mondlichts, das durch die hölzernen Fensterläden fiel, sah er den Tisch und die Stühle, die dort standen, sowie einen Teil der Truhe, in der er seit einigen Tagen Nacht für Nacht die sorgsam zusammengefaltete Karte von ThaunasRa aufbewahrte.

Gleich darauf gewahrte er den dunklen Schatten. Er war schlank und menschengroß, doch er bewegte sich mit einer

Anmut, die den Verdacht nahelegte, dass es sich um einen Sidhari handelte. Die Gestalt kniete sich neben die Truhe, und ein leises Klicken war zu hören, als sie mit erschreckender Leichtigkeit das Schloss knackte, mit dem Corren die Truhe verriegelt hatte.

Correns Gedanken überschlugen sich, als er im Geiste seine Möglichkeiten durchging. Wenn es sich wirklich um einen Sidhari handelte, war mit Heimlichkeit nichts zu gewinnen. Der nächtliche Besucher würde ihn hören, bevor er auch nur sein Schlaflager verlassen hatte. Sprang er allerdings auf, packte das neben dem Bett lehnende Kurzschwert und ging zum Angriff über, würde der Einbrecher wahrscheinlich blitzschnell verschwinden – und sein Weg zur Tür war kürzer als Correns.

Der Schatten hob behutsam den Truhendeckel hoch und schien den Inhalt zu betrachten. Dann griff er in die Truhe.

Besser er entwischt mir, als dass er mich bestiehlt, dachte Corren. »He!«, rief er laut, warf die Decke beiseite und kam auf die Beine. »Wer seid Ihr?« Er packte die Schwertscheide und riss die kurze Klinge, die sich besonders für Kämpfe in beengten Räumen eignete, hervor.

Der Angesprochene fuhr hoch und wirbelte herum. Corren sah das Aufblitzen von Metall in der Luft. Ohne nachzudenken, wich er zur Seite aus. Klirrend prallte der Wurfdolch von der Steinwand neben seinem Schlaflager ab. Mit einem Fluch auf den Lippen sprang Corren vor und setzte über den Tisch im Wohnbereich hinweg.

Der Dieb zuckte zurück und hob abwehrbereit die Hände. Corren sah nun, dass er dunkle Gewänder trug und dass auch seine Haut dunkel war. Außerdem glommen seine Augen in unheilvollen Bernsteinfarben, als er Correns Blick erwiderte. Es handelte sich tatsächlich um einen Sidhari.

Dieser hatte es auf die Karte von ThaunasRa abgesehen, daran bestand kein Zweifel. Die Karte, die Corren am Abend sorgsam zusammengefaltet in die Truhe gelegt hatte, hing sichtbar über dem Rand, so wie der Sidhari sie fallen gelassen hatte.

Corren stach mit seinem Schwert zu. Er beabsichtigte gar nicht, den Angreifer zu verletzen. Es genügte ihm, ihn in die Flucht zu schlagen. Zu seiner Überraschung machte der Sidhari keinen Satz nach hinten in Richtung Tür, sondern bog seinen drahtigen Körper zur Seite und versuchte dann, Corren zu packen. Der vermochte sich dem Griff zu entreißen, bevor sich die kräftigen, in dünnen schwarzen Handschuhen steckenden Finger seines Gegenübers um seinen Unterarm schlossen. Sofort hieb Corren nach – und stellte fest, dass der Dieb Unterarmschienen aus brüniertem Eisen trug, mit denen er den Hieb parieren konnte.

»Raus aus meinen Gemächern!«, brüllte Corren den Sidhari an, auch um die Aufmerksamkeit der Gelehrten in den benachbarten Räumen zu wecken. Wenn es lebendig auf den dunklen Korridoren wurde, war sein Gegner zum Rückzug gezwungen, wollte er nicht riskieren, gefasst zu werden. Denn es mochten zwar überwiegend Männer mit geringer Kampferfahrung an der Akademie lehren und lernen, aber einige waren durchaus im Kriegshandwerk bewandert und einzelne Magister besaßen gar eine Verbindung zur Alten Macht, die ihnen besondere Fähigkeiten verlieh.

Doch der Einbrecher war verdammt schnell und offensichtlich fest entschlossen, das Gebäude nur mit der Karte von ThaunasRa zu verlassen. Mit einer Körperbeherrschung, die allein den Sidhari gegeben war, wirbelte er an einem der Stühle vorbei und trat ihn Corren entgegen. Der stoppte das hölzerne Möbelstück mit deutlich weniger Eleganz.

Auf dem Gang wurden Stimmen laut, die verschlafen fragten, was denn das für ein Lärm zu dieser späten Stunde sei. »Ein Dieb ist in der Akademie!«, rief Corren. »Ruft die Wachen!«

Der Sidhari stand nun auf der anderen Seite des Tischs und war damit für Correns Schwert kaum zu erreichen. Dieser ließ die Klinge ein paarmal drohend durch die Luft fahren, aber nur, um zu verhindern, dass sein Gegner sich einen neuen Plan ausdachte.

Das Gesicht des dunkelhäutigen Wüstenelfen verzog sich zu einer Grimasse, und seine bernsteinfarbenen Augen leuchteten auf wie Holzscheite, in die jemand hineinblies, um eine alte Glut zu entfachen. Er zischte etwas in der Sprache der Sidhari, was Corren nicht verstand, und seine Hand schnellte vor.

Erneut zuckte Corren zur Seite, denn er erwartete eine weitere Wurfklinge. Stattdessen verspürte er unvermittelt ein heftiges Brennen auf der Haut, das noch viel schrecklicher in Augen und Rachen wütete. Er stieß einen zornigen Schrei aus, gleich darauf begann er zu husten und seine Sicht verschleierte sich, als ihm Tränen in die Augen traten. Ob er ein Opfer der Magie der Sidhari geworden war oder sein Gegner ihm schlicht gemahlenes Chessa-Gewürz ins Gesicht geschleudert hatte, vermochte Corren nicht zu sagen. Im nächsten Moment durchzuckte ihn ein heftiger Schmerz in der Unterleibsgegend, als ihm der Dieb mit Wucht den Tisch in den Bauch rammte. Blinzelnd und keuchend gewahrte er, wie die dunkle Gestalt einen Satz zu der Truhe machte.

»Nein!«, rief Corren, von Verzweiflung und Wut gleichermaßen erfüllt. Halbblind warf er sein Schwert und vernahm, wie der Sidhari scharf einatmete. Vielleicht hatte er ihn tatsächlich getroffen. Allerdings hielt das den Dieb nicht auf. Mit einem Bündel unter dem Arm, das nur die Karte von ThaunasRa sein konnte, floh er in Richtung Fenster, riss es auf und sprang, ohne zu zögern, in die Tiefe.

Keinen Herzschlag später drangen mehrere Männer in den Raum ein. Ihre Laternen erhellten das Halbdunkel und anhand ihrer Stimmen erkannte Corren sie als die anderen Magister der Fakultät für Geschichte.

»Was ist geschehen?«, fragte Samnion, dessen Gemächer nur wenige Schritt den Gang hinunter lagen. Beunruhigt sah er sich um.

»Es war ein Sidhari«, erwiderte Corren und befreite sich keuchend und blinzelnd von dem Tisch. »Er hat die Karte von ThaunasRa gestohlen. Alarmiert die Wachen. Vielleicht können sie ihn noch fassen.« Er glaubte es selbst kaum, aber was blieb ihm anderes übrig?

Während Samnion einigen jüngeren Magistern rasch Befehle erteilte, begab sich Corren zu seiner Waschschüssel, goss Wasser aus der danebenstehenden Bronzeamphore hinein und wusch sich das brennende Gesicht. Die kühle Flüssigkeit linderte den Schmerz ein wenig, wenn auch nicht vollends. Wenn der Sidhari ihm tatsächlich Chessa entgegengeworfen hatte, musste er sich eine Schale mit Ziegenmilch bringen lassen. Diese würde dem Gewürz seine Schärfe nehmen. Aber das musste warten.

Corren schritt zum offenen Fenster und blickte nach draußen. Der Hof lag drei Stockwerke unter ihm. Ein normaler Mann hätte sich bei einem Sprung aus dieser Höhe mehrere Knochen gebrochen. Aber der Sidhari schien genau gewusst zu haben, worauf er sich einließ. An dem Fenster unter dem von Corren standen die hölzernen Läden offen, von denen einer halb aus den Angeln gerissen war, und im ersten Stock verlief ein Balkon an der Fassade des Gebäudes entlang, unter dem sich ein Säulengang befand. Der Dieb hatte seine Flucht gut geplant.

Im Hof rannten einige Männer umher, dann war Rufen vom Wachhaus her zu vernehmen. Die Alarmglocke wurde nicht geschlagen. Corren konnte diese Entscheidung nachvollziehen. Zum einen stand nicht das Heer aus Xol vor den Toren, sondern es hatte sich bloß ein Diebstahl ereignet. Zum anderen hätte das daraufhin entstehende Durcheinander schlaftrunkener und verwirrter Magister und Studenten dem Sidhari das heimliche Verschwinden nur erleichtert. So oder so bezweifelte Corren, dass der Dieb geschnappt werden würde. Er ballte die Rechte zur Faust und schlug fluchend auf das hölzerne Fenstersims.

Samnion trat an seine Seite. »Ein Sidhari, der sich als Dieb verdingt. Das findet man nicht alle Tage.«

Corren warf ihm einen grimmigen Seitenblick zu. »Nein, bestimmt nicht. Doch dieser Mann war auch kein gewöhnlicher Straßendieb. Er war schnell, konnte kämpfen und wusste genau, was er tat. Der Mann, der ihn um seine Dienste ersuchte, musste sicher gut dafür bezahlen.«

»Ein derartiger Überfall und das mitten auf dem Campus. Ich bin erschüttert.« Auf dem faltigen Gesicht seines alten Mentors war aufrichtige Sorge zu erkennen. »Wer, glaubt Ihr, steckt dahinter?«

Correns Miene verhärtete sich. »Wie viele Gelehrte der Akademie wussten davon, dass ich die Karte in meinem Besitz habe?«

Samnions Augen weiteten sich. »Ihr verdächtigt doch nicht einen der Erzmagister! Jeder von uns ist über solch niederes Handeln mehr als erhaben!«

»Nein, tatsächlich meine ich Magister Orashanos.«

»Magister Orashanos?«, wiederholte Samnion ungläubig. »Ich sah Euch auf dem Gang beisammenstehen, an dem Tag als wir … unsere Meinungsverschiedenheit hatten.«

»Er hatte unseren Streit vom Korridor aus mit angehört«, verriet Corren dem Erzmagister, »und er bot mir eine Partnerschaft an. Ich sollte mit Hilfe seines Golds nach ThaunasRa suchen und ihm dafür wertvolle Artefakte überlassen. Euch ist bekannt, nehme ich an, dass er immer wieder seltene und wertvolle Stücke von historischer Bedeutung oder gar magischer Macht an Meistbietende veräußert.«

»Das konnte ihm nie jemand nachweisen.«

»Nun, ich habe genug von seinem Treiben mitbekommen, um keinerlei Zweifel zu hegen. Orashanos wusste von ThaunasRa. Und dass ich sein Angebot abgelehnt habe, scheint ihn nur noch begieriger darauf gemacht zu haben. Ich hatte befürchtet, dass er seine Hände nach meinem Eigentum ausstrecken könnte. Deswegen verwahrte ich die Karte nachts in meinen Gemächern. Allerdings habe ich seine Entschlossenheit und seinen Einfallsreichtum unterschätzt.«

Nachdenklich strich sich Samnion über den weißen Bart. »Was gedenkt Ihr nun zu tun? Selbst wenn Ihr recht habt, wird der Magister nicht den Fehler machen, die Karte bei sich zu verbergen. Ihr könnt ihm nicht nachweisen, dass dieser Sidhari auf sein Geheiß bei Euch eingedrungen ist. Und haltlose Anschuldigungen vorzubringen verbietet sich von selbst.«

Corren wandte sich vom Fenster ab und ließ seinen Blick über das Schlachtfeld schweifen, das in seinem Wohnbereich zurückgeblieben war. »Ich muss darüber nachdenken«, gestand er. »Jedenfalls werde ich morgen nicht abreisen. Obschon ich weite Teile der Karte bereits kopiert habe, war mein Studium seiner Geheimnisse längst nicht abgeschlossen. Ohne die Karte will ich diese Reise nicht antreten. Ich schätze, ich werde mich stattdessen ein wenig in der Stadt umhören, ob jemand mehr über diesen Sidhari weiß. Außerdem werde ich Zamashuras aussenden, damit er ein paar Vertraute befragt. Er hat Zugang zu Kreisen, in denen kein Wachmann der Akademie auf Antworten hoffen dürfte.«

»Euer Gehilfe ist wahrhaft bemerkenswert«, stellte Samnion fest.

»Vor allem ist er bemerkenswert abwesend.« Corren blickte zur offenen Tür seiner Gemächer. Die anderen Magister hatten sich in der Zwischenzeit zurückgezogen, aber ein paar Studenten standen neugierig auf dem Gang und tuschelten miteinander.

Als hätte man ihn gerufen, erschien Zamashuras im Türrahmen. Er trug ein bodenlanges, mit Silberfäden verziertes Gewand aus feinem blauen Stoff und einen röhrenförmigen Ledertornister in der linken Hand. Hinter ihm tauchte Orashanos auf, ähnlich gekleidet und ebenfalls mit einem Ledertornister ausgestattet, den er mit einem Riemen über die Schulter geschlungen hatte.

»Die Wachen sagten mir, Ihr wärt überfallen worden, Magister.« Besorgt ließ Zamashuras den Blick schweifen.

»So ist es«, bestätigte Corren. »Jemand hat sich ausgesprochen eifrig darum bemüht, mir die Karte von ThaunasRa zu entwenden. Leider konnte mir der Dieb entwischen.« Er warf Orashanos einen finsteren Blick zu, bevor er sich Zamashuras zuwandte. »Wo wart Ihr? Ich hätte Euch hier gebrauchen können.«

»Magister, Ihr wisst doch, dass ich einmal in der Woche zu den Nachtmeditationen in den Gahat-Tempel gehe. Magister Orashanos war auch dort.« Zamashuras deutete auf seinen Begleiter.

»Wie ausnehmend klug, in einer Nacht wie dieser dem Campus möglichst fern zu sein und umgeben von Zeugen, die jederzeit für einen bürgen würden«, bemerkte Corren in Orashanos' Richtung, und ein Anflug von Hohn schwang in seiner Stimme mit.

»Wollt Ihr mir etwa unterstellen, etwas mit dem Diebstahl der Karte zu tun zu haben?« Der Magister funkelte Corren aus seinen großen, schwarzen Augen erbost an.

»Irgendjemand hat ein so besonderes Interesse an dieser Karte, dass er einen Sidhari beauftragte, sie zu stehlen – und nicht viele wussten von ihr«, gab Corren zurück.

»Nun, ich habe keine Ahnung, wer Euch bestohlen hat, Magister von Dask. Ich war es jedenfalls nicht, das sei Euch gesagt!« Ohne eine Erwiderung abzuwarten, wandte Orashanos sich ab und verschwand aus dem Raum. »Aus dem Weg!«, fauchte er die Studenten an, die sich noch immer auf dem Korridor aufhielten.

»Ich denke, wir sollten uns alle wieder zur Ruhe begeben«, sagte Samnion mit erhobener Stimme, um auch die jungen Männer und Frauen außerhalb des Raums anzusprechen. »Hier gibt es nichts weiter zu tun, was nicht bis morgen warten könnte.« Er neigte zum Abschied den Kopf. »Der Verlust der Karte tut mir leid, Corren. Wir waren nicht einer Meinung, was diese Expedition und Eure Absichten angeht, aber die Wissenschaft sollte niemals das Opfer niederer Instinkte werden.«

»Danke, Erzmagister. Ich weiß Eure Anteilnahme zu schätzen.«

Corren wartete, bis sich auch die letzten Schaulustigen unter Samnions sanfter, aber bestimmter Weisung zurückgezogen hatten, dann wandte er sich an Zamashuras. »Samnion mag recht haben. Heute erreichen wir nichts mehr.

Aber morgen gehen wir beide in die Stadt. Ich will ein paar Bekannte im Hafenviertel und in der Altstadt aufsuchen, die Verbindungen zu gewissen Unterweltkreisen pflegen. Sprecht Ihr mit Euren Freunden in der Quano-Gemeinde, mit den Mystikern und mit wem immer Ihr noch sprechen könnt. Ich will wissen, ob dieser Sidhari-Dieb einen Namen in Geolath hat – und wenn ja, wo man ihn finden kann. Außerdem sollen unsere Freunde uns warnen, falls die Karte von ThaunasRa auf dem Schwarzmarkt auftaucht. Verratet nicht, was es mit der Karte genau auf sich hat. Bleibt so vage, wie Ihr könnt. Aber lasst ruhig alle wissen, dass ich sogar bereit bin, dafür zu zahlen und den Dieb ungeschoren davonkommen zu lassen, wenn ich sie zurückbekomme. Um diesen Schurken geht es mir nicht. Aber wir brauchen die Karte, Shur.«

»Ich verstehe«, sagte der Quano. »Ich werde mein Bestes geben, Magister.«

Corren legte ihm eine Hand auf die knochige Schulter und schenkte seinem Adlatus ein mattes Lächeln. »Ich weiß. Hoffen wir, dass es genügt. Denn ohne die Karte von ThaunasRa endet unsere Reise ins Wolkenmeer, bevor sie überhaupt begonnen hat.«

Kapitel 6

EIGENTÜMLICHE EREIGNISSE

13. Tag des 5. Mondlaufs im Jahr 850

Ihre Nachforschungen am nächsten Tag erwiesen sich als unerfreulich erfolglos. Corren suchte mehrere Straßenstände und Läden von Händlern auf, deren Ruf fragwürdig war, und er kehrte in mehr als eine Taverne ein, in der gemeinhin ein so rauer Umgangston herrschte, dass der gewöhnliche Magister der Akademie einen weiten Bogen darum machte. Doch er konnte nichts über den geheimnisvollen Sidhari in Erfahrung bringen. Ein paar Männer verrieten nach angemessener Ermunterung, dass sich einige Sidhari in Geolath herumtrieben, die erst vor kurzem eingetroffen waren. Aber ob einer von ihnen bernsteinfarbene Augen hatte oder wo sie sich für gewöhnlich aufhielten, wussten sie nicht.

Zamashuras' Ermittlungen erbrachten auch nicht mehr. Ein Quano, der als Nachtwächter bei der Stadtwache diente, glaubte, in der gestrigen Nacht eine verstohlene Gestalt auf dem Weg zum Hafenviertel gesehen zu haben. Als er sie anrief, war der Schatten jedoch in eine dunkle Seitengasse gehuscht, und als der Mann den Eingang der Gasse erreichte, war der geheimnisvolle nächtliche Herumtreiber wie vom Erdboden verschluckt gewesen.

»Das ist ausgesprochen unbefriedigend«, stellte Corren fest, als sie sich am Nachmittag in seinem Studierzimmer über ihre Nachforschungen austauschten.

»Dem stimme ich zu«, sagte Zamashuras. Er legte die Hände zusammen und sah Corren fragend an. »Was werden wir jetzt tun, Magister? Riskieren wir es, die Reise ohne die Originalkarte anzutreten, oder suchen wir weiter nach dem Dieb und seinem Auftraggeber?«

Nachdenklich schritt Corren im Raum umher. »Ich bezweifle, dass wir dem Sidhari auf die Spur kommen. Wenn er so erfahren ist, wie er wirkte, wird er es merken, wenn wir uns länger in Geolath nach ihm umhören. Dann verschwindet er aus der Stadt. Wir sind also besser beraten, unseren Blick auf seinen Auftraggeber zu richten. Mein Gefühl sagt mir, dass Orashanos hinter all dem steckt, aber er ist natürlich zu schlau, um die gestohlene Karte in der Akademie aufzubewahren. Außerdem kann ich, wie Samnion schon sagte, nicht einfach mit wilden Anschuldigungen um mich werfen. Das würde der Rat der Erzmagister niemals gestatten.«

»Also sollten wir ihn beobachten«, schlug Zamashuras vor. »Hat er die Karte für seine eigenen Zwecke stehlen lassen, muss er sie irgendwann studieren. Er kann sie nicht einfach einem beliebigen Abenteurer in die Hand drücken und diesen beauftragen, ThaunasRa zu finden. Dafür ist die Karte zu fremdartig.«

Corren nickte langsam. »Ihr habt recht, Shur. Orashanos muss ein Versteck in der Stadt haben, wo er die Karte heimlich untersuchen kann. Wir müssen ihn im Auge behalten und versuchen, dieses Versteck zu finden.«

»Ich kenne ein paar Personen, die das nötige Geschick in Heimlichkeit besitzen, um uns hilfreich zu sein«, sagte Zamashuras. »Wenn Ihr wünscht, werde ich sie auf Orashanos ansetzen.«

»Tut das«, bat Corren. »Lassen wir uns von dem Schurken zu seiner Beute führen.«

Am nächsten Morgen fand die Stadtgarde den Sidhari am Ostrand von Geolath. Es hieß, er läge inmitten einer schmalen Gasse, in der die Bewohner der angrenzenden Häuser ihren Müll loswurden und in die sie sich über die aus den Hauswänden ragenden Aborte erleichterten. Als Corren die Nachricht vom Hauptmann der Garde erhielt, dem er in der Vergangenheit zu gutem Geld verholfen hatte, indem er einige alte Waffen für ihn schätzte, ließ er alle Arbeit liegen und machte sich umgehend mit Zamashuras auf den Weg hinunter in die Stadt.

Der Ostrand war nicht die beste Gegend von Geolath. Überfälle und gewalttätige Auseinandersetzungen ereigneten sich hier täglich. Auch den einen oder anderen Toten hatte man schon auf der Straße gefunden. Es war also nicht ausgeschlossen, dass der Sidhari von irgendwelchen anderen Verbrechern umgebracht worden war. Allerdings hatte Corren ihn im Kampf erlebt. Ein leichtes Opfer war der Dieb nicht. Da sich sein Tod darüber hinaus so kurz nach dem Diebstahl ereignet hatte, lag der Verdacht nahe, dass eine Verbindung zu dem Raub der Karte von ThaunasRa bestand. Hatte der Auftraggeber des Sidhari diesen zum Schweigen bringen wollen, weil Corren und Zamashuras sich an seine Fersen geheftet hatten?

Als sie unter der Führung des Gardisten, der sie von dem Fund unterrichtet hatte, am Tatort eintrafen, schlug ihnen aus der Gasse Gestank entgegen. In den besseren Vierteln der Stadt gab es noch immer die vielarmige Kanalisation, die vor tausend Jahren angelegt worden war und mit Wasser betrieben wurde, das aus dem nahen Meer gepumpt wurde. In weiten Teilen von Geolath war diese allerdings nicht mehr in Betrieb, weil sie im Laufe der Jahrhunderte entweder eingestürzt oder vollkommen verstopft war. Für die neueren Viertel wie den Ostrand war sie erst gar nicht angelegt worden. Man konnte seine Exkremente ja auch einfach in eine ungenutzte Gasse fallen lassen – so wie hier.

Umgeben von drei Soldaten begrüßte Hauptmann Masuun Corren am Eingang der Gasse. Der stämmige Phoekier diente schon seit mehr als zwanzig Jahren in der Garde. Er trug einen Harnisch aus Leder und Bronzescheiben, dazu einen Helm, der halb Eisenhaube, halb gewickeltes Tuch war, hatte die Hände um den breiten Ledergürtel gelegt und machte ein mürrisches Gesicht. Es war ein Ausdruck, den er eigentlich immer zur Schau stellte, wenn er gezwungen war, das schattige Innere seines Wachhauses zu verlassen und sich hinaus in die Sonne zu begeben.

»Wir haben ihn noch nicht geborgen, weil wir dachten, dass Ihr Euch den Toten vorher anschauen wollt, Magister«, sagte Masuun.

Corren warf einen Blick in die Gasse. Die Häuser standen so eng, dass sich die Dächer weiter oben beinahe berührten. Dennoch fiel dank der hoch am Himmel stehenden Sonne genug Licht hinein, dass gut erkennbar war, wie sehr die Gasse einem stinkenden Abfallhaufen glich. Der Körper lag gut zwei Dutzend Schritt vom Eingang entfernt zwischen Essensresten und Exkrementen. »Danke, Hauptmann. Das war sehr aufmerksam von Euch.«

»Müssen wir die Leiche des Diebes wirklich genauer untersuchen?«, fragte Zamashuras und rümpfte die graue Nase. »Wie genau er zu Tode kam, ist doch für uns nur von geringem Interesse.«

»Ich fürchte, ich muss Euch widersprechen, treuer Freund«, entgegnete Corren. »Die Umstände seines Todes sind sogar ausgesprochen wichtig für uns. Denn nur sie vermögen uns Anhaltspunkte dafür zu liefern, wer ihn umgebracht hat und warum. Und Antworten auf diese Fragen führen uns mit etwas Glück zu dem Mann, von dem wir annehmen müssen, dass er meine gestohlene Karte in seinem Besitz hat.«

»Ich schicke Euch einen Gardisten mit, der die Bewohner von ihren Aborten fernhält, während Ihr den Toten untersucht«, sagte Masuun.

»Ich danke Euch.« Corren neigte den Kopf. »Vielleicht könnten Eure anderen Männer unterdessen die Anwohner befragen.«

»Befragen?« Der Hauptmann legte verwirrt die Stirn in Falten.

»Ob sie in der Nacht von dem Mord oder dem Abladen der Leiche etwas mitbekommen haben. Jeder Hinweis könnte uns zu dem Täter führen.«

»Der Sidhari war ein Dieb. Was schert es uns, wer ihn getötet hat?«

»Habt Ihr eben nicht zugehört? Der Dieb interessiert auch mich nicht im Geringsten. Aber die Beute, die alte Stadtkarte, die er hat mitgehen lassen, ist von enormer Wichtigkeit. Da ich den Toten nicht mehr befragen kann, wem er sie gegeben hat, mag sein Mörder die einzige Spur sein, um die Karte wiederzuerlangen.«

»Hm, da ist was dran. Jalas, Temrun, ihr geht von Tür zu Tür. Shamon, du begleitest den Magister zum Toten.«

Die Männer nickten gehorsam, wobei Shamon eine missmutige Miene machte. Corren sah es ihm nach.

Zu dritt betraten sie die schattige Lücke zwischen den Häusern. »Stadtgarde bei der Arbeit!«, rief Shamon lautstark. »Bleibt den Aborten fern!« Einige Vorhänge hinter den Fensteröffnungen bewegten sich, und neugierige Augen spähten durch hölzerne Läden. »Stadtgarde bei der Arbeit!«, wiederholte der Soldat.

Ein Fensterladen vor ihnen öffnete sich, und eine grauhaarige Frau, deren Gesicht die Falten vieler Lebensjahre aufwies, wollte einen Eimer mit Gemüseabfällen ausleeren.

»He!«, brüllte Shamon sie an. »Keine Abfälle und keine Abortbesuche, während wir hier sind! Dieses Loch stinkt so schon erbärmlich genug.«

»Ach ja?«, keifte die Alte. »Dann macht es doch sauber. Mir stinkt es nämlich auch. Aber die Stadt kümmert sich ja nur um die reichen Bürger. Wir versinken im Dreck.« Sie leerte ihren Eimer aus, achtete aber darauf, keinen der drei Männer mit den Abfällen zu treffen.

Der Soldat legte seine Hand ans Kurzschwert. »Wollt Ihr, dass ich Eure Tür eintrete und Euch lehre, was es heißt, sich den Geboten der Stadtgarde zu widersetzen?«

»Ja, kommt ruhig rein. Aber eintreten braucht Ihr die Tür nicht. Die hat ohnehin kein Schloss.« Sie lachte verbittert und schloss das Fenster.

»Bedauerliche Zustände herrschen hier«, bemerkte Zamashuras.

»Das könnt Ihr laut sagen«, knurrte Shamon.

Corren achtete nicht weiter auf die beiden. Sein Blick war auf die Leiche des dunkelhäutigen Wüstenelfen gerichtet. Der Tote lag bäuchlings im Dreck, die Glieder von sich gestreckt. Es waren weder Kampfspuren noch Wunden an ihm zu entdecken – etwa am Kopf oder am Rücken –, die auf einen gezielten Mord hingedeutet hätten. Wäre er nicht tot gewesen, hätte man meinen können, dass er vollkommen betrunken in der Gosse seinen Rausch ausschlief. Welchen Umständen er auch immer zum Opfer gefallen war, gewöhnliche Straßenräuber hatten nichts damit zu tun.

Aber dieses Rätsel interessierte Corren nicht mehr, als er eine längliche Umhängetasche entdeckte, die den Ledertornistern glich, mit denen Zamashuras und Orashanos am Abend des Angriffs in die Akademie zurückgekehrt waren. Zweimal der Länge nach gefaltet und dann sorgsam zusammengerollt, passte die Karte von ThaunasRa ohne Schwierigkeiten hinein. Die Tasche war dem Sidhari halb von der Schulter und auf die Straße gerutscht. Schalen von Obst und Nüssen umgaben sie.

»Seht doch, Shur!« Rasch trat Corren näher und zog dem Toten ohne viel Feingefühl die Tasche von der Schulter. Mit vor Aufregung zitternden Fingern löste er die Lederschnüre, die sie verschlossen. »Ich kann es nicht glauben«, entfuhr es ihm, als er einen Zipfel der gesuchten Karte in den Fingern hielt.

»Was habt Ihr da?«, wollte Shamon wissen.

»Womöglich das vorzeitige Ende Eurer Ermittlungen«, antwortete Corren und verließ eilig die Gasse. »Shur, kommt mit.« Im Sonnenlicht der benachbarten Straße öffnete Corren die Tasche erneut und gemeinsam mit Zamashuras holte er vorsichtig die Karte daraus hervor. Die Linien und Symbole wirkten absolut vertraut. Und selbst wenn ein schneller und geschickter Fälscher die Karte abgezeichnet hätte, wäre es ihm unmöglich gewesen, ihren ganz speziellen Stoff nachzuahmen, der so fließend und doch so robust war. Solcherlei Stoff gab es heutzutage nicht zu kaufen. Es bestand kein Zweifel. Es handelte sich um das Original, das ihm vorgestern abhandengekommen war.

»Ich gestehe, dass ich für mein Staunen kaum einen Ausdruck finde«, sagte Zamashuras.

»Ihr sprecht mir aus der Seele«, pflichtete Corren ihm bei.

»Ist das die Karte, die Ihr gesucht habt?« Mit gerunzelter Stirn besah sich Hauptmann Masuun das exotische Stück Stoff.

»Das ist sie!«

Die Falten auf der Stirn des älteren Mannes vertieften sich. »Das verstehe ich nicht. Wer bringt diesen Dieb um, ohne ihn danach zu berauben? Selbst wenn der Mörder nicht gezielt hinter der Karte her war, hätte er sie gewiss mitgenommen. Jedes Kind sieht doch, wie fremdartig sie erscheint – und fremdartige Dinge erzielen beim richtigen Abnehmer einen guten Preis.«

»Vielleicht wollte jemand, dass der Magister die Karte zurückerhält«, warf Shamon ein, der ebenfalls aus der Gasse trat und die Leiche an den Beinen hinter sich herschleifte. »Man kann nicht behaupten, dass der Tote gut versteckt gewesen wäre. Unsere Patrouille führt jeden Morgen an dieser Gasse vorbei. Es war zu erwarten, dass wir den Sidhari bemerken. Und wirklich lange hat er hier auch nicht gelegen, denn der Körper ist noch nicht in Starre verfallen. Abgesehen davon wäre er von den Anwohnern um alles Wertvolle und Nützliche erleichtert worden, wenn sie Zeit und Gelegenheit dazu gehabt hätten.«

»Das ist zugegeben ein Mysterium, das einen zum Nachdenken bringen könnte«, sagte Corren, während er die tadellos erhaltene und nur leicht verschmutzte Karte wieder einrollte. »Aber ich will der glücklichen Fügung, die mir die Karte zurückgab, gegenüber nicht undankbar erscheinen. Also werde ich ein Dankesopfer für die Dreigötter darbringen, und es dabei bewenden lassen.«

»Nun ja.« Masuun kratzte sich am Kopf. »Wenn Ihr

kein weiteres Interesse an dem Toten oder seiner Ermordung habt, dann sehe ich keinen Grund, Zeit mit Nachforschungen zu verschwenden. Das Opfer war schließlich nur ein Sidhari und ein Dieb obendrein. Shamon, hole Jalas und Temrun. Wir bringen die Leiche vor die Stadt in die Wildnis und laden sie dort ab. Die Sonne und die Raubtiere werden sich schon um sie kümmern.«

»Verstanden, Hauptmann«, sagte Shamon. »Kann ich die Stiefel von dem Sidhari haben? Die sehen ziemlich bequem aus.«

»Sei nicht so gierig«, tadelte ihn Masuun. »Wer was von seinen Habseligkeiten erhält, entscheiden wir unterwegs. Und jetzt Bewegung! Wir wollen heute nicht noch mehr Zeit verschwenden.«

Fügsam eilte der Soldat die Straße hinunter. Unterdessen nickte Corren dem Hauptmann zum Abschied zu. »Ich danke Euch, dass Ihr mich über den Fund sofort unterrichtet habt, Masuun. Ihr habt mir damit einen großen Gefallen erwiesen.«

Der ältere Mann verzog die Mundwinkel zu einem trägen Grinsen. »Eine Hand wäscht die andere, Magister von Dask. Vielleicht besucht Ihr mich irgendwann mal wieder. Mir sind ein paar Wandteller und Vasen in die Hände gefallen, die sehr hübsch aussehen und womöglich recht alt sein könnten. Eure Einschätzung, ihren Wert betreffend, käme mir sehr gelegen.«

»Ich werde gewiss an Euch denken. Allerdings muss der Besuch noch ein paar Monde warten, denn zunächst werde ich mit Zamashuras erneut zu einer Entdeckungsreise aufbrechen, die mich wahrhaftig ans Ende der Welt führt.«

Masuun hob die buschigen Augenbrauen. »Tatsächlich? Ihr begebt Euch schon wieder auf große Fahrt?«

»So ist es.«

»Wo soll's denn diesmal hingehen?«

Mit vielsagendem Lächeln hob Corren die Tasche mit der Karte. »Wir begeben uns auf die Suche nach einer versunkenen Stadt. Wir reisen ins Wolkenmeer.«

Kapitel 7

DIE REISE NACH SKARGAKAR

16. Tag des 5. Mondlaufs im Jahr 850

Im Morgengrauen des zweiten Tages nach dem rätselhaften Wiederauftauchen der Karte von ThaunasRa machte sich Corren mit Zamashuras auf die Reise. Wenn es nach Corren gegangen wäre, hätten sie sich einfach auf die Rücken ihrer Greifen geschwungen und die Strecke durch die Luft zurückgelegt. Doch zum einen waren die Vogelpferde nicht kräftig genug für derartige Langstrecken, zum anderen hatte Corren zu viel Gepäck dabei, um es auf den Rücken von Ishaljir und Triasti zu schnallen – darunter nicht nur Kleidung, Rüstzeug und Waffen, sondern auch die Karte von ThaunasRa, zwei schwere Kladden mit Notizen, Grabungswerkzeug und eine Kiste mit alchemistischen Tinkturen.

Daher nahmen sie ihre zwei Greifen zwar mit auf die Reise – bei einer Fahrt in ein Wolkenmeer war dies nach Correns Dafürhalten nicht der dümmste Gedanke –, buchten aber für sie alle und ihr Gepäck eine Passage auf einem cordurischen Handelsschiff. Mit diesem fuhren sie zunächst an der Südküste des Inneren Ozeans entlang gen Westen. Dabei machten sie an jeder größeren Küstenstadt Phoekias und Xols halt, was ihre Reise verlangsamte, aber ihre Auswahl an Möglichkeiten war begrenzt, denn es gab nicht viele Händler, die den Mut und das diplomatische Geschick besaßen, sowohl in Phoekia als auch im befeindeten Xol ihre Waren zu verkaufen.

Nach knapp drei Wochen Seereise erreichten sie plangemäß die Hafenstadt Marsaal in Nemred. Dort mietete Corren einen Führer, der zwei zottige, sechsbeinige Lastkadamas sein Eigen nannte. Mit diesen sowie ihren zwei Greifen durchquerten sie binnen fünf raschen und ausgesprochen kräftezehrenden Tagen den keine dreihundert Meilen messenden Landstrich zwischen dem Terrhenianischen Meer und dem Westlichen Ozean.

Am dreizehnten Tag des sechsten Mondlaufs erreichten sie Durbar, eine geschäftige Hafenstadt an den Gestaden des Westlichen Ozeans. Dort saßen sie einige Tage fest, denn es fand sich kein Schiffer, der bis hinunter zum Wolkenmeer fahren wollte. Schließlich konnten sie bei einer Expedition aus Carthaos mit an Bord gehen, die das Hinterland von Aana-Uun, eines wilden und fast gänzlich unerschlossenen Landes voller schroffer Felsengebirge und dampfender Urwälder, nach Bodenschätzen durchsuchen wollte. Der Leiter war ein gebildeter Edelmann aus der Gegend von Iskardarun, der sich hocherfreut zeigte, in Corren einen Gelehrten gleichen Schlages vorzufinden. In den Tagen ihrer Reise nach Süden schwärmte er ihm von den Abenteuern und Reichtümern vor, die er zu finden hoffte, und er versuchte, Corren zu überreden, sich ihm anzuschließen. »Einen Mann von Euren Kenntnissen und Eurer Erfahrung könnte ich gut gebrauchen«, sagte er.

Doch so sehr es Corren verlockte, gemeinsam mit einer ausgesprochen gutausgestatteten Expeditionstruppe in die unbekannten Weiten jenes Landes vorzudringen – er hatte bereits sein eigenes Ziel. Und auch wenn er über ThaunasRa kein Wort verlor, verstand sein Gastgeber, dass auch das Wolkenmeer mit seinen exotischen Drachenarten, den schwebenden Inseln und dem fremdartigen Volk der Vogelmenschen ein Ort war, der einen geradezu unwiderstehlichen Reiz auf ein wissbegieriges Gemüt ausüben konnte.

So trennten sich die Männer nach zehn Tagen in Yesiliar, einer carthaotischen Garnisonsstadt an der Küste von Aana-Uun, und während sich die Carthaoten auf den Vorstoß ins Landesinnere vorbereiteten, wechselten Corren und Zamashuras mit ihren Greifen und ihrem Gepäck auf ein Flugschiff, dessen Kapitän, eine robuste Nondurierin namens Bellura, ihnen versprach, sie bis nach Skargakar mitzunehmen. Corren hatte bereits vor vielen Jahren Bekanntschaft mit dem Volk der Nondurier gemacht, die von kurzer, aber enorm kräftiger Statur waren und deren blutrote bis violette Haut sie gemeinsam mit dem jagdhundartigen Schädel in den Augen Ungebildeter wie eine dämonische Dienerrasse aus den Dunkelreichen erscheinen ließen. Für Zamashuras war dies die erste Begegnung, denn rund um den Inneren Ozean waren Nondurier nur höchst selten anzutreffen. Allerdings ließ sich der Quano nicht anmerken, was er über die in ihren Umgangsformen etwas ruppigen Flugschiffer dachte.

An ihrem Fortbewegungsmittel, das den poetischen Namen *Weite Himmel* trug, zeigte er dagegen deutliches Interesse. »Diese Kyrillian-Kristalle, die unter dem Rumpf angebracht sind und dem Schiff seinen Auftrieb verleihen, sind ein erstaunliches Element«, sagte er, als sie über eine spezielle Turmkonstruktion am Südrand des Hafens von Yesiliar an Bord des über den Wellen schwebenden Flugschiffs gingen.

»Ja, das sind sie«, bestätigte Corren. »Bis heute soll es keinem Magiegelehrten gelungen sein, die Natur ihrer Magie zu entschlüsseln. Warum steigen manche Kristalle höher empor als andere? Wieso ist ein Kristallverbund so viel stärker als seine Teile? Und warum nimmt schweres Metall ihnen ihre Kraft? Das alles ist noch unbekannt.«

»Und uns ist es gleichgültig«, tönte Bellura. »Wir wissen, wo wir die Steine abbauen können, wie man sie schleifen muss, um ihre Macht zu stärken, und wie wir uns ihrer in unseren Steuerkästen bedienen können – das genügt uns.«

»Diese Steuerkästen«, sagte Zamashura zu ihr, »darf ich fragen, wie sie funktionieren?«

»Genau so wie die hölzernen Läden an den Fenstern hier überall in der Stadt«, sagte die Nondurierin. »Öffnet man sie, dringt Licht hindurch. Schließt man sie, ist es dunkel. Und weil die Steuerkästen aus Blei gefertigt sind, heißt das für die Kyrilliane: Öffnet man sie, entfalten die Kristalle ihre Kraft, schließt man sie, haben sie keine Wirkung. Je nachdem, wie weit man sie öffnet, steigt man schneller oder langsamer oder man sinkt, denn das Gewicht des Schiffs zieht es natürlich zurück zur Erde. Man kann jeden Kyrillian-Rahmen eigenständig bedienen. Das geschieht über Taue, die durch den Rumpf zu dem Steuerstand dort zwischen den Masten geführt werden. Im Grunde wäre das nicht nötig, denn Vortrieb und Lage des Schiffs werden ohnehin über die Segel gesteuert. Aber es unterstützt die Wirkung der Segel, wenn man den Rumpf in die entsprechende Richtung kippt, indem man die Kyrillian-Rahmen unterschiedlich weit öffnet und wieder schließt.«

»Ich sehe schon, für die Führung eines Flugschiffs ist mehr Geschick vonnöten, als ich es erwartet hätte«, stellte Zamashuras fest.

Die Hundeköpfige lachte bellend. »Das kann man wohl sagen. Ein ungeschickter Lenker vermag so ein Flugschiff durchaus zum Absturz zu bringen. Aber keine Sorge, meine

Männer und ich sind noch immer heil an unser Ziel gekommen.«

»Wie ausgesprochen ermutigend.«

Sechs Tage lang flogen sie, der Küstenlinie folgend, weiter gen Süden, bevor sie auf Höhe der Handelsstadt Alyanah ins Landesinnere abbogen. So tief in den Süden Endars war Corren noch nie vorgedrungen. Sie befanden sich nun südlich der riesigen Wüste Shaom, in Landen, die keinen Namen hatten und von weitläufigen, urtümlichen Wäldern bedeckt waren, aus denen des Nachts die seltsamsten Schreie zu ihnen hinaufdrangen. Corren war froh, dass sie nicht gezwungen waren, sich zu Fuß durch diese Wildnis zu schlagen. Aus der Höhe betrachtet war der Anblick des schier endlos weiten Grüns, über dem strahlend die Sonne aufging, atemberaubend. Unter dem dichten Blätterdach, in der dumpfen Schwüle des Tages und der klammen Feuchtigkeit der Nächte, im Kampf gegen Gestrüpp, Raubtiere und Krankheiten, mochte das Land hingegen schnell seine Faszination verlieren.

Am achten Tag des siebten Mondlaufs schließlich erreichten sie Nibulos, die westlichste der freien Städte, die in den letzten zweihundert Jahren am Rand des Wolkenmeers entstanden waren. Anfangs waren es bloß kleine und kaum bemerkenswerte Ansiedlungen von Menschen gewesen, die fernab ihrer ursprünglichen Heimat einen Neuanfang suchten. Manche hatten sich dem Gesetz entzogen, andere waren vor kriegerischen Konflikten oder tyrannischen Herrschern geflohen. Gemeinsam mit den in der Wildnis ringsum lebenden Eingeborenenstämmen der echsenartigen Drak hatten sie ein schlichtes und keineswegs leichtes Leben geführt. Dann waren vor hundert Jahren die Nondurier mit ihren Flugschiffen an die Küste des Wolkenmeers gekommen, und alles hatte sich verändert – so zumindest erzählte es ihre Gastgeberin. Dank der Flugschiffe waren die Menschen auf einmal imstande gewesen, das Wolkenmeer selbst zu bereisen.

»Und dort fanden sie die Drachen«, fuhr Bellura fort, die sich mit Corren am Steuerstand aufhielt, während sie im schwindenden Tageslicht über den von weißen Dunstschwaden umgebenen Dächern von Nibulos dahinglitten und auf den Hafen zuhielten. »Sie fanden kleine Drachen und große Drachen, grüne, blaue, bronzefarbene und die schrecklichen roten. Es war eine völlig neue Welt für sie, und sie barg unglaubliche Reichtümer. Ich nehme an, Ihr wisst, wie wertvoll Drachenschuppen und Drachenzähne sind, von gewissen Innereien ganz zu schweigen.«

Corren nickte. »Ja, das ist mir bekannt.«

»Dann wird es Euch nicht wundern, dass diese kleinen Siedlungen in nur wenigen Jahrzehnten zu den ausufernden Städten anwuchsen, die sie heute sind. Allein in den letzten zehn Jahren sind Tausende auf der Suche nach Glück und Reichtum nach Nibulos, Triane und Skargakar geströmt. Einige kamen sogar aus dem hohen Norden und haben eine neue Stadt weit draußen im Osten gegründet, Radursfeste. Es heißt, sie wollen Gebiete des Wolkenmeers befahren, in denen noch nie jemand gewesen ist.«

»Radursfeste?« Bei dem Namen merkte Corren auf. »Das klingt, als kämen diese Männer und Frauen aus Breganorien oder Tahl.«

»Ihr kennt Euch in diesen fernen Landen aus?«, fragte die Nondurierin überrascht.

Corren nickte. »Ich habe dort gelebt … aber das ist lange her.«

Sie erreichten den Hafen und machten an einem der

hölzernen Hochpiere fest. Obwohl dieser Bereich der Stadt Hafen genannt wurde, lag kein einziges gewöhnliches Schiff vor Anker, denn es gab nirgendwo Wasser. Stattdessen hingen etwa ein Dutzend Flugschiffe unterschiedlicher Größe mit Tauen festgebunden in der Luft. Die Segel waren eingeholt, die Seitenfächer zusammengeklappt und aus nur leicht geöffneten Steuerkästen drang der sanft violette Schimmer der Kyrilliane.

»Kapitän, ich muss gestehen, dass ich ein wenig enttäuscht bin«, sagte Zamashuras, der zuvor am Bug gestanden hatte und sich jetzt zu ihnen gesellte. »Dieser Dunst, der alles einhüllt: Ist dies das berühmte Wolkenmeer?«

Bellura lachte und ihre spitzen Ohren zuckten. »Ja, so sieht es hier in der Gegend tatsächlich aus – wenn man sich am Boden befindet. Wartet nur, bis wir morgen über die Wolken aufsteigen, dann werdet Ihr seine ganze Größe erahnen. Richtig prachtvoll wird es aber erst, wenn wir den Landfall erreichen.«

»Das ist diese Felsschwelle im Land, nicht wahr?«

Ihr Gegenüber nickte. »Es handelt sich um eine gewaltige Barriere, die das Hochland, auf dem wir uns gegenwärtig befinden, von der Tiefebene trennt, die das Wolkenmeer ausfüllt.«

»Ist das Wolkenmeer von allen Seiten durch diesen Landfall begrenzt?«, wollte Corren wissen. »Wie der Kessel eines Vulkans?«

»Das weiß wohl niemand.« Bellura hob in einer Geste der Ahnungslosigkeit die Hände. »Hier im Westen und an der Nordgrenze des Meers gibt es ihn, wobei er höher wird, je weiter wir nach Osten fliegen. Rund um Nibulos soll die Schwelle keine fünfhundert Schritt in die Tiefe fallen, weswegen … nun ja … die Wellen des Wolkenmeers sozusagen immer wieder über die Stadt schwappen.« Sie deutete auf die weißen Dunstschwaden, die sie umgaben und gemeinsam mit der Nacht die Stadt verschluckten.

»Ich würde gern mehr über all das erfahren«, sagte Corren. »Darf ich Euch in eine der Tavernen einladen?«

Die Lefzen der Hundeköpfigen verzogen sich zu einem furchteinflößenden Grinsen. »Ein verlockendes Angebot, aber für heute muss ich es ausschlagen. Meine Mannschaft und ich haben noch Geschäfte zu erledigen. Aber wir sind noch ein paar Tage bis Skargakar unterwegs – reichlich Zeit, um zu trinken und zu reden. Und um das Wolkenmeer kennenzulernen. Wartet nur bis morgen ab! Dann werdet Ihr staunen.«

Auch am nächsten Morgen lag Nibulos in fahlen Dunst gehüllt da, der sich nicht von der aufgehenden Sonne vertreiben ließ. Im Licht des Tages fiel Corren auf, dass zahlreiche der aus einem weißgrauen Gestein gemauerten Gebäude einen grünlichen Schatten aus Moos aufwiesen, der an manchen Hausecken sogar zu dichtem Flaum angewachsen war. Gleiches galt für viele der Dachschindeln. Holzhäuser oder mit Stroh gedeckte Gebäude sah Corren kaum, und die wenigen, an denen er vorbeikam, wirkten, als wären sie binnen weniger Mondläufe verrottet. Die Bewohner der Stadt, überwiegend Menschen, aber auch einige Nondurier, trugen feste, eingeölte Stoffumhänge, und viele von ihnen blickten grimmig und abweisend drein. Wirklich glücklich schienen sie über ihr Leben am Rand des Wolkenmeers nicht zu sein.

Die Einzigen, denen das feuchte Klima nicht das Geringste auszumachen schien, waren die Geschöpfe, die Corren für die in diesen Breiten einheimischen Drak hielt. Vom

Körperbau her ähnelten sie Menschen, aber ihre Haut war von einem blassen Graubraun und wirkte lederartig robust. Finger und Zehen liefen in Krallen aus, und das nasenlose Gesicht mit den tiefliegenden Augen war runzlig und von einem Kranz kleiner Dornen umgeben. Zumeist einzeln, gelegentlich auch in kleinen Gruppen trieben sie sich vorwiegend im Bereich der Anlegestellen herum, so dass Corren den Eindruck hatte, als wären sie auf der Suche nach Arbeit auf einem der Flugschiffe.

Bellura nahm keinen von ihnen an Bord. »Diese Drak sind mir zu streitlustig«, erklärte sie. »Auf Drachenjägerschiffen, die den Kampf suchen, sind sie gut aufgehoben. Händler wie wir haben ihnen zu wenig Aufregung zu bieten – selbst wenn sie für ein paar Kristalle an Bord kommen, werden sie sich rasch langweilen, und das endet meist in Ärger.«

Die Nondurierin und ihre Mannschaft machten ihr Flugschiff startklar. Dabei hob Bellura die hundeartige Schnauze in die Luft und sah sich wie witternd um. »Das Wetter wird besser«, verkündete sie. »Wappnet Euch, Magister von Dask. Wir werden bei strahlendem Sonnenschein über das Wolkenmeer dahinsegeln.«

Als sie ablegten, war von der Sonne noch nicht viel zu sehen. Grauer Dunst hüllte die Gassen und den Hafen von Nibulos ein, und ihr Aufstieg erfolgte wie durch dichten Nebel. Allerdings wurde dieser schon nach kurzer Zeit merklich heller, bis er sich zu einem lichten Weiß gewandelt hatte. Im nächsten Moment brachen sie aus dem Dunst hervor. Corren, der mit Zamashuras am Schanzkleid der *Weite Himmel* stand, richtete sich unwillkürlich auf, und ein Gefühl von grenzenlosem Staunen, ja Ehrfurcht, überkam ihn. Er hatte schon viele Lande Endars bereist, doch nur wenige hatten ihn derart beeindruckt.

Vor ihnen erstreckte sich in unfassbarer Weite ein Meer aus Wolken. Weiße, dunstige Berge, in einem ewigen Wechsel aus Werden und Vergehen begriffen, strahlten im Licht der aufgehenden Sonne, und feinste Nebelschleier stiegen in den blauen, wolkenlosen Himmel über ihnen auf, wo sie in einer frischen Brise aus Westen zerfaserten. Dieser Wind fing sich in den Segeln, blähte sie und begann das Flugschiff in guter Fahrt in Richtung Osten zu treiben.

»Habe ich zu viel versprochen?«, rief Bellura vom Steuerstand aus. Die Nondurierin zog an einigen der Steuertaue und beendete so den Steigflug.

»Das habt Ihr wahrhaftig nicht«, sagte Corren. »Dieser Ort ist ein Wunder.«

In der Ferne gewahrte er einige dunkle Massen im vorherrschenden Weiß. Neugierig zog er sein Fernrohr aus einer Gürteltasche und setzte es an das rechte Auge. In der Vergrößerung erkannte er, dass es sich um Bergspitzen handelte, die aus den Wolken stachen. Bäume und Sträucher wuchsen auf ihnen und verliehen ihnen das Aussehen einer Inselgruppe in diesem außergewöhnlichen Meer. Um einen der Gipfel kreiste ein Schwarm kleiner grüner Geschöpfe, von denen Corren annahm, dass es sich um Flugechsen handelte. Doch als die Geschöpfe die *Weite Himmel* bemerkten und einige von ihnen näher kamen, erkannte Corren seinen Irrtum. Es handelte sich vielmehr um Drachen, deren Körper etwa die Größe von Rotwild hatten. Die Geschöpfe mit dem kräftig grünen Schuppenkleid zogen weite Kreise um das Flugschiff und schlugen dabei Kapriolen, als würden sie mit dem größeren Gefährt spielen.

»Sie sind völlig furchtlos«, stellte Corren fest.

»Die Grünen haben keinen Grund, sich vor den Flugschiffen zu fürchten«, sagte Bellura. »Ihr Fleisch ist bitter und ihre Haut und Schuppen zwar hübsch anzusehen, aber schlecht zu verarbeiten. Deshalb werden sie nicht bejagt. Ihr Auftauchen gilt vielen Flugschiffern als gutes Omen. Freut Euch, Magister von Dask. Eure Reise ins Wolkenmeer scheint unter einem guten Stern zu stehen.«

Corren lachte. »Ich nehme jede Gunst des Schicksals, die ich bekommen kann. Wir werden sie brauchen.«

Sechs Tage flogen sie bei günstigem Wind nach Osten, wobei Bellura immer wieder an Siedlungen und Städten haltmachte, um Handel zu treiben. Das Land im Norden stieg immer weiter an, bis es über die Nebel hinausragte und so eine natürliche, felsige Grenze für die wolkige Weite bot. Diese Grenze war bemerkenswert scharf gezogen. Während Nibulos am Tag wie in der Nacht von Dunst eingehüllt war, schienen die Nebelschwaden an diesem sogenannten Landfall nur in manchen Nächten über die Ufer zu treten. Bei Tage leckten sie wie dunstige Wellen gegen das helle Klippengestein, das, wie Corren beobachtete, nicht nur verschiedenen Flugechsenarten als Brutplatz diente, sondern auch von unterschiedlichsten Moosen und Schwämmen bewachsen war.

»Magister Efferem wäre außer sich vor Begeisterung«, sagte er zu Zamashuras.

»Vielleicht sollten wir der Fakultät für Tier- und Pflanzenkunde ein paar Exemplare mitbringen«, meinte der Quano.

Corren schüttelte den Kopf. »So viel Gepäck können wir gar nicht transportieren, wie wir hier an unbekannten Tieren und Pflanzen sammeln könnten. Nein, die Akademie muss zu einem späteren Zeitpunkt eine Expedition aussenden, die all dies hier eingehender studiert.«

»Gestattet mir wenigstens, ein paar Zeichnungen anzufertigen«, bat Zamashuras. »Ich könnte Triasti nehmen und zu den Klippen hinüberfliegen, um einige Proben zu sammeln. Nachdem ich sie gezeichnet habe, werfen wir sie über Bord.« Er deutete auf die Greifendame, die mit ihrem Gefährten Ishaljir am Bug der *Weite Himmel* saß und aufmerksam in die Ferne schaute.

»Einverstanden. Macht Eure Notizen. Ich bin mir sicher, sie dürften ausgesprochen hilfreich sein, wenn wir das nächste Mal Geld für eine Expedition ins Wolkenmeer erbitten wollen.«

So verbrachten sie die letzten Tage ihrer Reise, und genau zwei Mondläufe und einen Tag nach ihrer Abfahrt aus Geolath erreichten sie an einem milden Abend die große Stadt Skargakar, die gewaltigste unter den Städten an der Küste des Wolkenmeers.

Corren hatte sich bislang kein rechtes Bild von Skargakar machen können. Zum einen wurde die Stadt immer wieder von Händlern und Flugschiffern erwähnt, wenn es um Drachenjagden oder den Reichtum ging, den das Wolkenmeer der Region verschaffte. Zum anderen lag sie so weit draußen in der Wildnis – nach Süden von der weißen Weite, nach Norden von mühselig zu bereisenden Urwäldern begrenzt –, dass kaum nennenswerte Kultur oder sonstige Errungenschaften der Zivilisation ihren Weg hierhergefunden haben konnten.

Die Wahrheit war weitaus bemerkenswerter. Schon von weitem ließ sich erkennen, dass die Küstenlinie des Landfalls stark bebaut worden war. Trutzige Türme, die in flachen Plattformen endeten, säumten die Abbruchkante im Abstand von vielleicht hundert Schritt. Gleich mehrere Speerschleudern erhoben sich darauf, die offensichtlich den Zweck hatten, Feinde aus der Luft abzuwehren, mochten es nun Drachen oder Piraten sein. In einem breiten Freiraum dazwischen erstreckten sich die steinerne Kaimauer und die hölzernen Piere des Hafens von Skargakar. Dessen Weitläufigkeit versetzte Corren in Staunen. Mehr als ein Dutzend großer Flugschiffe und zahlreiche kleinere Schaluppen hingen dort vertäut in der Luft, und es herrschte reges Treiben sowohl vor den Speichern und Tavernen an Land als auch auf den zwischen den Schiffen verlaufenden Holzkonstruktionen, die allem Anschein nach von Kyrillian-Kristallen in der Schwebe gehalten wurden.

Die Stadt erstreckte sich gewiss zwei Meilen entlang des Landfalls und mehr als eine Meile ins Landesinnere und musste nach Correns Dafürhalten mindestens zwanzigtausend Einwohner haben. Damit war sie weit kleiner als Geolath oder gar Aidranon, allerdings war eine Stadt dieses Ausmaßes mitten in der Wildnis durchaus beachtlich. Keine der Städte, die sie auf ihrer Reise übers Wolkenmeer passiert hatten, war auch nur halb so groß gewesen.

Viele der Gebäude waren nicht mehr als zweistöckig, aber an gleich zwei Stellen entstanden große Prachtbauten. Bei einem schien es sich um einen Tempel zu handeln, der andere mochte eine Ratshalle oder der Sitz eines der hiesigen Kaufleute sein. Corren wusste, dass Skargakar von einem Rat aus wohlhabenden Händlern regiert wurde. Einen Alleinherrscher kannte diese Stadt nicht; ebenso wenig wie ihre Nachbarstädte. Allerdings gab es eine kaum weniger mächtige Drachenjägergilde, die Einfluss auf den Rat hatte. Viel mehr interessierte Corren jedoch nicht. Sie würden nicht länger in Skargakar bleiben, als nötig war, um ihre Expedition auszurüsten.

Als sie in den Hafen einflogen, wurde nicht weit entfernt gerade ein gewaltiger, lebloser Drachenleib mit einer eindrucksvollen, aus Stein und Holz errichteten Krankonstruktion von einem der Flugschiffe in die Höhe gehievt. Eigentümliche schwebende Kugeln, die an Ketten an dem silbrig schimmernden Körper befestigt worden waren, schienen die immense Last zu erleichtern.

»Kyrillian-Bojen«, erklärte Bellura, die seinen Blick richtig gedeutet hatte. »Ohne sie wäre die Drachenjagd sehr viel mühsamer.«

Corren nickte verstehend. »Wohin bringen sie die Drachen?«

»Nirgendwohin. Der Kran gehört zu einem der Schlachthöfe. Er liegt direkt dahinter. Dort wird der Körper von den Zerlegern weiterverarbeitet, die wirklich jeden verwertbaren Teil heraustrennen. Viel bleibt am Ende nicht von dem Kadaver übrig, das könnt Ihr mir glauben. Ihr wärt erstaunt, welche Körperteile man alle getrocknet, gepökelt, gerieben oder geschliffen verkaufen kann, sofern sie bloß von einer Großen Echse stammen.«

»Ich kann es mir vorstellen«, erwiderte Corren. »Es gibt einen ähnlichen Ort viele Tagesreisen gen Norden, an dem sich ebenfalls Männer und Frauen der Drachenjagd verschrieben haben. Allerdings wirkt ihr Handwerk, so tollkühn und kenntnisreich sie auch sein mögen, im Vergleich mit dem hiesigen wie das blutiger Anfänger.«

»Ja, was die Jagd auf die Großen Echsen angeht, kann man den Bewohnern von Skargakar nichts vormachen. Die ganze Stadt lebt davon und dafür – und das mit jedem Jahr mehr. Gut für mich, denn je reicher die Stadt wird, desto besser kann ich meine Waren aus Nemred und Suntar verkaufen.«

Nachdenklich nahm Corren ihre Worte zur Kenntnis. »Sagt, Bellura, denkt Ihr, dass es falsch war, nach Skargakar zu reisen? Werden wir hier an diesem Ort überhaupt einen

Flugschiffer finden, der bereit ist, auf eine etwas andere Jagd zu gehen?«

Die Nondurierin zuckte mit den Schultern. »Das, Magister von Dask, müsst Ihr schon selbst herausfinden. Falls Ihr mit uns weiterreisen wollt: Wir legen morgen um die zehnte Stunde ab.«

»Nein«, sagte Corren. »Wir wollen unser Glück hier versuchen.«

Kapitel 8

IM KLIPPENHAUS

14. Tag des 7. Mondlaufs im Jahr 850

Corren mietete für Zamashuras und sich ein Quartier in einer nahen Herberge namens *Flugschiffers Rast*, die Bellura ihm empfohlen hatte. Er bezahlte ihren Leuten einen kleinen Obolus, damit diese ihr Gepäck dorthin brachten. Ishaljir und Triasti ließ er vorerst fliegen. Die Greifen mochten es nicht, in Ställen zu stehen, und an der Straße anbinden konnten sie die Vogelpferde auch nicht. Sie erregten bereits neugierige Blicke, als sie mit einem kräftigen Flügelschlag von Bord der *Weite Himmel* sprangen. Sorgen, dass ihnen etwas in der Wildnis außerhalb der Stadt zustoßen könnte, machte Corren sich nicht. Die Greifen waren ziemlich intelligent und wussten sich obendrein sehr gut ihrer Haut zu wehren. »Aber haltet euch in der Nähe«, schärfte Corren Ishaljir leise ein. »Wenn wir uns auf den Weg machen, geben wir euch ein Zeichen.«

Der Greif gab einen Laut der Zustimmung von sich, dann erhob er sich flügelschlagend in die Lüfte. Triasti folgte ihm. Corren hoffte, dass kein übereifriger Wachgardist auf einem der Türme mit den Speerschleudern die Vogelpferde für Drachen hielt, die Skargakar angriffen. Aber ein Blick den Hafen hinauf und hinunter zeigte ihm, dass die Mannschaften der benachbarten Türme ruhig blieben. Offenbar hatten sie das Auftauchen der Greifen im Hafen bereits beobachtet.

Auf Belluras Rat hin versuchten Corren und Zamashuras erst gar nicht, die geschäftigen Mannschaften am Kai und auf den Piers anzusprechen, sondern begaben sich zur Amtsstube des Hafenmeisters, der am besten darüber Kenntnis hatte, welche Flugschiffer auf der Suche nach Fracht oder Passagieren waren.

»Wenn Ihr nach Flugschiffern sucht, die nicht zugleich Drachenjäger sind, müsst Ihr ins *Klippenhaus* oder in den *Ankerplatz*«, verriet ihnen der einbeinige Mann mit dem zottigen grauen Haar und dem gewichtig aussehenden, blauen Wams. »Dort könntet Ihr fündig werden. Da geht es auch nicht ganz so rau zu wie in mancher Jägertaverne.« Er gluckste und warf Zamashuras einen bedeutungsvollen Blick zu. Offenbar hielt er den hageren Quano für einen kraftlosen Schriftgelehrten, der auf der Straße nicht länger als einen Tag überleben würde.

Corren machte sich nicht die Mühe, dieses Fehlurteil aus der Welt zu räumen. »Wir benötigen auch ein paar kampferprobte Männer und Frauen«, sagte er stattdessen. »Dies mag eine Forschungsreise sein, aber wir werden gefährliche Gestade durchqueren.«

»Nun, die werdet Ihr überall in Skargakar finden. An Glücksrittern und Abenteurern mangelt es der Stadt wahrhaftig nicht. Versucht Euer Glück im *Roten Drachen* oder im *Alten Eckhaus.* Eigentlich treibt sich dieses Volk überall in den Straßen der Hafengegend herum, und ich schätze, Ihr werdet sie erkennen, wenn Ihr sie seht.«

»Dann halten wir die Augen offen«, sagte Corren, und sie machten sich wieder auf den Weg.

In der Zwischenzeit war es dunkel geworden, und überall in der Stadt wurden die Straßenlaternen entzündet. Etliche von ihnen glühten in einem düsteren Rot statt in dem gelben Schein gewöhnlicher Lichtquellen. Die Farbe sorgte für eine irgendwie unheilvolle Atmosphäre. »Sie brennen mit Drachenöl«, erklärte ihnen eine Frau mit einem Korb unter dem Arm, als Corren sich danach erkundigte.

Ihm war bereits aufgefallen, dass viele Kleider der Bewohner offensichtlich aus Drachenleder gefertigt waren, und ebenso hatte er beinerne Verzierungen an zahlreichen Häusern bemerkt. »Es scheint nicht viel in Skargakar zu geben, das nicht aus den Leibern der Drachen gewonnen wurde«, sagte er zu Zamashuras, nachdem sie sich dankend von der Frau verabschiedet hatten.

»Diesen Eindruck habe ich auch«, erwiderte sein Begleiter. »Ich frage mich, ob es wirklich so viele Drachen im Wolkenmeer gibt oder ob die Bewohner von Skargakar eines Tages ein böses Erwachen erleben werden, weil sie alle Großen Echsen ausgerottet haben.«

»Ich glaube, Ihr unterschätzt diese Geschöpfe, Shur. Seid Ihr in Eurem Leben je einem Drachen begegnet, der größer war als diese harmlosen grünen Echsen, die uns zu Beginn unserer Fahrt begleitet haben?«

»Erfreulicherweise nicht.«

»Nun, ich wurde einst von einem Glutlanddrachen auf einem Berggipfel überrascht. Ich bin froh, dass ich noch lebe, um davon zu erzählen.«

»Ich erinnere mich.« Zamashuras neigte den Kopf. »Ihr habt nach einem der legendären Drachenstäbe gesucht.«

»Zum Glück hatte ich ihn zu dem Zeitpunkt schon gefunden.«

»Er wird uns zweifellos auch auf dem Wolkenmeer gute Dienste leisten.«

»Sofern seine Macht überhaupt gegen andere Geschöpfe als Glutlanddrachen wirksam ist«, gab Corren zu bedenken.

»Schließlich wurden diese Stäbe vom Volk der Steinernen einst allein dafür geschaffen, die schwarzen Bestien abzuwehren.«

»Es wird sich wohl zeigen.«

»Ja.« Gedankenvoll strich Corren mit der Rechten über das untere Ende des schlanken, eineinhalb Schritt langen Drachenstabs, den er eingeschlagen in eine unscheinbare Decke und mit einem Gurt über den Rücken geschlungen bei sich trug. Seit neun Jahren war das magische Artefakt in seinem Besitz: ein matt glänzender, von eingravierten Runen überzogener Metallstab, in dessen Spitze ein faustgroßer bernsteinfarbener Edelstein eingelassen war. Es gehörte zu den wenigen Fundstücken, die Corren nie der Akademie übergeben hatte.

Sie erreichten eine kleine Anhöhe am östlichen Rand der Hafenanlagen, auf der ein einzelnes Haus mit windschiefem Dach stand. Fleckiges Moos bedeckte das Mauerwerk. Ein hölzernes Schild über dem Eingang verriet Corren, dass es sich um das *Klippenhaus* handelte, und es trug diesen Namen zu Recht, denn man hatte es so schwindelerregend nah an die Felskante gebaut, dass ein Gast, der sich aus einem der südlichen Fenster beugte, direkt in die nebelverhüllte Tiefe starrte.

Als sie sich dem Eingang näherten, flog dieser gerade auf und zwei Männer kamen heraus, einer untersetzt und mit struppigem, strohblonden Haar, der andere ein kräftiger, bärtiger Bursche, der ihn um mindestens einen Kopf überragte.

»Wir sehen uns bei Kraghmas Rachen, in einer Stunde!«, schrie der Blonde in den Schankraum zurück. »Ich reiß Euch den Kopf ab und werfe ihn in die Nebel, das schwöre ich Euch!«

»Beruhige dich«, bat ihn sein hünenhafter Gefährte, während er ihn sanft, aber bestimmt auf die Straße schob. »Niemand wirft heute Nacht irgendetwas von der Richtklippe in den Abgrund. Komm, lass uns nach Hause gehen.«

»Ich bringe diesen Sohn einer Echse um, wenn er mir noch einmal über den Weg läuft.« Der blonde Mann stolperte über seine eigenen Füße, und sein Begleiter stützte ihn, damit er nicht vor der Schänke in den Staub fiel.

»Er hat es ganz sicher verstanden, denn du hast ihm ja laut genug ins Gesicht gebrüllt.«

Während die beiden die Straße hinunter in Richtung Hafen verschwanden, grinste Corren Zamashuras an. »Manche Dinge sind überall auf der Welt gleich.«

»Bedauerlicherweise ja«, gab der Quano zurück.

Gemeinsam betraten sie das *Klippenhaus.* Sofort hüllten sie der Klang von Musik und der Lärm zahlloser Stimmen ein. Männer und Frauen unterschiedlichsten Alters drängten sich auf den hölzernen Bänken, tranken, lachten und schienen sich darin überbieten zu wollen, möglichst lautstark ihre Geschichten zum Besten zu geben. Hinter dem Tresen links vom Eingang füllte eine schwarzhaarige Frau Humpen mit Bier und unterhielt sich dabei mit einem jüngeren Mann, dessen Blick voller Hingabe auf dem großzügigen Ausschnitt ihres Mieders lag. Sie schien diesen Blick durchaus zu bemerken, störte sich aber nicht daran. Durch die offene Tür der benachbarten Küche drang der Geruch von Fett und gebratenem Fleisch, und ein beleibter Mann war zu sehen, der mit mürrischem Blick gusseiserne Pfannen schwenkte.

»Sieht so aus, als wären wir hier nicht ganz falsch«, stellte Corren fest, während er durch den von Kerzen und Laternen erhellten Schankraum schritt. Die meisten Lichtquellen brannten mit gelblicher Flamme, so dass eine eher heimelige als unheilvolle Atmosphäre herrschte. Das Licht hatte allerdings auch zur Folge, dass sie gut für die Gäste zu erkennen waren, und mehr und mehr Blicke richteten sich auf sie, als Corren und Zamashuras an den Tresen traten.

»Was trinkt man in diesem Teil der Welt, schöne Maid?«, fragte Corren durchaus laut genug, um von mehr als nur den unmittelbar neben ihnen Stehenden gehört zu werden.

Die schwarzhaarige Frau musterte Corren kurz, dann verzogen sich ihre Mundwinkel zu einem neckenden Lächeln. Ihre dunklen Augen waren wie tiefe Wasser, in denen ein Mann versinken wollte. Sie tauchte einen Krug Bier in das Fass hinter dem Tresen, dann einen zweiten, und stellte den Männern die Getränke hin. »Kräuterbier, mein Herr«, sagte sie. »Manchem ist es zu herb, aber ich bin sicher, ein Mann wie Ihr wird es zu schätzen wissen.«

Corren trank einen Schluck, wohl wissend, dass die Blicke zahlreicher Augen auf ihm lagen. Seine Erfahrungen mit Bier waren gering. In den Ländern um den Inneren Ozean trank man vor allem mit Wasser gemischten Wein in den Tavernen, wenn es nicht gar ein vollständiges Verbot berauschender Getränke gab, wie in Xol. Allerdings stammte Corren aus einem Land hoch im Norden Endars, wo die Kunst des Bierbrauens durchaus bekannt war. Dieses hier schmeckte in der Tat bitterer als jenes, das ihm aus seiner Jugend in Erinnerung war, und es hatte einen Beigeschmack fremdartiger Kräuter, aber die Schankmaid hatte ihn richtig eingeschätzt. Nachdem er sich ein paar Schlucke lang daran gewöhnt hatte, mundete es Corren tatsächlich.

Er setzte den Humpen ab und nickte anerkennend. »Ausnehmend gut«, verkündete er laut und schien mit diesen Worten sofort ein paar Freunde unter den Gästen zu gewinnen, denn ein paar Männer und Frauen hoben ihre eigenen Krüge und prosteten ihm zu. Corren sah zu Zamashuras hinüber, der ebenfalls höflich an seinem Krug genippt hatte.

»Das beste Bier, das ich je getrunken habe«, sagte der Quano, ohne dass man an seinem Gesicht auch nur im Geringsten hätte ablesen können, was er wirklich darüber dachte.

Corren grinste, denn er wusste, dass Zamashuras noch nie in seinem Leben Bier getrunken hatte. Insofern war es durchaus möglich, dass er dieses »beste« Bier in Wahrheit grauenhaft fand.

»Hört, hört!«, rief einer der Anwesenden, ein dürrer Greis mit geröteten Wangen. »Der Fremde weiß einen guten Trunk zu schätzen.«

Weitere Krüge hoben sich.

»Sagt«, meldete sich ein anderer Gast zu Wort, als er seinen eigenen Humpen nach einem langen Zug abgesetzt hatte, »wo kommt Ihr her? Jemanden wie Euren Begleiter habe ich hier noch nie gesehen.« Er wandte sich an Corren, den er offenbar für den Wortführer hielt. Vielleicht traute er sich auch nicht, den grauhäutigen Fremden mit dem knochigen Schädel und den pupillenlosen schwarzen Augen anzusprechen.

»Mein Begleiter Zamashuras gehört dem Volk der Quano an«, verriet Corren. »Und wir beide sind Forschungsreisende, die ausgesandt wurden von der Akademie in Geolath, einer Stadt jenseits der Wälder und der Wüste. Wir sind nach Skargakar gekommen, weil wir eine Expedition ins Wolkenmeer unternehmen wollen und dafür ein Flugschiff und eine kühne Mannschaft benötigen.«

»Was habt Ihr denn vor?«, wollte der Mann wissen. »Interessiert Ihr Euch für die Großen Echsen? Oder wollt Ihr die Taijirin-Kolonien besuchen?«

»Unser Interesse gilt weder Drachen noch Vogelmenschen, sondern vielmehr einer uralten Stadt, die von außerordentlicher historischer Bedeutung ist, einer Stadt tief unten in den Nebeln.«

Seine Aussage sorgte für Gemurmel unter den Anwesenden. »Ihr wollt zum Grund des Wolkenmeers?«, fragte ein kräftiger Nondurier ungläubig.

»So ist es«, bestätigte Corren. »Daher brauchen wir Flugschiffer, die keine Angst vor der Tiefe haben.«

Mehrere Gäste schüttelten fassungslos den Kopf. »Verzeiht meine offenen Worte, aber Ihr seid entweder tollkühn oder ein Narr«, sagte der Nondurier. »Offensichtlich wisst Ihr nicht, was Euch im Abgrund erwartet.«

»Wie kann es dort unten eine Stadt geben?«, wunderte sich der junge Mann, der zuvor mit der Schankmaid geschäkert hatte. »Ich dachte, das Wolkenmeer hat kein Ende.«

»Nein, nein, es gibt wohl einen Grund«, widersprach ein dunkelhaariger Veteran mit wettergegerbtem Gesicht. »Allerdings ist noch nie jemand, der in der Tiefe verschwunden ist, von dort zurückgekehrt.« Der Mann wandte sich Corren und Zamashuras zu. »Ungeheuer leben dort in der Dunkelheit, schrecklicher als alles, was ein gesunder Geist sich vorzustellen vermag. Außerdem gibt es Drachen, die in den Nebeln auf die Jagd gehen. Wenn Ihr klug seid und Euer Leben liebt, lasst Ihr von diesem Vorhaben ab, denn es kann Euch nur Unglück bringen.«

Corren lächelte ungerührt. »Glaubt mir, mein Freund, dies ist nicht der erste von schaurigen Geschichten umrankte Ort, den ich aufsuche. Ich habe in meiner Zeit als Gelehrter die unwirtlichsten Gegenden der Welt bereist. Ich könnte Euch die Namen von vergessenen Tempeln in abgelegenen Tälern, von finsteren Burgruinen auf sturmumtosten Gipfeln und uralten Höhlensystemen unter rauen Gebirgszügen nennen, aber sie wären vermutlich ohne Bedeutung für Euch. Daher müsst Ihr mir einfach vertrauen, wenn ich Euch versichere, dass ich weder ahnungslos noch ohne Schutz bin. Außerdem werden mein Begleiter und ich diese Reise nicht allein antreten, sondern verstärkt durch einen Trupp furchtloser Kämpfer, die es mit allem aufnehmen können sollten, was uns im Wolkenmeer erwarten mag.«

»Schöne Worte«, brummte der Nondurier. »Aber gesprochen von jemandem, der noch nie die Wolken bereist hat – außer vielleicht von Nibulos an der Küste entlang hierher. Verbessert mich, wenn ich mich irre.«

»Nein, das ist wahr«, musste Corren zugeben. »Eben deshalb benötige ich ja eine kundige Mannschaft mit einem guten Flugschiff. Ich brauche jemanden, der sich mit Wind und Wetter auskennt und weiß, wie man den gewöhnlichen Gefahren des Wolkenmeers aus dem Weg geht. Um die außergewöhnlichen müsst Ihr Euch keine Gedanken machen. Darum kümmern wir uns.«

Der Nondurier winkte ab. »Für mich ist das nichts. Ich bin nicht lebensmüde.«

»Nein, zum Grund des Wolkenmeers fahre ich auch ganz bestimmt nicht«, sagte der Veteran. »Selbst Kapitän Adaron haben die Nebel vor zehn Jahren verschlungen. Und seiner ruhelosen Seele will ich dort unten gewiss nicht begegnen.« Beifälliges Gemurmel war zu hören. Corren hatte keine Ahnung, wer Kapitän Adaron war, aber nahm an, dass es sich um eine Legende unter den Flugschiffern handelte – eine

Legende, die anscheinend ein unrühmliches Ende gefunden hatte.

Doch so rasch war er nicht bereit aufzugeben. »Schlagt mein Angebot nicht aus, bevor Ihr es richtig kennt.« Er richtete seinen Blick auf eine kleine Gruppe Menschen und Nondurier, die mit unschlüssigen Gesichtern um einen Tisch in einer Ecke herum saßen. »Was ist mit Euch? Ihr habt ein Flugschiff, nehme ich an.«

»Das wohl, mein Herr«, sagte einer von ihnen, ein Mann, der ein schmutziges Wams trug und dessen linkes Auge von einer Augenklappe verdeckt wurde. »Aber man erzählt sich wirklich furchtbare Geschichten über die Tiefen des Wolkenmeers. Wir sind nicht so lebensmüde wie Drachenjäger. Wir fliegen nur Fracht und Gäste zu den Vogelinseln und zurück.«

Corren trat näher. »Ich bin bereit, Euch gut dafür zu bezahlen, entweder in Silbermünzen oder in den Kristallen, die man hier verwendet.«

»Wir könnten das Geld gut gebrauchen«, sagte die dunkelhäutige Frau neben dem Mann leise.

»Das weiß ich selbst«, raunte dieser zurück. »Aber zum Grund des Wolkenmeers zu fliegen ist der helle Wahnsinn.«

»Welche Stadt soll dort unten denn liegen?«, fragte einer der beiden Nondurier am Tisch. »In der Tiefe kann doch nichts leben.«

»Ihr Name lautet ThaunasRa«, antwortete Corren. »Und sie ist schon vor Ewigkeiten von ihren Bewohnern aufgegeben worden.« Er nahm an, dass dies der Wahrheit entsprach. Genau genommen verriet keine seiner Quellen, was aus den ArChaon geworden war, nachdem das Wolkenmeer ihre Stadt verschlungen hatte. Aber wenn dort noch eine Zivilisation existierte, hätte sie ohne Zweifel längst den Weg zurück an die Oberfläche gesucht.

»Nie von gehört«, knurrte der Hundeköpfige. »Aber so viel ist mir klar: Wo es eine Stadt gibt, gibt es auch Bewohner. Ich wette mit Euch, Freunde, dass die alten Straßen und Bauwerke von unheiligen Schrecken verseucht sind, so wie man in jedem alten Gemäuer an Land Spinnen und Schaben findet.«

»Fellrim hat recht«, pflichtete der andere Nondurier dem ersten mit heiserer Stimme bei und sah den Einäugigen grimmig an. »Wenn es diese Stadt am Grund des Meers wirklich gibt, muss sie ein verfluchter Ort sein. Ich war Euch immer treu, Kapitän, aber auf diese Fahrt, so Ihr sie unternehmen wollt, komme ich nicht mit.«

Ein paar der anderen Anwesenden nickten wortlos. Sie schienen genauso zu denken.

Der Kapitän lehnte sich auf der Bank zurück und verschränkte die Arme vor der Brust. »Tut mir leid, mein Herr. Meine Mannschaft ist mir wichtiger als Eure Silbermünzen. Wenn nicht alle bereit sind, die Gefahr zu wagen, werde ich diese Fahrt nicht antreten. Ihr müsst ein anderes Schiff finden.«

Corren neigte ergeben den Kopf. »Dann werde ich mein Glück bei einer anderen Mannschaft versuchen.«

Doch die Antworten der übrigen Gäste des *Klippenhauses* fielen ähnlich aus. Niemand schien so mutig oder so verzweifelt zu sein, um Correns Angebot anzunehmen, auch dann nicht, als er einen stattlichen Lohn in Aussicht stellte. Daher tranken er und Zamashuras nur noch ein paar höfliche Schlucke ihres Kräuterbiers, dann legte Corren ein paar Kristalle auf den Tresen, und sie verließen die Schänke.

»Ich möchte behaupten, dass uns ein langer Abend bevorsteht«, sagte Zamashuras, als sie den Pfad hinunter zum Hafenviertel nahmen.

»Ja«, pflichtete Corren ihm missmutig bei. »Das befürchte ich auch.«

Kapitel 9

GRIMMEISEN UND ORSA

14. Tag des 7. Mondlaufs im Jahr 850

Die Schänke *Zum Schädelbrecher* gehörte eindeutig zu den mieseren Orten des bei Nacht ohnehin nicht eben behaglichen Hafenviertels. Die Tische waren ebenso schmutzig wie die Gäste, und das rötliche Licht der rußigen Drachenöl-Laternen beschien Gesichter mit mürrisch verzogenen Mundwinkeln und heimtückisch funkelnden Augen. Raue Männerstimmen erfüllten den Raum, und ein Dunst aus ungewaschenen Körpern, altem Bratfett und dem Qualm von Rauchkräutern hing in der Luft, während die Anwesenden Bier und Blutwasser – eine Mischung aus starkem Rum und alles verbrennendem Drachenblut – tranken, mit ihren Taten prahlten oder dem Glücksspiel mit Knochenwürfeln frönten.

Grimmeisen liebte diese dreckige, düstere Atmosphäre. Kein Ort in Skargakar vereinte seiner Ansicht nach so trefflich die Stimmung von anregender Gefahr und völliger Freiheit. Hier gab es nur ein Gesetz: das des hünenhaften, glatzköpfigen Mannes, der hinter dem Tresen Krüge in Fässer tauchte und auf den Namen Korga hörte. Ihm gehörte der riesige Kriegshammer, der an der Wand hing und dem die Spelunke ihren Namen verdankte. Es hieß, einer der Schädel, die er damit zertrümmert habe, hätte einem Klingenschwanz gehört – einer der Drachenarten im Wolkenmeer, die für ihren miesen Charakter bekannt war.

Korga mischte sich nicht oft in das ein, was vor dem Tresen passierte. Solange niemand im *Schädelbrecher* hinterrücks ermordet wurde, ließ er die Besucher gewähren. Selbst wenn es mal einen tödlichen Unfall gab, konnte man sich seine Gunst meist mit ein paar höherwertigen Kristallen wieder erkaufen. Grimmeisen bedauerte, dass er gegenwärtig keine Kristalle besaß, denn es war gut möglich, dass Korgas Stimmung schlecht sein würde, wenn Orsa mit dem Kerl fertig war, der sich hämisch grinsend vor ihrem Tisch aufgebaut hatte.

»Ich würde mich an Eurer Stelle bei meiner Schwester entschuldigen«, empfahl Grimmeisen dem in ein abgewetztes Drachenlederbeinkleid und ein fleckiges Wollhemd gekleideten Mann, während er vorsichtshalber seinen Bierkrug an sich nahm.

Sein Gegenüber lachte merklich angetrunken. »Wieso das denn? Ich habe doch Euch beleidigt.«

»Oh, ich kann damit leben, dass Ihr mich langweilig findet«, erwiderte Grimmeisen mit schmalem Lächeln. »Aber meine Schwester einzuladen, sich mit Euch und Euren Freunden zu vergnügen, ist nicht sehr nett. Sie könnte auf den Gedanken kommen, dass Ihr sie für eine Hure haltet.«

»Eine Hure? Käme mir nicht in den Sinn! Das heißt ja, ich müsste sie nachher bezahlen. So hübsch ist sie auch wieder nicht. Ich –«

»Halt dein Maul und geh«, unterbrach ihn Orsa leise, »sonst mache ich Drachenfutter aus dir.« Sie hatte den Kopf leicht gesenkt. Strähnen ihres braunen Haars fielen ihr ins Gesicht, und sie ließ die Schultern hängen, um sich kleiner zu machen, als sie war. Orsa zog nicht gern die Aufmerksamkeit auf sich. Solange sie halb im Schatten saß, gelang ihr das auch leidlich gut.

Der Mann lachte erneut. »Oha! Gleich so vertraulich. Wir wollen es doch mal nicht übertreiben, Goldstück.«

Grimmeisen nahm einen Schluck von seinem Bier. »Jetzt verpisst Euch schon, bevor sie Euch die Hosen auszieht und vor Euren Freunden lächerlich macht.« Ihm war vollkommen klar, dass er den anderen damit reizte. Aber er hatte Lust auf etwas Ärger.

Den bekam er prompt. Der Mann ballte die fleischige Hand zur Faust. »Mal sehen, wer hier wem die Hosen auszieht.« Er beugte sich vor …

… und Orsa kam mit einem Brüllen auf die Beine. Dabei warf sie ihrem Gegenüber den schweren Tisch entgegen, an dem Grimmeisen und sie gesessen hatten. »Lass meinen Bruder in Ruhe!«

Der Mann stürzte mit dem Tisch in eine benachbarte Gruppe Würfel spielender Gäste.

Grimmeisen zog rasch die Beine ein und drückte den Krug an die Brust, während sich Orsa zu voller Größe aufrichtete und dann mit ihrer eindrucksvollen Körpermasse zornig an ihm vorbeidrängte.

»He, Ihr seid wohl wahnsinnig!«, fauchte ein narbengesichtiger Mann vom Würfeltisch. »Ich war gerade am Gewinnen!« Er packte Orsa am Arm, doch als die zu ihm herumfuhr, wurde ihm wohl erst so richtig klar, dass sie gute zwei Schritt groß war und sich unter ihrem scheinbar weichen Fleisch harte Muskeln verbargen. Sofort ließ er sie los und riss abwehrend die Arme hoch. Orsa schubste ihn von sich, dann wandte sie sich ab, um sich ihrem eigentlichen Gegner zu widmen.

Der war härter im Nehmen, als Grimmeisen gedacht hatte. Er erhob sich bereits vom Boden, schwankend, aber keineswegs bezwungen. Gerade als Orsa sich ihm zudrehte, verpasste er ihr einen Fausthieb ins Gesicht. Ein kleinerer Gegner wäre davon gefällt worden; Orsa jedoch nahm den Hieb beinahe ungerührt hin, bevor sie den Kerl mit beiden Händen packte, in die Höhe stemmte und in Richtung seiner Freunde warf.

Sie traf sie nicht, dafür saßen sie zu weit entfernt. Aber die vier – zwei Menschen und zwei Nondurier – verstanden die Einladung und verließen ihre Plätze, um dieser wild wütenden Amazone eine Abreibung zu verpassen.

Grimmeisen seufzte. Mit einem langen Zug trank er sein Bier aus. »Immer muss ich meiner kleinen Schwester zu Hilfe eilen«, murmelte er, bevor er sich von der Bank erhob und den massiven Steinkrug prüfend in der Hand wog. Seine bevorzugten Waffen waren ja die zwei kurzen Äxte, die er in einer Spezialscheide auf dem Rücken trug, aber wenn an einem Ort wie diesem echte Waffen gezogen wurden, würde viel Blut fließen. Dafür wollte er nicht verantwortlich sein, zumal es Korga ganz und gar nicht gefallen würde.

»He!«, schrie er einem der Nondurier zu. »Such dir jemanden, der so groß ist wie du!«

Der beachtete ihn gar nicht, was an dem Tumult liegen mochte, der jetzt in der Schänke losbrach, oder daran, dass er Grimmeisen für keinen würdigen Gegner hielt. Der war zwar durchaus größer als der Hundeköpfige, aber dennoch einen guten Kopf kleiner als Orsa und mit seiner drahtigen Gestalt nicht halb so schwer.

Doch Grimmeisen zu unterschätzen war ein Fehler, den seine Gegner nur einmal machten. Geschmeidig glitt er zwischen den pöbelnden Gästen hindurch, während Orsa ihre neuen Gegner anschrie und dann nach einem Hocker als Waffe griff, als in der Hand von einem ein Messer aufblitzte.

Grimmeisen holte gerade mit dem Bierkrug aus, als eine Hand von hinten seinen Schlagarm fing und zurückhielt. Überrascht fuhr er herum und blickte in die runzlige, braune Fratze eines Drak. Der Echsenartige sah ihn tadelnd an und verzog die Miene zu einem hämischen Grinsen. »Wir wollen doch nicht …«, begann er zischelnd, dann kürzte Grimmeisen das Gespräch ab, indem er ihm mit der freien Linken einen Faustschlag mitten ins Gesicht verpasste.

»Ich kann mit beiden Händen austeilen, weißt du?«, erklärte er seinem Gegner, riss die Hand mit dem Bierkrug los und zog der benommenen Echse das Steingut über den gehörnten Schädel.

Hinter ihm krachte es lautstark, und die Gäste schrien durcheinander, als Orsa Gegner und Mobiliar durch den Schankraum warf. »Bringt sie zu Fall!«, schrie jemand. »Wir machen sie fertig.«

Grimmeisen fuhr herum und sah, dass seine Schwester mittlerweile mit fünf Gegnern gleichzeitig rang. Die Hälfte von ihnen waren Möchtegernschläger, das erkannte er auf Anhieb, aber zwei der Burschen machten einen gefährlichen Eindruck. Orsa mochte eine grimmige Kämpferin sein, aber auch ihr waren Grenzen gesetzt. Es wurde Zeit, das Verhältnis ein wenig anzugleichen.

Er kämpfte sich nach vorn und verpasste einem der Männer einen kräftigen Schlag auf den Hinterkopf. Der Kerl zuckte zusammen und taumelte betäubt zur Seite. Den nächsten Gegner traf Grimmeisen nur halb, denn jener beugte sich gerade in dem Augenblick nach vorn, als der Humpen ihn passierte.

Alarmiert fuhr der sehnige Drak herum. Eines seiner Augen war blind und mehrere der kleinen Hörner, die sein Gesicht einrahmten, abgebrochen – alte Wunden, die auf zahlreiche Kämpfe hinwiesen. *Kämpfe, die er verloren hat*, ging es Grimmeisen durch den Kopf, bevor er mit finsterem Lächeln erneut zuschlug.

Der Arm des Drak zuckte nach oben und lenkte den Schlag ab. Grimmeisens Hand mit dem Bierkrug prallte gegen die stachelbewehrte Schuppenrüstung eines Drachenjägers. Eine der Stacheln bohrte sich schmerzhaft in Grimmeisens Handrücken, und er ließ das Trinkgefäß fallen, das am Boden mit dumpfem Klirren zerbrach.

Gleich darauf traf ihn eine ledrige Faust am Kinn. Ein heller Schmerz durchfuhr ihn, und er schmeckte Blut, als er nach hinten wankte. Der Bursche war unerwartet schnell. Aber wenn Grimmeisen eins konnte, dann sich in einem schmutzigen Nahkampf behaupten. Er duckte sich und ergriff einen Teller mit Echsenfleischspießen von einem benachbarten Tisch, um ihn seinem Gegner ins Gesicht zu schleudern. Einen Herzschlag lang war dieser abgelenkt, und Grimmeisen nutzte den Moment, um mit gesenktem Kopf gegen ihn zu rennen und rückwärts zu treiben.

Der Drak stolperte über einen Stuhl, und sie gingen beide zu Boden. Dabei prallte der echsenartige Mann hörbar mit dem Hinterkopf auf die Steinfliesen. Grimmeisen hockte sich rittlings auf seinen Bauch und setzte mit zwei harten Fausthieben nach, woraufhin der Drak die dunklen Augen verdrehte.

Ächzend kam Grimmeisen wieder auf die Beine, gerade noch rechtzeitig, um zu sehen, wie Orsa die Köpfe von zweien ihrer Gegner zusammenschlug und die Männer dann vor sich fallen ließ. Einen Moment lang herrschte Ruhe. Keuchend, aber mit einem wilden Grinsen auf den Zügen sah Grimmeisen seine große kleine Schwester an. Das Blut gebrochener Nasen und aufgeplatzter Lippen klebte an ihren Fäusten und besudelte ihr Hemd, doch auch sie hatte Treffer einstecken müssen. »Und, wie ist die Lage?«, fragte er sie.

»War schon schlechter.« Orsa schob sich eine Strähne ihres kinnlangen, braunen Haars aus dem geröteten Gesicht, dann ließ sie den Blick durch den Schankraum schweifen. »Könnte aber auch besser sein.«

Sie schob sich neben ihn, und Grimmeisen erkannte, was sie meinte. Ihre Gegner hatten einstecken müssen, aber sie waren keineswegs geschlagen. Sie rappelten sich auf und bildeten langsam einen Kreis um die Geschwister. Vergrößert wurde ihre Gruppe durch all die zornigen Zecher, deren Würfel, Kristalle und Bierkrüge gemeinsam mit umgestoßenen Tischen und Stühlen über den Schankboden verteilt waren.

Grimmeisens Blick huschte zu Korga. Der Wirt wischte ungerührt mit einem alten Lappen über seinen Tresen.

Er hob die Fäuste. »Weniger wäre ja auch langweilig«, knurrte er verbissen.

Wie auf ein unsichtbares Zeichen hin stürmte die gesamte Meute brüllend auf sie zu. Grimmeisen und Orsa stellten sich Rücken an Rücken, wie sie es im Kampf immer taten, wenn sonst nichts mehr möglich war. Eigentlich waren sie eher gemeinsam handelnde Einzelkämpfer, denn Orsa brauchte Platz, um ihren Kriegshammer zu schwingen, und Grimmeisen blieb mit seinen zwei Äxten in ständiger Bewegung. Doch in der größten Not fühlte es sich gut an, jemandem im Rücken zu wissen, der auf einen aufpasste. Orsa würde Grimmeisen mit ihrem Leben verteidigen, und er würde das Gleiche für sie tun.

Die ersten Schläge parierte Grimmeisen noch mit dem ganzen Geschick eines Mannes, der, solange er zurückdenken konnte, für Geld Waffen und Fäuste sprechen ließ. Er blockte Hiebe ab, trat gegen Knie und ungeschützte Weichteile und einem Nondurier rammte er den Schädel gegen die Schnauze.

Aber es waren einfach zu viele Gegner. Immer wieder gingen Schläge und Tritte durch, trafen ihn im Gesicht, in den Bauch und an den Beinen. Und Grimmeisens Kräfte ließen nach. Das Brüllen ihrer Gegner rückte in weite Ferne, und Dunkelheit kroch von den Seiten in sein Sichtfeld. Er wankte unter den Schlägen nach links und rechts, während seine Verteidigung fahrig und seine eigenen Angriffe ungenau wurden. *Warum greift Korga nicht ein?*, durchfuhr es ihn. *Lässt er diesmal zu, dass die Meute uns umbringt? Ich habe doch alle Schulden bezahlt. Oder?*

Unvermittelt kam ein kalter Wind auf. Im ersten Moment dachte Grimmeisen noch, jemand habe die Tür zum *Schädelbrecher* geöffnet und draußen herrsche ein Unwetter. Vernahm er nicht auch leises Rauschen, wie von einem Sturm? Oder war das bloß das Rauschen des Blutes in seinen Ohren? *Aber vorhin war doch noch keine Wolke am Himmel gewesen*, dachte er verwirrt, während er einen weiteren Faustschlag gegen die Wange einsteckte. *Keine Wolke …*

Eher zufällig richtete sich sein Blick zur Decke, und was er dort sah, ließ ihn an seinem Verstand zweifeln.

Der Blitz krachte ohrenbetäubend laut aus den unheilvoll mahlenden Gewitterwolken, die direkt unter der hohen Decke hingen. Er fuhr in einen nahen Tisch und riss diesen berstend auseinander. Grimmeisens Fußsohlen kribbelten, und alle seine Härchen auf den nackten Unterarmen richteten sich auf.

Von einem Moment zum nächsten herrschte Totenstille im Schankraum. Alle Gäste starrten nun zur Decke, und der Wind, der mitnichten von draußen kam, zerrte an ihren Haaren und Kleidern.

»Es reicht!«, rief eine scharfe Frauenstimme aus einer Ecke des Raums.

Alle Blicke richteten sich auf die Sprecherin – Grimmeisens eingeschlossen. Es handelte sich um eine dunkelhäutige Frau mit langem schwarzem Haar, das ihr zum Zopf geflochten über der Schulter hing. Ihre Augen glühten violett. Sie trug ein Beinkleid aus dunkelblauem Drachenleder und eine gegürtete Tunika aus braunem Stoff, deren weite Ärmel zurückgerutscht waren und die mit goldenen Symbolen verzierten Arme freigaben, die sie wie beschwörend in die Höhe hielt.

Eine Sidhari-Elementaristin!, durchfuhr es Grimmeisen, und gegen seinen Willen empfand er einen Anflug von Ehrfurcht. Es gab nicht viele Wüstenelfen am Landfall, und noch weniger zeigten so offen die Gaben, die man ihnen nachsagte, wie etwa die Beherrschung der Elemente. Etwas wie diesen Wolkenwirbel eine Manneslänge über seinem Kopf hatte Grimmeisen jedenfalls noch nie gesehen.

Die Frau wurde von einem Nondurier begleitet, der einen grauen, durch vernietete Metallscheiben verstärkten Lederharnisch anhatte. Darunter trug er einen Waffenrock, der ihm bis fast zu den Knien reichte, seine Füße steckten in schweren Stiefeln. In den Händen hielt er einen nondurischen Jagdbogen, kurz und stark gebogen. Auf der Sehne lag ein Pfeil, und zwischen den Fingern seiner rechten Hand klemmten drei weitere Geschosse. Die Pfeilspitze war zu Boden gerichtet, aber Grimmeisen erkannte die Warnung in den Augen und den aufgerichteten Ohren des Hundeköpfigen. *Kommt uns zu nah und die ersten vier von euch fallen, bevor ihr auch nur einen Schlag gelandet habt.*

»Diese zwei«, sagte die Sidhari, und ihre durchdringende Stimme übertönte mühelos das Rauschen des Windes. »Sie haben genug abbekommen.«

»Was kümmert's Euch?«, rief einer der Gäste und wischte sich mit der Hand über die blutigen Lippen.

»Leben kümmert mich«, erwiderte sie. »Seid froh darüber, sonst wäre mein Blitz nicht in den Tisch, sondern Euren Leib eingeschlagen. Möchtet Ihr, dass ich das nachhole?«

Unbehaglich warf der Mann einen Blick zur Decke. »Nein, schon gut.«

»Na schön!« Nun mischte sich auch Korga ein, der mit einer breiten Hand kräftig auf den Tresen schlug. »Der Spaß ist vorbei. Grimmeisen, Orsa, packt Eure Sachen und verschwindet aus dem *Schädelbrecher*. Und Ihr, Wüstenelfe, schnappt Euren nervösen Freund und schließt Euch den beiden an. Auf ein Gewitter in meiner Schänke kann ich verzichten.«

Schweigend kamen die vier der Aufforderung nach. Niemand hielt sie auf oder richtete auch nur das Wort an sie, als sie sich zur Tür begaben. Als Grimmeisen sie öffnete, senkte die Sidhari ihre Arme und die Wolken unter der Raumdecke zerfaserten rasch. Der Nondurier warf einen letzten drohenden Blick in die Runde, dann entspannte er die Sehne seines Bogens und trat auf die Straße. Orsa bildete das Schlusslicht.

Auf der Gasse ächzte Grimmeisen herzhaft und fuhr sich mit einer Hand über den schmerzenden Kiefer. Gebrochen schien nichts zu sein, und er besaß auch noch alle Zähne, mit denen er den *Schädelbrecher* eine Stunde zuvor betreten hatte, aber er würde die nächsten Tage nicht sonderlich hübsch anzuschauen sein, so viel stand fest. »Danke«, sagte er zu der Sidhari. »Ich glaube zwar, dass wir am Ende gewonnen hätten, aber so war es weniger schmerzhaft, nicht wahr, Orsa?«

Seine Schwester brummte beifällig.

Der Nondurier lachte leise und schob seine Pfeile in einen Gürtelköcher.

»Ich mag Eure Fähigkeit zur Selbsttäuschung«, sagte die Sidhari. »Sie ist fast so groß wie Euer Kampfgeist.«

»He, lobt und beleidigt mich nicht gleichzeitig«, gab Grimmeisen zurück. »Ich weiß nie, wie ich darauf antworten soll.«

»Ihr könntet uns ein neues Bier in einem … angenehmeren Umfeld spendieren«, schlug die Frau vor.

»Der *Schädelbrecher* ist ein angenehmes Umfeld – meistens.«

»Wir haben keine Kristalle mehr«, verkündete Orsa.

Grimmeisen kratzte sich am Kopf. »Ja, das kommt noch dazu. Aber ich schätze, für vier Getränke reicht es noch. Wenn wir nicht gerade in den *Ratskeller* einkehren.«

»Wir folgen Eurer Empfehlung«, sagte die Sidhari. »Mein Begleiter und ich sind erst seit kurzem in Skargakar und kennen uns noch nicht so gut in der Stadt aus.« Sie schenkte Grimmeisen ein Lächeln, das ihre dunklen Züge einen Augenblick lang erfreulich aufhellte.

Er grinste und rückte seine Waffen zurecht. »Also gut, dann folgt uns. Man nennt mich übrigens Grimmeisen, und das ist meine Schwester Orsa.«

Orsa nickte den beiden zu.

»Es freut mich, Euch kennenzulernen«, gab die Sidhari zurück. »Ich heiße Shai'dana, und mein Begleiter hört auf den Namen Hechet. Wir kommen aus der Wüste Shaom jenseits der großen Wälder.«

»Und was hat Euch nach Skargakar verschlagen?«, fragte Grimmeisen, während sie die Gasse hinunterspazierten.

Shai'dana sah ihn vielsagend an. »Das, was jeden Fremden an den Landfall führt: die Suche nach Reichtum und Glück.«

»Ihr seid Glücksritter?«

»Wir verkaufen unsere Fähigkeiten an den Meistbietenden.«

»Also seid Ihr Söldner?«

»Ein so hässliches Wort, aber, ja, das trifft es wohl.«

»Ha! Dann sind wir vom selben Schlag.« Grimmeisen klopfte sich mit der Faust auf die Brust. »Orsa und ich stellen auch unsere Kampfkraft in die Dienste jener, die kräftige Muskeln und scharfe Klingen gebrauchen können.«

»Ja, das dachte ich mir bereits«, sagte Shai'dana. »Allerdings wundert mich bei Eurem Mut, dass Ihr nicht mit Kristallen um Euch werfen könnt.«

»Oh, das kann Grimmeisen gut«, bemerkte Orsa.

»Vielen Dank, Schwesterherz«, versetzte Grimmeisen mit einem Seitenblick mürrisch. »Aber gut, es mag sein, dass ich gelegentlich etwas leichtfertig mit erworbenem Reichtum umgehe. Dann kommt noch eine Pechsträhne dazu, und schon muss man sich von einem Kerl wie Korga vor die Tür setzen lassen, weil man ihm vielleicht ein paar Kristalle schuldet.«

»Es kommen auch wieder bessere Zeiten, da bin ich mir sicher«, sagte Shai'dana.

»Dagegen hätte ich nichts einzuwenden.«

Sie kehrten in den *Ankerplatz* ein, eine Schänke mit leidlich gutem Ruf, in der sich vor allem Flugschiffer trafen, die keinen Drachenjägertrupps angehörten. Grimmeisen kam nicht so gern hierher. Zum einen erinnerten ihn die

Gäste immer wieder daran, dass er selbst kein Flugschiff besaß, zum anderen war ihm die Stimmung einfach zu langweilig. Der Schankraum war hell erleuchtet, die Holztische sahen ziemlich sauber aus, und der Wirt, ein dicker Mann mit schütterem Haar und rundlichem Gesicht, hatte ein so freundlich aufgeräumtes Wesen, dass Grimmeisen es kaum aushalten konnte. Aber um seine Wunden zu lecken, nachdem man beinahe totgeprügelt worden war, und um mit ein paar neuen Freunden ein Bier zu trinken, war der *Ankerplatz* vortrefflich geeignet.

»Welche Art von Arbeit sucht Ihr?«, fragte Grimmeisen, als sie an einem Tisch um ihre Getränke herumsaßen. »Mit Euren Fähigkeiten solltet Ihr ein gutes Angebot von jedem Kapitän eines Drachenjägers bekommen. Falls Ihr Euch nicht scheut, Große Echsen zu bekämpfen.«

Shai'dana schüttelte den Kopf. »Wir hegen kein Interesse daran, Drachen zu jagen. Diese Art von grobem Tötungswerk reizt uns nicht. Nein, wir wollen das Wolkenmeer, wenn es möglich ist, auf friedlichere Weise bereisen. Ein Handelsschiff zu begleiten, das zu den Inseln der Vogelmenschen aufbricht, könnte uns gefallen.«

»Nicht ganz so gut bezahlt, aber ich gestehe, dass man auf diese Weise gewiss mehr vom Wolkenmeer sieht als bloß … nun ja, Wolken.« Grimmeisen grinste schief.

»Was ist mit Euch?« Shai'dana beugte sich vor und sah ihn eindringlich mit ihren glühenden Augen an. Diese Augen der Sidhari, die leuchteten, als würde ein inneres Feuer in ihnen brennen, hatte Grimmeisen schon immer unheimlich und faszinierend zugleich gefunden.

»Oh, wir nehmen mehr oder weniger, was wir kriegen«, antwortete er. »Wobei Drachenjagden nicht unbedingt unsere Stärke sind. Ich mag keine Gegner, die mich aus der Ferne mit Flammenwolken oder ätzender Galle bespucken, während meine Äxte sie unmöglich erreichen können. Gebt mir eine Bande Gossenräuber oder ein Schiff voller Luftpiraten, und ich bin jeden Kristall wert, den man mir zahlt – von Orsa ganz zu schweigen. Aber um Große Echsen machen wir lieber einen Bogen.«

»Warum lebt Ihr dann ausgerechnet in Skargakar, der Stadt der Drachenjäger?«, wollte Hechet wissen. »An jedem anderen Ort der Welt wärt Ihr mit Euren Fähigkeiten besser aufgehoben.«

Grimmeisen zuckte mit den Schultern. »Wir haben immer am Landfall gelebt. Das ist unsere Welt. Ich will die Wolken, die Taijirin und die Drachen – also die kleinen von ihnen zumindest – nicht missen. Wenn Ihr erst selbst in die weiße Weite hinausgefahren seid, versteht Ihr es vielleicht.«

»Vielleicht.«

Sie unterhielten sich noch eine Weile weiter, wobei Grimmeisen irgendwann auffiel, dass er deutlich mehr über sich und Orsa erzählte als Shai'dana und Hechet über sich. Er wollte gerade den Spieß umdrehen, als die Sidhari unvermittelt ihren Becher mit Wein aus Nemred leerte, der ihn einen guten Kristall gekostet hatte, und aufstand. »Verzeiht, Grimmeisen und Orsa, aber wir müssen Euch nun verlassen. Die Stunde ist fortgeschritten, wie mir soeben bewusst wurde, und wir haben noch … etwas zu tun.«

»Wie bedauerlich«, sagte Grimmeisen. »Der Abend fing gerade an, gemütlich zu werden.« Er nickte ihr zum Abschied zu. Ein feiner Herr wäre vermutlich aufgestanden, aber Grimmeisen galt als Schurke und Raufbold, und diesen Ruf wollte er auch behalten. »Ich wünsche Euch viel Erfolg in Skargakar. Vielleicht sieht man sich ja wieder.«

»Ja, das ist nicht ausgeschlossen. Skargakar mag groß

sein, aber mir scheint, als würden wir ähnliche Ecken bevorzugen.« Ein Lächeln umspielte ihre Lippen, dann sah sie Hechet auffordernd an, und sie gingen Richtung Ausgang, wobei sie einem Menschenmann und einem eigenartigen grauhäutigen Fremden auswichen, die soeben den *Ankerplatz* betreten hatten.

»Ein seltsames Gespann«, meinte Grimmeisen, der ihr hinterhersah.

»Ja.« Orsa gluckste leise. »Die Frau hat dir gefallen, was?«

Er warf seiner Schwester einen kurzen Blick zu. »Sie ist ganz ansehnlich, falls du das meinst. Aber sie ist eine Sidhari, und irgendwie sind die mir alle nicht ganz geheuer – auch dann nicht, wenn sie einem das Leben retten.« Grimmeisen beobachtete, wie Shai'dana und Hechet die Schankhaustür öffneten und in die Nacht verschwanden. »Trotzdem hätte ich nichts dagegen, wenn sich unsere Wege erneut kreuzen würden. Ganz und gar nicht.«

Kapitel 10

GLÜCK IM UNGLÜCK

15. Tag des 7. Mondlaufs im Jahr 850

Und Ihr seid Euch gewiss, dass in dieser Stadt … ThaunasRa … Reichtümer auf den warten, der sie sich zu nehmen wagt?« Der nondurische Kapitän namens Waughan, ein breitschultriger Mann mit einer Haut, die von dunklem Violett war, sah Corren und Zamashuras zweifelnd an.

»Muss ich Euch diese Frage wirklich beantworten?«, fragte Corren. »Denkt doch einmal darüber nach. Das Reich der ArChaon ist vor Urzeiten untergegangen. Ihr Ende kam, so wissen es die Schriften, plötzlich und ohne dass sie Gelegenheit gehabt hätten, ihre Reichtümer fortzuschaffen. Seitdem liegt ThaunasRa unberührt in den Tiefen der Nebel. Keine Seele hat sich bislang dorthin gewagt. Alles Gold, aller Schmuck, alle Artefakte, die den ArChaon einst gehörten, liegen also noch dort. Und wenngleich Zamashuras und ich uns an Fundstücken von historischer Bedeutung ein Vorrecht ausbedingen, dürfte sich in einer Stadt, die zweifellos größer und weitaus prachtvoller als Skargakar war, noch mehr als genug für einen Mann finden lassen, der bereit ist, eine Gelegenheit zu nutzen und ein Wagnis einzugehen.«

Vielsagend blickte Corren den Nondurier an, der ihm am Tresen im *Ankerplatz* gegenübersaß. Shur und er hatten ihre Strategie geändert. Statt einfach einen Sack Münzen oder Kristalle anzubieten, lockten sie die Flugschiffer nun mit den möglicherweise sagenhaften Reichtümern der versunkenen Stadt. Correns Worte waren nicht gelogen. Er ging wirklich davon aus, dass es in ThaunasRa einiges zu finden gab, das an der Oberwelt von enormem Wert sein würde. Nicht ohne Grund hatte Orashanos sich dafür interessiert, Teilhaber der Expedition zu werden. Und obschon ihm der Gedanke nach wie vor zuwider war, dass historisch bedeutende Stücke von einer Krämerseele wie diesem Kapitän verschachert wurden, sah er mittlerweile ein, dass er zu Zugeständnissen bereit sein musste, wenn er überhaupt von Skargakar loskommen wollte. Er hatte die Furcht der Bewohner vor den Tiefen des Wolkenmeers schlicht unterschätzt.

Waughan dachte über Correns Worte nach. Seine spitzen Ohren zuckten, und sein kurzer Schwanz, der aus einer Lücke in seinem Beinkleid ragte, klopfte gegen die hölzerne Frontseite des Tresens. »Ihr sagtet, Ihr würdet für unseren Schutz sorgen. Was meint Ihr damit? Was habt Ihr aufzubieten?«

»Söldner«, erwiderte Corren, ohne zu zögern. »Eine kleine Truppe erfahrener Kämpfer, die schon gegen alles gekämpft hat: Piraten, Taijirin, Drachen. Wenn Eure eigenen Leute nicht vollkommen wehrlos sind, werden wir schlagkräftig genug sein, um uns vor keinem Gegner verstecken zu müssen – wobei mein Ziel natürlich sein wird, Gefahren zu umgehen. Wir wollen nicht kämpfen, wenn es sich vermeiden lässt.«

Der Hundeköpfige schnaufte kurz, dann hob er den Kopf und nickte. »Also gut. Sie haben Ihr Flugschiff, Magister von Dask. Die *Wolkenwanderer* steht Euch zur Verfügung. Wir starten, wann immer Ihr es wünscht.« Er entbot

Corren einen Arm, um das Geschäft zu besiegeln, und der schlug ein.

»Hervorragend. Wartet am Hafen auf mich. Ich melde mich morgen bei Euch mit den Einzelheiten und dem besprochenen Vorschuss.«

»Wir haben eine kleine Truppe erfahrener Kämpfer, die schon gegen alles gekämpft hat?« Zamashuras legte mit milder Belustigung die Haut unter seiner Knochenwulst in Falten. »Bemerkenswert. Diese Verhandlung muss ich verpasst haben.«

Corren verzog leicht die Miene. »Irgendetwas musste ich dem Burschen ja sagen, sonst wäre er doch noch abgesprungen. Abgesehen davon brauchen wir diese Söldner wirklich.«

Sie hatten den *Ankerplatz* hinter sich gelassen und wanderten durch das nächtliche Hafenviertel. Die Stunde war bereits fortgeschritten, aber es erschien Corren nicht zu spät, um dem *Roten Drachen* noch einen Besuch abzustatten, der nur eine Straße weiter liegen sollte.

Sie gingen gerade an der dunklen Werkstatt eines Segelmachers vorbei, als aus der benachbarten Gasse eine Gestalt auftauchte. Sie griff nach Zamashuras, und eine Dolchklinge glänzte im rötlichen Schein der nahen Straßenlaterne. Gleichzeitig tauchte ein Mann aus dem Eingang der Werkstatt auf, und aus den Augenwinkeln gewahrte Corren, wie sich ein Schatten hinter ihnen von einem niedrigen Dach auf die Straße fallen ließ.

»Achtung!«, entfuhr es ihm, und er riss sein Kurzschwert aus der Scheide.

Die Warnung wäre unnötig gewesen, denn Zamashuras hatte sich bereits mit einer ebenso ruhigen wie geschmeidigen Drehung von seinem Gegner gelöst, bevor er dessen Schwung gegen ihn einsetzte, indem er seinen Arm ergriff und ihn gegen die nächste Hauswand schleuderte. Der Mann, ein zäh wirkender Mensch, keuchte und ließ klappernd seinen Dolch fallen. Sofort ging er in die Hocke, um die Waffe aufzuheben.

Der Mann, der hinter Corren vom Dach gesprungen war, hob unterdessen einen Prügel, der ungewöhnlich hell für einen Holzschlagstock war. Erst als die Waffe mit Correns abwehrend hochgerissener Klinge zusammenprallte und dabei ein helles Klacken erzeugte, erkannte Corren, dass es sich um einen Knochen handelte – Drachenbein, nahm er an.

Zamashuras stellte sich neben Corren, schaute aber in die andere Richtung, damit sie sich gegenseitig den Rücken freihalten konnten. Der Quano zog zwei kurze, verzierte Metallstäbe. Anders als Corren versuchte der Quano stets, seine Gegner nur kampfunfähig zu machen, denn egal ob Mensch oder Tier, er glaubte nicht daran, dass jemand aus rein bösartigen Absichten angriff. Und Hunger, Armut, Verblendung oder Angst waren in Shurs Weltbild kein Grund, um mit dem Tod bestraft zu werden. Vielmehr verdienten sie Mitleid – und ein paar tadelnde Hiebe gegen den Kopf.

Corren, dessen Kampfkunst bei weitem nicht so präzise war wie die seines Begleiters, konnte sich diesen Luxus nicht erlauben. Wenn ihn jemand attackierte, war sein Ziel, den Gegner unschädlich zu machen. Wenn dieser dabei starb, bedauerte Corren das zwar, aber er verspürte keine Schuldgefühle. Für Gossenräuber wie diese empfand er kein Mitleid.

Er parierte einen weiteren Schlag des Knochenprügels und hieb seinerseits nach dem Gegner. Der Mann brachte sich mit einem hastigen Satz außer Reichweite, trat dabei ungeschickt auf das feuchte Kopfsteinpflaster, rutschte aus und fiel hin. Währenddessen brachte Zamashuras den Mann aus dem Eingang, einen schuppengesichtigen Drak, mit harten, schnellen, genau gezielten Hieben seiner zeremoniellen Schlagstöcke ins Wanken.

Der Kampf dauerte erst wenige Augenblicke, und Corren ging davon aus, dass sie die Übeltäter rasch abwehren würden. Dann jedoch tauchte eine weitere Gestalt aus der dunklen Seitengasse auf, ein kräftiger Drak, der Corren um knapp eine Kopflänge überragte. Er hatte seinen hornbekränzten Schädel mit einer Art Kriegsbemalung versehen und trug einen Brustharnisch, der aus einem Sammelsurium an Drachenschuppen bestand. Das Hauptstück war eine fast schildgroße, blutrote Schuppe, die aussah, als könne sie den Schuss einer Speerschleuder abfangen. Auch an die Unterarme hatte er sich Drachenschuppen gebunden, und über die breiten Hände dornige Schlagringe gestreift.

Als Corren ihn sah, stieß er einen Fluch aus und wünschte sich, er hätte nicht den größten Teil seiner Ausrüstung in ihrem Zimmer in der Herberge gelassen. So eine Phiole mit *Drachenodem* wäre ihm jetzt sehr gelegen gekommen.

»Shur, Vorsicht«, warnte er seinen Begleiter, als der hünenhafte Drak mit einem Grollen in den Kampf eingriff.

Zamashuras drehte sich ein wenig und machte mit Corren zwei Schritt nach hinten. »Ich habe ihn gesehen – und ich empfehle einen baldigen Rückzug.«

Corren warf einen raschen Blick über die Schulter, wo sein Gegner mit dem Knochenprügel wieder auf die Beine kam. Auch die Männer, denen Zamashuras seinen Unmut über diesen nächtlichen Überfall gezeigt hatte, sammelten sich wieder. Es hatte seine Nachteile, wenn man Feinde nicht endgültig ausschaltete. »In Ordnung, wir brechen Richtung Hafen durch.«

»Kein Entkommen«, verkündete der riesige Drak mit Reibeisenstimme und schlug krachend die Fäuste zusammen. Hinter ihm schlich ein hundegroßes Ungetüm aus dem Schatten. Es war geschuppt und besaß das spitz zulaufende Maul einer Echse, allerdings wirkten seine kräftigen Beine durchaus, als könne es sich sehr schnell bewegen. Züngelnd nahm es Correns und Zamashuras Witterung auf, dann zeigte es fauchend zwei eindrucksvolle Zahnreihen.

»Na großartig.« Mit finsterer Miene umfasste Corren sein Kurzschwert fester. »Was verbirgt sich noch alles in dieser Gasse?«

Der Drak lachte heiser und trat drohend einen Schritt vor.

In diesem Moment war ein scharfes, zischendes Geräusch zu vernehmen, gefolgt von einem pochenden Aufschlag, als sich der Pfeil knapp unter dem Halsansatz in den Schuppenharnisch bohrte. Sofort hielt der Hüne inne und hob den Kopf. Überraschung zeichnete sich auf seiner Miene ab.

»Einen Schritt weiter und der nächste Pfeil trifft eine Handbreit höher«, knurrte ein Mann hinter ihnen. »Das gilt für alle hier.«

»Nun, zumindest für alle Straßenräuber«, fügte eine Frau mit melodischer Stimme hinzu. »Ihr zwei könnt Euch gern zu uns gesellen, wenn Ihr mögt.« Ein leises Rauschen unterstrich ihre Worte.

Neugierig drehte sich Corren um und erblickte das ungleiche Paar, das wenige Schritt von ihnen entfernt mitten auf der Straße stand. Der Schütze war ein kräftiger Nondurier, der einen Jagdbogen gespannt hatte und auf ungewöhnliche Art und Weise drei weitere Pfeile zwischen den Fingern der die Sehne spannenden Hand hielt. Corren nahm an, dass er irgendeine Technik des Schnellschießens beherrschte, und angesichts des präzisen Treffers kurz unterhalb der Kehle des Drak machte ihn das zu einem extrem gefährlichen Gegner.

Die Sidhari, die ihn begleitete, war jedoch die eigentliche Überraschung für Corren. Die dunkle Haut ihrer Unterarme, die unter den weiten Ärmeln ihres Gewands zu sehen waren, wies goldene Symbole und Muster auf, die sie sich entweder hatte tätowieren lassen oder mit viel Mühe aufgemalt hatte. Mit violett glühenden Augen stand sie da, beide Arme nach links weisend, während jenseits ihrer Fingerspitzen ein dunstiger, vielleicht zwei Schritt hoher Luftwirbel rauschte, der langsam, aber stetig an Größe und Heftigkeit zunahm.

Der Mann mit dem Knochenprügel stieß einen saftigen Fluch aus. »Eine Elementarmagierin?« Er warf dem hünenhaften Drak einen raschen Seitenblick zu. »Ich bin raus, Saressh.«

Er wollte sich abwenden und in die Gasse zurückziehen, doch der Drak erwischte ihn mit der Linken am Arm und hielt ihn fest. Zornerfüllt sah er die beiden Neuankömmlinge an, dann richtete sich sein Blick auf Corren und Zamashuras. »Heute ist Euer Glückstag«, zischte er leise. »Betet, dass wir uns nicht morgen erneut begegnen.« Er wandte sich an seine Leute. »Wir verschwinden.«

Zögernd blickten die drei anderen Straßenräuber zu dem Nondurier.

»Ihr könnt gehen«, knurrte der. »Aber kommt bloß nicht auf den dummen Gedanken, noch einmal umzudrehen. Beim nächsten Mal schieße ich ohne Warnung.«

Das ließen sich die drei Straßenräuber nicht zweimal sagen. Eilig tauchten sie in die Schatten der Gasse neben der Segelmacherwerkstatt ein. Die Jagdechse fauchte den Nondurier und die Sidhari herausfordernd an, aber nach einem mahnenden Klaps ihres Meisters gehorchte auch sie. Der Anführer verschwand zuletzt.

Zamashuras ließ seine Schlagstöcke im breiten Gürtel seines Gewands verschwinden, Corren schob das Kurzschwert in die Scheide. Dann schritten sie auf ihre zwei Retter zu. »Vielen Dank«, sagte Corren. »Wir stehen in Eurer Schuld.«

Die Sidhari löste den Luftwirbel neben sich auf, und der Nondurier entspannte die Sehne seines Bogens, ohne die Waffe oder die Pfeile aus der Hand zu legen. Ganz schien er dem plötzlichen Frieden nicht zu trauen, was wahrscheinlich klug war.

»Keine Ursache«, erwiderte die Frau. »Das ist nun mal die Straße zum *Roten Drachen*, diese Kerle standen also auch uns im Weg. Ich wollte einfach nicht warten, bis der Kampf vorüber ist.« Sie schenkte Corren ein hintergründiges Lächeln.

»Was für ein erfreulicher Zufall. Tatsächlich war diese Schänke auch unser Ziel. Aber womöglich können wir uns den Weg ersparen. Ihr seid nicht zufällig auf der Suche nach Arbeit?«

Die Sidhari musterte ihn und Zamashuras. »Was für Arbeit?«

»Wir beabsichtigen, eine Forschungsreise ins Wolkenmeer zu unternehmen – zu einer Stadt am Grund des Wolkenmeers, um genau zu sein. Dafür brauchen wir noch einige Männer oder Frauen, die zu kämpfen verstehen und sich von Schauergeschichten über die Tiefen der Nebel nicht verängstigen lassen.«

»Schauergeschichten schrecken uns in der Tat nicht.« Sie

zögerte. »Und für einen angemessenen Lohn wären unsere Dienste gewiss zu haben. Aber ich kann nicht mit Euch verhandeln. Das müsste unser Anführer machen.«

»Wer ist er?«, fragte Corren. »Wann können wir ihn treffen?«

»Sein Name ist Grimmeisen«, antwortete die Frau. »Wir sind zu viert. Er und seine Schwester Orsa, Hechet und ich. Zwei Nahkämpfer, ein Bogenschütze – und meine Talente habt Ihr ja gesehen.«

Corren konnte sein Glück kaum fassen. »Das klingt nach genau der Art von schlagkräftiger Truppe, die ich suche!«

»Schön. Was haltet Ihr davon, wenn wir uns morgen um die Mittagsstunde im *Roten Drachen* treffen? Dann erzählt Ihr uns ein wenig mehr über Eure Reise, und wir erzählen Euch ein wenig mehr über uns. Und danach schauen wir, ob wir handelseinig werden.«

»Einverstanden. Ich bin übrigens Magister von Dask, und das ist mein Begleiter Zamashuras.«

Sie neigte den Kopf. »Shai'dana werde ich genannt. Das ist Hechet. Es freut mich, Eure Bekanntschaft zu machen.«

»Die Freude ist ganz meinerseits, das könnt Ihr mir glauben.«

Grimmeisen staunte nicht schlecht, als ihn am nächsten Morgen Shai'dana auf der Gasse vor dem Haus erwartete, dessen oberes Stockwerk er zusammen mit Orsa von einem wortkargen Nondurier gemietet hatte. »Ich hätte nicht damit gerechnet, dass wir uns so bald wieder begegnen«, gestand er. »Gibt es irgendwelchen Ärger?«

»Ganz im Gegenteil«, erwiderte die Sidhari. »Ich habe ein Angebot für Euch und Eure Schwester. Ich hoffe, Ihr seid mutig genug, es anzunehmen.«

Grimmeisen schob die Hände in den breiten Gürtel und marschierte über die Gasse auf sie zu. »Wir fürchten uns vor nichts, vielleicht abgesehen von Großen Roten.«

Shai'dana lächelte wie ein Dämon, dem ein unvorsichtiger Sterblicher in die Falle geraten war. »Das freut mich zu hören, denn unsere Fahrt geht auf den Grund des Wolkenmeers.«

Grimmeisen stockte, fing sich aber sofort wieder, denn er wollte vor der Sidhari nicht wie ein Feigling dastehen. »Der Grund des Wolkenmeers?« Er bemühte sich um ein spöttisch klingendes Lachen. »Das ist ein ungewöhnliches Ziel. Was gibt es dort unten, außer Schiffswracks und verdammte Seelen?«

»Eine Stadt«, antwortete Shai'dana. »Mehr weiß ich auch nicht. Der Auftraggeber, ein Magister, will uns alle Einzelheiten heute Mittag in der Schänke zum *Roten Drachen* verraten. Ich sagte, wir wären zu viert, und ich sagte, Ihr seid der Mann, der unsere Verhandlungen führt. Ich hoffe, ich habe ihn nicht belogen.« Der Blick, den sie ihm aus ihren lodernden Augen schenkte, hätte genügt, um Grimmeisen dazu zu bringen, ihr in Kraghmas Rachen nachzuspringen.

»Keine Sorge«, sagte er großspurig. »Wenn Ihr an dieser Expedition teilnehmt, werden wir ganz bestimmt nicht hinter Euch zurückstehen. Irgendjemand muss doch auf Euch aufpassen, wenn wir dort unten von Horden wandelnder Toter angegriffen werden.« Das war eine der zahlreichen Schauergeschichten, die Grimmeisen im Laufe der Jahre über den Grund des Wolkenmeers aufgeschnappt hatte: dass niemand, der in ihm verschwand, wirklich starb, sondern dass all die Glücklosen dazu verdammt waren, auf ewig zwischen Leben und Tod durch das graue Nichts zu wandern. Er unterdrückte einen Schauer.

Shai'danas Lächeln wuchs in die Breite. »Ich zähle auf Euch«, sagte sie. »Wir sehen uns in zwei Stunden im *Roten Drachen.*« Mit diesen Worten wandte sie sich ab und ging.

Hinter Grimmeisen polterte Orsa zur Tür hinaus. Sie gewahrte gerade noch, wie Shai'dana um die nächste Straßenecke verschwand. »Das war doch die Sidhari von gestern Nacht, oder?«, fragte sie, als sie sich mit gerunzelter Stirn neben Grimmeisen stellte.

»Ja«, antwortete er.

Seine wortkarge Antwort veranlasste sie, ihn anzuschauen. »Alles in Ordnung?«

Grimmeisen erwiderte den Blick seiner Schwester mit einem Grinsen, von dem er hoffte, dass es selbstbewusst wirkte. »Ja, alles ist gut. Wir haben einen Auftrag in Aussicht.« *Einen Auftrag, der uns an einen Ort bringen wird, den ich niemals kennenlernen wollte …*

Kurz vor der vereinbarten Mittagsstunde fanden sich Corren und Zamashuras im *Roten Drachen* ein. Der Treffpunkt für Glücksritter aller Art war um diese Zeit kaum besucht. Wie in so vielen Schänken im Hafenviertel von Skargakar begann das Leben hier erst nach Einbruch der Nacht. Doch der Wirt brachte ihnen, ohne zu murren, Getränke, und er briet ihnen sogar ein große Schale mit Echsenfleischspießen, die er ihnen mit Brot und einem gelbstichigen Käse, der ganz sicher nicht aus der Milch von Schafen oder Ziegen gemacht worden war, an den Tisch brachte. Der Käse war ungewöhnlich weich und roch ziemlich intensiv, aber der Geschmack war angenehm herzhaft, was auch für das gutgewürzte Echsenfleisch galt.

Sie hatten erst ein paar Bissen zu sich genommen, als sich die Tür öffnete und Shai'dana und Hechet hereinkamen.

Grimmeisen und Orsa, die zwei Nahkämpfer, die sie mitbrachten, überzeugten Corren bereits. Er war ein drahtiger Mann von heller Hautfarbe und mit kurzem, braunem Haar, der ein gefüttertes Wams anhatte, das durch aufgenähte Drachenschuppen verstärkt war. Über die Schultern ragten die Stiele von zwei Waffen, der Form nach Kampfäxte. Darüber hinaus steckte ein Dolch an seinem Gürtel, einer in seinem Stiefel und einige kurze Wurfklingen waren mit Schlaufen an einem Waffengurt befestigt, den er quer über die Brust trug.

Seine Schwester war eine wahre Riesin, und ihre glänzende, silberne Plattenrüstung ließ sie noch wuchtiger erscheinen. Braunes, knapp schulterlanges Haar umrahmte blasse, rundliche Wangen und dunkle Augen, die jeden warnten, sich mit ihr anzulegen. Unter den rechten Arm hatte sie einen Topfhelm geklemmt. In der Linken hielt sie einen Kriegshammer mit einem langen Stiel und einem Hammerkopf, der auf einer Seite abgeflacht war, auf der anderen einen stumpfen Dorn aufwies und oben in einer kurzen, vierschneidigen Stoßklinge endete.

Beide Geschwister wiesen sichtliche Blessuren auf, so als hätten sie sich erst kürzlich ordentlich geprügelt. Da sie jedoch aufrecht und voller Selbstbewusstsein auf Corren und Zamashuras zumarschierten, hatten sie diese Konfrontation offenkundig als Sieger überstanden. Für Corren, der selbst dann und wann in Tavernenauseinandersetzungen geraten war, schmälerte das ihren Wert nicht im Geringsten.

Zusammen mit Shai'dana und Hechet machte das Quartett auf Corren den Eindruck, als gäbe es wenig, wovor es sich fürchten müsse.

»Shur«, sagte er zu seinem Gefährten, ohne diesen anzusehen. »Wir haben unsere Söldner.«

Kapitel 11

AUFBRUCH NACH THAUNASRA

16. Tag des 7. Mondlaufs im Jahr 850

Am nächsten Mittag trafen sie sich am Pier wieder, an dem die *Wolkenwanderer* festgemacht hatte. Kapitän Waughan und seine Mannschaft waren gerade damit beschäftigt, den Proviant einzuladen, den sie auf Correns Geheiß – und nach Zahlung eines stattlichen Vorschusses – am Vormittag erworben hatten. Corren wollte genug Vorräte an Bord haben, um ihre insgesamt vierzehnköpfige Reisegruppe, bestehend aus Corren, Zamashuras, den vier Söldnern, Waughan und seiner siebenköpfigen Mannschaft, mindestens zwei Monde lang ernähren zu können. Wenn darüber hinaus gelegentlich kleinere Drachenarten für Frischfleisch gefangen und Besuche auf den Inselgruppen, die sie passieren würden, zum Auffrischen der Vorräte genutzt wurden, ließ sich ihr Aufenthalt in den Wolken leicht um das Doppelte verlängern.

»Willkommen auf der *Wolkenwanderer*«, begrüßte Corren die Söldner vom Schanzkleid aus. »Seid Ihr bereit für das Abenteuer Eures Lebens?«

»So bereit, wie man nur sein kann«, erwiderte Grimmeisen, der einen großen Seesack mit Habseligkeiten über die Schulter geworfen hatte. Auch seine Schwester trug ein dickes Bündel unter dem Arm, das sich als ein gutes halbes Dutzend Waffen herausstellte, die sie in eine Wolldecke eingewickelt hatte. Shai'danas Habseligkeiten wurden von

Hechet getragen, der einen stattlichen Tornister auf den breiten Rücken geschnallt hatte. In der linken Hand hielt er einen zweiten, aus dem die gefiederten Enden von gewiss vier Dutzend Pfeilen ragten.

»Ihr scheint mehr Ärger zu erwarten als ich«, bemerkte Corren.

»Bezahlt Ihr uns nicht genau dafür, Magister?«, fragte die Sidhari lächelnd.

»Da habt Ihr auch wieder recht.«

So gewappnet und ausgerüstet brachen sie am sechzehnten Tag des siebten Mondlaufs in den frühen Nachmittagsstunden in die Wolken auf. Die Sonne schien, und ein frischer Westwind gestattete ihnen gute Fahrt. Corren hielt nach den glücksbringenden grünen Drachen Ausschau, aber diesmal sah er keine.

Ihr erstes Ziel lag knappe zwei Wochen entfernt. Es handelte sich um die Inselgruppe des Taijirin-Reichs Arsindair. In dieser sogenannten Kronkolonie der Vogelmenschen gab es laut Correns Informationen eine Akademie, die sich der Vermessung und Erforschung des Wolkenmeers verschrieben hatte. Diese wollte er als Botschafter der Akademie von Geolath aufsuchen, in der Hoffnung, Einblick in Karten zu erhalten, die ihm Namen und Positionen einiger Wegmarken verrieten, die ihn nach ThaunasRa führen würden. Er suchte hier vor allem markante Bergketten, die in seinen bisherigen Nachforschungen stets als Gebirge beschrieben worden waren, heute innerhalb des Wolkenmeers aber natürlich Inseln sein mussten.

Dass die Taijirin Wissen über die ArChaon und ihre versunkene Kultur selbst gesammelt hatten, damit rechnete Corren nicht. Nach allem, was er wusste, waren auch die Vogelmenschen, genau wie die meisten anderen Bewohner dieser Breiten, erst hierhergekommen, als das ewige Weiß längst alle Lande darunter verschlungen hatte.

Die Tage ihrer Reise nutzte Corren, um seine Reisebegleiter besser kennenzulernen. Waughans Mannschaft bestand aus drei Nonduriern – den Brüdern Wuffnar und Knurrn sowie der Köchin Winsla –, einem Drak namens Zirosh und den drei Menschen Urdo, Broderik und Kaillyn. Da sie tagsüber auf und unter Deck arbeiteten, hatte Corren kaum Gelegenheit, ein Wort mit ihnen zu wechseln. Dazu kam, dass es den meisten von ihnen Unbehagen zu bereiten schien, von einem Gelehrten befragt zu werden. Ausnahmen bildeten nur Kapitän Waughan, der zwar auch nicht gerade als schwatzhaft bezeichnet werden konnte, aber zumindest bereitwillig antwortete, wenn Corren ihm eine Frage stellte, und die Menschenfrau Kaillyn, die als Erster Maat der *Wolkenwanderer* diente – ein Umstand, der Corren durchaus in Erstaunen versetzte, was er unklugerweise am zweiten Reisetag auch zum Ausdruck brachte.

»Was ist daran so seltsam?«, fragte ihn Kaillyn herausfordernd. Sie mochte etwas jünger sein als er, hatte dichtes, rotbraunes, durch ein dunkles Tuch gebändigtes Haar und sah mit ihrem grauen Nietenwams, dem Beinkleid aus weinrotem Leder, dem Waffengurt, den Handschuhen und den Stulpenstiefeln aus wie eine wahre Luftpiratin. »Kann eine Frau kein Erster Maat auf einem Flugschiff sein, hm?«

»Ich kenne tatsächlich Völker, in denen es gar keine Frauen an Bord eines Schiffs gibt, weil die Seeleute glauben, dass das Unglück bringt.« Corren dachte dabei etwa an die Carthaoten oder Xol.

»Dann müssen die Leute dort sehr dumm sein«, versetzte Kaillyn.

»Sie selbst würden es wohl traditionsbewusst nennen, aber ja«, gab Corren zu. »Doch in Eurem Fall wundere ich mich eher, dass Waughan keinen Nondurier ernannt hat. Mir kamen die Nondurier immer so vor, als würden sie viel Wert auf die Sippe legen.«

Kaillyn schüttelte den Kopf. »Der Kapitän legt nur auf eines Wert: dass man seine Arbeit gut macht. Und ich mache meine Arbeit gut. Wenn Euch meine Anwesenheit missfällt, müsst Ihr mit ihm sprechen.«

»Das käme mir nie in den Sinn«, versicherte Corren ihr. »Ich schätze kämpferische Frauen.«

»Bleibt mir bloß vom Leib«, warnte ihn Kaillyn sofort. »Wenn Ihr jemandem Eure Wertschätzung ausdrücken wollt, geht in eine Hafenspelunke.«

»Ihr missversteht mich.«

»Mag sein. Aber ich möchte verhindern, dass Ihr mich missversteht. Man kann bei manchen Passagieren nicht deutlich genug sein.«

Seufzend beendete Corren das Gespräch.

Auch die Versuche, sich mit Orsa und Hechet zu unterhalten, erwiesen sich als wenig ergiebig. Beide waren eher schweigsame Naturen, wobei Hechet allerdings ein aufmerksamer Zuhörer und scharfer Beobachter war, der, während er sich scheinbar uninteressiert im Hintergrund hielt, mehr von seiner Umgebung wahrnahm, als man annehmen mochte. Orsas wortkarge Art schien derweil darin begründet, dass sie, sah man von ihrem Bruder Grimmeisen ab, dem sie offensichtlich innig verbunden war, nicht sehr gut mit Menschen umgehen konnte. Ihren Waffen und vor allem ihrer Plattenrüstung schenkte sie deutlich mehr Aufmerksamkeit und Hingabe. So verbrachte sie die meiste Zeit an Bord damit, ihr Kriegshandwerkszeug zu pflegen und damit zu üben. Auch wenn es schwere Lasten an Bord zu bewegen galt – etwa Kisten im Bauch der *Wolkenwanderer*, weil Winsla eine winzige Raubechse dort gesehen zu haben glaubte –, packte Orsa gern mit an. Corren verglich sie im Geiste mit einer alten Bärin: gemütlich und behäbig, wenn man sie in Frieden ließ, aber eine grauenvolle Gegnerin, sobald man ihren Zorn erweckte.

Selbst Shai'dana hielt sich, wenngleich mit einem Lächeln auf den sinnlichen Lippen, in Gesprächen zurück. Sie lauschte lieber den Geschichten der Männer, als selbst eine zu erzählen. Immerhin erfuhr Corren, dass sie schon vor vielen Jahren ihre Familie, die am westlichen Rand der Wüste Shaom lebte, verlassen hatte, um bei einer ordensähnlichen Gruppe weiser Männer und Frauen in einem verborgenen Wüstental ihre besondere Verbundenheit zu den Elementen zu vertiefen und die Gaben, die ihrer Aussage nach vielen Sidhari gemein waren, zu schärfen und zu verfeinern. Danach war sie aufgebrochen, um die Welt zu bereisen, hatte Hechet getroffen und seitdem waren sie zu zweit mit wechselnden Gefährten unterwegs. Mit Grimmeisen und Orsa hatten sie sich erst vor ein paar Monden zusammengetan, als sie an den Landfall gekommen waren, denn ihre Fähigkeiten ergänzten sich gut.

Das bestätigte Grimmeisen, der zweifellos Redefreudigste an Bord. »Wisst Ihr, Magister, wir haben die beiden aus einer echten Notlage gerettet«, erzählte er freimütig. »Wir saßen damals alle im *Schädelbrecher*, das ist eine der raueren Schänken in Skargakar, und die beiden hatten sich Ärger eingebrockt. Ihr müsst wissen, dass den Sidhari bei uns mit einem gewissen Misstrauen begegnet wird. Diese dunkle Haut, die glühenden Augen, das Raubtierhafte ihrer Bewegungen ... da wird so manches einfache Gemüt unruhig. Jedenfalls hatten es ein paar solcher schlichten Seelen auf Shai'dana abgesehen, und auch wenn Hechet ein meisterhafter Bogenschütze ist – im Nahkampf ist er nur ein Mann wie Ihr und ich. Na schön, vielleicht nicht wie ich. Der Nahkampf ist schließlich meine Spezialität.«

»Und Ihr habt in den Streit eingegriffen?«, fragte Corren.

»Seht sie Euch doch an, Magister.« Grimmeisen deutete auf die Sidhari, die mit Zamashuras am Bug stand und hinaus in die Wolken blickte. »Könntet Ihr einer Frau wie ihr in der Not Eure Hilfe verweigern?«

»Ich verstehe, was Ihr meint«, räumte Corren ein.

»Abgesehen davon haben Orsa und ich keine Angst vor einer Prügelei. Wenn es einem guten Zweck dient, lassen wir gern die Fäuste sprechen. Und so war es auch an jenem Abend. Zu viert konnten wir dieser Bande von Rüpeln klarmachen, dass es sich nicht gehört, eine Dame zu belästigen, auch dann nicht, wenn sie eine Sidhari ist.«

»Rühren Eure blauen Flecken auch von solch einem selbstlosen Einsatz her?« Corren deutete auf die Verfärbungen in Grimmeisens Gesicht, die auch nach ein paar Tagen auf dem Wolkenmeer noch gut zu erkennen waren.

Der Söldner fuhr sich über die stoppelbärtige Wange und grinste. »Ja, so kann man es nennen. Ich habe einfach ein zu gutes Herz.«

Das nun kam Corren eher unwahrscheinlich vor.

Von diesen Gesprächen abgesehen, verliefen die ersten Tage ihrer Fahrt ereignislos. Gelegentlich sahen sie Flugschiffe in der Ferne, die sich aber nicht näherten, und immer wieder bekamen sie Flugechsen und kleinere Drachenarten zu Gesicht, die zwischen den Wolken dahinzogen oder einsam hoch am Himmel kreisend auf Beute lauerten. Nur einmal näherte sich ein Exemplar von nennenswerter Größe der *Wolkenwanderer*: ein wohl recht häufig in diesen Breiten anzutreffender Bronzenacken, der nach Correns Dafürhalten eher neugierig als angriffslustig wirkte. Trotzdem bat er Shai'dana, die Große Echse mit einem gerichteten Wind sanft abzulenken, eine Aufgabe, die die Elementarmagierin vor keine große Herausforderung stellte und tatsächlich schon nach kurzer Zeit zum Erfolg führte.

»Ich wünschte, ich könnte es mir leisten, immer eine Elementaristin an Bord zu haben«, meinte Waughan später. »Das hätte mir über die Jahre einigen Ärger erspart.«

Am letzten Tag des siebten Mondlaufs näherten sie sich in den Mittagsstunden der Kronkolonie Arsindair. Corren hatte in seinem Leben zwar schon mit Taijirin zu tun gehabt – sowohl als junger Mann in der alten Heimat als auch später –, allerdings waren ihm nie das Glück und die Ehre zuteil geworden, eine ihrer luftigen Städte hoch oben in den Bergen zu besuchen.

Der eindrucksvolle Anblick Arsindairs, der Kronkolonie, die auf vier großen schwebenden Felseninseln erbaut worden war, entschädigte ihn dafür. Bei zwei der Inseln handelte es sich um steile Felsklippen, deren Unterseiten im violetten Schein der Kyrillian-Kristalle glühten, die sie über den Wolken hielten. Die schroffen, steil abfallenden Abhänge waren aufwändig bearbeitet worden, um eine Art natürliches Festungssystem darauf und darin entstehen zu lassen. Zahlreiche Galerien verliefen im Fels, und auf halbrunden, halb aus dem Berg ragenden Plattformen standen Speerschleudern, wie sie Corren schon aus Skargakar kannte. Ohne Zweifel dienten sie der Drachenabwehr. An der Spitze der Klippe befanden sich einige Aussichtsposten, die allerdings nicht besetzt waren, denn die Späher der Taijirin zogen weiter oben am Himmel ihre Kreise.

Eine weitere schwebende Insel, nur wenig größer, aber deutlich flacher, schien der Zerstreuung zu dienen. Während die *Wolkenwanderer* daran vorbeizog, sah Corren, der staunend am Schanzkleid stand, eine prachtvoll gestaltete Parklandschaft, die sich über die ganze Insel und auf zahlreichen Ebenen erstreckte. Blühende Sträucher und schattenspendende Bäume säumten Rundwege und Aufenthaltsplattformen, auf denen Wasserspiele und Bronzeskulpturen das Auge des Betrachters erfreuten. Künstlich angelegte Bäche zogen sich über die Insel und mündeten in schimmernden Wasserbecken, von denen manche von weitgeschwungenen Kuppeldächern überspannt waren.

Die Hauptinsel aber, die ihre drei Begleiter durch gewaltige Taue an sich band, war ein riesiges, annähernd kreisförmiges Felsplateau, auf dem sich drei spitze Hügel erhoben. Auf deren Hängen und in den Tälern dazwischen standen Hunderte Bauwerke, teils in Felsnischen geschmiegt, teils aus dem Gestein hervorragend. Die Kunstfertigkeit, mit der die Steinmetze der Taijirin die bestehende Natur verändert oder ergänzt hatten, um daraus ein elegantes Ganzes voller hoher Fenster, geschwungener Bögen und gewölbter Dächer zu erschaffen, war wirklich außergewöhnlich. Insbesondere drei imposante Steinstatuen fielen Corren auf, die sich auf den Spitzen der Hügel erhoben und einander mit gespreizten Flügeln ansahen. Eine von ihnen hielt wehrhaft eine Stangenwaffe in den Händen, eine zweite präsentierte eine Schriftrolle, die dritte Figur hatte wie beschwörend die Arme zum Himmel gehoben. Corren nahm an, dass es sich bei den Gestalten um die Gründer von Arsindair oder um Schutzgottheiten der Taijirin handelte.

»Ich wünschte, wir könnten unsere Reise hier beenden«, sagte Zamashuras, der neben Corren stand und dessen große, dunkle Augen wie gebannt die vier Inseln betrachteten, die knapp über der Wolkengrenze kaum merklich auf und ab trieben. »Wie viel gäbe es von dieser Kultur zu lernen, wie viel ließe sich entdecken? Eine Architektur wie diese nimmt es mit den größten Bauten der alten Zeit in Cordur und Xol auf.«

»Erhofft Euch nicht zu viel vom Austausch mit den Flattermännern«, knurrte Waughan vom Steuerstand aus. »Ihre Arroganz uns bodengebundenen Völkern gegenüber steht ihrer Kunstfertigkeit im Bau ihrer Kolonien um nicht viel nach. Manche der Taijirin-Reiche verhalten sich Flugschiffern wie uns gegenüber geradezu feindselig. Um diese würde ich einen weiten Bogen machen. Arsindair wird glücklicherweise seit ein paar Jahren von einem milden König beherrscht, der den Handel mit dem Festland begrüßt. Trotzdem dürft Ihr nicht zu viel Gastfreundschaft erwarten.«

»Wir werden sehen«, gab Corren zurück. »Vielleicht gelingt es uns, ein wenig Eindruck zu schinden.« Sein Blick glitt zu Ishaljir und Triasti, die neugierig die gefiederten Köpfe gehoben hatten und die zahlreichen fliegenden Wesen beäugten. Für die Greifen waren die letzten zwei Wochen nicht weniger aufregend als für Corren und Zamashuras gewesen. Die allgegenwärtigen Wolken und das Gefühl von endloser Weite hatten sie ebenso ruhelos gemacht wie die Anzeichen ferner Drachen und Flugechsen, die ihnen in dieser Zahl und Vielfalt unbekannt waren. Es wurde Zeit, dass Corren ihnen hier draußen mehr Auslauf gewährte, als bloß ein paar Runden ums Flugschiff zu drehen.

Sie schwenkten nach backbord und näherten sich einer großen, über mehrere Ebenen verlaufenden Hafenanlage, an der ein gutes Dutzend Flugschiffe festgemacht hatte. Die meisten hatten einen bauchigen Rumpf, was auf Händler schließen ließ. Ein paar wirkten jedoch wehrhaft, mit gepanzertem Schanzkleid und Geschützstellungen am Bug und Heck. *Drachenjäger*, erkannte Corren.

Vor ihnen tauchte ein Trio Soldaten auf. Die Vogelmenschen trugen weißrote Gewänder und waren in bronzefarbenes Rüstzeug gehüllt, das aus Brustharnisch, Arm- und Beinschienen sowie einem kegelförmigen, vorn teilweise offenem Helm bestand. Sie waren mit langen Spießen und Bögen bewaffnet, die für den Kampf in der Luft gewiss besser geeignet waren als das Schwert. Während seine Kameraden das Flugschiff mit gemessenen Schlägen ihrer großen, weißgrauen Flügel umkreisten, landete der Anführer auf dem offenen Heck der *Wolkenwanderer*. Der Blick des Mannes, dessen Haut von einem feinen Federflaum bedeckt war, schweifte über die Anwesenden, wobei er ein klein wenig länger auf Zamashuras und den beiden Greifen verweilte. Dann wandte sich der Taijirin an Waughan am Steuerstand, den er zu Recht für den Kapitän dieses Flugschiffs hielt. »Wer seid Ihr und was ist Euer Begehr?« Seine Stimme hatte einen ungewohnt melodischen Klang, aber seine Aussprache der vorherrschenden, durch menschliche Siedler verbreiteten Gemeinsprache war beinahe akzentfrei.

Waughan sah fragend zu Corren, der vortrat. »Mein Name ist Corren von Dask«, stellte er sich vor. »Ich bin Magister der Akademie von Geolath, einer Stadt jenseits des Landfalls, der Wälder und der Wüste Shaom. Ich führe eine Expedition ins Wolkenmeer, und wir kommen nach Arsindair, um an Eurem Wissen über dieses teilzuhaben. Genau genommen suchen wir Karten, die die Inseln des Wolkenmeers verzeichnen. Mir wurde gesagt, in Eurer Stadt würde ich fündig werden.«

Der Mann musterte Corren. Dieser hatte sich in weiser Voraussicht gewaschen, rasiert und in frische Gewänder gekleidet, so dass er ein recht überzeugendes Bild eines Gelehrten abgab. Um die letzten Zweifel des Soldaten zu zerstreuen, zückte Corren ein gerolltes Pergament. »Hier habe ich ein Empfehlungsschreiben des Erzmagisters meiner Fakultät, der meine Forschungsreise gutheißt und sich die wohlwollende Unterstützung durch jene Orte der Lehre erhofft, die ich unterwegs besuche. Ich wäre Euch sehr verbunden, wenn Ihr es jemandem übergeben würdet, der über mein Anliegen zu befinden hat.«

Das Schreiben war nicht echt. Corren hatte es selbst verfasst. Er führte immer eine Handvoll dieser scheinbar wichtigen Dokumente mit sich, denn er wusste, wie viel das geschriebene Wort selbst in den Augen jener wert war, die es nicht zu lesen vermochten, weil es in einer fremden Sprache verfasst war.

Auch hier nickte der Taijirin-Soldat, entrollte das Pergament, betrachtete sich die lobenden Worte und die angebliche Unterschrift von Erzmagister Samnion samt Akademiesiegel und verstaute es anschließend in seiner Rüstung. »Sucht Euch einen freien Liegeplatz am Hafen. Man wird Euch unterrichten, ob Eurem Gesuch stattgegeben wurde.«

»Ich danke Euch.« Corren deutete eine Verbeugung an.

Gleich darauf flog die Patrouille zurück nach Arsindair, und die *Wolkenwanderer* folgte ihr langsam nach. Die Liegeplätze an den obersten Stegen waren alle besetzt, aber in der zweiten Reihe sah Waughan eine Möglichkeit zum Anlegen, die er nutzte. Er ließ die Segel einholen und steuerte das Flugschiff geschickt mit Hilfe der Kyrillian-Kästen an den geschwungenen Steg. Urdo und Broderik sprangen an

Land und ließen sich dann von ihren Kameraden zwei Taue zuwerfen, mit denen sie ihr Gefährt festmachten.

»Wir bleiben erst einmal bis morgen hier«, sagte Corren. »Sollte mir noch heute eine Audienz gewährt werden, reisen wir morgen weiter. Wenn nicht, so muss sich zeigen, wie lange sich unsere Fahrt verzögert.«

»Ich sorge dafür, dass die *Wolkenwanderer* abflugbereit sein wird«, versprach Waughan.

»Sehr gut. Shur, Ihr begleitet mich. Wir nehmen die Greifen. Euch Übrigen sei freigestellt, wie Ihr den Rest des Tages verbringen wollt.«

»Was habt Ihr vor?«, fragte Waughan. »Wollt Ihr nicht auf den Gesandten der Akademie warten?«

»Nein«, antwortete Corren. »Denn wie auch immer die Antwort der Gelehrten dort ausfällt, ich will ihnen dabei in die Augen sehen und nicht von einem Lakaien abgeschmettert werden. Dafür ist dieser Besuch zu wichtig.«

Der Kapitän nickte. »Ich verstehe.«

»Wie sieht es mit einer Eskorte aus, Magister?«, warf Grimmeisen ein. »Nicht, dass ich etwas gegen ein paar Stunden in Arsindairs Tavernen einzuwenden hätte, aber immerhin bezahlt Ihr uns dafür, dass wir Euch beschützen.«

Corren grinste ihn schief an. »Ich weiß das Angebot zu schätzen, aber ich erwarte keinen Ärger in einer so zivilisierten Stadt wie Arsindair – zumindest keinen, mit dem Shur und ich nicht fertigwerden würden. Ich bin mir sicher, dass Ihr Eure Kristalle wert sein werdet, falls wir auf Piraten oder andere Gefahren stoßen. Bis dahin genießt die angenehme Fahrt.«

»Wie Ihr befehlt, Magister.« Der Söldner erwiderte das Grinsen.

Kapitel 12

BEGEGNUNG IN ARSINDAIR

28. Tag des 7. Mondlaufs im Jahr 850

Corren und Zamashuras sammelten die Unterlagen zusammen, die sie benötigten, um die Hinweise, die sie zum Standort von ThaunasRa besaßen, mit den Karten der Taijirin abzugleichen. Die Kladde Notizen und Abschriften unter dem Arm, schwangen sie sich auf den Rücken von Ishaljir und Triasti und verließen das Schiff. Mit einigen kraftvollen Flügelschlägen schraubten sich die beiden Greifen in die Höhe, dann bildete sich unter ihren Hufen der flockig weiße Wolkenpfad, auf dem sie sich bewegen konnten wie auf fester Erde.

Corren hatte diese Form der Magie lange Zeit in Erstaunen versetzt, denn weder er selbst noch irgendeiner der Gelehrten, die er im Laufe der Jahre darauf angesprochen hatte, vermochten sich die Gabe der Vogelpferde zu erklären, ihren eigenen Weg über den Himmel zu ziehen. Mittlerweile nahm er das Phänomen einfach hin, und er wusste es durchaus zu schätzen, etwa jetzt, wo die beiden geflügelten Geschöpfe mit majestätisch erhobenem Kopf über den Dächern von Arsindair dahinschritten.

Dieser luftige Blickwinkel hatte zwei Vorteile. Zum einen hatten sie einen besseren Überblick über die Stadt, was bei der Suche nach der Akademie half, die keineswegs so leicht auszumachen war, wie Corren gedacht hatte. In Geolath lag die Akademie am Rand der Stadt und war als eindrucksvolle Anlage schon vom Hafen aus zu erkennen. In der Kronkolonie gingen viele Bauwerke durch Galerien und Säulengänge, Türme und breite Treppen ineinander und in ihre Umgebung über, so dass sich schwer sagen ließ, was ein einzelnes Heim war und was ein größerer Bau. Zudem war alle Architektur auf kunstvolle Weise verziert. Insbesondere die steinerne Imitation von geflochtenen Halmen war beliebt und möglicherweise eine Erinnerung an die nestartigen Behausungen, in denen die Taijirin zu Beginn ihrer Kultur gelebt hatten. Das alles, wie auch die stark in die Höhe strebende Bauweise, sorgte dafür, dass sich die wirklich bedeutsamen Bauten aus einem gewissen Abstand und von oben sehr viel leichter ausmachen ließen, als wenn man auf den Wegen unterwegs war, die es in Arsindair ungeachtet der Flugbegabung ihrer Bewohner in großer Zahl gab.

Zum anderen – und das war vielleicht noch wichtiger – wurde man auf den Greifen gesehen. Obwohl der Himmel über Arsindair voll von geflügelten Gestalten war, fielen die beiden stattlichen Vogelpferde auf ihren nur langsam im milden Wind des Sommernachmittags verwehenden Wolkenpfaden selbst entfernten Taijirin ins Auge. Falls es Corren und Zamashuras so gelang, die Aufmerksamkeit von jemandem mit mehr Entscheidungsgewalt, als diese Soldaten sie hatten, zu wecken, mochte das hilfreich sein.

Wie klug dieser Gedanke gewesen war, zeigte sich, als nach einer Weile eine Taijirin-Frau nahte, ebenfalls gerüstet, doch in edlerer Kleidung, so als gehöre sie zu einer besonderen Garde. »Magister von Dask?«, rief sie ihn an.

Corren hieß Ishaljir anzuhalten. »Der bin ich.«

Die Taijirin verharrte in der Luft, wobei sie anders als die Greifen dafür mit den großen, grauweiß gefiederten Flügeln schlagen musste. »Mein Name ist Hochgardistin Terilli. Ihr werdet bei Hofe erwartet. Wenn Ihr mir folgen würdet.«

Vielsagend blickte Corren Zamashuras an, bevor er sich wieder an die Frau wandte. »Ich danke Euch. Fliegt voraus.«

Die Taijirin vollführte eine elegante Kehrtwende und flog dann in die Richtung davon, aus der sie gekommen war. Corren und Zamashuras ritten ihr nach. »Eine Audienz bei Hofe«, wandte sich Corren begeistert an seinen Begleiter. »Das ist mehr, als ich zu hoffen gewagt hatte.«

»Der Hof ist groß«, bemerkte Zamashuras. »Und sie hat nichts vom König gesagt.«

In der Tat erwies sich der Königshof von Arsindair als eine weitläufige Anlage, die sich einmal um die Kuppe des Berges mit der wehrhaften Taijirin-Statue an der Spitze herumzog. Entgegen dem Eindruck des steinernen Monuments war die Anlage keine Festung, sondern eher ein Palast, der aus zahlreichen, miteinander verbundenen Gebäuden bestand, die von einer kunstvoll angelegten Parklandschaft umgeben waren. Corren sah Zierbäume, die unmöglich in der Gegend des Wolkenmeers beheimatet sein konnten, üppig blühende Sträucher, würdevoll posierende Statuen und ein kompliziertes System aus gerichteten Bachläufen, Wasserbecken, Kaskaden und Springbrunnen, das selbst die großen Architekten des einstigen Cordurischen Reichs in Verzücken versetzt hätte. Dazwischen lagen Aussichtsplattformen, und Wege luden zum Flanieren ein. Das Reich der Taijirin mochte an den Gestaden des Inneren Ozeans vollkommen unbekannt sein, aber der Prunk, in dem seine Fürsten lebten, musste sich vor keinem Hof verstecken, den Corren je besucht hatte.

Die Gardistin steuerte einen mit hellen Steinplatten ausgelegten Platz an, der sich vor einem kleineren Bauwerk erstreckte, das sich halbkreisförmig und mit einem Kuppeldach versehen an den Felsen schmiegte. Das Bauwerk mochte der Tempel einer unbedeutenderen Gottheit sein oder aber die Residenz eines hohen Regierungsbeamten. Es wirkte jedenfalls weder militärisch noch prunkvoll genug, um zum Kernbereich der Palastanlage zu gehören.

In der Mitte des Platzes erwartete sie ein Mann. Er war von schlanker, sehniger Statur, mit scharfen Gesichtszügen und großen, dunklen Augen. Seine Flügel und der Körperflaum waren, anders als bei den Taijirin, die Corren in Arsindair bislang gesehen hatte, nicht vorwiegend weißgrau, sondern von weißbrauner Farbe. Aber auch er trug ein enggeschnittenes Beinkleid sowie ein festes Wams, wenngleich beide Stücke aus sichtlich edlem sowie mit Gold und Edelsteinen verziertem Stoff in Weiß und Weinrot gefertigt waren. Ein breiter, ebenfalls roter Schal fiel ihm, einem rudimentären Mantel gleich, zwischen den Flügeln den Rücken hinab bis fast zum Boden. Corren vermutete, dass dieser eine Art Ehrensymbol darstellte.

Sie landeten und stiegen von ihren Greifen. Der Vogelmensch kam langsam näher. »Das ist ein Anblick, den ich vor meinem Ende nicht mehr zu sehen erwartet hätte«, sagte er anstelle einer Begrüßung.

Verwirrt hob Corren die Augenbrauen. »Mein Herr?«

Sein Gegenüber deutete auf Triasti. »Eure Greifen. Ich hätte nie gedacht, dass ich noch einmal einem dieser wundervollen Tiere begegne.« Mit einem Ausdruck von Wehmut und Zärtlichkeit auf den Zügen hob er eine Hand und gestattete dem Greifenweibchen, sie mit dem Schnabel und der rauen Zunge zu untersuchen. Triasti stieß ein leises Quäken aus.

»Woher kennt Ihr Greife?«, fragte Corren. »Mir schien, als gäbe es sie in diesen Breiten von Endar nicht.«

»Das ist wahr. Es gibt eine Vielzahl an fliegenden Geschöpfen im Wolkenmeer, aber Greifen gehören nicht dazu.« Der Taijirin gab der Gardistin mit einem wortlosen Nicken ein Zeichen, woraufhin Terilli sich zum Haus zurückzog und dort neben der Eingangstür seinen Posten bezog. Lächelnd strich er Triasti über den Schnabel. Ishaljir wurde eifersüchtig und drängte sich näher, um auch gestreichelt zu werden. Der Taijirin erfüllte ihm den Wunsch gern.

»Und doch könnt Ihr gut mit ihnen umgehen«, bemerkte Corren. »So als wärt Ihr mit Ihnen aufgewachsen.«

»Das bin ich auch. Doch das ist viele Jahre her.« Der Mann schob die Greifen sanft von sich und richtete seine Aufmerksamkeit auf seine Gäste. »Aber ich bin unhöflich. Ich sollte mich vorstellen. Mein Name ist Ialrist, und ich bin sowohl einer der Berater von König Visijian als auch der Lehrer seiner Tochter, der Kronprinzessin Vinaris.«

»Es ist mir eine Ehre, Berater Ialrist«, erwiderte Corren, bevor er auch sich und Zamashuras vorstellte. »Ich danke Euch, dass Ihr uns empfangt.«

Ialrist lächelte dünn. »Um der Wahrheit die Ehre zu geben, erweckten vor allem Eure Greifen meine Neugierde. Wie ich sagte: Ich kenne sie aus meiner Kindheit und Jugend, aber seit ich meine alte Heimat vor Jahrzehnten verlassen habe und nach Süden zog, habe ich kaum noch welche gesehen.«

»Mir scheint, dass dies ein doppelt glückliches Zusammentreffen ist«, sagte Corren, »denn anscheinend teilen wir eine ähnliche Vergangenheit. Auch ich zog vor vielen Jahren aus, um die Welt zu entdecken, nur dass ich zwischendurch immer mal wieder in den hohen Norden zurückkehrte. Auf einer dieser Reisen wurden Ishaljir und Triasti meine Begleiter.«

»Ishaljir …« Ialrist machte eine versonnene Miene. »Das ist ein Name, der wahrlich nach den Gefilden meiner Jugend klingt.«

»Woher stammt Ihr, wenn ich fragen darf?«

»Aus einer Stadt namens Airianis, die hoch oben in den Wolkenbergen liegt, einem Ort, der dem Namen nach diesem hier so ähnlich scheint, aber doch gänzlich anders ist. Er liegt viele Tagesreisen von hier entfernt, jenseits der Wüste und jenseits des Ozeans und jenseits der weiten Ebenen, die sich nördlich davon erstrecken.«

Fassungslos sah Corren sein Gegenüber an. »Ihr müsst mir den Weg nicht beschreiben, denn ich bin ihn selbst gereist. Ist das zu glauben?« Er warf Zamashuras einen Seitenblick zu, als wisse der Quano die Antwort auf diese Frage. »Da reise ich ans andere Ende der Welt und begegne einem Mann, dessen Heimat mir alles andere als unbekannt ist.« Er wandte sich wieder Ialrist zu. »Ich stamme aus Dask, einer kleinen Provinz des Königreichs Breganorien, und obschon ich dort seit langem nicht mehr lebe, bin ich immer wieder durch die wilden Lande von Astria und Undur gewandert, von deren Anhöhen aus ich die Wolkenberge am Horizont sehen konnte.«

Ialrist musterte Corren von oben bis unten. »Nun, diese Überraschung ist Euch gelungen. Kommt, Magister von Dask, und auch Ihr, Herr Zamashuras. Ich möchte Euch in mein Heim einladen. Ihr müsst mir erzählen, was Euch nach Arsindair geführt hat.«

Sie begaben sich zu Ialrists Haus, wo dieser Terilli die Aufgabe übertrug, sich um die beiden Greifen zu kümmern. Er selbst führte Corren und Zamashuras unterdessen durch einen offenen Eingangsbereich in einen nicht minder hell und luftig angelegten Wohnraum. Corren stellte fest, dass alles an der Residenz des Taijirin hoch und weit war, die Fenster, die Türen, die Räume. Im ersten Moment hielt er das für ein Statusprivileg, das Ialrist genoss, dann jedoch wurde ihm klar, dass die Taijirin allein ihrer beachtlichen Flügel wegen viel mehr Platz benötigten, um sich in geschlossenen Räumen frei bewegen zu können. Vermutlich lag der wahre Grund irgendwo dazwischen.

Sie ließen sich auf einer Sitzgruppe nieder, deren Möbel keine Rückenlehnen aufwiesen, dafür aber breite Seitenpolster, so dass man sich entweder setzen oder seitlich darauf legen konnte, ohne Probleme mit seinen Flügeln und dem aus dem unteren Rückenbereich wachsenden Federkranz zu bekommen – sofern man darüber verfügte.

Eine Dienerin – zu Correns Erstaunen eine Menschenfrau mittleren Alters, die durchaus glücklich zu sein schien, bei den Taijirin zu leben – brachte ihnen gewürztes Wasser und Wein, und hätte es nicht überall die steinernen Flechtmuster in der Architektur gegeben und hätten die Fenster nicht auf eine Stadt voller fliegender Geschöpfe hinausgewiesen, Corren hätte sich fast wie in Geolath gefühlt.

Die Männer füllten ihre Becher und tranken einen Schluck. Dann erkundigte sich Ialrist nach dem Grund ihrer Reise ins Wolkenmeer, und Corren erzählte ihm von der Suche nach ThaunasRa und der verschwundenen Zivilisation der ArChaon. Er verlor sich nicht in Einzelheiten, aber er gab sich auch keine Mühe, etwas zu verheimlichen – von seiner persönlichen Suche nach dem Schrein der Ewigkeit mal abgesehen. Sie waren auf die Hilfe der Taijirin angewiesen, und einen Fürsprecher wie den Berater des Königs an ihrer Seite zu haben, wenn sie die Akademie aufsuchten, wäre ohne Zweifel von großem Vorteil.

Als Ialrist hörte, dass Corren beabsichtigte, zum Grund des Wolkenmeers hinabzufahren, verdüsterte sich seine Miene. »Ich freue mich, dass Ihr diese Reise angetreten habt, denn sie hat Euch nach Arsindair geführt. Doch ich muss Euch warnen, Magister. Ihr begeht einen großen Fehler, falls Ihr dieses Vorhaben weiterverfolgt. Es wird Euch nichts als den Tod bringen, wenn Ihr zum Grund des Wolkenmeers taucht.«

»Eure Sorge in allen Ehren, Berater Ialrist«, entgegnete Corren, »aber wir haben schon eine Menge unheilvolle Geschichten in Skargakar vernommen, und keine von ihnen konnte uns aufhalten. Wir scheuen die Gefahr nicht, zumal ich davon ausgehe, dass es die meisten Ungeheuer, vor denen man uns warnte, überhaupt nicht gibt. Und denjenigen, denen wir tatsächlich begegnen mögen, werden wir zu trotzen wissen, denn ich habe furchtlose, fähige Kämpfer an meiner Seite und auch ich selbst bin nach Jahren abenteuerlicher Reisen nicht ganz ohne Kenntnisse und Möglichkeiten.«

»Das mag alles sein«, entgegnete Ialrist. »Dennoch solltet Ihr meine Worte nicht so ohne weiteres abtun, Magister. Gewiss erzählt man sich vielerlei Schauermärchen über den Grund des Wolkenmeers, und niemand von denen, die damit in Schänken ihre Zuhörer erfreuen und ängstigen, war je dort unten in der Finsternis, im Abgrund.« Er stand auf und ging unruhig einige Schritte durch den Raum, und als er sich erneut Corren und Zamashuras zuwandte, lag ein Ausdruck von tiefem Unbehagen auf seinen Zügen. »Ich dagegen weiß, wovon ich spreche, wenn ich Euch vor der Tiefe warne.«

»Wie meint Ihr das?«, mischte sich Zamashuras ein. »Wollt Ihr damit sagen, dass Ihr am Grund des Wolkenmeers gewesen seid?«

»Nicht freiwillig, so viel steht fest, aber ja.« Ialrist drehte seinen Becher Wein in den Händen und schritt langsam um die Sitzgruppe. »Vor beinahe dreißig Sommern fuhr ich mit treuen Gefährten hinaus ins Wolkenmeer, um Drachen zu jagen. Es war unsere erste Fahrt in diesen uns fremden Breiten, und wir waren jung und töricht. Die Gier nach schnellem Reichtum führte uns an einen gefährlichen Ort, wo wir einem Drachen begegneten, der unser Schicksal wurde.«

Der Taijirin schwieg kurz, während er mit sich zu ringen schien, ob er diese alten Erinnerungen zulassen wollte. »Der Name des Ungeheuers war Garganthuan, und sein Zorn war fürchterlich. Er zerstörte unser Flugschiff und tötete fast alle meine Freunde. Nur ein Gefährte und ich überlebten, aber wir hatten kein Schiff mehr und um uns war nichts als die Wolken.«

Ialrist sah Corren an. »Ich war ein gesunder junger Mann damals, und ich konnte durchaus das Gewicht eines Freundes tragen, zumindest für eine Weile. Doch letztlich versagten meine Kräfte, und wir versanken in den Nebeln. Wir dachten, es wäre unser Tod, denn auch wir hatten natürlich Geschichten gehört, etwa die, dass das Wolkenmeer gar keinen Grund habe, sondern bodenlos sei und man auf ewig fallen würde. Dieses Gerücht erwies sich als Irrtum. Wir erreichten den Boden in finsterster Nacht, und selbst als weit über uns der neue Tag anbrach, wurde es kaum heller. Wir sind an diesem Tag nicht gestorben und auch in den folgenden Tagen nicht, aber ich schwöre Euch, nie war ich meinem Ende näher als auf dieser Wanderung durch das graue Nichts. Dort unten leben … Dinge, deren Anblick allein ausreicht, um einen schier um den Verstand zu bringen. Wären wir nicht die Männer gewesen, die wir waren, hätten wir es nicht geschafft.«

Fasziniert beugte Corren sich vor. »Ihr wart tatsächlich unten auf dem Grund des Wolkenmeers? Wie seid Ihr von dort entkommen? Ihr könnt doch unmöglich den ganzen Weg bis zum Landfall zurückgelaufen sein.«

»Natürlich nicht«, bestätigte Ialrist. »Ich weiß nicht genau, wie lange unsere Wanderung dauerte, denn nach ein paar Tagen waren wir kaum noch bei Sinnen, aber letzten Endes stießen wir auf den Fuß einer Bergkette, deren Gipfel in den Wolken verschwand. Um unser beider willen drängte mich mein Gefährte Adaron, den Weg nach oben anzutreten, und mit der Kraft der Verzweiflung flog ich hinauf. Ihn musste ich zurücklassen, denn ich vermochte ihn nicht mehr zu tragen. An der Oberfläche fand ich eine Insel vor, auf der sich das Refugium einiger Drachengläubiger befand. Sie gaben mir Nahrung und eine Ruhestätte, wo ich zwei Tage lang vollkommen erschöpft verweilte. Danach musste ich eine der schwersten Entscheidungen meines Lebens treffen, denn alles in mir sträubte sich dagegen, erneut zum Grund des Wolkenmeers zu fliegen. Aber ich konnte Adaron nicht im Stich lassen, also überwand ich meine Furcht und suchte nach ihm. Von den Mönchen half mir niemand.«

»Und habt Ihr ihn gefunden?«, fragte Corren.

»Ja, doch er war dem Tod näher als dem Leben. Und er hatte einen Teil seiner Seele verloren. Ich weiß nicht, was ihm in diesen zwei Tagen allein in der Tiefe widerfahren ist, denn er wollte es mir nie verraten. Nur eines sagte er mir später: Allein sein Hass auf diesen Drachen Garganthuan, dem wir so viel Leid verdankten, habe ihn davon abgehalten, sich selbst umzubringen.« Ialrist presste kurz die Lippen zusammen, bevor er seinen Becher mit einem Schluck leerte.

»Das, was Ihr erlebt habt, klingt in der Tat schrecklich«, gestand Corren. »Doch es ist mit unserer Expedition kaum zu vergleichen. Ich habe ein Flugschiff, ich habe Waffen, ich verfüge über alchemistische Mischungen und magische Artefakte. Mein Begleiter Zamashuras ist ein Adept der Wege Gahats, und eine mächtige Elementarmagierin der Sidhari begleitet uns ebenso wie zwei furchtlose Greifen. Ich will nicht so vermessen sein zu behaupten, dass uns nichts etwas anhaben könnte. Doch wir sind auf viele Bedrohungen vorbereitet, und letzten Endes ist kein Abenteuer ohne Gefahr. Aber der Preis ist es wert! Was wir in ThaunasRa alles erfahren und finden können, wird die Geschichtsschreibung unserer Welt verändern. Die Kultur der ArChaon, ihr Untergang und die Entstehung dieses unglaublichen Orts namens Wolkenmeer – all diese Geheimnisse zu ergründen, ist eine Verlockung, der ich einfach nicht widerstehen kann. Wenn Ihr wirklich der Lehrer der Kronprinzessin seid, also ein Mann des Wissens, dann müsst Ihr verstehen, welche Bedeutung meine Reise hat. Eine Reise, die ich im Übrigen nur fortsetzen kann, wenn Ihr mir helft.«

»Indem ich Euch Zugriff auf unsere Karten des Wolkenmeers gewähre und so den Weg nach ThaunasRa weise.«

»Genau. Ich bitte Euch von Gelehrtem zu Gelehrtem: Verweigert mir nicht die Aussicht, meine Laufbahn als Erforscher der größten Rätsel Endars mit der Entdeckung von ThaunasRa zu krönen. Und sollte das Ganze tatsächlich ein schlimmes Ende nehmen, so verlasse ich diese Welt in der Gewissheit, meinen Traum bis zuletzt verfolgt zu haben.«

Ialrist blickte ihn einen Moment lang schweigend an. Dann nickte er langsam. »Also schön. Ihr sollt Euren Einblick in unsere Karten haben. Und ich erweise Euch sogar noch zwei Dienste. Ich biete Euch eine Spur, und ich gebe Euch einen guten Rat.«

»Wir nehmen jede Hilfe dankend an.« Corren gelang es nur mit Mühe, seinen Triumph darüber zu verbergen, dieses frühe, aber umso bedeutendere Hindernis auf ihrer Reise bewältigt zu haben.

»Dann werde ich Euch etwas in Eure Karte einzeichnen«, sagte Ialrist. »Denn am Fuße des Bergs, auf dem die Drachengläubigen lebten, fanden Adaron und ich … etwas. Ruinen von Gebäuden. Wir haben sie damals nicht beachtet, denn zu überleben war alles, was damals für uns zählte. Aber für Euch könnten sie von Interesse sein.«

»Das klingt phantastisch.« Corren öffnete seine Kladde und suchte das Kartenmaterial heraus. »Womöglich finden wir dort erste Hinweise auf die Kultur der ArChaon, die uns später in ThaunasRa hilfreich sind.« Er blickte zu dem Vogelmenschen auf. »Wisst Ihr, ich wünschte, Ihr würdet uns auf der Expedition begleiten. Eure Erfahrungen auf dem Wolkenmeer und auch darunter wären von unschätzbarem Wert.«

Während er sich wieder setzte und die ausgebreiteten Karten in die Hand nahm, schüttelte Ialrist den Kopf. »Ich gehe nicht mehr auf abenteuerliche Fahrt. Diese Zeiten liegen hinter mir. Ich habe meinen Platz hier und eine Aufgabe. Die Prinzessin braucht mich mehr als Ihr, Magister. Aber es gibt da jemanden, der Euch vielleicht noch nützlicher sein könnte als ich. Und ihn vermögt Ihr wahrscheinlich eher dazu zu überreden, Euch zu begleiten.«

»Bitte, sagt mir, wie er heißt und wo ich ihn finde, und ich will ihn aufsuchen. Wenn Ihr mir diesen Mann empfehlt, ist mir das einen Umweg wert.«

»Ich spreche von einem alten Weggefährten, der auf einer kleinen Insel nur zwei Reisestunden von hier entfernt lebt. Sein Name ist Lian Drachenfreund.«

Kapitel 13

ÜBERFALL IN DEN WOLKEN

1. Tag des 8. Mondlaufs im Jahr 850

Am nächsten Morgen verließ die *Wolkenwanderer* Arsinadair. Der Abschied kam für alle zu früh. Grimmeisen hatte festgestellt, dass er entgegen seiner sonstigen Art vollkommen damit zufrieden war, stundenlang einfach nur in einer der hellen, offenen Tavernen zu sitzen und den zauberhaften, geflügelten Schankmaiden beim Bedienen der Gäste zuzuschauen. Zamashuras füllte ein Pergament nach dem anderen mit Notizen über die Kultur und Lebensweise der hiesigen Taijirin. Selbst Corren wäre, nun, da er in Ialrist einen Mann aus der alten Heimat getroffen hatte, gern länger geblieben. Aber der Sommer schritt voran, und wenn man den Aufzeichnungen trauen durfte, die er am gestrigen Nachmittag und bis spät in den Abend in der Akademie der Taijirin gewälzt hatte, war ThaunasRa noch viele hundert Meilen entfernt. Sie durften nicht unnötig verweilen, sondern mussten weiter nach Süden.

Zunächst jedoch machten sie einen Abstecher nach Osten, denn Corren wollte diesen Mann kennenlernen, der dem Vernehmen nach mit Drachen sprechen konnte. Zwar hatten sie bis jetzt auf ihrer Reise keine nennenswerten Schwierigkeiten mit den Großen Echsen gehabt, aber es lagen einige Regionen vor ihnen, die den Karten der Taijirin zufolge Brutgebiete verschiedener Drachengattungen waren. Es war keine Brutzeit, trotzdem mussten sie vorsichtig sein, denn auch Mütter mit Jungtieren mochten auf ein eindringendes Flugschiff höchst ungehalten reagieren. Jemand, der beruhigend auf jene einzuwirken vermochte, war genau das, was Correns Mannschaft noch fehlte.

Sie hatten Arsindair noch keine Stunde hinter sich gelassen, als Ishaljir und Triasti unruhig wurden. Die beiden Greifen hatten rund um die *Wolkenwanderer* ihre Kreise gezogen, nun kehrten sie zum Heck des Flugschiffs zurück, krächzten warnend, und nickten mit den Köpfen in Richtung der am Horizont im Dunst verschwindenden Vogelmenschenstadt.

»Was ist los?«, wollte Corren wissen, als er an ihre Seite trat. Seine Augen suchten die Wolken hinter ihnen ab. Irgendetwas musste sich dort draußen befinden. Die Greifen hatten ein gutes Gespür für Gefahren.

Und dann sah er etwas Eigenartiges. Ein einzelner Vogelmensch tauchte aus dem Dunst hinter ihnen auf und verschwand gleich wieder. Corren runzelte die Stirn. Er hatte nicht viel Erfahrung mit Taijirin und konnte daher nicht beurteilen, ob das ein normales Verhalten für diese war, aber sein Gefühl sagte ihm, dass jemand, der im Schutz der Wolken unterwegs war, irgendetwas im Schilde führte. Schließlich war das Wolkenmeer nicht wie die See an der Küste von Phoekia, wo Männer und Frauen in Buchten mit glasklarem Wasser nach Muscheln und Schwämmen tauchten, sondern bestand unter der Oberfläche bloß aus dunstigem Weiß und Grau.

Der Vogelmensch tauchte erneut auf – oder war es ein anderer? Die Gestalt war noch etwa eine halbe Meile entfernt, aber irgendwie kam es Corren so vor, als hätte diese ein anderes Gewand an. Bevor er allerdings sicher sein konnte, war der Taijirin erneut verschwunden.

Er klopfte Ishaljir auf den federbedeckten Hals. »Wartet kurz.« Dann begab er sich zum Steuerstand und unterrichtete Waughan von seiner Sichtung.

Am Schanzkleid neben ihnen lehnte Shai'dana. Die Sidhari nickte bestätigend. »Ich habe sie auch bemerkt. Meiner Ansicht nach handelt es sich um zwei oder drei Verfolger. Die Frage lautet, ob wir sie herankommen lassen oder versuchen, ihnen davonzufliegen.«

»Waughan, was denkt Ihr?«, fragte Corren den Nondurier und legte seine Rechte auf das Kurzschwert an seinem Gürtel. »Bedeuten diese Burschen Ärger oder sind die nur zufällig in unsere Richtung unterwegs?«

»Wir werden es bald herausfinden.« Waughan zog an den Steuertauen und bellte seiner Mannschaft Befehle zu, die sich daraufhin an den Segeln zu schaffen machte. Die *Wolkenwanderer* legte sich in eine sanfte Kurve nach backbord, eine willkürliche Entscheidung, die sie später rückgängig machen mussten, um wieder auf Kurs zu kommen.

Einen Moment lang geschah nichts hinter ihnen. Dann erklang ein schriller Jagdschrei, zu dem sich rasch weitere gesellten. Ein Taijirin schoss aus dem Dunst empor, ein zweiter folgte ihm, gleich darauf ein dritter. Binnen wenigen Herzschlägen hatte sich keine vierhundert Schritt hinter ihnen eine Gruppe von einem guten Dutzend Verfolgern enthüllt.

»Das ist ein Überfall!«, entfuhr es Waughan, und seine spitzen Ohren richteten sich alarmiert auf. »Segel reffen! Stellt Wassereimer bereit und holt Eure Bögen!«

Während die Mannschaft sich beeilte, den Befehlen Folge zu leisten, sah Corren den Kapitän irritiert an. »Warum holt Ihr die Segel ein? So entkommen wir ihnen nie.«

»Wir entkommen ihnen ohnehin nicht«, gab Waughan

zurück. »Kein Flugschiff ist schnell genug, um einen Taijirin im Wettflug zu besiegen. Stattdessen müssen wir versuchen, ihnen so wenig Angriffsfläche wie möglich zu bieten, denn sie werden uns ganz bestimmt mit Brandpfeilen angreifen. Ihr könnt Euch sicher vorstellen, wie gefährlich ein Feuer auf einem Flugschiff ist.«

»Das kann ich tatsächlich.« Schon auf dem gewöhnlichen Ozean war ein Schiffsbrand eine heikle Angelegenheit. Aber über einem womöglich Tausende Schritt tiefen Abgrund mochte er sich rasch als fatal erweisen. Auf diese Weise wollte Corren nicht Bekanntschaft mit dem Meeresboden machen.

Sein Blick richtete sich auf Grimmeisen, der eilig damit beschäftigt war, seine Schwester in einen wandelnden Metallberg zu verwandeln. »Grimmeisen! Nun seid Ihr gefragt. Ihr wolltet doch Euer Geld verdienen.«

»Tja, wenn die Flattermänner nah genug herankommen, mache ich Geflügel am Spieß aus ihnen«, erwiderte der Söldner. »Solange sie in der Luft sind, können Orsa und ich allerdings nicht viel ausrichten. Der Fernkampf ist die Spezialität von Hechet und Shai'dana.«

»Ich bin schon da«, knurrte der Nondurier mit dem Jagdbogen. Er kletterte gerade aus dem Bauch des Schiffs an Deck und hatte ein Bündel Pfeile bei sich. Auch Kaillyn trug drei Bögen und einen Armvoll Geschosse herbei, die sie zum Heck brachte, wo sie von Wuffnar und Knurrn erwartet wurde. Urdo, Broderik und Zirosh zogen derweil die Seitenfächer ein, und Zamashuras schleppte Eimer mit Wasser, die Winsla unter Deck füllte.

»Spart Euch Eure Pfeile«, sagte Shai'dana. »Ich kümmere mich um unsere Verfolger.« Ihre violetten Augen glühten unheilvoll auf, als sie die Ärmel ihres Gewandes zurückschob und die arkanen Symbole enthüllte, die ihre dunkle Haut schmückten. Sie waren, wie Corren mittlerweile wusste, tatsächlich aufgemalt, wenngleich im Rahmen eines Rituals, das die Goldfarbe vor jeder Witterung schützte. Im Laufe der Jahre, wenn ihre Magie an Wirkung verlor, würden sie verblassen. Aber bis dahin war es bei Shai'dana noch lange hin.

»Passt auf«, warnte Waughan sie. »Taijirin sind gute Flieger – auch bei Sturm.«

»Das wird sich zeigen«, sagte die Sidhari.

Sie begab sich zum Heck und hob die Arme. Kaillyn, Wuffnar und Knurrn zogen sich etwas zurück. Auf den Bogensehnen lagen bereits Pfeile, aber einstweilen warteten sie ab, auch weil es auf diese Entfernung enorm schwer war, ein so agiles Ziel wie einen Taijirin zu treffen.

Diese kamen nun, da die *Wolkenwanderer* stark an Fahrt verlor, rasch näher. Mit Sorge sah Corren, dass die meisten ihrer Gegner ebenfalls mit Jagdbögen bewaffnet waren. Drei von ihnen trugen allerdings metallene Kugeln an kurzen Ketten, die sie jetzt mit behandschuhten Händen aufklappten. Im Inneren der Behältnisse glühten heiße Kohlen. Elegant rollten die Bogenschützen zur Seite und glitten an den Feuerquellen vorbei, um im Vorbeiflug die Spitzen ihrer Pfeile zu entzünden.

»Die da!«, rief Corren. »Schießt die Feuerspender ab. Sie dürfen ihre Pfeilspitzen nicht in Brand setzen.«

Sofort spannten Wuffnar, Knurrn und Kaillyn ihre Bögen. Doch bevor sie auch nur gezielt hatten, schoss bereits der erste Pfeil zischend an ihnen vorbei auf die Taijirin. Einer der Vogelmenschen stieß einen schrillen Schrei aus, und sofort kippten die geflügelten Kämpfer zur Seite weg und verstreuten sich, um schwierigere Ziele abzugeben. Doch die Feuerträger waren durch ihre heikle Fracht zwangsläufig etwas langsamer als ihre Begleiter, und einen von ihnen traf der Pfeil unweit des linken Flügelansatzes. Kreischend sackte er durch und verschwand in den Wolken.

Corren drehte sich zu dem Schützen um und erblickte Hechet, der auf der rückwärtigen Verkleidung des Steuerstands kniete und aus dieser erhöhten Position gefeuert hatte. Noch während Correns Bewegung hatte er bereits einen zweiten Pfeil abgeschossen, aber dem unwilligen Knurren des Nonduriers und dem Zucken seiner Ohren zufolge, verfehlte dieser Schuss sein Ziel. »Die Kerle sind schnell«, stellte Hechet fest.

Vor ihm am Heck begann Shai'dana mit ihrer Beschwörung. Mit lauter, klarer Stimme rief sie die Elemente an. Dabei bediente sie sich eines eigentümlichen Sidhari-Dialekts, den Corren noch nie gehört hatte. Zwar kamen ihm einige der Worte vertraut vor, so dass er – wahrscheinlich als Einziger an Bord – die bemerkenswert poetische Anrufung des Winds zumindest halbwegs verstand, aber er hätte die Beschwörung nicht im Wortlaut wiedergeben oder gar übersetzen können.

Der gerufene Wind setzte ohne Vorankündigung ein. Es war, als habe die Natur einmal tief Luft geholt, und nun blies sie den Taijirin kraftvoll ins Gesicht. An Bord des Flugschiffs war nur ein leichter Windhauch zu spüren, doch hinter ihnen wurden die Wolken heftig verwirbelt, und die Vogelmenschen schrien voller Schrecken durcheinander, als der Gegenwind sie überraschte. Einige von ihnen wurden von den kräftigen Böen unter den Flügeln erwischt und weit nach hinten geworfen, bevor es ihnen gelang, sich dem Sturm halbwegs anzupassen. Jedwede Angriffsformation war binnen Augenblicken dahin.

Neben Corren erklang ein heiseres Lachen. »Jetzt haben wir sie«, verkündete Hechet, hob erneut den Jagdbogen und schoss einen Pfeil ab, der allerdings nicht einmal in die Nähe eines Ziels kam. Dennoch schien der Nondurier zufrieden zu sein, denn er legte einen weiteren Pfeil auf und zielte diesmal genauer. Corren begriff, dass er nur den Wind getestet hatte, den er von hier aus nicht einschätzen konnte, weil das Schiff von Shai'danas Zauber nicht betroffen war.

Dieser Pfeil traf, und der Taijirin-Verfolger, der sich ungeachtet des magischen Sturms mit grimmiger Verbissenheit an die *Wolkenwanderer* herangekämpft hatte, fiel zurück.

Kaillyn, Wuffnar und Knurrn schlossen sich dem Abwehrfeuer an. Ihre Pfeile richteten zwar so gut wie keinen Schaden an, aber sie zwangen die Taijirin, Abstand zu halten. Corren hätte die anderen gern unterstützt, aber ihm war bewusst, dass er auf diese Entfernung wenig ausrichten konnte. So blieb ihm nichts weiter als zu beobachten, und dabei ging ihm auf, dass ihr Plan eine entscheidende Schwachstelle hatte.

»Wir treiben die Taijirin zwar zurück, aber was, wenn sie dennoch nicht aufgeben und uns weiter folgen? Wie lange kann Shai'dana ihre Beschwörung aufrechterhalten?« Er hatte die Frage an niemand Bestimmtes gerichtet, und so war es Hechet, der ihm antwortete.

»Sorgt Euch nicht, Magister. Das war nur Teil eins ihrer Abwehrmaßnahmen. Jetzt, wo die Taijirin genug Abstand haben, dürfte der Zeitpunkt für Teil zwei gekommen sein. Seht selbst.« Der Hundeköpfige, der seinen Bogen nach einem halben Dutzend Schüssen gesenkt hatte, deutete mit ausgestrecktem Arm zum Himmel.

Correns Blick glitt an Shai'dana vorbei, deren Worte und Gesten, wie ihm beiläufig auffiel, fordernder geworden waren. Als er gewahrte, was sie damit bewirkte, stockte ihm der Atem. Am Himmel hinter der *Wolkenwanderer* ballten sich in unheimlicher Schnelle dichte Wolken, ein Massiv aus Bleigrau und Schwefelgelb, das sich über den Köpfen der Taijirin auftürmte. Schon zuckten erste Blitze zwischen ihnen, und Donner krachte, obwohl der Tag nur wenige hundert Schritt weiter ruhig und mild war.

Die Vogelmenschen gaben schrille Schreie von sich, ob aus Angst oder um sich etwas mitzuteilen, vermochte Corren nicht zu sagen. Dann löste sich einer der Geflügelten von der hektischen Gruppe und trotzte mit kraftvoll schlagenden Flügeln dem Sturm, den Shai'dana entfesselt hatte. Er zog einen Pfeil, legte ihn auf die Sehne und zielte.

Hechet fluchte und riss seinen eigenen Bogen hoch. Im nächsten Moment geschahen drei Dinge gleichzeitig. Der Taijirin ließ den Pfeil von der Sehne schnellen, Hechet feuerte den seinen ab. Aus dem Himmel aber krachte ein gleißend heller Blitz, der den Vogelmensch mitten in die Brust traf. Er stieß ein schrilles Kreischen aus, als sein Bronzeharnisch aufglühte und seine Schwingen in Brand gesetzt wurden. Gleich darauf brach der Schrei ab, und er stürzte rauchend in die Nebel.

Der Rest ihrer Verfolger floh.

Shai'dana schickte ihnen Donnerschläge wie eine gerüttelte Faust hinterher. Sie hielt den Zauber noch eine Weile aufrecht, um sicherzugehen, dass die Taijirin es sich nicht anders überlegten, dann vollzog sie mit ihren Armen Gesten, als wische sie etwas beiseite, und zerstreute damit das beschworene Unwetter. Auch der Wind legte sich. Die dunkelhäutige Frau sank kraftlos zu Boden.

Im nächsten Moment stand Grimmeisen neben ihr, der sich bis dahin hinter Corren und Hechet aufgehalten hatte.

Er half ihr auf und redete leise mit ihr. Sie nickte, legte ihm eine Hand auf die gerüstete Schulter und lächelte matt.

Corren wandte sich Waughan zu. »Bringt uns wieder auf Kurs, Kapitän. Ich glaube, die sind wir los.«

»Nein, das denke ich auch nicht«, gab der Nondurier langsam zurück. Geradezu fassungslos starrte er auf die Sidhari. Seine Ohren zuckten, dann schüttelte er den Kopf und richtete seine Aufmerksamkeit auf seine Leute, um ihnen den Befehl zum Setzen der Segel zu geben.

Corren trat zu Shai'dana und Grimmeisen. »Geht es Euch gut?«, fragte er die Sidhari.

»Ja, vielen Dank«, gab sie zurück. »Ich fühle mich ein wenig schwach, aber das ist normal nach größeren Beschwörungen. Gebt mir nur ein wenig Zeit zur Erholung.«

»Ruht Euch aus, solange Ihr mögt. Ihr habt es Euch redlich verdient.« Corren deutete auf den Himmel hinter ihnen, der nun wieder klar und beinahe wolkenlos war. »Das war eine beeindruckende Demonstration von Elementarmagie. Ich habe noch nie jemanden getroffen, der so schnell ein derart starkes Wetterereignis beschwören konnte – und mir sind im Laufe der Jahre einige Sidhari begegnet.«

»Ich hatte gute Lehrmeister«, sagte Shai'dana. »Abgesehen davon gehöre ich tatsächlich zu der eher kleinen Gruppe innerhalb meines Volks, die mit besonders ausgeprägten Gaben gesegnet ist. Einen gewissen Einfluss auf die Elemente hat ja selbst der Geringste unter uns. Aber tatsächlich spüren nur wenige eine so innige Verbundenheit zu Sand und Wind wie ich.«

»Nun, ich bin froh, Euch an Bord genommen zu haben.«

Shai'dana schenkte ihm ein hintergründiges Lächeln. »Und ich bin sehr froh, hier zu sein.«

»Es steckt eine gefährliche Dunkelheit in ihr«, sagte Zamashuras leise, als Corren und er später bei Ishaljir und Triasti am Bug zusammenstanden. Der Quano schaute niemanden an, aber Corren verstand ihn auch so.

»In Shai'dana? Wie kommt Ihr darauf?«

»Ich spürte es, als sie ihre Magie wirkte. Es liegt wenig Eleganz in ihrer Beschwörung, sie ist nicht in Harmonie mit den Elementen. Stattdessen setzt sie auf ihre Kraft. Sie fordert und reißt die natürliche Ordnung mit Gewalt ein.«

»Mein Sidhari könnte besser sein, aber mir kam es so vor, als locke sie den Wind mit recht poetischen Worten, ihr zu Gebote zu sein. Fordernder wurde sie erst, als sie das Unwetter herbeigerufen hat.«

»Locken und fordern sind zwei Seiten derselben Medaille«, verkündete der Quano. »Mit beidem versucht man, einen unwilligen Widerpart zur Zusammenarbeit zu bringen. Es herrscht keine Harmonie, sondern ein Verhältnis von Herr und Knecht.«

»Übertreibt Ihr nicht ein wenig? Nicht jede Verbindung zwischen Einzelnem und Umwelt ist wie die, die ein Quano zur Weltseele pflegt. Nicht jeder strebt die vollkommene Harmonie an. Und Shai'danas Zauber hat durchaus Wirkung gezeigt.«

»Das wohl. Doch der Rausch der Macht hat sie auch jedes Maß verlieren lassen.« Zamashuras sah Corren ernst an. »Hat es Euch nicht schockiert, wie sie den Taijirin mit einem Blitz erschlagen hat? Die Vogelmenschen zu erschrecken hätte vollkommen genügt.«

»Er war im Begriff, auf sie zu schießen, wenn ich mich recht entsinne«, erwiderte Corren. »Natürlich wirkte ihr Gegenangriff drastisch, das gebe ich zu, aber ob jemand durch einen Pfeil stirbt oder durch einen Blitzschlag, ändert nichts daran, dass er tot ist. Und mit dieser Demonstration der Stärke hat sie zugleich zahlreiche Leben gerettet, denn wären die Taijirin nicht geflohen, wäre es zu einem zweifellos blutigen Kampf gekommen.« Er legte Zamashuras eine Hand auf die Schulter. »Macht Euch nicht zu viele Gedanken. Shai'dana und Hechet haben uns jetzt schon zweimal den Hintern gerettet. Sie mögen als Söldner dem Leben weniger Wert beimessen als wir. Trotzdem werde ich sie gewähren lassen, solange sie nicht unnötig grausam handeln. Sie stehen schließlich auf unserer Seite.«

Zamashuras neigte den Kopf. »Wie Ihr meint, Magister.«

Corren beugte sich etwas näher und senkte die Stimme. »Was mich viel mehr beunruhigt, ist die Frage, warum uns diese Taijirin von Arsindair aus verfolgt haben. Nehmen wir jetzt mal an, es handelt sich um gewöhnliche Luftpiraten: Warum sind sie uns nachgeflogen? Es gab mehrere Handelsschiffe im Hafen von Arsindair, die ein lohnenderes Ziel gewesen wären.«

»Ich stimme Euch zu«, sagte Zamashuras. »Dazu kommt, dass sie keinerlei Anstalten machten, nur die Mannschaft anzugreifen, um das Schiff und seine Güter zu erobern. Sie hatten vor, die *Wolkenwanderer* zu versenken.«

»Der Diebstahl der Karte in Geolath. Der Überfall in Skargakar. Nun das … Ich frage mich, ob uns jemand davon abhalten will, ThaunasRa zu erreichen.«

»Nun, wenn ja, hatte er bislang nicht viel Glück«, sagte Zamashuras. »Allerdings würde ich diese Ereignisse nicht zwangsläufig verbinden. Der Vorfall in Geolath war in der Tat höchst eigenartig. Die Straßenräuber in Skargakar dagegen würde ich als bedauerlichen Alltag in dieser Stadt einschätzen. Was diesen Luftangriff angeht, fällt es mir schwer, ihn einzuordnen. Taijirin mögen anders denken als wir. Und warnte uns Waughan nicht, dass viele Vogelmenschen Fremde nicht mögen? Bei dieser Gruppe könnte es sich um eine Bande Fremdenfeindlicher gehandelt haben, die der Meinung waren, wir wären ein leichtes Opfer, um ihren Hass an uns auszuleben. Die *Wolkenwanderer* war das kleinste Flugschiff im Hafen, wenn ich nicht irre.«

»Möglich«, murmelte Corren. Obwohl Zamashuras' Argumente schlüssig klangen, ließ sich sein Bauch davon nicht überzeugen. Unwillkürlich musste er an Orashanos denken, seinen persönlichen Feind, den er im Gang der Akademie in Geolath hatte abblitzen lassen, als dieser ihm eine gemeinsame Expedition nach ThaunasRa angeboten hatte. Hatte Orashanos bei all dem seine Finger irgendwie im Spiel? Es wäre nicht das erste Mal, dass Corren und der Quano sich einen Wettlauf um die Entdeckung eines bedeutenden geschichtlichen Fundes lieferten. Und Orashanos hatte gewiss keine Skrupel, sich gedungener Diebe und Verbrecher zu bedienen, um seinen Konkurrenten auszustechen.

Aber selbst wenn sich Orashanos im Wolkenmeer aufhielt, woher wusste er, wo sich Corren und seine Expedition befand? Wenn er mitbekommen hatte, dass Corren und Zamashuras in Arsindair gewesen waren, musste er sich in unmittelbarer Nähe befinden. Misstrauisch suchte Corren den Himmel hinter ihnen ab. *Seid Ihr irgendwo dort draußen, Orashanos?*

Kapitel 14

DER HERR DER DRACHEN

1. Tag des 8. Mondlaufs im Jahr 850

Corren erhielt keine Antwort auf seine Fragen. Also entschied er, ihre Fahrt zur Insel von Lian Drachenfreund fortzusetzen, aber er schärfte allen ein, besonders wachsam zu sein und den Himmel nach möglichen weiteren Verfolgern im Blick zu behalten. Unter vier Augen bat er Zamashuras noch einmal gesondert, mit allen Sinnen auf Störungen zu achten. Er wusste, dass der Quano auf eine Weise im Einklang mit der Welt – oder vielmehr der Weltseele Gahat, die er so verehrte – stand, dass er oft früher als jeder andere merkte, wenn etwas nicht so war, wie es sein sollte.

»Ich werde mich bemühen«, versprach Zamashuras. »Aber es fällt mir nicht leicht zu spüren, was auf diesem Schiff richtig und was falsch ist. Wir sind von einer ungewohnten Menge an außergewöhnlichen Lebewesen umgeben, die keine Einheit bilden, sondern aus vielen kleinen Teilen bestehen, zwischen denen eine unterschwellige Spannung herrscht.«

Corren seufzte. »Ja, ich weiß, was du meinst. Die Söldner und Waughans Mannschaft trauen einander noch nicht.«

»Auch uns und unserem Reiseziel gegenüber herrscht Unsicherheit«, sagte Zamashuras. »Wir haben diese Männer und Frauen sehr schnell mit viel Geld und schönen Worten zu einem Unterfangen überredet, das keiner von ihnen bislang so richtig einschätzen kann, vermutlich nicht einmal Lian Drachenfreund.«

»He, es kann uns niemand vorwerfen, dass wir nicht versucht hätten, allen an Bord näherzukommen. Leider waren die meisten hier nicht sonderlich gesprächig.«

Zamashuras neigte den Kopf. »Dazu hat der cordurische Philosoph Manakos etwas Kluges gesagt: Der Thron ist ein einsamer Ort.«

»Ihr meint, wir können keine wahren Kampfgefährten von Leuten wie Waughan oder Grimmeisen oder Lian sein, weil wir diese Expedition leiten?«

»Ihr, Magister«, verbesserte ihn sein Adlatus. »Ihr leitet sie.«

Corren schnaubte. »Bei den Dunkelreichen, ich weiß schon, warum ich die cordurischen Philosophen nie gern gelesen habe.«

Sie erreichten die Insel am frühen Nachmittag. Es handelte sich um ein kleines, schwebendes Eiland von etwa fünfhundert Schritt Durchmesser, das in der Mitte durch eine flache Hügelkette geteilt wurde. Gras und Buschwerk wuchsen darauf, aber auch ein paar junge Bäume fielen Corren ins Auge, die den Eindruck erweckten, erst vor wenigen Jahren gepflanzt worden zu sein. Auch sonst fanden sich deutliche Spuren dafür, dass hier jemand lebte. An einem der Hänge reihten sich Weinreben, daneben grasten Schafe, und am Fuß der Hügel erstreckte sich ein Feld, auf dem anscheinend Gemüse angebaut wurde. Einige grüne Drachen zogen verspielte Kreise am Himmel über der Insel, und in einer Felsspalte unterhalb der Abbruchkante gewahrte Corren das Nest einer kleinen, violettbraunen Flugechsenart.

Als die *Wolkenwanderer* um die Insel herumglitt, wurde

eine Anlegestelle für ein kleines Flugschiff sichtbar, außerdem ein Haus, das wenige Schritt davon entfernt am Hang zwischen einigen Bäumen stand. Direkt neben dem Haus und am Ufer eines künstlich angelegten Weihers erhob sich ein Gestell aus schweren Holzbalken. Darauf war etwas zu erkennen, das wie ein riesiges Vogelnest aussah, vermutlich aber eher der Schlaf- oder Nistplatz eines kleinen Drachen war. Im Augenblick hielt sich niemand darin auf.

»So etwas habe ich auch noch nicht gesehen«, knurrte Waughan am Steuerstand. »Dieser Kerl lebt wirklich mit Drachen zusammen – und offenbar nicht nur mit einer dieser kleinen bunten Echsen, die bei den Töchtern reicher Kaufleute so beliebt sind.«

»Bemerkenswert«, sagte Zamashuras. »Ich wüsste gern, wie es dazu gekommen ist.«

»Vielleicht erzählt es uns dieser Lian, wenn wir ihn nett bitten«, meinte Corren.

Einer der grünen Drachen, die über der Insel kreisten, stieß einen schrillen Schrei aus, der an ein Warnsignal erinnerte. Einen Augenblick später tauchte eine junge Frau aus dem Hauseingang auf und beschirmte ihre Augen mit der Hand, um den Neuankömmlingen entgegenzublicken. Sie war schlank, hatte langes, braunes Haar und trug ein praktisch wirkendes, dunkelblaues Wollkleid. Ein breiter Gürtel aus Stoff schlang sich um ihre Taille.

Als sie das Flugschiff sah, das an der Abbruchkante der Insel zur Landung ansetzte, drehte sie sich um und rief etwas ins Innere des Hauses. Gleich darauf erschien ein Mann neben ihr. Er wirkte kräftig, hatte dunkelblondes Haar und ein markantes Gesicht, das von einem kurzen Bart geziert wurde. Genau wie sie war er in praktische Arbeitsgewänder gekleidet, die aus Stoff und nicht aus dem am Landfall so beliebten Drachenleder gefertigt waren. Allem Anschein nach nahm dieser Lian seine Freundschaft zu den Großen Echsen durchaus ernst, denn niemand anders als Lian und seine Frau Krisjana konnten die beiden sein. Ialrist hatte sie Corren beschrieben.

Wen er allerdings nicht erwähnt hatte, waren das etwa achtjährige Mädchen und der etwas jüngere Knabe, die beide neugierig an ihren Eltern vorbei aus der Haustür schauten. Gleich darauf tauchte obendrein ein schlanker, graugrün geschuppter Drachenschädel an einem langen Hals hinter der Familie auf.

»Wenn Ihr mich fragt, Magister, ist es eher unwahrscheinlich, dass uns dieser Lian begleitet«, sagte Zamashuras, der neben Corren am Schanzkleid stand. »Er hat sich auf dieser Insel ein Refugium errichtet, das schöner kaum sein könnte.«

»Ja, so sieht es aus«, musste Corren zugeben. »Ich will es dennoch versuchen. Denn so schön diese Insel auch sein mag, einfach wird das Leben hier nicht sein. Ich sehe nichts, was diese Leute herstellen, um es auf dem Markt in Arsindair zu verkaufen. Ein einziges Unglück – eine ausgefallene Ernte oder eine Krankheit – kann die ganze Idylle zerstören. Glücklich der, der dann ein paar Goldmünzen oder Edelsteine im Säckel hat.«

»Wenn die beiden Freunde von Berater Ialrist sind, dürfte das ihre geringste Sorge sein.«

Corren fluchte leise. Daran, dass die kleine Familie womöglich vom Königshaus von Arsindair unterstützt wurde, hatte er nicht gedacht. Vermutlich verdankte sie sogar diese ganze Insel dem Herrscher der Taijirin. »Wir haben keine gute Verhandlungsposition.«

»Nein.«

»Dann muss ich mir wohl etwas einfallen lassen.«

Waughan ließ einen Landanker über Bord werfen und zog das Flugschiff zur Seite, bis sich dieser an einem Felsen verhakte. Knurrn befestigte eine Strickleiter am Schanzkleid und ließ sie zu Boden fallen.

Grimmeisen lehnte sich mit vor der Brust verschränkten Armen neben den Steuerstand. »Lasst mich raten, Magister: Die Insel ist ungefährlich. Ihr braucht keine Eskorte.«

»Ich würde gern vermeiden, dass die Bewohner den Eindruck bekommen, wir wären eine Bande Luftpiraten.«

»He, ich habe mich vor zwei Tagen erst rasiert! Sehe ich nicht aus wie der vollendete Edelmann?« Der Söldner strich sich grinsend über das Kinn, auf dem längst ein neuer Bartschatten lag.

Corren überging die Bemerkung. »Beim nächsten Mal seid Ihr mit von der Partie. Ich verspreche es Euch. Aber diesmal bleibt bitte in Schiffsnähe. Hier laufen Drachen frei herum. Wir wollen keinen Zwischenfall riskieren.«

»Wie Ihr wünscht.«

Behände schwang sich Corren über das Schanzkleid und kletterte die zwei Manneslängen hinunter, die den Rumpf der *Wolkenwanderer* vom Erdboden trennten. Zamashuras kam ihm ebenso mühelos nach. Ishaljir richtete sich am Bug auf und machte Anstalten, ihnen nachzuspringen, aber Corren machte eine abwehrende Geste. »Nicht jetzt, mein Freund«, rief er dem Greifen zu, woraufhin dieser unwillig krächzend das gefiederte Haupt schüttelte, sich dann aber wieder auf den Planken niederließ.

Lian kam den beiden entgegen. Seine Frau, die Kinder und der Schoßdrache blieben beim Haus zurück. Corren schätzte, dass Lian etwa zehn Jahre jünger war als er selbst, ein ernster Mann von etwa dreißig Sommern, der sich mit Fug und Recht fragte, was bei den Dreigöttern dieser buntgemischte Haufen Abenteurer auf seiner Insel wollte. Genau diese Frage, wenn auch etwas höflicher formuliert, richtete er gleich darauf an Corren.

»Mein Name ist Magister Corren von Dask, dies ist mein Adlatus Zamashuras«, stellte Corren sie vor. »Euer Freund Ialrist hat uns von Arsindair zu Euch geschickt, denn er glaubt, dass Ihr genau der Mann seid, den ich für meine Entdeckungsreise im Wolkenmeer brauche.«

»Ihr seid hier, um mir eine Arbeit auf Eurem Schiff anzubieten?« Zweifelnd betrachtete Lian die *Wolkenwanderer* und Correns Reisegefährten. Grimmeisen winkte ihm mit einem breiten Grinsen auf dem Gesicht zu.

»Äh, ja, so ist es.«

»Habt Dank, aber ich bin nicht interessiert.«

»Wollt Ihr uns nicht erst einmal anhören?«

»Glaubt Ihr denn, Ihr könnt mir etwas bieten, das besser ist als das, was ich habe?« Lian breitete die Arme aus und schloss damit seine Familie, das Haus und die Insel ein.

Corren ließ den Blick schweifen. »Nein, etwas Besseres vermutlich nicht. Ich kann Euch Gold bieten, aber Ihr müsst bereits reich sein, sonst könntet Ihr dieses Leben nicht führen. Ich kann Euch ein Abenteuer bieten, aber wärt Ihr im Herzen ein Abenteurer, hättet Ihr keine Familie gegründet, sondern würdet durch die Schänken von Skargakar ziehen.«

»Ich hätte das alles kaum trefflicher ausdrücken können«, sagte Lian. »Also gehabt Euch wohl und möge Eure Reise von Erfolg gekrönt sein, wohin auch immer sie Euch führt.«

»Sie führt mich zum Grund des Wolkenmeers«, erwiderte Corren. Dabei sah er den jungen Mann vor sich genau an.

Wie erwartet wirkte Lian überrascht – und ein wenig erschrocken. »Was sagt Ihr da?«

»Ich will zum Grund des Wolkenmeers«, wiederholte Corren. »Genau genommen bin ich auf der Suche nach einer mythischen Stadt namens ThaunasRa, die dort liegen soll. Euer Freund Ialrist verriet uns, dass Ihr Eure eigenen Erfahrungen mit der Tiefe gemacht habt. Ihr seid bei einem Kampf gegen Raubdrachen inmitten eines Unwetters in die Nebel gestürzt – und dennoch wenige Tage später weitgehend unversehrt an die Oberfläche zurückgekehrt. Nun ja, zumindest körperlich weitgehend unversehrt. Wie ich hörte, habt Ihr noch lange danach Albträume von Eurer Reise gehabt. Sehr lange. Vielleicht suchen sie Euch gar heute noch gelegentlich heim?«

Lians Miene verschloss sich. »Ialrist ist auf seine alten Tage erstaunlich gesprächig geworden. Früher war er eher wortkarg. Warum hat er Euch so viel über mich erzählt?«

Diese Frage hatte sich Corren insgeheim auch schon gestellt. »Ich nehme an, er sorgt sich um Euer Wohlergehen. Und er scheint zu glauben, dass es Euch helfen würde, an meiner Seite noch einmal zum Grund des Wolkenmeers zu reisen, damit Ihr Euch Eurer Furcht stellen könnt.«

Lian wirkte nicht überzeugt. »Warum sollte ich mich besser fühlen, wenn ich mich erneut in Todesgefahr begebe?«

»Weil Ihr Euch diesmal nicht in Todesgefahr begebt«, gab Corren zurück. »Schaut Euch diese freundlichen Männer und Frauen dort oben an. Sie gehören zum Besten, was man für Geld an der Küste des Landfalls anheuern kann. Und auch ich habe einiges Hilfreiches aus meiner Akademie mitgebracht. Wir werden jedem Ungeheuer, das uns dort unten für leichte Beute hält, eine schmerzhafte Lektion erteilen.«

Lian ließ seinen Blick über die Besatzung der *Wolkenwanderer* schweifen und lächelte schwach. »Hat Euch Ialrist nicht erzählt, auf welchem Schiff wir gemeinsam dienten, als ich in die Nebel gestürzt bin?«

»Nein, warum?«

»Es war die *Carryola* von Kapitän Adaron. Geht und fragt Eure Gefährten, ob sie von ihr gehört haben. Ich denke, das haben sie. Das Schiff war eine Legende, und es dienten einige der furchtlosesten und gefährlichsten Krieger des Wolkenmeers auf ihr. Die meisten von ihnen fanden dort draußen den Tod. Denn wenn es eins nicht gibt auf dem Wolkenmeer, dann ist es die Sicherheit, auf jede Gefahr vorbereitet zu sein. Das gilt für die Tiefe noch mehr als für die Oberfläche. Und egal, was Ialrist glaubt, ich bezweifle, dass es mir hilft, wenn ich die Erinnerung an das, was ich damals erlebt habe, diese Erinnerung, die nach zehn Jahren langsam verblasst, wieder auffrische, indem ich mich erneut in den Abgrund begebe. Es tut mir leid, Magister, aber –«

»Lian!«, meldete sich seine Frau – Krisjana – zu Wort. Sie kam näher, die beiden Kinder an ihrer Seite. Hinter ihnen trottete der graugrüne Drache her, der nur wenig kleiner als Correns Greifen war, aber zäher und agiler wirkte, mit einem schlankeren Körperbau. »Was wollen unsere Gäste von uns?«, fragte Krisjana, als sie die Gruppe erreicht hatte.

»Sie wollen mich auf eine Reise mitnehmen«, antwortete Lian und erwehrte sich mit beiläufiger Sanftheit der aufdringlich stupsenden Drachenschnauze seines geschuppten Mitbewohners.

»Eine Forschungsreise«, verbesserte Corren, »die obendrein sehr gut bezahlt wäre.« Er stellte sich und Zamashuras erneut vor. »Es wäre nicht gefährlich – nun, zumindest ist unser Plan, jeder Gefahr auszuweichen. Wir beabsichtigen nicht, Drachen zu jagen, und wir suchen keinen Kampf mit Luftpiraten.«

»Das ist wahr«, sagte Lian. »Sie wollen bloß zum Grund des Wolkenmeers abtauchen, um dort alte Ruinen zu suchen.«

»Ruinen! Keine Ungeheuer. Und wir reisen in schlagkräftiger Gesellschaft.« Corren deutete hinauf zum Schanzkleid, wo sich die Söldner versammelt hatten. Orsa trug noch immer ihre Plattenrüstung. Womöglich aus Vorsicht hatte sie sie nach dem Zwischenfall mit den Taijirin nicht mehr abgelegt. Sie mochte ihre riesigen Hammer nicht in den Händen halten, dennoch machte die zwei Schritt große Gestalt eine eindrucksvolle Figur, die ohne Zweifel dazu beitragen musste, Lians Bedenken zu zerstreuen.

Doch der brummte nur leise.

»Mutter, was sind das für Tiere?«, wollte der Junge wissen. Sowohl er als auch das Mädchen hatten den Blick auf die Greifen am Bug gerichtet, die sie weitaus mehr zu interessieren schienen als gerüstete Krieger. »Das sind doch keine Drachen.«

»Nein, das sind Greifen«, erklärte Corren. Er griff nach einem Strohhalm, denn er fürchtete, dass Lian sie fortschicken würde, wenn ihm kein Grund zum Verweilen einfiel. Und er wollte diesen Drachenflüsterer an seiner Seite haben. »Möchtet ihr sie gern anfassen?«

»Sie sind größer als NockNock«, staunte der Junge. »Darf ich, Mutter?«

Krisjana blickte Corren fragend an, der ihr beruhigend zunickte. Ishaljir und Triasti waren zu intelligent, um ein Kind zu verletzen, selbst wenn es sie ungeschickt berührte.

»Wenn der Magister es erlaubt«, sagte Krisjana.

Statt einer Antwort drehte Corren sich um und stieß einen schrillen Pfiff aus. Sofort hoben die beiden Greifen den Kopf, dann kamen sie auf die Beine und mit einem mächtigen Flügelschlag erhoben sie sich in die Lüfte. Corren warf einen raschen Blick zum Himmel, ob irgendeiner der grünen Drachen näher kam, aber diese hielten weiterhin Abstand. Lians geschuppter Begleiter, womöglich besagter Nock-Nock, zuckte mit den Flügeln und hob alarmiert den Kopf. Doch Lian ergriff ihn mit beiden Händen und flüsterte ihm etwas zu, woraufhin sich die Echse beruhigte. Allerdings behielt sie die beiden geflügelten Geschöpfe argwöhnisch im Blick, als Ishaljir und Triasti gemeinsam eine Schleife flogen, dann Wolken unter ihren Hufen bildeten, die Flügel halb anlegten und mit stolzem Schritt herankamen. Corren schmunzelte. Es kam ihm so vor, als versuchten die beiden Greifen, Eindruck zu schinden.

Während die Kinder ebenso ehrfürchtig wie scheu die Köpfe der Vogelpferde streichelten, die diese ihnen mit scheinbar belustigter Gutmütigkeit hinhielten, wandte sich Corren erneut an Lian, wobei er auch seine Frau mit ansprach, denn vielleicht gelang es ihm, sie von seiner Sache zu überzeugen. »Wir könnten Eure Hilfe wirklich gut gebrauchen«, sagte er. »Ich biete Euch das Doppelte von dem, was Ihr auf einem Drachenjägerschiff bekommen würdet. Außerdem dürft Ihr aus ThaunasRa an Artefakten mitnehmen, was ich für die Akademie nicht benötige. Glaubt mir, auch damit ließe sich eine schöne Summe verdienen.«

»Lian …« Krisjana sah ihren Mann an, und ihr Blick nährte den Verdacht, dass doch nicht alles so glücklich und sorgenfrei war, wie es schien. »Dieses Geld …«

»Ja, ich weiß«, entgegnete er. »Es ist viel. Aber wir brauchen es nicht, Kris. Wir haben Ialrist. Er wird uns immer helfen.«

»Er wird nicht ewig für uns da sein«, gab sie zu bedenken. »Und du weißt, wie schnell die Stimmung unter den Taijirin umschlagen kann. Wir sind geduldete Freunde von Arsindair – aber was, wenn das nicht mehr der Fall ist?«

»Glücklich der, der dann ein paar Goldmünzen oder Edelsteine im Säckel hat«, wiederholte Corren den Satz, den er zuvor schon Zamashuras gegenüber geäußert hatte. Er gefiel sich in der Rolle des Basarhändlers ganz und gar nicht, aber ihm blieb keine andere Wahl. Hätte er geahnt, welche Vorbehalte alle Bewohner des Wolkenmeers gegen seine Expedition haben würden, hätte er sich seine Mannschaft schon in Nemred oder spätestens in Yesiliar zusammengestellt.

»Lass uns darüber allein sprechen«, sagte Lian zu Krisjana, und als sie nickte, richtete er sich an seine Besucher. »Ihr könnt einstweilen bleiben. Wenn Ihr etwas braucht, lasst es uns wissen. Ich suche Euch wieder auf, wenn eine Entscheidung getroffen wurde. Diese Entscheidung bitte ich Euch schon jetzt zu akzeptieren.«

»Wir sind kein Rekrutiertrupp, der Menschen entführt, um sie auf Schiffen zur Arbeit zu zwingen«, erwiderte Corren. »Ich kann nur versuchen, Euch zu überreden, denn Eure besondere Verbindung zu Drachen dürfte auf unserer weiteren Fahrt ebenso nützlich sein wie Euer Wissen um die Tiefe des Wolkenmeers.«

»Ich werde es im Kopf behalten«, versprach Lian. Dann begab er sich mit seiner Familie und dem Drachen zurück zu seinem Haus. Während die vier Menschen ins Innere traten, schwang sich der Drache mit einem kräftigen Flügelschlag hinauf in sein Nest, wo er sich umdrehte und so niederließ, dass er die Besucher gut im Blick behalten konnte.

»Glaubt Ihr, er wird mit uns kommen, Shur?«, fragte Corren seinen alten Freund.

Der Quano wiegte nachdenklich den kahlen Schädel.

»Schwer zu sagen. Er scheint kein großes Bedürfnis zu haben, das Wolkenmeer zu bereisen. Aber er sorgt sich um seine Familie, und wenn deren Wohl eine Reise sinnvoll erscheinen lässt, könnte er dazu bereit sein.«

Corren seufzte. »Ich gestehe, dass ich etwas mehr Abenteuergeist bei den Menschen hier erwartet hatte.«

»Womöglich sind wir von falschen Voraussetzungen ausgegangen«, sagte Zamashuras. »Für uns ist das Wolkenmeer ein Ort voller Wunder. Für diese Leute sind die Wolken schlicht ein Ort, an dem sie arbeiten, den sie bereisen müssen, um von einer Stadt zur nächsten zu gelangen, und der Gefahren birgt. Sie denken darüber wie wir über den Inneren Ozean. Wenn jemand zu Euch sagen würde: Lasst uns am Grund des Inneren Ozeans eine Stadt suchen, wie würdet Ihr dann …« Der Quano brach ab und legte den Kopf schief. »Nun, das war vielleicht ein schlechtes Beispiel.«

»Schon gut, ich verstehe, was Ihr sagen wollt.«

Corren unterrichtete Waughan, dass sie noch eine Weile bleiben würden, woraufhin dieser seinen Leuten gestattete, von Bord zu gehen. Allerdings nahm er ihnen das Versprechen ab, in der Nähe zu bleiben und nichts zu tun, was ihre Gastgeber verärgern könnte.

Die Sonne stand schon tief am westlichen Himmel, als Lian die *Wolkenwanderer* aufsuchte. Corren traf ihn im Schatten des Flugschiffs.

»Wenn ich mitkommen soll«, sagte Lian ohne große Einleitung, »dann will ich den dreifachen Sold, den ein gewöhnlicher Drachentöter in zwei Mondläufen erhält.«

Corren hatte eine ungefähre Vorstellung davon, wie viel das war, und er wusste, dass das seine ohnehin geschwundenen Geldmittel spürbar belasten würde, aber er nickte. »Ihr sollt ihn bekommen.«

»Und ich möchte alle Kristalle im Voraus. Ich will sie Krisjana geben, damit sie versorgt ist, sollte mir auf dieser Reise etwas zustoßen.«

»Wenn Euch auf meiner Expedition etwas zustößt, dann kehre ich persönlich hierher zurück, um Eure Frau und die Kinder an einen beliebigen Ort ihrer Wahl zu bringen und dafür zu sorgen, dass es ihnen gutgeht«, versprach Corren.

Lian schenkte ihm ein milde spöttisches Lächeln. »Ich weiß die Geste zu schätzen, Magister. Aber ich fürchte, wenn wir im Wolkenmeer einer Gefahr begegnen, der ich zum Opfer falle, wird auch sonst niemand lebend diese Begegnung überstehen.«

Kapitel 15

DIE WEGE DER MAGIE

1. Tag des 8. Mondlaufs im Jahr 850

Sie blieben über Nacht, denn Lian Drachenfreund brauchte nicht nur noch etwas Zeit, um sicherzugehen, dass auf der Insel alles in Ordnung war und er seine Familie beruhigt zurücklassen konnte, er benötigte auch ein paar Stunden, um sich von seiner Frau zu verabschieden. Corren gewährte ihm diese gern.

Grimmeisens Begeisterung darüber, dass sie noch bis zum nächsten Morgen auf dieser Insel voller Drachen verweilen würden, hielt sich in Grenzen. Er scheute keine Herausforderung; Straßenräuber, Luftpiraten, Riesenspinnen und dunkle Ritter spornten seinen Kampfgeist an. Drachen dagegen weckten ein Unbehagen in ihm, das ihn beschämte, weswegen er es so gut wie möglich zu verbergen versuchte. Meist schob er als Grund für seine Abneigung, sich mit Drachen einzulassen, den Umstand vor, dass er als Nahkämpfer gegen die fliegenden Ungetüme nicht viel ausrichten konnte.

In Wahrheit – aber das gestand er sich nur in der Einsamkeit dunkler Nachtstunden ein – verfolgten ihn die Bestien in seinen Träumen, seit er als Junge hatte miterleben müssen, wie ein Schwarm Raubechsen in einem bitterkalten Winter über den elterlichen Hof hergefallen war. Bevor ihnen die Garde aus dem nahen Skargakar mit zwei Flugschiffen zu Hilfe eilen konnte, hatten die Bestien seinen Vater, dessen Bruder und zwei Knechte zerfleischt. Anfangs hatte Grimmeisen den Hof mit verteidigen wollen, während seine Schwester, seine Mutter und eine Magd sich im Keller des Hauses versteckten. Doch als ihm das Blut und die Eingeweide seines in zwei Hälften gerissenen Vaters vom dunklen, schneegeschwängerten Himmel entgegenregneten, war er bloß noch schreiend in den nahen Wald geflohen. Die Garde hatte die Überlebenden eingesammelt und nach Skargakar gebracht. Dort war die Magd mit einem fahrenden Händler durchgebrannt, die Mutter war eines Tages einfach fort gewesen – Augenzeugen wollten sie auf dem Pfad, der hinauf zu Kraghmas Rachen führte, gesehen haben –, und Orsa und er hatten das harte Leben in der Gosse kennengelernt. Zu ihrem Hof waren sie nie zurückgekehrt.

Geblieben waren nur die Erinnerung an eine zerstörte Kindheit, die in einem eisernen Überlebenswillen mündete – und das Unbehagen, das er sogar gegenüber Echsen verspürte, die harmlos waren und an Menschen wenig Interesse hatten.

»Ihr wirkt so ernst.«

Grimmeisen blinzelte. Er hatte sich, am Schanzkleid der *Wolkenwanderer* stehend und auf die Insel von Lian Drachenfreund blickend, in Gedanken verloren und nicht bemerkt, wie sich Shai'dana zu ihm gesellt hatte. Der Söldner in ihm schalt sich für diese Unaufmerksamkeit. Andererseits war es nur allzu leicht, von einem Sidhari überrascht zu werden. Die Wüstenelfen konnten sich lautlos wie Raubkatzen bewegen, vor allem, wenn sie weder Waffen noch Rüstung trugen.

»Was beschäftigt Euch?«, hakte Shai'dana nach.

»Nichts. Dieses Haus mit den Feldern und Bäumen hat mich nur an früher erinnert.« Er wandte sich davon ab und verschränkte die Arme vor der Brust. »Und was ist mit Euch? Was führt Euch zu mir?«

Die Sidhari lehnte sich ans Schanzkleid. Ihre violetten Augen glommen sanft in der hereinbrechenden Dämmerung. »Ich wollte mich bei Euch bedanken, weil Ihr sofort für mich da wart, als ich nach dem Kampf gegen die Vogelmenschen zusammengebrochen bin.«

Grimmeisen zuckte mit den Schultern. »Ich war nur zufällig der Schnellste. Hechet oder der Magister hätten sich auch um Euch gekümmert.«

»Mag sein, aber so war es mir lieber.«

Er wusste nicht so genau, was er von diesen Worten halten sollte, aber das dazugehörige Lächeln gefiel ihm. »Nun ja …« Er räusperte sich, um seine Verlegenheit zu überspielen. »Mein Beitrag zu diesem Kampf war nur ein kleiner im Vergleich zu dem, was Ihr geleistet habt. Diese … Elementarmagie, die Ihr beherrscht, ist wirklich beeindruckend.«

»Sie ist mächtig, ohne Zweifel. Aber sie hat ihren Preis.« Ein Schatten glitt über ihr dunkles Antlitz, und die Glut in ihren Augen flackerte leicht.

»Wie meint Ihr das?«, wollte Grimmeisen wissen.

Shai'dana blickte auf ihre Hände und bewegte sie, als forme sie eine Skulptur aus Luft. »Jeder Sidhari trägt es in sich, den Sand und den Wüstenwind zu beeinflussen«, erklärte sie. »Wir sind Teil der Shaom, und die Shaom ist ein Teil von uns. Diese Verbundenheit, diese Nähe macht es leicht, den Elementen zu gebieten. Wir können den Wind dazu bringen, unsere Spuren auf den Dünen zu verwischen, und den Sand, unseren Feinden die Sicht zu nehmen. Das erfordert kaum mehr … Überredungskunst, als wenn ich Euch ersuchen würde, mir einen Becher Wasser aus der Kombüse zu holen.«

»He, glaubt nicht, dass Ihr mich wie Euren Wüstenwind herumkommandieren könnt«, begehrte Grimmeisen auf.

Sie sah ihn bittend an. »Ich fühle mich noch immer so schwach, und meine Kehle ist so trocken. Kann ich nicht auf Euch zählen?«

Er blinzelte irritiert. »Äh, Ihr habt wirklich Durst? Verzeiht, ich … wartet kurz.« Grimmeisen wollte sich abwenden, aber Shai'dana legte ihm eine schlanke Hand auf die Schulter. Als er sich zu ihr umdrehte, neigte sie mit vielsagendem Blick den Kopf.

»Ihr seid wie der Wüstenwind: stolz, aber doch leicht zu verführen.«

Grimmeisen begriff, dass sie ihn vorgeführt hatte, und machte ein mürrisches Gesicht. »Macht das nicht noch einmal. Auf diese Weise verspielt man das Vertrauen seiner Freunde.«

»Ich weiß, verzeiht. Die Elemente sind glücklicherweise nicht nachtragend. Sie lassen sich immer wieder aufs Neue verführen und verlocken. Doch je weiter wir Sidhari von zu Hause fort sind, desto mehr schwindet unsere Macht. Es wird schwerer und schwerer, den Elementen den eigenen Willen aufzuzwingen. Und wenn ich dann noch so etwas wie dieses Unwetter heraufbeschwören will – also ein richtiges, nicht so ein winziges Abbild wie unter der Decke der Schänke in Skargakar –, dann zehrt das an der eigenen Kraft, ich möchte gar sagen: der eigenen Lebenskraft.«

»Was soll das heißen?«, fragte Grimmeisen. »Dass Ihr Tage oder Wochen Eures Lebens opfert, wenn Ihr diese Macht heraufbeschwört?«

»So fühlt es sich für mich an. Wir Sidhari haben eine längere Lebensspanne als Ihr Menschen, daher mag man es uns nicht anmerken. Aber unsere Magie zu häufig zu wirken kann uns … verbrauchen, auszehren. Deswegen setzen wir sie nur im Notfall ein, und nicht unablässig. Ich lasse mein Hab und Gut nicht von einem Windwirbel hinter mir hertragen, wenn Ihr versteht, was ich meine.«

Ihre Worte ließen Grimmeisen grinsen. »Das müsst Ihr ja auch nicht. Wozu habt Ihr Hechet?«

Sie schmunzelte, und in die Glut ihrer Augen kehrte ein wenig Heiterkeit zurück. »Ja, das stimmt vermutlich.«

Die Gelegenheit war zu günstig, daher hakte er nach. »Sagt mir, Ihr und er … Was verbindet Euch eigentlich?«

Ihr Blick wurde neckend. »Ihr wollt wissen, ob er mein Gefährte ist?«

»Nun ja, er mag nicht sehr gesprächig sein, und ich habe zugegeben manchmal meine Schwierigkeiten, die Mienen dieser Hundeköpfigen zu lesen, aber wenn ich nicht irre, hat er einiges für Euch übrig.«

»Und ich für ihn – aber auf rein freundschaftliche Art. Wir kennen uns schon seit Jahren, haben vieles zusammen erlebt. Wir sind im Kampf gut aufeinander eingespielt, und jeder hat dem anderen schon mehrmals das Leben gerettet. Doch Sidhari und Nondurier lieben auf unterschiedliche Art und Weise.«

Ermutigt beugte er sich ein wenig näher. »Und wie sieht es mit Sidhari und Menschen aus?«

Sie bedachte ihn mit einem geheimnisvollen Blick. »Wir werden sehen.«

»Was macht Ihr da?«

Die Stimme war nur ein unbedeutender Fremdkörper in der Sphäre der Harmonie, die Zamashuras um sich geschaffen hatte. Aber weil sich die Frage, die sie gestellt hatte, nicht so leicht beantworten ließ, gab er seine Konzentration auf, und die allumfassende Sinfonie, die ihn immer dann einhüllte, wenn er im Einklang mit der Weltseele Gahat war, endete.

Der Quano öffnete die großen, dunklen Augen und sah Orsa vor sich. Die hünenhafte Menschenfrau, die ihre Rüstung mittlerweile bis auf den Brustharnisch abgelegt hatte, kniete neben ihm und schaute ihn fragend an.

»Ich meditiere«, antwortete er freundlich. Orsa störte ihn nicht aus Bosheit, sondern aus Neugierde, und das war ein Antrieb, den er als Gelehrter sowohl gut kannte, als auch bei anderen stets förderte.

»Warum?«, fragte sie.

Es erstaunte Zamashuras, dass die Söldnerin ausgerechnet an ihm Interesse zeigte. Sie hätte ihr Kriegsgerät pflegen oder mit ihrem Bruder die Insel erkunden können. Sie hätte auch bei der Mannschaft weilen können, die lachend unter Deck zusammensaß. Stattdessen hatte sie ihn aufgesucht. *Vielleicht*, so dachte er, *weil sie glaubt, dass ich ihr ähnlich bin.* Genau wie sie stand Zamashuras innerhalb der Bordgemeinschaft ein wenig am Rand, war eher stummer Beobachter als lauter Mittelpunkt. Er beobachtete gern und lernte dabei an jedem Tag etwas Neues über die mannigfaltigen Wege und Wunder Gahats. Manchmal erschreckte es ihn, manchmal erheiterte es ihn, manchmal erstaunte es ihn. Orsa vermochte er noch nicht recht einzuordnen. Aber dem aufrecht Suchenden bot die Weltseele immer Gelegenheiten zur Erweiterung des Wissens.

»Ich suche nach innerem Gleichgewicht und strebe nach dem Einklang zwischen mir und allem, was mich umgibt«, beantwortete er ihre Frage.

Orsa wirkte verwirrt. »Indem Ihr dasitzt und nichts tut?«

»Ich tue nicht nichts«, sagte Zamashuras. »Ich bin lediglich still und horche mit allen Sinnen auf die Harmonien der Weltseele Gahat.«

»Gahat … nie von gehört.«

Verständnisvoll neigte der Quano den Kopf. »Das wundert mich nicht. Die Anhänger Gahats sind rar gesät in diesen Tagen. An was glaubt Ihr?«

»Welche Götter?«

»Ja.«

Die Söldnerin schnaubte. »An gar keine. Nur an mich selbst.« Sie schlug sich mit der Faust gegen den Brustharnisch.

»Das ist gut, damit seid Ihr schon weiter als all jene, die dem Irrtum anhängen, dass irgendeine höhere Macht ihr Schicksal bestimmen würde. Nur wir sind unseres Glückes Schmied. Ob wir scheitern oder nicht, hat nichts mit dem Willen irgendwelcher Götter zu tun.«

Wieder wirkte Orsa verwirrt. »Ist Gahat kein Gott?«

»O nein, keineswegs.« Zamashuras überlegte, wie er es ihr am besten erklärte. »Die Weltseele ist kein Geschöpf, das an einem fernen Ort auf einem hohen Thron sitzt und auf seine Kinder herabschaut. Sie ist … eine Kraft, die aus allem hervorgeht, was lebt, und die alles miteinander verbindet.«

»Wie verbindet?«

»Nun … durch Energien, die für das ungeübte Auge unsichtbar sind, aber die der Wissende sehen kann.«

Orsa deutete auf sich und dann ihn. »Wir sind unsichtbar verbunden?«

»Natürlich.« Zamashuras nickte. »Warum, glaubt Ihr, könnt Ihr mich sehen und hören?«

»Weil ich Augen und Ohren habe.«

»Nein. Eure Sinne ermöglichen Euch nur, Eure Umwelt

zu erfahren. Aber würden Euch die Ströme Gahats nicht ständig umfließen und mit allem verbinden, wärt Ihr trotzdem blind und taub.«

Zweifelnd sah Orsa ihn an. »Das klingt seltsam.«

»Ich gestehe, dass die Lehre Gahats nicht leicht verständlich ist«, sagte Zamashuras. »Nicht so leicht wie die Lehren zahlreicher Götterglauben jedenfalls. Allerdings behaupten deren Priester nur, ihren Göttern nahe zu sein. Würde man sie auffordern, den Beweis anzutreten, wären sie dazu nicht imstande. Die Nähe zu Gahat hingegen ist echt – und jeder Quano, der sich mit ganzem Eifer dem Studium der Weltseele verschrieben hat, könnte Euch dies auch beweisen.«

»Dann tut es«, forderte die Söldnerin ihn auf. »Zeigt mir, wie alles verbunden ist.«

Zamashuras zögerte. Er demonstrierte nicht gern seine Gaben. Andererseits hatte er eine Behauptung aufgestellt, zu der er nun stehen musste. Er hätte vorgeben können, nicht imstande zu sein, Gahats Wirken erfahrbar zu machen, aber Zamashuras war kein Mann, der log, um sich aus einer unangenehmen Lage zu winden.

Er blickte sich um. Sie waren nicht allein auf Deck, aber Grimmeisen starrte unweit des Steuerstands versonnen in den Abendhimmel und Corren beschäftigte sich mit den Greifen am Bug. Niemand achtete auf sie.

»Gebt mir Euer Messer«, bat er und streckte die Hand aus.

Orsa gehorchte wortlos.

Zamashuras hielt die Waffe zwischen ihnen in die Luft. »Ihr seht das Messer, richtig?«

Sie nickte brummend.

Mit einem tiefen Atemzug schloss er die Augen, um sich zu sammeln. Er schob alle Zweifel und allen Unwillen beiseite, wurde ruhig und öffnete sich erneut dem Wirken Gahats. Ein leichtes Prickeln ergriff seine feste, graue Haut, und er vernahm die Klänge der Ströme Gahats, ein Flirren und Summen, Plätschern und Singen, die in prachtvoller Vielfalt nebeneinanderstanden und in vollendeter Harmonie zu einem ehrfurchterweckenden Ganzen verschmolzen.

Als er die Augen wieder aufmachte, hatte sich die Welt verändert – so wie immer, wenn er im Einklang mit Gahat stand. Eine Aura aus gelblichem Licht ging von allen Dingen aus, und funkelnde Ströme zogen sich dazwischen durch die Luft, die alles durchdrangen und verbanden, was um ihn war, und ihn selbst natürlich auch. Den ungeübten Geist mochte dieses Chaos überfordern, Zamashuras jedoch erkannte die Ordnung, das große Muster, das alldem zugrunde lag, und er wusste auch, was er tun musste, um die Ströme zu manipulieren.

Zielstrebig hob er die freie Hand und begann mit geschickten Fingern, diejenigen zu unterbrechen und umzuleiten, die von dem Messer zu Orsas Augen führten. »Und?«, fragte er die glühende Erscheinung, die die Söldnerin für ihn augenblicklich war. »Seht Ihr die Klinge noch immer?«

Orsa keuchte überrascht auf. »Wo ist es hin? Was habt Ihr gemacht?«

»Ich habe die unsichtbare Verbindung, die zwischen Euch und dem Messer bestand, getrennt«, erklärte er.

»Mit diesem Fingerwedeln?«

»Ganz recht.«

Sie streckte die Hand aus, um dorthin zu greifen, wo sie das Messer eben noch gesehen hatte. Rasch zog Zamashuras die Waffe weg. »Vorsicht!«, warnte er. »Ihr mögt das Messer nicht mehr sehen können, aber es ist noch da. Ihr hättet Euch geschnitten, wenn ich nicht meine Hand weggezogen hätte.«

»Gebt es mir wieder«, verlangte Orsa.

»Natürlich.« Zamashuras gab die Ströme wieder frei, und sie fanden wie von selbst ihren Weg zurück zu der Söldnerin. Auf der offenen Handfläche bot er ihr das Messer an. »Bitte.«

Rasch nahm sie es, als fürchte sie, er könne es erneut verschwinden lassen.

Zamashuras schloss kurz die Augen und kehrte aus der Umarmung Gahats zurück in die normale Welt. Als er sie wieder aufschlug, sah ihn Orsa misstrauisch an.

»Seid Ihr ein Zauberer?«

»Nein«, antwortete er sanft. »Oder vielleicht doch – wie man es nimmt. Die Magie ist eine chaotische Macht, die zu unfassbaren Taten imstande ist, die ich nicht vollbringen könnte, selbst wenn ich tausend Jahre die Natur Gahats studieren würde. Aber letzten Endes ist auch sie ein Teil von Gahat, und selbst wenn jemand wie Shai'dana es nicht weiß, eine Verbindung zur Weltseele hat auch sie. Wenn wir also die Gabe, die Energien Gahats zu manipulieren, als Zauberei bezeichnen, dann, ja, bin ich wohl ein Zauberer. Allerdings würde ich mich niemals so nennen. Ich bin ein Gelehrter und zugleich ein ewig Lernender.«

Orsa wedelte mit dem Messer in der Luft herum, bevor sie es zurück in ihren Gürtel schob. »Ihr seid ein seltsamer Mann, das seid Ihr.«

Ihre Worte entlockten ihm ein Lächeln, etwas, was bei einem Quano nicht häufig vorkam. »Und Ihr seid eine seltsame Frau, Orsa. Ihr habt Euer ganzes schlichtes Dasein dem Kampf und dem Töten gewidmet – dennoch sucht Ihr ausgerechnet die Nähe des Einzigen an Bord dieses Flugschiffs, der niemals ein Leben nehmen würde, und sprecht mit ihm über die Natur aller Dinge.«

»Ich war nur neugierig, warum Ihr so reglos am Heck herumhockt«, brummte sie, offenkundig unsicher, ob er sie soeben beleidigt oder gelobt hatte.

»Das ist gut«, sagte Zamashuras. »Neugierde ist der erste Schritt in eine größere Welt.«

Kapitel 16

GEHEIMNISSE DER TIEFE

2. Tag des 8. Mondlaufs im Jahr 850

Als sich Lian am nächsten Morgen mit einem kleinen Bündel zu ihnen gesellte, kam er nicht allein. NockNock begleitete ihn, und er blieb auch nicht zurück, als Lian sich von seiner Familie verabschiedete und die Strickleiter erklomm.

»Beabsichtigt Ihr, die Echse mitzunehmen?«, fragte Waughan etwas unwirsch.

»Ja«, erwiderte Lian. »NockNock wird uns gute Dienste leisten, wenn wir zum Grund tauchen, denn er hat einen hervorragenden Gefahreninstinkt. Außerdem hat er keine Angst vor den Nebeln. Oder glaubt Ihr, dass Eure Greifen bereit sind, Euch in die Tiefe zu begleiten?« Den letzten Satz richtete er an Corren.

»Wahrscheinlich nur sehr ungern«, gab Corren zu und sah sich auf Deck um. Mit drei Tieren dieser Größe wurde es ein wenig eng, aber es war machbar. Er hoffte, dass Ishaljir und Triasti NockNock an Bord akzeptieren würden. »Also schön, bringt Euren Drachen ans Heck. Die Greifen bleiben am Bug. Bis sich alle in Ruhe kennengelernt haben, würde ich sie gern getrennt halten.«

»Einverstanden.« Unter den wachsamen Augen sowohl der Besatzung als auch der beiden Greifen führte Lian NockNock zum hinteren Teil des Flugschiffs.

»Kann dieses Biest irgendetwas, was wir wissen sollten?«,

wollte Grimmeisen wissen, der den Drachen argwöhnisch musterte. »Feuer speien oder einen lähmenden Schrei ausstoßen oder so?«

»Er könnte Euch den Kopf abbeißen«, sagte Lian mit einem Grinsen. Dann wurde er ernster. »Aber das würde er niemals tun, es sei denn, ich befehle es ihm. NockNock ist, seit er aus dem Ei schlüpfte, unter Menschen, Nonduriern und Taijirin aufgewachsen. Er ist friedlich, ja sogar zutraulich – solange man ihn nicht zu sehr ärgert oder versucht, ihm sein Essen wegzunehmen.«

»Dann werde ich das besser vermeiden«, knurrte der Söldner.

»Wie seid Ihr eigentlich zu einem so ungewöhnlichen Haustier gekommen?«, fragte Kaillyn. Die rothaarige Frau wirkte fasziniert von NockNock.

»Das ist eine längere Geschichte«, sagte Lian. »Die erzähle ich Euch besser an einem ruhigen Abend.«

Sie verabschiedeten sich von Krisjana und ihren Kindern und setzten Kurs auf die Insel, die Ialrist Corren in seine Karten gezeichnet hatte und an deren Fuß die Ruinen liegen sollten, die der Vogelmensch seinerzeit bemerkt hatte. Die Insel lag etwa eine Reisewoche von Lians Heim entfernt und befand sich noch ziemlich weit weg von dem Punkt, der hoffentlich die Lage von ThaunasRa markierte. Corren fragte sich, ob die Ruinen den ArChaon zugeschrieben werden konnten oder ob es noch andere Völker in den Landen gegeben hatte, die heute am Grund des Wolkenmeers lagen.

Alles in allem hatte er überhaupt keine Vorstellung davon, wie es dort unten aussah. Wie hatte sich die Welt verändert, nachdem sie Hunderte von Jahren im dichten Nebel gelegen hatte? Gab es noch Pflanzen, wie man sie an der Oberfläche kannte? Lebten dort unten gewöhnliche Tiere? Oder hatte das graue Nichts alles verändert und in ein Zerrbild seiner Selbst verwandelt? Das Wolkenmeer war zweifellos magischen Ursprungs, so viel stand fest. Andernfalls hätte es sich nie so lange gehalten, ohne von Wind und Sonne irgendwann aufgelöst zu werden. Da das Wolkenmeer aber noch immer Bestand hatte, musste es nach wie vor von Magie erfüllt sein. Corren konnte sich kaum ausmalen, wie sich eine Landschaft und ihre Bewohner veränderten, wenn sie Generationen lang von Magie umgeben waren und durchdrungen wurden.

Mit diesen Fragen wandte er sich in den Nachmittagsstunden des folgenden Tages an den einen Mann, der ihm zumindest ein paar Antworten darauf geben konnte. »Stört es Euch, wenn ich mich zu Euch geselle?«, fragte Corren Lian, der an NockNock gelehnt am Heck der *Wolkenwanderer* saß und hinaus aufs Meer schaute.

»Nein, überhaupt nicht. Ich bin froh über jede Ablenkung.« Lian lächelte ein wenig kläglich.

»Ihr vermisst Eure Familie.« Correns Worte waren eher Feststellung als Frage.

»Ja«, gestand Lian. »Kris und ich sind nun seit zehn Sommern zusammen, nie waren wir länger als zwei oder drei Tage getrennt. Und selbst dann meist nur, weil ich in Arsindair zu tun hatte, das man von uns aus bei guter Sicht noch am Horizont erkennen kann. Ich war nicht weit weg. Dies hier ist meine erste große Fahrt seit … seit den Tagen auf der *Carryola*.«

»Dem Drachenjägerschiff.« Corren setzte sich. »Ihr habt es erwähnt.«

»Dem Drachenjägerschiff …« Lian lächelte schwach und tätschelte NockNocks geschuppte Flanke. »Ihr stammt wirklich nicht von hier, Magister von Dask.«

»Bitte, nennt mich Corren. Magister von Dask klingt grauenvoll förmlich. Außerdem ruft sich Corren schneller, wenn Ihr mich vor einer der Gefahren zu warnen versucht, die uns hier draußen umbringen möchten.« Corren bedachte ihn mit einem schiefen Grinsen.

»Einverstanden. Nun, jedenfalls war die *Carryola* weit mehr als nur ein beliebiges Drachenjägerschiff. Sie war am Landfall berühmt und zugleich berüchtigt, denn ihr Kapitän jagte den größten aller Drachen: Garganthuan.«

»Und? Habt Ihr ihn erwischt?«

»Wir sind ihm begegnet. Aber es gab bei diesem Kampf keine Sieger, nur sehr viele Tote. Gewonnen haben höchstens die, die überlebten; Kris, Ialrist, ich und ein paar andere, die ich nach unserer Rückkehr aus den Augen verloren habe.«

Corren verlagerte sein Gewicht ein wenig. »Wie kommt es, dass ein Mann wie Ihr, der eine besondere Verbindung zu den Echsen des Wolkenmeers zu haben scheint, auf einem Drachenjäger gedient hat?«

»Oh, ich war nicht immer der, der ich heute bin«, sagte Lian. »Vor zehn Jahren, als ich noch in Skargakar lebte, habe ich davon geträumt, hinaus in die Wolken zu segeln und große Abenteuer bei der Jagd auf Drachen zu erleben.«

»Und was hat Euch verändert? Der Kampf gegen Garganthuan?«

Lian zögerte, bevor er antwortete. »Auch. Ich stellte fest, dass ich einfach nicht dafür gemacht war, diese außergewöhnlichen Geschöpfe zu töten.« Er blickte Corren fragend an. »Gibt es dort, wo Ihr herkommt, ebenfalls Drachen?«

»Nicht in der Zahl, in der sie hier existieren«, sagte

Corren. »Und sie sind anders; älter, wie mir scheint, und mächtiger. Die meisten von ihnen sind Legenden, und nur wenige meiner Generation können von sich behaupten, sie je zu Gesicht bekommen zu haben.«

»So wie Garganthuan und …« Er brach ab.

»Und?«, hakte Corren nach.

Lian schüttelte den Kopf. »Nichts. Vergebt mir, aber es gibt ein paar Fragen in meinem Leben, die ich nie beantworten konnte. Rätselhafte Begebenheiten, die ich nie verstanden habe, aber die mein Leben verändert haben.«

»Nun, falls Ihr je darüber sprechen wollt, kann ich Euch vielleicht helfen«, erbot sich Corren. »Die Rätsel und Geheimnisse dieser Welt sind meine Spezialität.«

»Ich danke Euch, aber heute nicht. Vielleicht an einem anderen Tag.«

»Nun gut, dann lasst uns über etwas anderes sprechen. Denn auch ich habe Fragen, und zwar solche, die nur Ihr mir beantworten könnt.«

Lian sah ihn wissend an. »Ihr wollt mehr über den Grund des Wolkenmeers erfahren.«

»Ihr habt es erfasst.«

Mit einem Seufzen strich Lian NockNock über einen der ledrigen Flügel. Dann stand er auf und trat ans Schanzkleid. Er beugte sich vor, stützte die Unterarme auf das abgeschliffene Holz und sah in die Wolkenberge, die sich an diesem Tag stärker um sie herum auftürmten als an den Tagen zuvor. Während sich Corren an seine Seite begab, fragte er sich beiläufig, ob das ein Wetterereignis war oder ob diese imposanten Ballungen aus weißem Dunst schlicht ein landschaftliches Phänomen des Wolkenmeers waren wie die Hügel und Berge an Land. *Es gibt so viel, was ich nicht weiß*, dachte er mit einer Mischung aus Bedauern und Staunen.

»Viel kann ich Euch über die Welt in der Tiefe nicht sagen«, begann Lian nach kurzem Schweigen. »Ich war nur wenige Tage dort unten, und es ist Jahre her. An einiges entsinne ich mich schon gar nicht mehr so genau – wofür ich dankbar bin.«

»Versucht Euch zu erinnern«, bat Corren. »Es mag Euch befremdlich vorkommen, aber selbst scheinbar unbedeutende Dinge interessieren Gelehrte wie mich.«

»Ich weiß noch, dass es bei Nacht stockdunkel war«, sagte Lian langsam. »Kein Stern und kein Mondlicht durchdringen die Nebel. Und auch bei Tage umgibt einen nur dämmriges Grau. Man sieht die meiste Zeit nur ein paar Schritt weit. Das Land ist feucht, und alle Pflanzen sehen fremdartig aus, selbst Gras und Moos. Viele von ihnen glühen auf eine kränkliche Art und Weise.«

»Auch bei Nacht?«

»Ja, auch nachts. Wenn man so eine Lichtinsel findet, kann man von Glück reden, denn in völliger Finsternis in dieser Leere zu sitzen, das macht einen verrückt.«

Corren nickte verständnisvoll. »Ihr sagtet, die Pflanzen sähen fremdartig aus. Was meint Ihr damit?«

»Das ist schwer zu beschreiben«, antwortete Lian. »Das Gras wirkte unnatürlich dick und die Bäume waren kahl und von Moos überwuchert und … sie schienen irgendwie lebendig zu sein. Ich habe mich nicht näher an sie herangetraut. Außerdem gab es seltsame Felsen, die irgendwie weich waren und Wasser speichern konnten, was meine Rettung dort unten war, sonst wäre ich verdurstet. Und ich sah Wälder aus glühenden, schleimigen Pilzen, so riesig, dass ein Mann auf ihren Schirmen liegen kann. Solche Pilze waren es auch, die gemeinsam mit der Raubechse, die mich im Kampf von Bord der *Carryola* entführte, mein Leben retteten. Ansonsten wäre ich bei dem Sturz in die Tiefe mit Sicherheit umgekommen.«

»Ihr hattet beachtliches Glück«, meinte Corren.

Lian bedachte ihn mit einem zweifelnden Blick. »Wie man es nimmt. Glück wäre es gewesen, wenn ich den Kampf gegen die Raubechsen heil an Bord überstanden hätte. Stattdessen bin ich abgestürzt, mehrere Tage am Meeresgrund umhergeirrt und wäre fast gestorben.«

»Aber das seid Ihr nicht. Ihr habt überlebt. Wenn ich den Geschichten am Landfall trauen darf, kommt das praktisch einem Wunder gleich.«

»Ja, so dachten tatsächlich die meisten meiner Gefährten, als ich wieder zu ihnen stieß. Die Drak an Bord der *Carryola* nannten mich *Qach-isz hah* – der Mann, der wiederkam. Ich bin mir nicht sicher, ob das als Ehrenbezeichnung oder Fluch gedacht war. Später habe ich erfahren, dass sie auch einige Dämonen ihrer Folklore so bezeichnen: Wiedergänger und Untote.« Er lachte leise.

»Wo wir gerade von Abscheulichkeiten sprechen: Was ist Euch an Leben dort unten begegnet? Und habt Ihr auch Anzeichen irgendwelcher Zivilisation entdeckt?«

»Nein, Bauwerke oder Straßen sah ich keine. Und auch Leben gab es dort unten kaum. Am Tag meiner Flucht aus der Tiefe fanden mich irgendwelche Scheusale. Sie wirkten menschenähnlich, aber verwachsen, mit fahler grauer Haut und seltsamen Gesichtern. Sie sahen aus …« Lian stockte und runzelte die Stirn. Dann drehte er sich um und blickte über das Deck hinüber zum Bug, wo sich Zamashuras mit Shai'dana unterhielt. Verblüfft wandte er sich wieder Corren zu. »Sie erinnerten ein wenig an Euren Freund Zamashuras, aber an eine kränkliche, halbverhungerte und wahnsinnige Version von ihm.«

»Ihr habt dort unten Quano getroffen?«, fragte Corren überrascht.

»Nun, ich wusste natürlich nicht, was sie waren. Ich hielt sie für … ich weiß es nicht … Ungeheuer? Halbverweste, von der Tiefe verwandelte Menschen? Aber wenn ich jetzt genauer darüber nachdenke, könnte es sich tatsächlich um Angehörige dieses Volks gehandelt haben. Vielleicht die letzten Überlebenden der Mannschaft eines Flugschiffs, das Wochen oder Mondläufe zuvor im Wolkenmeer untergegangen war.«

Corren nahm diese Worte voller Verwunderung zur Kenntnis. »Ich habe nie davon gehört, dass Quano weiter als bis nach Cordur oder Phoekia gereist wären – Länder meiner Heimat, nördlich der Wüste Shaom.« Aber die Vorstellung war nicht vollkommen abwegig. Die Quano waren ein Volk von Mystikern und Gelehrten, und nachdem ein Krieg vor tausend Jahren ihre alte Heimat verwüstet hatte, lebten sie verstreut entlang der Küsten des Inneren Ozeans. Vielleicht hatten sich ein paar dazu entschlossen, ihr Glück in der Ferne zu suchen – und es war ihnen verwehrt geblieben.

»Ich habe mit den Wesen nicht darüber gesprochen, woher sie stammten oder wie sie im Abgrund gestrandet waren«, sagte Lian. »Zum einen klangen sie nicht so, als könnten sie überhaupt noch sprechen, zum anderen waren sie zu sehr mit dem Versuch beschäftigt, mich zu fressen.«

»Arme Teufel.« Corren schüttelte den Kopf.

»He, sie wollten *mich* fressen, nicht ich sie!«

»Das habe ich verstanden, aber bedenkt: Quano sind ein friedfertiges Volk, die der Philosophie, den Wissenschaften und den Künsten huldigen. Ihre Religion von der Weltseele Gahat lehrt die Harmonie zwischen allen Dingen, und es bedarf schon viel, um sie zu erzürnen. Was müssen sie erlebt haben, um sich in solche Wesen, wie Ihr sie beschreibt, zu verwandeln?«

»Einsamkeit, Dunkelheit, Hunger und die Verzweiflung, die mit dem Wissen einhergeht, dass es keinerlei Entrinnen gib …« Ein düsterer Ausdruck huschte über Lians Züge. »Ich habe eine Ahnung von all dem bekommen.« Er schüttelte den Kopf. »Ich kann immer noch kaum glauben, dass ich an diesen tristen Ort zurückkehren werde.«

»Diesmal wird es anders«, versprach Corren. »Ich kann es nicht häufig genug sagen: Wir sind für diese Expedition bestens ausgerüstet. Wir haben Waffen, wir haben Lichtquellen, wir haben Vorräte, und mit Ishaljir und Triasti haben wir sogar zwei lebende Rettungsboote, sollte der *Wolkenwanderer* etwas zustoßen und wir am Grund mit ihr stranden.«

»Ihr wollt doch nicht mit dem Flugschiff hinuntertauchen?« Lian sah Corren warnend an. »Das ist viel zu gefährlich. Ihr wärt vollkommen blind, und es gibt Felsgrate und Bergspitzen in der Tiefe, die ihr Dank des Nebels zu spät bemerken würdet.«

»Wir haben Shai'dana bei uns«, sagte Corren. »Wenn sie einen günstigen Wind herbeiruft, kann sie die Wolken unter uns sicher zerstreuen.«

»Darauf würde ich nicht wetten. Wir haben das damals auf der *Carryola* auch versucht. Diese Nebel sind … zäh. Und je tiefer es geht, desto weniger lassen sie sich von Wind und Wetter beeinflussen, selbst wenn diese magischer Natur sind. Immerhin ist all das hier magisch.« Er breitete die Arme aus und schloss das sie umgebende Wolkenmeer ein.

»Was schlagt Ihr also vor?«, fragte Corren.

»Ich würde die *Wolkenwanderer* auf jeden Fall an der Oberfläche halten«, antwortete Lian, »schon deshalb, um im Notfall jemanden zu haben, der den Erkundungstrupp retten kann, falls etwas schiefgeht. Es gibt doch ein Beiboot.« Er nickte zu dem am Heck angebrachten, kleineren Flugschiff, das Platz für vier Personen bot, vielleicht sechs, wenn man sehr gedrängt zusammensaß. Und dann wurde das Bedienen der Segel schon schwierig.

»Das Beiboot ist zu klein für unsere Zwecke«, sagte Corren. »Wir gehen mindestens zu siebt nach unten, außerdem benötigen wir Platz für Fundstücke.«

»Das habe ich mir gedacht. Meine Empfehlung wäre daher, das Beiboot umzubauen. Wir brauchen keine Segel. In der Tiefe weht ohnehin kein Wind. Wenn wir sie alle abnehmen und zusätzlich einige alte Lebensmittelfässer am Rumpf befestigen, könnten wir Platz gewinnen. Im Boot säße der Erkundungstrupp, in den Fässern ließen sich Funde vom Meeresgrund bergen. Zugegeben, eine Steuerung wäre ohne die Segel kaum vorhanden, aber absinken und wieder aufsteigen könnte man allein mit den Kyrillian-Kästen.«

»Es wäre ein Art Tauchplattform.« Nachdenklich nahm Corren das kleine Gefährt in Augenschein, während er sich die vorgeschlagenen Umbauten vorstellte.

»Richtig«, bestätigte Lian. »Und der Umbau wäre nicht sonderlich schwierig. Allerdings gibt es einen Haken.«

»Welchen?«

»Die Kyrillian-Kästen müssen verstärkt werden. Für sieben Passagiere mit Ausrüstung und mehreren Fässern voller Beutegut ist dieses Boot einfach nicht ausgelegt. Im besten Fall würde es außerordentlich träge aufsteigen. Im schlimmsten käme es nicht mehr vom Boden hoch.«

»Und wie schwierig ist es, den Kyrillianen mehr Auftrieb

zu verleihen? Ihr wisst, dass unsere Möglichkeiten an Bord etwas beschränkt sind.«

Lian schenkte ihm ein vielsagendes Lächeln. »Wie es der Zufall will, habe ich einst in Skargakar das Handwerk eines Kristallschleifers erlernt. Wenn Eure Expedition so gut ausgerüstet ist, wie Ihr behauptet, dann müsste es sowohl Ersatzkristalle als auch Werkzeug geben, um sie zu bearbeiten und in die Rahmen einzusetzen. Zur Not könnte ich das Beiboot damit sogar während der Fahrt umbauen. Bequemer wäre es natürlich, wenn wir eine Insel anlaufen würden, denn dort hat man mehr Platz, um zu arbeiten. Wenn es eine schwebende Insel ist, könnten wir sogar Kristalle direkt vor Ort aus dem Fels schlagen und müssten nicht auf die Notfall-Vorräte zurückgreifen, die eigentlich dem Zweck dienen, die Kyrillian-Kästen der *Wolkenwanderer* nach einem Kampf oder Sturm zu reparieren. Das Ganze sollte nicht zu lange dauern, vielleicht ein paar Stunden, wenn ich Hilfe aus der Mannschaft habe.«

»Das klingt hervorragend«, sagte Corren. »Ich werde gleich mit Waughan sprechen, und wir schauen nach, wann wir die nächste geeignete Insel passieren. Dort bauen wir dann Eure Tauchplattform.« Freundschaftlich klopfte er Lian mit der Hand gegen den rechten Oberarm. »Seht Ihr, ich lag nicht falsch mit meiner Einschätzung, dass Ihr eine Bereicherung für diese Expedition sein würdet.«

»So bemerkenswert waren meine Gedanken nicht«, erwiderte Lian leicht verlegen. »Wahrscheinlich hätte Waughan oder Kaillyn Euch genau das Gleiche erzählt, wenn Ihr mit ihnen darüber gesprochen hättet.«

»Oh, ich habe mit Ihnen gesprochen. Sie klangen so, als wäre es gar kein Problem, den Grund des Wolkenmeers zu erreichen.«

»Ist es auch nicht«, tönte Kaillyn, die in diesem Augenblick auf sie zumarschiert kam. Zumindest die letzten paar Sätze schien sie mitbekommen zu haben.

»Wie wolltet Ihr den Magister und die anderen nach unten bringen?«, fragte Lian. »Ihr hattet doch gewiss nicht vor, mit der *Wolkenwanderer* in die Tiefe vorzustoßen.«

»Natürlich nicht, wir sind ja nicht lebensmüde«, gab die rothaarige Frau zurück. »Wir haben ein halbes Dutzend Sicherheitsgeschirre dabei, wie Drachenjäger sie nutzen. Damit kann ein Trupp in die Tiefe sinken. Und mit Hilfe von Kyrillian-Bojen werden Fundstücke geborgen.«

Ungläubig sah Lian die junge Frau an. »Das war Euer Plan?«

»He, das ist die einfachste Möglichkeit, zum Grund zu tauchen«, verteidigte sie das Vorhaben.

»Es ist eine Möglichkeit, das wohl. Aber man muss schon tollkühn sein, um damit in die Nebel zu tauchen.«

»Wovon sprechen wir hier?«, mischte Corren sich ein, dem schwante, dass Waughan und er sich gründlich missverstanden hatten.

»Sicherheitsgeschirre sind eine Handvoll vernieteter Ledergurte, an denen winzige Kyrillian-Kästen befestigt sind«, erklärte Lian. »Man schnallt sie am Oberkörper fest und kann dann durch das Öffnen und Schließen der Kästchen den eigenen Fall in die Tiefe abfangen oder sogar aufsteigen – sofern die Geschirre stark genug sind. Jemanden wie Orsa in ihrer Plattenrüstung dürften die Kristalle an ihre Grenzen bringen.«

»Es war nie die Rede davon, dass eine Frau von über zweihundert Pfund mitsamt einer Rüstung von sechzig Pfund den Magister zum Grund begleitet!«, begehrte Kaillyn auf.

»Würdet Ihr, nur in einem solchen Geschirr steckend, in

die Nebel tauchen wollen?«, fragte Lian scharf. »Ich habe sie während meiner Zeit auf der *Carryola* mehrfach getragen, und ich hing auch schon darin mitten in den Wolken. Ihr könnt mir glauben, dass ich mich selten hilfloser gefühlt habe als in diesem Moment. Wir wären ein bequem zu schnappender Happen für jedes geflügelte Untier, das durch die Tiefe streift.«

»Habt Ihr denn eine bessere Idee?« Trotzig funkelte sie ihn an.

»Die hat er in der Tat«, mischte Corren sich ein. »Wir bauen das Beiboot der *Wolkenwanderer* um. Und bevor Ihr etwas einwenden wollt: Diese Entscheidung steht nicht zur Debatte. Ich habe eine Menge Geld in diese Expedition gesteckt. Das heißt, wir machen es auch richtig. Sind wir uns darin einig?«

Zweifelnd zog Kaillyn die Augenbrauen zusammen. »Wie genau wollt Ihr das Boot umbauen?«

Lian erklärte es ihr. Als er fertig war, nickte sie mit widerwilliger Anerkennung. »Na schön, das klingt nicht ganz dumm. Ich werde darüber mit dem Kapitän sprechen.«

»Das braucht Ihr nicht«, sagte Corren. »Ich wollte ohnehin gerade zu ihm. Ich werde das mit ihm klären.«

Mürrisch musterte sie ihn. »Wie Ihr wünscht, Magister.«

Kapitel 17

IRIL

5. Tag des 8. Mondlaufs im Jahr 850

Waughan willigte in den Plan ein, und so steuerten sie in den nächsten drei Tagen eine kleine Inselgruppe an, kaum mehr als eine Handvoll schwebender Felsbrocken. Die Inseln lagen nicht ganz auf ihrer Route, aber der Abstecher dorthin bedeutete auch keinen großen Umweg, so dass Corren ihn gern in Kauf nahm. Waughans Beschreibung zufolge dienten die Felsen Flugschiffern als Wegmarke und außerdem einer kleinen, aufgrund ihrer durchdringenden Laute gemeinhin als Kreischer bekannten Flugechsenart als Brutplatz.

Als sie sich den Felsen näherten, begriff Corren, was das eine mit dem anderen zu tun hatte. Die Kreischer, die zu wahrscheinlich Hunderten auf den Felsen saßen, veranstalteten einen derartigen Lärm, dass man sie selbst bei Wind und Wetter hören musste und somit schon von weitem erkannte, wo im ständig veränderlichen Weiß des Wolkenmeers man sich befand.

»Wir sollten ein paar von diesen Biestern fangen«, meinte Kaillyn, als sie sich den Felsen näherten. »Sie sind recht schmackhaft, wenn man sie brät oder kocht.« Ihr Blick wanderte zu Lian. »Oder habt Ihr Einwände? Nicht dass es mich interessiert, aber bevor Ihr Euren Drachen auf mich hetzt, um diese Burschen da drüben zu beschützen …«

»Ich jage keine Großen Echsen mehr«, sagte Lian. »Aber

auch ich muss essen, und Kreischer gibt es nun wahrlich in endloser Zahl, anders als etwa Silberschwingen oder Große Rote. Also fangt von mir aus ruhig ein paar, während ich mit dem Beiboot unter den Felsen Kristalle abschlage.«

»Wenn es Euch recht ist, begleite ich Euch«, sagte Corren. »Ich würde mir die Kristalladern gern aus der Nähe anschauen.«

»Das gilt auch für mich«, fügte Zamashuras hinzu.

»He, Drachenfreund!«, rief Grimmeisen über Deck. »Könnte uns nicht Euer Schoßtier die Arbeit abnehmen und ein paar Kreischer schnappen? Dem fällt das bestimmt viel leichter als uns.«

Lian warf einen Blick zu NockNock, der mit leicht gespreizten und vor Aufregung bebenden Schwingen am Heck stand. »Ja, das könnte er wahrscheinlich. Wenn Ihr ihn nett darum bittet.«

Der Söldner fuhr sich unbehaglich mit der Hand über den Kopf. »Äh, mein Drachisch ist ziemlich schlecht.«

»Keine Sorge«, erwiderte Lian schmunzelnd. »Nock-Nock versteht recht gut, was man von ihm will, solange man seine Wünsche in einfachen Worten äußert.«

»Nun, also.« Grimmeisen räusperte sich und marschierte breitbeinig auf den graugrünen Flugdrachen zu, der annähernd so groß war wie er. »Hör zu, NockNock. Siehst du diese leckeren Kreischer?«

Der Drache, der sich dem Söldner neugierig zugewandt hatte, hob den Kopf und spähte wieder auf die unzähligen kleinen Echsen auf den schwebenden Felsen. Er gab ein quäkendes Geräusch von sich, das eine Bestätigung zu sein schien.

Dergestalt ermuntert fuhr Grimmeisen fort. »Ich möchte dir einen Handel vorschlagen. Du fliegst jetzt los und fängst uns ein paar davon.« Er machte schnappende Bewegungen mit dem Mund und der rechten Hand. »Und dann brate ich sie uns, bis sie schön knusprig sind.«

»Wenn hier einer etwas brät, bin ich das«, meldete sich Winsla zu Wort, die aus der offenen Luke schaute, die hinunter in den Schiffsrumpf zu ihrer Küche führte.

»Winsla brät sie uns, bis sie schön knusprig sind.« Grimmeisen sah NockNock lockend an. »Na? Wäre das nicht eine große Freude für uns alle?«

Der Drache neigte den Kopf, dann sah er zu Lian hinüber. Der nickte und vollführte eine in den Himmel weisende Geste. Daraufhin sprang NockNock mit einem Satz auf das Schanzkleid der *Wolkenwanderer*, womit er das Flugschiff kurz zum Schwanken brachte, nur um sich mit einem zweiten Satz und einem kräftigen Flügelschlag in die Lüfte zu erheben. Er stieß ein angriffslustiges Fauchen aus und schoss auf die Kreischer zu. Deren Lärm verdoppelte sich, als der ganze Schwarm in den Himmel über den schwebenden Felsen aufstieg.

Am Bug gab Triasti ein neidvolles Geräusch von sich. »Fliegt nur auch!«, rief Corren den beiden Greifen zu. Die ließen sich das nicht zweimal sagen und schwangen sich ebenfalls in die Lüfte, wenngleich mit deutlich mehr Eleganz als der Drache.

Corren wandte sich an Lian. »Und wir sollten uns auch auf den Weg machen.«

»Ja, fliegen wir.«

Zu viert bestiegen sie das Beiboot – Knurrn begleitete sie, um die Segel zu bedienen, derweil Lian die Steuertaue führte. Corren und Zamashuras setzten sich ans hintere Ende und versuchten, nicht im Weg zu sein. Vorsichtig hob das Beiboot ab und entfernte sich von der *Wolkenwanderer*.

Diese stieg hinter ihnen auf. Corren nahm an, dass Waughan schauen wollte, ob die schwebenden Felsen außer den Kreischern weitere Nahrung boten. Landen könnte man auf den Inseln nur schwer. Zum einen waren sie extrem schroff und bestanden im Wesentlichen aus steilen Felswänden. Zum anderen bedeckte die Kreischer-Kolonie praktisch die gesamte Fläche, und es war anzunehmen, dass die kleinen Flugechsen ihr Hoheitsgebiet mit aller Kraft verteidigen würden, sofern die *Wolkenwanderer* den Schlafstätten zu nahe kam.

Das Beiboot tauchte in den Schatten des Felsens ein. Es bereitete Corren ein unangenehmes Gefühl, sich vorzustellen, dass ein Steinblock, schwer wie eine ganze Burg, über ihren Köpfen in der Luft hing, nur gehalten von diesem seltsamen, violett schimmernden Kristall, der sich in vielfach verästelten Adern durch den von Erdreich verkrusteten Fels zog.

Lian ließ das Segel einholen und bat Corren, Knurrn dabei zu helfen, den Mastbaum umzulegen, damit sie bis knapp unter den Felsen aufsteigen konnten. Er flog so nah, dass sie bequem im Sitzen die Kristalle über ihnen mit dem Werkzeug abschlagen konnten, das Lian mitgebracht hatte. »Passt auf«, warnte Lian Corren und Zamashuras, die ihm zur Hand gehen wollten. »Wenn ihr zu große Stücke entfernt, werdet Ihr sie nicht halten können, auch wenn sie im Rohzustand noch nicht ganz so stark sind wie im geschliffenen. Es genügt völlig, wenn ihr münzgroße Brocken herausschlagt. Und stört Euch nicht an den Kristallsplittern, die Euch dabei entkommen. Das lässt sich nicht vermeiden.«

Behutsam strich Corren über die kräftig glühende Ader, die keine Armeslänge von ihm entfernt verlief. Der Kristall fühlte sich genauso kalt und hart an wie jeder andere auch.

Kein Prickeln durchlief seine Fingerspitzen, und keine winzigen Entladungen zuckten ihm entgegen. Die Magie, die dem Kyrillian innewohnte, war, von dem Leuchten abgesehen, nicht von außen zu erkennen. »Es gibt Magister in der Akademie von Geolath, die versucht haben, sein Geheimnis zu enthüllen«, sagte er leicht abwesend und ohne jemanden direkt anzusprechen. »Es ist ihnen nicht gelungen.«

»Mein Meister erzählte mir damals«, sagte Lian, untermalt vom leisen Klicken seines spitzen Hammers, »dass der gesamte Grund des Wolkenmeers von einem Geflecht aus Kyrillian-Adern durchzogen ist, die im Laufe der Jahrzehnte immer mehr anwachsen, bis sie schließlich das über ihnen liegende Land aus dem Boden brechen und als schwebende Inseln aufsteigen lassen. Ich habe in den letzten Jahren viel über das Wolkenmeer nachgedacht und kam dabei zu dem Schluss, dass die Magie der Nebel dafür verantwortlich sein muss. Sie sickert in den Boden und nährt den Kyrillian.«

»Von der Magietheorie her würde es andersherum mehr Sinn ergeben«, warf Zamashuras ein. »Kristall ist ein deutlich besserer Speicher für Energien als Dunst.« Er warf Corren einen bedeutsamen Blick zu. »Wenn ich eine These aufstellen müsste, würde ich unter Berücksichtigung dieses neuen Wissens sogar behaupten, dass das Wolkenmeer gar nicht urplötzlich entstanden ist. Ich halte es für wahrscheinlicher, dass die ArChaon mit ihren Studien ein welterschütterndes Magie-Ereignis hervorgerufen haben, das das ganze Tiefland jenseits des Landfalls geflutet hat. Die Magie wurde von natürlichen Kristallformationen aufgenommen, die daraufhin zu Kyrillian wurden. Wenn sich dieser unter dem gesamten Meeresgrund erstreckt, dürfte er eine enorme Menge an magischer Energie abstrahlen. Das wiederum hat alles andere – Pflanzen, Tiere, den Nebel – verändert.«

»Schön und gut, aber Eure Theorie hat einen Haken«, wandte Corren ein. »Es gibt auch an anderen Stellen Endars Kyrillian. Etwa in Nondur.«

»Und wir wissen, dass die ArChaon auch in Nondur gewirkt haben«, gab Zamashuras zurück. »Denkt an ihre Stadt GongaThar.«

Diese Verbindung klang tatsächlich erstaunlich schlüssig. »Seltsam nur, dass es in Nondur keine schwebenden Felsen gibt.«

Der Quano neigte den Kopf. »Vielleicht sind die Kristalladern nicht ausgeprägt genug.«

»Also hier gibt es Kyrillian in Hülle und Fülle«, bemerkte Lian. »Zu unser aller Glück.« Er schlug ein weiteres Stück aus dem Fels, ergriff es geübt und schob es in eine kleine Kiste aus Blei, deren Öffnung an der Seite angebracht war, damit die Kristalle beim Öffnen nicht ausbüxten.

In diesem Augenblick fiel ein Schatten neben ihnen aus dem Himmel. Es war Ishaljir, der auf einem Dunststreifen zum Stehen kam und aufgeregt mit dem Kopf ausschlug.

Alarmiert ließ Corren von seiner Arbeit ab und beugte sich über den Rand des Beiboots. »Ishaljir, was ist los?«

Der Greif hob erneut den Kopf, krächzte und schlug mit den Flügeln.

»Sieht so aus, als ob er uns etwas zeigen will«, brummte Knurrn, der bislang sehr schweigsam gewesen war.

»Ja, das scheint mir auch so.« Corren streckte den Arm aus. »Komm näher, Ishaljir. Ganz vorsichtig.«

»Was habt Ihr vor?«, fragte Lian.

»Ich klettere auf seinen Rücken.«

»Wartet, Corren. Das ist einfacher ohne Fels über dem

Kopf. Ich steuere uns ins Freie.« Lian zog an den Steuertauen, und das Beiboot glitt unter der schwebenden Insel hervor. Ishaljir trabte auf seiner Wolke zur Seite und kam dann neben dem Fluggefährt erneut zum Stehen. Er spreizte den linken Flügel ab, damit Corren auf seinem Rücken Platz nehmen konnte.

Sobald dieser saß, nahm Ishaljir Anlauf und ging mit kraftvollen Flügelschlägen in den Flug über. Während Corren sich an seinem dichten Nackengefieder festhielt, schwang sich der Greif rauschend an der Inselflanke empor. Dann zog er einen weiten Bogen um diese herum und hielt auf einen der kleineren Felsen dahinter zu. Dort wartete Triasti. NockNock jagte unterdessen Kreischer, und die Besatzung der *Wolkenwanderer* schien damit beschäftigt zu sein, Pilzgewächse von der Wetterseite eines der schwebenden Felsen zu ernten.

Corren beugte sich über Ishaljirs Hals. »Was habt ihr gefunden, hm?«

Der Greif antwortete mit einem kurzen Schrei, den Triasti beantwortete. Gleich darauf umrundeten sie den kleineren Felsen, und Corren bekam seine Antwort.

»Bei den Dreigöttern!«, entfuhr es ihm.

Zwischen den schroffen Zacken lag eine Taijirin-Frau, die ein grünbraunes, anscheinend von Klauen zerfetztes Gewand am Leib trug. Ihr helles Kopfgefieder war von frischem Blut verklebt, einer ihrer Flügel wirkte abgeknickt, und sie war offensichtlich ohne Bewusstsein. Einige Kreischer kreisten über ihr und schienen unschlüssig, ob man diesen Happen bereits verspeisen konnte oder ob er vorher noch ein wenig ausbluten musste.

Erst lenkte Corren Ishaljir näher, doch gleich darauf entschied er sich anders und ließ den Greif wieder aufsteigen, bis das Beiboot in Sicht kam, das ihnen träger nachfolgte. »Hierher!«, rief er. »Lian, kommt rasch! Hier liegt jemand!«

Kurz darauf hatte das Beiboot an dem schwebenden Felsen angelegt, und behutsam bargen die Männer die bewusstlose Frau. »Sieht aus, als wäre sie von Raubechsen angegriffen worden«, meinte Knurrn, als er die Frau, die etwa in Lians Alter zu sein schien, betrachtete.

»Ja, die Spuren sind ziemlich eindeutig«, meinte Lian. »Ich wundere mich, dass sie noch am Leben ist. Raubechsen neigen nicht dazu, von ihrer Beute abzulassen, nachdem sie sie verletzt haben.«

»Bringen wir sie auf die *Wolkenwanderer*«, sagte Corren. »Dort können wir sie besser versorgen. Ich habe auch einige Arzneien dabei, die nützlich sein könnten. Hoffen wir, dass unsere Hilfe nicht zu spät kommt.«

So schnell es ihnen möglich war, kehrten sie zum Flugschiff zurück. Mit einer Mischung aus Neugierde und Betroffenheit versammelten sich die Söldner und die Mannschaft um die verletzte Taijirin-Frau.

»Holt ein paar Decken, auf die wir sie betten können«, befahl Corren. »Wir brauchen heißes Wasser zum Säubern der Wunden, außerdem Alkohol und Verbandszeug. Und, Zamashuras, bitte bringt mir meine Tasche mit Heilkräutern und Tinkturen.«

»Seid Ihr nicht nur ein Gelehrter, sondern auch ein Heiler?«, fragte Waughan erstaunt.

»Nicht direkt ein Heiler, aber ich habe im Laufe meiner Reisen doch einiges aufgeschnappt«, antwortete Corren.

»Und wie viel wisst Ihr über Taijirin?«, wollte Winsla wissen, die aufgeschreckt von dem Durcheinander auf Deck aus ihrer Luke schaute.

»Ich weiß, dass sie bluten und sich offenbar den Flügel brechen können. Alles andere wird sich zeigen.«

Die Köchin schnaubte. »In dem Fall geht Ihr vielleicht besser und holt das heiße Wasser. Nichts für ungut, Magister, aber ich habe – neben meinen Leuten, Menschen und Drak – auch schon Taijirin versorgt.«

»Sie hat im großen Siechenhaus in Skargakar gearbeitet, bevor sie die Sehnsucht nach dem Wolkenmeer packte«, erklärte Kaillyn.

Corren neigte den Kopf. »Ich beuge mich Eurem besseren Wissen. Hauptsache, der Frau kann geholfen werden.«

»Dann schaue ich mir das mal an.« Winsla kletterte ins Freie und rieb sich die kräftigen roten Hände. Anschließend machte sie sich ans Werk.

Es stellte sich heraus, dass die Taijirin nicht so schwer verletzt war wie befürchtet. Den Flügel hatte sie sich nur verstaucht, und bei der Kopfwunde handelte es sich um einen langen Kratzer, der zwar stark geblutet hatte, aber nicht tief war.

»Es scheint, als habe sie eine der Bestien nur knapp verfehlt«, stellte Winsla fest, die die Bewusstlose mit einigem Geschick versorgte. »Wäre die Echse nur eine Handbreit näher gewesen, hätte sie ihr den Schädel gespalten.« Sie befestigte den Verband, den sie ihrer Patientin nach dem Auflegen einiger Heilkräuter um den Kopf gewickelt hatte.

Die Taijirin stöhnte leise und begann sich zu regen. »Sie erwacht«, stellte Grimmeisen unnötigerweise fest, der wie alle anderen aus ein paar Schritten Entfernung Winslas Arbeit zugeschaut hatte.

»Sehr gut«, sagte Winsla. »Ich bin hier auch so weit fertig. Alles andere müssen ein Eimer Wasser, ein Schwamm und ein Schneider richten.« Ihr Blick glitt über den geschundenen Körper und die halbzerfetzten Gewänder der Frau.

Corren wandte sich an den Ersten Maat. »Sie hat ungefähr Eure Statur, Kaillyn. Könntet Ihr ihr Gewänder leihen?«

»Leihen ist gut«, erwiderte diese sarkastisch. »Die müssten wir halb zerschneiden, damit sie ihr passen.« Sie nickte in Richtung der großen Flügel und dem Halbkreis aus langen Federn, die ihr aus dem unteren Rücken wuchsen.

»Zugegeben, die Kleidung der Taijirin hat einen recht speziellen Schnitt.« Corren nahm eine der Decken und legte sie über die Frau. »Dann muss dies hier einstweilen genügen.«

Als er sich zurückzog, schlug die Taijirin die Augen auf. Sie waren von einem faszinierenden Ocker und erinnerten ihn an die Augen eines Seeadlers, den er mal an der Felsenküste von Cordur gesehen hatte. Sie sagte etwas in einer melodischen, leicht trällernden Sprache, die Corren nicht verstand.

»Es tut mir leid«, sagte er langsam und um Verständlichkeit bemüht. »Ich spreche Eure Sprache nicht.« Er hob den Kopf und sah sich fragend um. »Kann sie jemand verstehen?«

Zögernd hob Broderik die Hand. »Ich beherrsche ein paar Brocken Taijirin, zumindest in dem Dialekt von Arsindair.«

»Nicht … nötig«, meldete sich die Frau schwach zu Wort. »Ich kann auch … Gemeinsprache.«

»Sehr gut.« Corren lächelte sie an. »Wie fühlt Ihr Euch? Habt Ihr Durst? Möchtet Ihr etwas Wasser?«

»Ja, bitte.«

Grimmeisen nahm den Trinkschlauch von seinem Gürtel ab und warf ihn Corren zu.

»Da ist kein Rum drin, oder?«, fragte Corren, als er den Verschluss öffnete.

»Für wen haltet Ihr mich?«, knurrte Grimmeisen. »Ich trinke nur Bier. Und das ausschließlich aus Steinhumpen, wie es sich gehört.«

Corren roch kurz an der Öffnung, hielt der Frau den Trinkschlauch hin und half ihr, ein paar Schlucke zu nehmen. Ihr Kopfgefieder war, wo es das Blut nicht verklebt hatte, unglaublich weich. Dankbar nickte sie ihm zu. Dann setzte sie sich auf und verzog dabei das Gesicht. Aber als er ihr erneut eine helfende Hand reichen wollte, wehrte sie ab. »Ich danke Euch, es geht schon.«

Mit erstaunlich klarem und scharfem Blick sah sie sich um. »Wo bin ich?«

»Ihr seid auf der *Wolkenwanderer*, unserem Flugschiff«, antwortet Corren. »Mein Name ist Corren von Dask, und wir befinden uns auf einer Forschungsreise durchs Wolkenmeer. Wir fanden Euch zufällig auf einem Felsen liegend, während wir Kyrillian-Kristalle abschlagen wollten.« Er deutete über das Schanzkleid auf die schwebenden Inseln.

»Und wer seid Ihr, werte Dame?«, mischte sich Waughan ein.

»Waughan, unser Kapitän«, stellte Corren ihn vor.

»Ich … Mein Name ist Iril«, sagte die Frau. »Und ich … ich gehörte einer kleinen Reisegruppe an, die auf dem Weg zum Landfall war. Wir wollten dort ein neues Leben anfangen. Habt Ihr … habt Ihr auch unser Flugschiff gefunden?«

»Ich bedaure, aber nein«, antwortete Corren. Als er den Schmerz auf ihren Zügen sah, fügte er schnell hinzu: »Allerdings haben wir auch nicht danach gesucht. Wir dachten, Ihr wärt allein.«

»Nein, wir waren zu sechst, zwei Taijirin und vier Menschen. Wir waren mit einem kleinen Flugschiff unterwegs. Aber dann …« Sie brach ab, und ihre Augen nahmen einen feuchten Glanz an.

»Ganz ruhig.« Corren legte ihr eine Hand auf die Schulter. »Ihr müsst jetzt nicht davon erzählen. Wir haben uns schon unseren eigenen Reim darauf gemacht, was geschehen ist. Es waren Raubechsen, nicht wahr?«

Iril nickte wortlos. Die Erkenntnis, dass sie vermutlich als Einzige überlebt hatte, erschütterte sie sichtlich. Corren konnte das gut verstehen.

»Na schön«, sagte er und erhob sich. »Ihr solltet einstweilen bei uns bleiben, zumindest so lange, bis Eure Verletzungen geheilt sind. Wenn Ihr irgendetwas braucht oder eine Frage habt, wendet Euch einfach an mich oder meinen Adlatus Zamashuras.« Er deutete auf den Quano, der Iril ein stummes Lächeln schenkte.

Corren sah Waughan an. »Wir sollten aufsteigen und noch einmal über alle Inseln fliegen. Vielleicht finden wir doch noch jemanden – oder Überreste des Flugschiffs.«

»Einverstanden.« Der Kapitän begab sich an die Steuertaue.

»Ihr könnt Euch die Mühe sparen«, sagte Iril leise. »Sie sind alle tot. Ich sah sie sterben.«

»Seid Ihr sicher?«, hakte Corren nach. »Ihr habt überlebt.«

»Das war reines Glück – wenn man es so nennen kann.« Sie kam auf die Beine und zog die weite Wolldecke fester um den Leib, als friere sie. Ihre Raubvogelaugen richteten sich auf Corren. »Ich wurde am Kopf getroffen und verlor das Bewusstsein. Als ich wieder zu mir kam, fiel ich durch die Nebel. Ich vermochte meinen Sturz abzufangen und flog los. Ich wollte meinen Freunden helfen, doch ich war kaum bei Sinnen. Daher kam ich vom Weg ab und als ich aus den Wolken auftauchte, waren das Flugschiff und die Raubechsen plötzlich weit entfernt. Gekämpft wurde nicht mehr. Die Bestien haben bloß noch … Sie feierten ihren Sieg mit einem Festmahl.«

Hinter ihr verzog Grimmeisen das Gesicht.

»Ich floh«, fuhr Iril beinahe tonlos und mit verschleiertem Blick fort, »und flog, bis mich meine Kräfte verließen. Ich entsinne mich noch des Schreiens der Kreischer, das mir den Weg wies. Aber dass ich diese Inseln wirklich erreichte, daran erinnere ich mich nicht mehr.« Ihr Blick klärte sich, und sie sah Corren an. »Mehr gibt es nicht zu sagen. Alles, was ich geliebt habe, ist fort.«

»Es tut mir sehr leid«, sagte Corren. »Ich weiß, dass es wenig gibt, was diesen Schmerz lindern kann. Daher trauert, wie es Eure Art zu trauern ist, und seid solange unser Gast an Bord. Und wenn die Zeit reif ist, entscheidet, was Ihr tun wollt.«

»Ich danke Euch«, gab Iril zurück. »Ihr seid zu gütig. Darf ich fragen, wohin Eure Reise geht? Sie führt nicht in Richtung Landfall, habe ich das richtig verstanden?«

»Nein, wir fliegen einstweilen weiter hinaus in die Wolken«, bestätigte Corren. »Aber wir werden gewiss binnen zwei oder drei Mondläufen nach Skargakar zurückkehren. Und mit Sicherheit werden wir vorher noch an einer bewohnten Insel Halt machen. Dort könnt Ihr entscheiden, ob Ihr von Bord gehen oder weiter mit uns reisen wollt.«

Waughan im Steuerstand schnaufte. »Ihr wollt die Taijirin mit nach ThaunasRa nehmen, Magister?«

Correns Blick wanderte von Iril zu dem Nondurier und wieder zurück. Das war nicht unmittelbar die Absicht hinter seinem Angebot gewesen. Er hatte nur daran gedacht, einer Frau in Not zu helfen. Das gebot schlicht die Höflichkeit. Aber wenn er so darüber nachdachte, fand er den Gedanken, dass Iril sie begleiten würde, ganz reizvoll. Er wusste viel zu wenig über die Taijirin des Wolkenmeers, und in Iril mochte er eine ausgesprochen interessante Gesprächspartnerin finden.

»Ja«, sagte er. »Wenn sie möchte, kann sie uns nach ThaunasRa begleiten.«

Kapitel 18

IN DIE TIEFE

9. Tag des 8. Mondlaufs im Jahr 850

Die Insel, die Ialrist vor beinahe drei Jahrzehnten das Leben gerettet hatte, war der Gipfel eines Berges, dessen Ausmaße unter den Wolken sich nicht abschätzen ließen. Zu sehen war lediglich ein ungefähr eine Meile langer und einige hundert Schritt breiter Felsenkamm, der am Südende in einer einzelnen, aus dem Dunst ragenden Bergspitze endete. Zwischen Kamm und Spitze spannte sich eine morsch wirkende Hängebrücke, und während auf der Bergspitze eine Art Ritualstelle lag, war auf der Hauptinsel eine einfache Klosteranlage zu erkennen; Gänge und Räume, die unmittelbar aus dem Felsgestein herausgeschlagen worden waren. Corren meinte, dass die Architektur der in Arsindair ähnelte, wenngleich sie nicht so prunkvoll war. Hier wie dort hatte man die Gebäude weniger auf die Landschaft gesetzt, sondern vielmehr in diese eingefügt. Er nahm an, dass diese Bauweise die einfachste für die Bewohner hier war. Es gab kaum Bäume, die gefällt werden konnten, um Holzhäuser zu errichten. Zudem boten die Gebäude, bei denen drei von vier Wänden aus natürlichem Fels bestanden, deutlich mehr Schutz vor der Witterung.

Die *Wolkenwanderer* umrundete die Insel einmal, und Corren stellte fest, dass das Eiland mittlerweile unbewohnt war. Von den Kultanhängern, die Ialrist als etwas verschroben, aber friedfertig und gastfreundlich beschrieben hatte, war nichts zu sehen. Als sie anlegten, um die Klosteranlage genauer in Augenschein zu nehmen, stießen sie auf Spuren, die auf einen Kampf hinwiesen – oder vielmehr: auf eine Katastrophe, die in Tod und Feuer geendet hatte.

»Diese Brandspuren«, sagte Lian und deutete auf langgezogene Streifen, die sich über den Boden und die Wände des Klosters verteilten, »sie stammen von einem Großen Roten.«

»Seid Ihr Euch sicher?«, fragte Corren.

»Ganz sicher. Es gibt mehrere Hinweise.« Er kniete sich nieder und fuhr eine der dunklen Spuren mit der Hand nach. »Beim Auftreffen ist das Feuer so heiß, dass es sogar den Stein anschmilzt. Dann zieht der Rote es bis zu seinem Ziel. Kein Drache, der Feuer speit, vermag so andauernde und heiße Stöße abzugeben.« Er sah sich um zu NockNock, der mit halbgespreizten Flügeln am Heck ihres Reisegefährts stand. »Außerdem ist NockNock unruhig. Er hat die Zerstörung gesehen und seinen natürlichen Feind erkannt.«

»Sind wir in Gefahr?«, fragte Corren.

Lian stand auf und begab sich durch eine klaffende, leere Türöffnung ins Innere einer der Kammern. Als er wieder hervorkam, schüttelte er den Kopf. »Ich glaube nicht. So wie es aussieht, ist diese Anlage schon seit mehreren Jahren verwaist.«

»Wenn es nicht so grausig wäre, müsste man fast lachen«, sagte Grimmeisen, der einige Schritte entfernt die Überreste des Refugiums durchsuchte. »Ein Drachenkult wird von einem Feuerdrachen ausgelöscht.«

»Wahrscheinlich haben sie zu viel gewollt«, sagte Waughan. »Sie haben den Roten zu sich gelockt, um ihn anzubeten oder ihrem Willen zu unterwerfen. Aber die Bestie ließ sich nicht zähmen.«

Lian schaute zu dem Ritualplatz auf dem Nachbargipfel. In dessen Mitte war ein Altar zu erkennen, auf dem die Bruchstücke irgendeines Objekts lagen. »Nein, die Narren haben, wie mir scheint, einen weit größeren Fehler begangen. Leiht mir kurz Euer Fernrohr, Corren.«

Dieser reichte es ihm, und Lian richtete die Linse auf die Versammlungsstelle. »Wie ich es mir dachte. Diese Unglücksseligen haben tatsächlich ein Drachenei gestohlen. Sie wollten anscheinend ihren eigenen Großen Roten heranziehen. Seine Mutter war darüber wohl weniger erfreut.«

»Nun ja, es ist kein großer Rückschlag für uns, dass die Insel mittlerweile unbewohnt ist«, sagte Corren. »Es wäre zwar gewiss interessant gewesen, diese Drachenanbeter kennenzulernen, und womöglich hätten sie uns mit zusätzlichem Proviant ausstatten können, aber letztendlich sind wir nicht ihretwegen hier, sondern wegen der Ruinen am Fuß des Berges.«

Lian nickte. »Ich werde mich sofort an die Arbeit machen, das Beiboot umzubauen. Hier haben wir genug Platz, und vielleicht finde ich sogar eine aufgegebene Werkstatt, die mir das Aufrüsten der Steuerrahmen erleichtert.«

»Wenn es Euch nichts ausmacht, Magister, werden Orsa und ich ein wenig die Insel erkunden«, verkündete Grimmeisen. »Ich lasse Euch Shai'dana und Hechet zum Schutz da.«

»In Ordnung«, sagte Corren. »Aber stürzt nicht in die Tiefe, wenn Ihr versucht, zum Ritualplatz zu gelangen.«

»Sind meine Absichten so offensichtlich?«

»Ich bin kein Narr, Grimmeisen. Man muss nicht am Landfall aufgewachsen sein, um zu wissen, dass selbst die Schalen des Eis eines Großen Roten es wert sind, mitgenommen zu werden.«

Der Söldner grinste. »Schön, dass wir uns da einig sind.«

Die Geschwister machten sich auf den Weg, und Lian landete das Beiboot neben der *Wolkenwanderer.* Gemeinsam mit der Mannschaft machte er sich daran, das kleine Gefährt für eine Reise zum Grund des Wolkenmeers umzubauen. Zamashuras durchstreifte unterdessen die Überreste des Felsenklosters und machte seine Aufzeichnungen, wie immer, wenn er sonst nicht benötigt wurde. Mittlerweile füllten Berge an Notizen und Zeichnungen die kleine Kabine, die er mit Corren auf dem Flugschiff teilte, und Corren befürchtete, dass sein wissbegieriger Adlatus ihren gesamten Pergamentvorrat aufbrauchte, bevor sie überhaupt ThaunasRa nahe kamen.

Am späten Nachmittag hatten Lian und die anderen ihr Werk vollendet. Das Beiboot war um alle unnötigen Segel erleichtert worden, und man hatte Platz für mehr Passagiere und für Fundstücke geschaffen. Die vier Steuerkästen unter dem Rumpf hatte Lian gemeinsam mit Knurrn, der auf der *Wolkenwanderer* für die Arbeit mit dem Kyrillian zuständig war, um mehrere Kristalle ergänzt. Geschliffen und vorbereitet hatten die beiden die an den Kreischerfelsen gebrochenen Rohkristalle schon auf dem Flug hierher.

Da es nicht sehr klug war, mit Einbruch der Dunkelheit in die Tiefe vorzudringen, blieben sie über Nacht auf der Klosterinsel. Corren schlug vor, die Heimstätte der Drachenanhänger zu nutzen, um den auf Dauer beengten Verhältnissen auf der *Wolkenwanderer* wenigstens ein paar Stunden zu entkommen. Aber nachdem eine Begehung der Ruinen verkohlte Skelette der einstigen Bewohner zutage gefördert hatte, waren weder Waughan noch seine Leute dazu zu bewegen, an Land zu nächtigen. Um die Gruppe zusammenzuhalten, entschied sich auch Corren dafür, mit Zamashuras und den Söldnern an Bord zu bleiben. So saßen sie nur bei einem Lagerfeuer neben dem Flugschiff zum Abendessen zusammen, bevor sie sich wieder an Deck begaben und Waughan gleich zwei Leute zur nächtlichen Wache einteilte, als fürchte er, dass entweder der Große Rote oder die Geister der toten Kultisten kämen, um sie zu holen.

»Ich glaube, sie haben in Wahrheit nicht so sehr vor der Insel Angst, sondern vor dem, was sie morgen erwartet«, sagte Zamashuras, als Corren und er sich in die Kapitänskabine zurückzogen, die Waughan ihnen überlassen hatte.

»Die Bewohner des Landfalls scheinen ständig vor irgendetwas Angst zu haben«, brummte Corren leise. »Vor dem Nebel, Unwettern, Drachen, namenlosen Schrecken aus der Tiefe. Es wird wohl das Beste sein, wenn wir morgen nur mit den Söldnern aufbrechen. Waughan und seine Leute lassen wir an der Oberfläche, um auf das Flugschiff aufzupassen.«

Zustimmend neigte der Quano den Kopf. »Gewiss eine weise Entscheidung.«

»Kommt nicht in Frage«, knurrte Waughan, stellte die Ohren nach vorn und stemmte in Erwartung eines Streits die Fäuste in die Hüfte. »Ich habe mich zu dieser Reise einverstanden erklärt, weil Ihr mich mit Reichtümern in der Tiefe gelockt habt. Ich werde nicht zurückbleiben, während Ihr dort unten Ruinen untersucht. Außerdem braucht Ihr jemanden, der das Beiboot steuert – mein Beiboot, wenn ich Euch daran erinnern darf. Kaillyn kann genauso gut wie ich die *Wolkenwanderer* führen.«

Corren sah den entschlossen wirkenden Mann an und nickte. »Ihr seid der Kapitän«, sagte er und erkannte damit an, dass er Waughan kaum verbieten konnte, Zamashuras, die vier Söldner und ihn zu begleiten.

»Ich würde auch gern mitkommen«, mischte sich Lian ein. Er machte ein entschlossenes Gesicht. »Ihr sagtet, ich müsse mich meiner Angst stellen, Corren. Nun, besser jetzt, als wenn wir ThaunasRa erreichen. Abgesehen davon möchte ich den Ort am Meeresgrund sehen, wo Ialrist und Kapitän Adaron einst gewandert sind. Ialrist hat mir nie viel davon erzählt.«

Corren zögerte. »Das Beiboot wird langsam ziemlich voll.«

»Dann lasst mich hier oben zurück«, sagte Shai'dana. »Für eine einfache Erkundung braucht Ihr keine vierköpfige Eskorte, Magister. An Bord der *Wolkenwanderer* kann ich im Notfall nützlicher sein.«

»Ja, lasst die Magierin bei uns«, rief Broderik. »Ist doch sinnvoll, auch das Schiff zu beschützen. Es könnte ein Drache vorbeikommen. Oder Vogelmenschen fallen über uns her. Ihr würdet es erst erfahren, wenn Ihr zurückkehrt und wir fort sind.«

»Oder wenn wir ihnen brennend auf den Kopf stürzen«, fügte Knurrn hinzu.

Corren sah den Söldnerführer an. »Grimmeisen? Was sagt Ihr?«

»Von mir aus geht das in Ordnung«, antwortete der achselzuckend. »Mit irgendwelchen Viechern, die in den Nebeln umherkriechen, werden Orsa, Hechet und ich auch allein fertig.«

»Dann ist es entschieden. Waughan und Lian begleiten uns, Shai'dana bleibt hier.« Er blickte Iril an. »Wärt Ihr so freundlich, auf unsere Greifen aufzupassen?«

Die Taijirin, deren Verletzungen in den letzten Tagen gut

verheilt waren, lachte. »Ich glaube, sie werden eher auf mich achten. Nicht wahr, Ishaljir?«

Der Greif, der die Vogelmenschenfrau ins Herz geschlossen zu haben schien, krächzte bestätigend und reckte den gefiederten Kopf in die Höhe.

Corren und die anderen bestiegen das Beiboot. Neben einigem wissenschaftlichen Handwerkszeug – etwa einem Kompass, Zeitmessern und Schreibgerät – hatte Corren auch sein Schwert umgegürtet, eine kleine Tasche mit alchemistischen Zaubern und seine Schutzamulette umgehängt sowie den Drachenstab auf dem Rücken befestigt. Er hoffte, damit auf alle Unwägbarkeiten vorbereitet zu sein.

Als Lian ins Boot kletterte, erhob sich NockNock von seinem Platz am Heck. »Willst du wirklich mit uns kommen, NockNock?«, fragte Lian. »Ich habe dir gesagt, dass wir in die Tiefe tauchen.«

Der Drache gab ein langgezogenes Quäken von sich und sprang mit gespreizten Schwingen auf das Schanzkleid. Schwungvoll erhob er sich in die Luft und trieb dann neben der *Wolkenwanderer* auf den Winden, die die Insel umwehten.

Lian wandte sich an Corren. »Er begleitet uns.«

»Ihr wirkt nicht ganz glücklich darüber«, erwiderte dieser, da ihm der Unterton in der Stimme des anderen Mannes nicht entgangen war. »Sagtet Ihr nicht, dass uns seine scharfen Sinne sehr hilfreich sein würden?«

»Das ist wahr. Aber obwohl NockNock ein Drache ist, hat er keine echte Kampferfahrung, von der Jagd auf Beute – Vögel und kleinere Echsen – abgesehen. Ich sorge mich darum, was passiert, wenn wir tatsächlich eine unerwünschte Begegnung haben.«

»Das wird nicht passieren«, versicherte Corren ihm.

»Und wenn, habe ich einiges an Ausrüstung eingepackt, das uns schützen wird. Außerdem haben wir drei erfahrene Krieger an unserer Seite.« Er deutete auf Grimmeisen, Hechet und Orsa.

Die Söldnerin legte mit vielsagender Geste ihren langstieligen Zweihandhammer auf die gepanzerte Schulter. Ihr Gesicht war unter dem massiven Topfhelm nicht zu sehen.

Lian seufzte. »Wahrscheinlich habt Ihr recht.«

Sie verteilten sich im Beiboot, und Waughan ließ es abheben. Die zusätzlichen Anbauten knarrten ein wenig, als sie den Boden verließen, aber sie hielten. Geschickt zog der Nondurier an den Steuertauen, um das Fluggefährt leicht nach vorn zu kippen und über die Kante der Insel zu lenken. »Wer noch aussteigen will, jetzt ist die letzte Gelegenheit«, verkündete er.

Niemand meldete sich.

»Na schön …« Er drehte das Beiboot, und gemeinsam mit der *Wolkenwanderer* entfernten sie sich etwa eine Meile von der Insel, um nicht schon nach wenigen Schritten gegen die Bergflanke zu stoßen.

Waughan brachte sie schräg unter dem größeren Flugschiff in Stellung. Wie am Abend zuvor besprochen, verknotete Kaillyn das hundert Schritt lange und im Abstand von je zwei Schritt einen Knoten aufweisende Messtau am Schanzkleid. Dann warf sie ihnen die Taurolle zu. Corren fing sie auf, reichte das Tau Zamashuras und ließ den Rest neben ihnen in die Tiefe fallen. Sie würden an dem Seil hinuntersinken und gleichzeitig mit einer von Corren überwachten Sanduhr die Zeit messen. Wenn Waughan eine gleichmäßige Sinkgeschwindigkeit hielt, mochte es ihnen gelingen, die Tiefe des Wolkenmeers an dieser Stelle zu ermitteln.

Corren nickte dem Kapitän zu. Der zog an den Steuertauen und schloss die Kyrillian-Rahmen unter dem Rumpf ein wenig. Das Beiboot sank in die Tiefe und tauchte in die Wolken ein. »Haltet diese Geschwindigkeit«, bat Corren Waughan.

»Verstanden«, gab dieser zurück.

Mit einem Blick auf Zamashuras, der das Tau durch die Finger gleiten ließ, drehte Corren die Sanduhr um. Es handelte sich um ein Präzisionsgerät, das ein Zehntel des Zeitraums der geläufigen Halbstundengläser zu messen vermochte. Während der Sand durchlief, sah Corren sich um und versuchte, sich einen Eindruck von ihrer Umgebung zu verschaffen.

Noch waren die Wolken hell um sie, ein beinahe weißer Dunst, der sie wie an einem Tag mit dichtem Nebel von allen Seiten umgab. Ansonsten war um sie herum – sah man von NockNock ab, der sie in wenigen Schritten Entfernung umkreiste – absolut nichts, so dass Corren ohne die Sanduhr und das Messtau binnen kurzer Zeit jedes Gefühl dafür verloren hätte, wie schnell sie sich bewegten und wie lange sie schon unterwegs waren.

Niemand sprach ein Wort, während sie tiefer und tiefer sanken. Nur das Knarren des Beiboots und das gelegentliche Schlagen von NockNocks Schwingen waren zu hören. Selbst der Drache gab keinen Laut von sich, so als wisse er, dass es besser war, keine Bewohner dieser zunehmend grauen, stillen Welt anzulocken. Grimmeisen, Orsa und Hechet starrten angestrengt in den Dunst, Waughan behielt seine Steuertaue im Blick.

»Das Messtau ist zu Ende«, sagte Zamashuras ruhig.

Corren sah auf die Sanduhr. »Sie ist etwas mehr als halb durchgelaufen. Wir vereinfachen das, indem wir hundert Schritt als halbe Sanduhr festlegen.«

»Ich notiere mir das.« Der Quano hob seine Schreibkladde vom Boden auf und begann, Aufzeichnungen zu machen.

»Wie tief wir wohl sinken werden?«, fragte Grimmeisen leise.

»Nun, das hängt stark von der Landschaft ab, die es hier gab, bevor die Wolken alles bedeckten«, antwortete Corren.

»Ich bin damals eine gefühlte Ewigkeit gefallen«, sagte Lian. »Aber ich hing auch in den Klauen dieser Raubechse, und ich weiß nicht, wie schnell wir bei ihrem hektischen Flattern wirklich gestürzt sind.«

»Eine Sanduhr«, meldete Corren Zamashuras und drehte sie wieder um.

»Wie hoch werden Berge denn normalerweise so?«, fragte Grimmeisen.

Die Frage erschien Corren zunächst eigenartig, bis ihm aufging, dass es am Landfall keine nennenswerten Erhebungen gab und Grimmeisen diesen Teil von Endar nie verlassen hatte.

»Das ist sehr unterschiedlich«, antwortete er. »Die größten von ihnen ragen so gewaltig in den Himmel auf, dass man zu Fuß mehrere Tage braucht, bis man die Spitze erreicht. Und selbst ein Greif fliegt gewiss eine Stunde oder länger.«

»Das heißt, so tief könnte es hinuntergehen.«

»Das glaube ich nicht. Ialrist erzählte mir, dass er damals vollkommen entkräftet den Weg nach oben antrat. Er hätte den Flug nicht geschafft, wenn er so lang gedauert hätte.«

Sie drehten die Sanduhr ein zweites und dann ein drittes Mal. Dann tauchte zu ihrer Linken ein gewaltiger Schatten auf, der sich als Felswand entpuppte. Waughan wollte etwas Abstand gewinnen, doch er hatte das Manöver noch nicht abgeschlossen, als NockNock ein warnendes Krächzen ausstieß und sich flatternd abfing. Sofort verlangsamte auch Waughan ihren Sinkflug.

»Ich kann den Grund ausmachen«, verkündete Hechet. Einige Herzschläge später sahen auch die anderen, wie sich der Boden schon aus dem trübgrauen Dunst schälte, der in der Tiefe herrschte. Mit einem Ruck fing Waughan das Beiboot ab und brachte es dann erstaunlich sanft runter.

»Vier Sanduhren«, sagte Corren. »Das heißt, wir befinden uns ungefähr achthundert Schritt unter der Wolkenoberfläche.«

»Die Winde stehen uns bei«, murmelte Grimmeisen und blickte in den Nebel. »Man fühlt sich wie lebendig begraben.«

Corren machte sich an einer der Laternen zu schaffen, die sie mitgebracht hatten. »Gewöhnt Euch an das Gefühl. Wir werden eine Weile hierbleiben. Und wir werden sicher noch mehr Zeit in ThaunasRa verbringen.«

»Wenn es Euch hilft, stellt Euch vor, dass es einfach ein nebliger Tag am Landfall ist«, warf Zamashuras ein. »Auch dort hängen Hunderte Schritt Dunst über Euch.«

»Ich versuch's.« Grimmeisen stand auf und zog eine seiner beiden Äxte. »Dann wollen wir uns mal umsehen, hm?«

Corren hob die Laterne. »So ist es.«

Alle bis auf Waughan stiegen aus dem Beiboot. Der Kapitän blieb an Bord, um das kleine Flugschiff langsam hinter ihnen her zu steuern. Der Boden, über den sie sich bewegten, war felsig und an vielen Stellen von dichtem Moos bewachsen. Zamashuras sammelte sofort einige Proben, die er in einer mit einem Gurt über die Schulter geschlungenen Holzkiste verschwinden ließ. Auch Corren kniete sich hin und strich mit den Fingern über das Moos. Es fühlte sich kaum anders an als jenes an der Oberfläche, vielleicht etwas dichter und matschiger, was ohne Zweifel der hohen Feuchtigkeit an diesem Ort geschuldet war.

Er richtete sich auf und sah sich um. Der Nebel schränkte ihre Sicht enorm ein. Schon in einer Entfernung von zwanzig Schritt versank die Welt im Grau. Es würde nicht leicht werden, die Ruinen zu finden, über die Ialrist und Adaron vollkommen zufällig gestolpert sein mussten. Sie konnten praktisch in Steinwurfweite daran vorbeilaufen, ohne sie zu bemerken.

Auch Lian schien dieser Gedanke gekommen zu sein. »Wie sollen wir die alten Bauwerke in diesem Dunst finden? Hier ist die Sicht noch schlechter als dort, wo ich damals gewesen bin.«

»Alle sollen sich eine Laterne nehmen, und dann bilden wir eine Linie im Abstand von ungefähr zehn Schritt links und rechts vom Beiboot«, befahl Corren. »So werden wir die Gegend, so gut es geht, absuchen.«

»Wenigstens haben wir die Bergflanke als Orientierungsmarke und einen Kompass«, knurrte Waughan hinter ihnen. »Was für ein trübseliger Ort.«

Sie verteilten sich. Grimmeisen, Orsa und Zamashuras übernahmen die linke Flanke, Corren, Lian und Hechet die rechte. In einer etwa sechzig Schritt breiten Reihe suchten sie den Meeresgrund ab, wobei sie ihre Laternen – kleine, rote Lichtquellen im ewigen Dunst – hin und her schwenkten, ohne dadurch viel zu erreichen. Alles war totenstill. Selbst ihre Schritte wurden durch das Moos gedämpft. Nur Orsas Rüstung klapperte, und gelegentlich schlug Nock-Nock nervös mit den Schwingen.

Nach einigen Schritten begann knöchelhohes, blassgrünes Gras, den Boden zu bedecken, von dem ein eigentümlich fischartiger Geruch ausging. Außerdem stießen sie auf kleine Gruppen fast hüfthoher Pilzgewächse, von deren breiten Hüten ein kränklich grüner Schein ausging. »Bemerkenswert«, sagte Zamashuras und schnitt sofort ein Stück heraus, um es einzupacken.

»Das Glühen stammt nicht von den Pilzen selbst«, erklärte Lian, »sondern von einem schleimigen Überzug.«

»Der durchaus von den Pilzen gebildet werden könnte«, erwiderte Zamashuras. »Bloß, wozu? Für wen leuchten diese Pilze? Wollen sie Tiere zu sich locken, denen sie als Nahrung dienen?«

»Vergesst nicht, dass das Wolkenmeer unter dem Einfluss von Magie entstanden ist«, sagte Corren. »Nicht alles, was uns hier begegnet, muss einen Sinn ergeben.«

»Ich wusste gar nicht, dass alle Dinge an der Oberfläche Sinn ergeben«, rief Grimmeisen von links. »Welchen Sinn ergeben zum Beispiel –«

»Dort!«, unterbrach ihn Hechet. Der Nondurier deutete in den Dunst rechts von ihnen. »Da ist etwas. Sieht aus wie verstreute Felsblöcke – oder Bauwerke.«

Sie versammelten sich um ihn und starrten in den Nebel. Und tatsächlich … Irgendetwas verbarg sich dort, keine dreißig Schritt von ihnen entfernt. Corren hob seine Laterne und das Schwert. »Schauen wir es uns an.«

Kapitel 19

DER NAMENLOSE SCHRECKEN

10. Tag des 8. Mondlaufs im Jahr 850

Aus dem Nebel schälten sich Gebäude. Sie waren kreisrund, maßen etwa zwei Schritt in der Höhe sowie fünf bis sechs im Durchmesser, und die Wände bestanden aus aufeinandergestapelten Steinbrocken. Fenster gab es keine, aber an jeweils einer Seite klaffte eine vom Boden bis zur Oberkante reichende Öffnung. Von den Dachkonstruktionen war nichts mehr zu erkennen, daher ging Corren davon aus, dass einst Stroh oder etwas ähnlich Vergängliches als Baumaterial gedient hatte. Ein paar der Mauerwerke waren vollständig erhalten, aber die meisten lagen in Trümmern, von Moos und diesen großen, glühenden Pilzen überwuchert.

»Ist das eine Siedlung der ArChaon?«, fragte Waughan. Der Kapitän hatte das Beiboot am Rand der Häuser angehalten und schloss nun die Steuerkästen, um das Fluggefährt vollends zu Boden sinken zu lassen.

Corren betrat eines der besser erhaltenen Gebäude und sah sich mit dem geübten Blick des langjährigen Altertumsforschers um. Es gab Überreste einer Feuerstelle und mehrerer Schlafplätze, außerdem lagen Scherben von Steingefäßen und Bruchstücke von einfachem Werkzeug herum. »Nein«, antwortete er. »Die Wesen, die hier gelebt haben, waren kaum mehr als Wilde, ein Volk, das dieses Tiefland vor der Zeit des Wolkenmeers bewohnt hat.«

Waughan kletterte von Bord und gesellte sich zu ihnen. »Also finden wir hier keine wertvollen Artefakte, hm?«

»Diese Frage lässt sich wohl erst beantworten, wenn wir uns die Siedlung genauer angeschaut haben.« Corren ließ den Blick über die Ruinen schweifen. »Es ist denkbar, dass die Bewohner eine Dienerrasse der ArChaon waren oder zumindest von ihnen wussten. Wir sollten uns in Zweiergruppen aufteilen, dann kommen wir schneller voran. Innerhalb der Ruinen sollte die Gefahr, dass wir uns verlieren, gering sein.«

Die anderen pflichteten dieser Einschätzung bei, und während Grimmeisen Waughan begleitete, zog Zamashuras mit Orsa los und Corren wurde von Lian und NockNock begleitet. Hechet ließen sie als Wache des Beiboots zurück. Der Nondurier besaß von ihnen allen die schärfsten Sinne, und mit seinem schnellen Bogen sollte er einen möglicherweise nahenden Gegner so lang auf Abstand halten können, bis die anderen zu ihm zurückgelaufen waren.

Corren und Lian begannen, die Ruinen links von ihrem gelandeten Beiboot zu untersuchen. Entgegen seiner Worte zu Waughan bezweifelte Corren, dass ihm diese Ureinwohner irgendwelche faszinierenden Erkenntnisse oder Mysterien hinterlassen hatten. Und da sein Interesse hauptsächlich den ArChaon galt, ging er bei der Betrachtung ihrer Behausungen deutlich weniger sorgfältig und behutsam vor, als es vielleicht angebracht gewesen wäre.

Während er Steinwände und von feuchter Erde bedeckte Lagerplätze überprüfte, schritt Lian langsam neben ihm durch den Nebel, strich mit der freien Hand über diese Erinnerungen längst vergangener Leben und wirkte sehr nachdenklich.

»Geht es Euch gut?«, fragte Corren den jüngeren Mann.

Lian nickte. »Es ist erstaunlich. Die Vorstellung, dass hier einst ganz normale Menschen gelebt haben, dass sie dieses Dorf im Schatten des Berges bewohnten, nimmt der Tiefe einiges an Schrecken. Es war nicht immer so wie heute. Das zu wissen ist irgendwie tröstlich. Versteht Ihr, was ich meine?«

»Sogar sehr gut«, sagte Corren. »Das ist etwas, was ich mir immer wieder vor Augen führe, wenn ich einen dieser vergessenen und verwunschenen Orte unserer Welt erreiche. Wenige legendäre Festungen, die heute vom Sturm und von Geistern umheult werden, waren bei ihrem Bau als Hort des Schreckens geplant. Irgendwann wurden in jedem Tempel Gottesdienste abgehalten, irgendwann haben in jeder verfluchten Mine settländische Bergleute beim Abbau von Erzen und Edelsteinen Lieder gesungen.«

Er verschwieg Lian, dass er durchaus Stätten besucht hatte, die von grausamen Herrschern auf den Gebeinen zu Tode geschundener Sklaven errichtet worden waren. Dass es Tempel gab, in denen von jeher Dämonen und nicht Götter angebetet worden waren. Es gab diese Orte des Bösen, aber das war kein Wissen, mit dem er Lian oder irgendjemand anderen hier unten belasten wollte.

»Dennoch dürfen wir eins nicht vergessen«, fuhr Corren leise fort. »Selbst ein Ort, an dem früher Lachen und Liebe herrschten, kann im Laufe der Jahrhunderte verderben, und die Gefahren, die heute von ihm ausgehen, sind nicht weniger echt, selbst wenn einige der unheimlicheren Mythen, die sich um besagten Ort ranken, dem überreizten Geist von Geschichtenerzählern entsprungen sein mögen.«

»Ihr wollt damit sagen, ich sollte mich nicht zu sehr in Sicherheit wiegen.«

»Genau das.«

Als habe er nur darauf gewartet, gab NockNock plötzlich

ein warnendes Quäken von sich. Corren und Lian zogen ihre Waffen.

»Magister von Dask, wo seid Ihr?«, drang der gedämpfte Ruf von Grimmeisen zu ihnen herüber, und im nächsten Moment sah Corren die Schemen des Söldners und ihres nondurischen Kapitäns durch den Nebel laufen.

»Hier, bei den Ruinen links von Euch.« Er steckte das Schwert zurück in die Scheide. Dann trat er aus der Ruine heraus und auf die beiden Männer zu, die allem Anschein nach bislang keine nennenswerte Beute gemacht hatten. »Was ist los?«

»Wir haben etwas entdeckt, dass Euch … interessieren dürfte«, sagte Grimmeisen.

»Und was?«

Grimmeisen und Waughan wechselten einen Blick. »Das schaut Ihr Euch besser selbst an.«

Die vier Männer begaben sich ans andere Ende der Siedlung, die zu Correns Überraschung direkt an eine steil aufragende Felswand grenzte. Dass der Fuß des Bergs nicht weit entfernt sein konnte, war ihm aus Ialrists Beschreibung klargewesen, doch dass er so nah lag, hatte sich bei ihrem Anflug nicht feststellen lassen.

Noch bemerkenswerter war der riesige Höhleneingang, der in der Bergflanke klaffte. Wegen des Nebels ließ sich unmöglich sagen, wie tief die Höhle in den Berg führte, aber die Kälte, die ihnen aus dem Schlund entgegenwehte, legte den Verdacht nahe, dass sie ziemlich groß war. Unwillkürlich drängte sich Corren der Gedanke an einen uralten Drachenhort auf.

»Es wird noch besser.« Grimmeisen führte Corren einige Schritte näher auf das Loch im Berg zu und deutete auf den Boden vor ihnen.

Halb von Moos bedeckt ruhte dort eine große Steinplatte. Dunkle Flecken verunzierten sie, ebenso wie einige auffällige Furchen, die das Werk riesiger Krallen sein mochten. Als sich Corren hinkniete und etwas Moos entfernte, zeigte sich, dass die Platte kreisrund war und an zwei Stellen Vertiefungen aufwies, in denen vermutlich einst Holzpflöcke gesteckt hatten. Das Ganze erinnerte an eine Opferstätte für ein Ungeheuer, das in den Tiefen des Berges gehaust hatte – oder noch immer hauste …

»So viel dazu, wie schön dieser Ort früher war«, murmelte er, stand auf und wandte sich an Lian. »Was haltet Ihr davon?«

»Wie es aussieht, ist der Kult der Drachenanbeter deutlich älter, als wir dachten«, sagte Lian.

»Da hat Euer Freund Ialrist ja Glück gehabt, dass diese Kerle in den letzten Jahren nur noch Drachenbabys verehrt haben«, bemerkte Grimmeisen.

»Glaubt Ihr, dass da drinnen immer noch was lebt?«, fragte Corren Lian und deutete auf die Höhle.

»Schwer zu sagen …« Lian sah zu seinem Drachengefährten, dessen Schwingen leicht bebten und der unruhig mit dem Schwanz über den Boden wischte. Er legte Nock-Nock eine Hand auf den Kopf und flüsterte ihm etwas ins Ohr. Dann wandte er sich ab und schritt auf die Höhle zu. »Wartet kurz.«

Unmittelbar vor dem Eingang blieb er stehen und legte den Kopf leicht schräg, als lausche er. Corren sah, dass er die Augen dabei geschlossen hatte. Langsam sank Lian auf ein Knie und berührte mit den Fingerspitzen das Erdreich unter sich. Für einen Augenblick verharrte er völlig reglos. Dann stand er ebenso langsam wieder auf und kehrte zu den anderen zurück. Seiner Miene war die Sorge abzulesen.

»Corren, wir sollten umgehend, aber so ruhig wie möglich, unsere Leute einsammeln, mit dem Beiboot zur Oberfläche zurückkehren und danach mit der *Wolkenwanderer* aus dieser Gegend verschwinden.«

Correns Muskeln spannten sich an. »Ist da unten ein Drache?«

»Nein. Aber dem Geruch nach war einer dort – und das ist nicht lange her. Ich nehme an, dass er im Augenblick auf der Jagd ist. Und wir wollen nicht mehr hier sein, wenn er –«

Ein tiefes, unirdisches Heulen unterbrach ihn, ein hohler, langgezogener Klagelaut, der durch Mark und Bein ging und nur von einer verdammten Seele stammen konnte – einer verdammten Seele im Körper eines sehr großen Geschöpfs.

»Er ist schon da!«, schrie Waughan. »Weg hier.« Kopflos rannte der Nondurier los, in Richtung ihres Beiboots.

Lian fluchte und eilte ebenfalls los. »Versuchen wir es an die Oberfläche zu schaffen«, sagte er zu Corren, der ihm nachlief. »Vielleicht folgt er uns dorthin nicht.«

Ein riesenhafter, eigentümlich glühender Schatten strich über ihren Köpfen hinweg durch den Dunst. Corren vernahm das Rauschen der ledrigen Flügel, und ein Gestank wie von kaltem, verwestem Fisch drang ihm in die Nase. NockNock quäkte aufgeregt und machte nervöse Sprünge, während er mit den Schwingen schlug, unschlüssig, ob er dem Feind im Nebel oder am Boden gegenübertreten sollte.

»Bei den Vier Winden!«, entfuhr es Grimmeisen. »Was ist das für ein Biest?«

»Ich will es nicht näher kennenlernen«, gab Corren zurück.

So schnell sie konnten, rannten sie zwischen den Ruinen

zurück zum Beiboot. Als sie dort eintrafen, fanden sie die anderen hinter dem Rumpf kauernd vor. Hechet hatte seinen Bogen gespannt und spähte in den Nebel. Orsa hielt ihren Kampfhammer mit beiden Händen umklammert. Corren und Lian ließen sich neben sie gegen die Holzplanken fallen. »Wo ist er?«, fragte Corren, während er hastig den Drachenstab vom Rücken zog.

»Er ist über das Beiboot hinweggeflogen und im Dunst verschwunden«, sagte Hechet. »Aber ich glaube, er fliegt eine Schleife, um zurückzukehren.«

»Wir sollten ins Boot steigen und verschwinden«, drängte Lian.

»Dem entkommen wir nie«, widersprach Waughan. »Und wenn er das Beiboot rammt, sind wir geliefert. Wir haben nicht genug Sicherheitsgeschirre für alle. Am Boden sind unsere Aussichten besser.«

»Sehe ich auch so«, knurrte Hechet. »Bringen wir die Bestie zum Absturz.«

»Ihr wollt gegen den Drachen kämpfen?« Lian klang fassungslos.

»Ihr seid der Drachenfreund. Sagt mir, ob Ihr ihm gut zureden könnt, uns in Ruhe zu lassen.«

Lian machte ein grimmiges Gesicht. »Ich bezweifle, dass er mit mir reden will, sofern sein Geist nach all den Jahren in der Tiefe nicht ohnehin dem Wahnsinn anheimgefallen ist.«

»Ihr glaubt, dass dieses Ding das Ungeheuer ist, das hier verehrt wurde?«, fragte Corren.

»Nein, ich schätze, es ist ein Nachkomme – oder ein einstiger Oberweltdrache, den es in den Abgrund verschlagen hat.«

»Müßig«, warf Hechet barsch ein. »Wenn ihn niemand

sonst bändigen kann, muss es mein Bogen tun.« Er kam auf die Beine und hob die Waffe. »Ich höre ihn kommen.«

»Wartet!«, rief Corren. »Nicht hier. Lenkt ihn nicht auf unser Boot. Verteilt Euch in den Ruinen, rasch.«

Waughan bewegte sich keine Handbreit, sondern blieb zusammengekauert hinter dem Rumpf des kleinen Fluggefährts. Die anderen jedoch rannten zu den nahen Steinhäusern. Grimmeisen übernahm die Führung, Orsa bildete mit scheppernder Rüstung das Schlusslicht.

»Ich lenke ihn ab«, sagte Corren zu Hechet und hob den Drachenstab. »Ihr schießt, wenn Ihr eine gute Gelegenheit erkennt.«

»Solche Pfeile werden gegen einen Drachen dieser Größe wenig Schaden anrichten«, meinte Lian. Er wirkte nicht glücklich über die Konfrontation, aber bereit, sein Bestes zu geben, damit sie sie überlebten. »Zielt auf seine Augen.«

»Nichts anderes hatte ich vor«, knurrte der Nondurier.

NockNock stieß einen langgezogenen Warnlaut aus und schwang sich in die Luft. Seine erhöhte Beweglichkeit schien ihm wichtiger zu sein als die Nähe zu seinen Begleitern.

Im nächsten Moment rauschte das Ungetüm heran, und seine mächtigen Schwingen verwirbelten die Nebelschwaden über den Dorfruinen. Als er die Bestie in ihrer ganzen Hässlichkeit erblickte, stockte Corren der Atem.

Der Drache maß vom Kopf bis zur Schwanzspitze an die zwanzig Schritt, ein aufgedunsener Koloss, dessen fahles graues Schuppenkleid moosbewachsen und voller klaffender Löcher war, in denen sich weißliche, nass glänzende Haut zeigte. Seine Hörner am Kopf waren größtenteils abgebrochen, und die weiten Schwingen hingen halb in Fetzen. Dass er sich überhaupt in der Luft halten konnte, schien einem bizarren Bauchpanzer aus Kyrillian-Kristallen geschuldet zu sein, die mit seinem Fleisch verwachsen und für das seltsame Glühen verantwortlich waren, das Corren zuvor bemerkt hatte. Ein furchtbarer Leichengestank umwehte das Ungetüm, und tellergroße, weißlich blinde Augen glotzten ihnen entgegen.

»Was ist das?«, schrie Corren fassungslos.

»Ich weiß es nicht«, gestand Lian. »So etwas habe ich noch nie gesehen.«

»Wollt Ihr versuchen, ihn mit Eurer Gabe zu erreichen?« Wenn sich ein Kampf vermeiden ließ, wollte Corren die Gelegenheit nutzen.

Mit leicht zusammengekniffenen Augen blickte Lian dem Ungetüm entgegen.

Der Tiefendrache riss ein Maul voll bizarr unregelmäßiger, dolchspitzer Zähne auf, und ein Heulen drang aus dem dampfenden Abgrund seiner Kehle. Er breitete die Schwingen aus und schien zur Landung ansetzen zu wollen.

Lian schüttelte den Kopf. »Wie ich es befürchtet habe: Der Drache ist krank und sein Geist vom Wahnsinn zerrüttet. Ich kann ihn nicht erreichen. So ungern ich das sage, aber ich glaube, es wäre in diesem Fall ein Akt der Gnade, seinem Leben ein Ende zu setzen.«

»Dreigötter, steht mir bei.« Corren erhob sich aus seinem Versteck und trat dem Ungetüm entgegen. Er riss den Drachenstab vor sich in die Höhe, und mit einem Wort der Macht entfesselte er dessen Kraft. Ein weißgoldener Schimmer lief durch die Runen auf dem metallenen Schaft, gleich darauf explodierte der an der Spitze angebrachte Kristall in gleißend hellem Licht, als der Abwehrzauber des Stabs seine volle Wirkung entfaltete.

Brüllend prallte der Drache zurück. Unter heftigen Schlägen seiner Schwingen fing er sich ab und rief damit einen Sturm hervor, der Corren fast von den Beinen holte. Er packte den Drachenstab mit beiden Händen und stieß einen grimmigen Schrei aus, während er sich der schuppigen Naturgewalt entgegenstemmte.

Krachend landete das Ungetüm zwischen den Häuserruinen. Sein Schwanz peitschte und zerschmetterte eine der uralten Behausungen. Sein Kopf pendelte hin und her, bevor er sich seinem menschlichen Gegner zuwandte, dem Träger dieses Dings, das ihm solch verwirrende Schmerzen bereitete.

Einige Schritte neben Corren tauchte Hechet auf. Der Nondurier schoss einen Pfeil ab, hatte sofort den nächsten auf der Sehne, zog den Bogen etwas nach links und schickte das zweite Geschoss auf die Reise. Ein leises Klatschen war zu hören, als die Pfeile ihr Ziel fanden: die großen Augen des Drachen.

Das fahle Scheusal brüllte erneut, riss den Kopf in die Höhe und schüttelte ihn in dem Versuch, die Fremdkörper aus den Augen zu entfernen. Es hob eine krallenbewehrte Pranke und fuhr sich über den mächtigen, verwachsenen Schädel. Dabei brachen die beiden Pfeile mit trockenem Knacken ab, was dem Drachen ein weiteres schmerzerfülltes Heulen entlockte.

Dennoch war die Bestie alles andere als bezwungen. Ein weiterer Schwanzschlag machte eine zweite Ruine dem Erdboden gleich. Dann richtete sich der Drache auf die Hinterbeine auf und schlug heftig mit den zerfransten Schwingen. Diesmal wurde Corren zu Boden geworfen, und ein dritter, von Hechet abgeschossener Pfeil prallte an der gepanzerten Wange des Untiers ab.

Der Drache riss das Maul auf und brüllte ohrenbetäubend. Im nächsten Augenblick schoss eine Fontäne aus giftgrüner Flüssigkeit aus seiner Kehle. Corren rollte zur Seite, und Hechet wirbelte herum, um sich hinter einer niedrigen Mauer in Deckung zu werfen. Corren hatte Glück, der Strahl verfehlte ihn um eine gute Manneslänge. Die Mauer, hinter der Hechet kauerte, wurde dagegen voll getroffen. Ein wütendes Zischen erklang, und der Stein fing an zu dampfen. Beißender Gestank ging von der Galle des Monsters aus.

Hechet bellte einen Fluch und fing an zu stöhnen.

»Er wurde getroffen!«, rief Lian. »Die Galle muss ätzend sein. Rasch, wischt sie mit Erde ab.« Er rannte los, um dem verletzten Nondurier zu helfen.

Corren rappelte sich auf und stieß erneut den Drachenstab in die Luft. »Weiche, Untier!«, schrie er den fahlen Schrecken an. Der Drache schüttelte den Schädel und heulte, als ihn die Macht des Stabs traf und in panische Raserei versetzte.

Von der Seite rannte Grimmeisen herbei. In der Rechten hielt er eine seiner Kampfäxte. Mit einer Todesverachtung, die Corren Respekt abnötigte, stürmte er auf den Drachen zu, nutzte einen nahen Trümmerhaufen, um an Höhe zu gewinnen, und sprang auf den Rücken der Bestie. Wild schreiend klammerte er sich an den dornenähnlichen Auswüchsen fest, die sich vom Kopf bis zum Schwanz über den Leib des Ungetüms zogen. Gleichzeitig hackte er auf den Schultermuskel des rechten Flügels ein. Offenbar wollte er das Monstrum flugunfähig machen.

Hinter ihm stapfte Orsa heran, in der Linken den fast mannsgroßen Schirm eines der überall wachsenden Pilze als provisorischen Schild. Die Rechte hielt den Hammer im eisernen Griff.

Der Drache fauchte und schüttelte sich in dem Versuch,

Grimmeisen loszuwerden. Der Nahkämpfer allerdings blieb auf den Beinen und schlug wieder zu. Dunkles Blut spritzte aus der Wunde, und der Flügel erschlaffte.

Das Scheppern von Orsas Rüstung lenkte die Bestie ab. Halb wahnsinnig vor Wut und Schmerzen fuhr sie herum und spie erneut einen Strom ätzender Galle. Die Söldnerin zog sofort den behelmten Kopf ein und kauerte sich hinter den Pilz. Auch der Schirm fing kräftig an zu rauchen, aber Orsas Plattenpanzer wurde nur von vereinzelten Spritzern getroffen.

Als der Angriff endete, warf Orsa ihren Schild von sich und stürmte mit einem dumpfen Brüllen los. Sie packte den Kriegshammer mit beiden Händen und holte schwungvoll von unten aus. In einem makellosen silbernen Halbkreis fuhr der Hammerkopf durch die Luft und krachte dem Drachen gegen den Unterkiefer.

Alte Knochen und halbverrottete Zähne brachen unter dem gewaltigen Angriff. Der Drache wankte, und sein Kopf sackte herab, eine Einladung für Orsa, den Hammer aus der Wunde zu reißen, in einer vollen Drehung um die eigene Achse zu wirbeln und dann einen zweiten, umso wuchtigeren Seitenschlag gegen die Wange des Untiers zu führen. Schuppen barsten, und Splitter flogen in alle Richtungen, als die flache Seite des Hammerkopfs dem Drachen einen stählernen Hieb verpasste, der ihm beinahe das Bewusstsein raubte.

Ein langgezogenes Heulen entrang sich seiner Kehle, und er machte einen unsicheren Schritt nach vorn. Dann ließ er sich auf den Bauch fallen, vielleicht in der Hoffnung, seinen kleineren Feind zu zerquetschen. Orsa jedoch wich dem Koloss aus, und gleich darauf schlug Grimmeisen zu. Er hatte die Benommenheit des Monstrums ausgenutzt, um sich über den Hals zum Schädel vorzuarbeiten. Knirschend versenkte er beide Kampfäxte in der Drachenstirn.

Der Tiefendrache erbebte noch einmal, gab einen gurgelnden Laut von sich und dann erschlaffte sein Körper. Er war tot.

Orsa riss ihren Helm vom Kopf, zog ihre Handschuhe aus und fuhr sich mit den Händen über das verschwitzte Gesicht. Sie knurrte schmerzerfüllt und als sie die Hände wegnahm, sah Corren die roten Flecken um die Augen, wo offenbar vereinzelte Spritzer der Drachengalle durch ihr Helmvisier gedrungen waren. Rasch eilte er zu ihr hinüber und bot ihr seinen Wasserschlauch an. »Hier, wascht Euch damit ab.«

Sie fackelte nicht lange, sondern goss sich den gesamten Inhalt über das Gesicht.

»Was für ein Ungeheuer!« Mit entsetzter Miene tauchte Waughan hinter ihnen auf. »Ich habe ja schon einige Drachen gesehen, aber so eine Ausgeburt an Hässlichkeit und Bosheit noch nicht.«

»Hab schlimmere Gegner getroffen«, brummte Orsa.

»Erzähl keinen Unsinn, Schwester.« Ächzend und vor fremdem Blut triefend ließ sich Grimmeisen vom Hals des Drachen gleiten. »So einem Brocken sind wir noch nie begegnet.« Er begann, seine Äxte an den Schwingen zu säubern.

Lian kam zu ihnen gelaufen. »Wir müssen zurück an die Oberfläche. Hechet hat es ziemlich erwischt. Er muss rasch von Winsla versorgt werden.«

»Ich bleibe hier ohnehin nicht länger als unbedingt nötig«, verkündete Waughan. »Wir sind keine Stunde am Grund, und schon fällt so ein Untier über uns her! Ich will gar nicht wissen, was uns als Nächstes erwartet. Oder was in ThaunasRa auf uns lauert. Ich zweifle gar, ob ich dort überhaupt noch hin will. Was sind alle Reichtümer der Welt wert, wenn man sie nicht genießen kann, weil man tot ist?« Seine steil aufgerichteten Ohren und der nervös peitschende Schwanz unterstrichen die aufgeregten Worte des Nonduriers.

»Gegenwärtig ist niemand tot, außer diesem Drachen«, sagte Corren. »Also will ich nichts von einem Abbruch unserer Reise hören. Aber kehren wir ruhig zur Oberfläche zurück. Es sieht nicht so aus, als fänden wir hier Hinweise auf die ArChaon. Und wenn Hechet der Behandlung bedarf, wollen wir ihn nicht darauf warten lassen.«

Kapitel 20

IEVERASTS FESTE

10. Tag des 8. Mondlaufs im Jahr 850

Den Aufstieg vollzogen sie deutlich schneller als das Absinken. Vor allem Waughan wollte nur noch eins: zurück zu seinem Schiff. Viel gesprochen wurde nicht. Corren und Lian versuchten, Hechets Schmerzen zu lindern. Der Bogenschütze war großflächig am Rücken getroffen worden, als die Drachengalle über die niedrige Mauer gespritzt war, hinter der er Deckung gesucht hatte. Seine ohnehin rote Haut war fiebrig erhitzt, warf Blasen und blutete an einigen Stellen. Corren wusste nicht, welche Wundermittel Winsla an Bord versteckte, aber er bezweifelte, dass die Arzneien ausreichten, die er selbst aus Geolath mitgebracht hatte.

Orsa saß unterdessen stumm im Heck und begutachtete mit finsterem Blick die Schäden an ihrer Rüstung. Ihr Bruder hockte neben ihr und hielt wie beschützend die beiden beinfarbenen Drachenhörner im Arm, die er mit der Axt abgeschlagen hatte, um sie als Trophäe mitzunehmen. Zamashuras, der am Bug weilte, hatte die Augen geschlossen und schien zu meditieren.

Sie erreichten die Oberfläche etwa eine halbe Meile von der *Wolkenwanderer* entfernt. Da sich das Beiboot nicht gut steuern ließ, kam das Flugschiff zu ihnen.

»Was ist geschehen?«, wollte Shai'dana sofort wissen, als sie Hechet sah. »Wir hörten ein Heulen und Brüllen in der Tiefe. Hat Euch ein Drache angegriffen?«

»Eher das, was die Nebel aus einem Drachen im Laufe der Zeit machen«, knurrte Grimmeisen. »War ein ziemlich fieser Zeitgenosse.«

»Wir brauchen Winslas Hilfe«, sagte Corren. »Und meine Arzneien. Zamashuras, vielleicht wollt Ihr unserer Heilerin zur Hand gehen.«

»Natürlich, Magister.« Der Quano neigte den Kopf und verschwand unter Deck, um ihren Vorrat an heilenden Tränken und Salben zu holen.

In der nächsten Stunde bemühte sich Winsla darum, Hechets Wunden zu säubern und zu versorgen. Der Nondurier war in einen fiebrigen Dämmerzustand verfallen und knurrte nur gelegentlich leise, während er behandelt wurde.

Schließlich richtete sich die Köchin und Heilerin auf und wischte sich die Hände an einem feuchten Lappen ab. »Mehr kann ich nicht für ihn tun.« Sie betrachtete den vor ihr liegenden Mann mit dem breiten Verband um den Oberkörper. »Ich weiß nicht, wie stark die Reste der Drachengalle in seinem Körper weiterwüten. Ich hoffe, sie verlieren rasch an Wirkung.«

»Ich werde versuchen, ihm Linderung zu verschaffen«, sagte Shai'dana, kniete sich neben ihren Kameraden und bewegte unter leisem Murmeln ihre Hände über seinem Kopf, bis eine leichte, kühlende Brise aufkam, die an ihm vorbeistrich.

Corren nickte Winsla dankbar zu. »Hoffen wir das Beste. Könnt Ihr noch einen Blick auf Orsas Verletzung werfen?«

»Mir geht's gut«, verkündete Orsa, die dabei war, ihre Rüstung abzulegen.

»Es wäre mir lieber, wenn unsere Heilerin das bestätigt«, entgegnete Corren. »Die Galle hat beinahe Eure Augen getroffen. Ich möchte nicht, dass Ihr erblindet.«

»Hör auf den Magister, Schwester«, sagte Grimmeisen. »Dass du blind wirst, kann ich überhaupt nicht gebrauchen. Denkst du, ich habe Lust, für uns beide die Kristalle zu verdienen, nur weil du nicht mehr sehen kannst, wo bei deinem Hammer hinten und vorne ist?«

Orsa schnaubte. »Dich verprügle ich, auch ohne etwas zu sehen.«

Grimmeisen sah Corren an und grinste schief. »Ist sie nicht liebenswert?«

Im nächsten Moment bekam er einen freundschaftlich gemeinten Faustschlag gegen den Oberarm, der ihn beinahe von den Füßen holte.

Orsa hatte Glück gehabt. Die Menge an Drachengalle, die sie getroffen hatte, war so gering, dass Winsla nach einer gründlichen Reinigung zuversichtlich verkündete, es würden keine Schäden zurückbleiben. »Vielleicht vernarbt die Haut an der Stelle ein wenig. Es mag nicht sehr hübsch sein, aber es ist ungefährlich.«

Grimmeisen lachte auf. »Oh, das stört nicht weiter. Orsa war noch nie sonderlich –« Der Rest des Satzes ging in einem Aufjaulen unter, als seine Schwester ihm erneut einen Faustschlag verpasste – diesmal nicht ganz so freundschaftlich.

Tatsächlich erholte sich Orsa in den nächsten zwei Tagen vollständig vom Kampf gegen den Tiefendrachen. Gemeinsam mit Grimmeisen pflegte sie ihre Ausrüstung, wobei sie sich, wie Corren beiläufig mitbekam, mehrmals die Geschichte des Kampfs von ihm anhören musste, die mit jeder Erzählung dramatischer wurde.

»Ich war dabei«, rief sie ihm einmal ins Gedächtnis, aber das hielt Grimmeisen nicht auf.

Auch Iril erholte sich von ihren Verletzungen. Als sie wieder fliegen konnte, stieg sie immer wieder in den Himmel über der *Wolkenwanderer* auf, um nach Drachen und anderen Flugschiffen Ausschau zu halten. »Es gibt in diesen Breiten einige Luftpiraten«, erklärte sie zuvor. Doch das einzige Flugschiff, das ihr auffiel, schien ein Händler zu sein, der ihnen eine Weile in sehr weitem Abstand folgte, bevor er nach Westen abdrehte.

Hechets Gesundheitszustand besserte sich nicht. Vielmehr ergriff ihn ein Fieber, das ihn ins Delirium schickte, und die große Rückenwunde wirkte entzündet und nässte. »Ich habe Angst um ihn«, gestand Shai'dana am Abend des zweiten Tages nach ihrem Tauchgang. »Mir scheint, dass er uns entgleitet, und keine Magie und keine Medizin, über die wir an Bord verfügen, kann ihm helfen.«

Corren, Shai'dana, Lian und Iril hatten sich bei Waughan um den Steuerstand versammelt, und die Sidhari, die gerade bei ihrem Gefährten unter Deck gewesen war, erstattete den anderen Bericht.

»Kapitän, gibt es in diesen Breiten eine Kolonie oder Stadt, die wir ansteuern können, um dort Hilfe für Hechet zu erhalten?«, wollte Corren wissen.

»Tut mir leid, Magister«, erwiderte Waughan. »Wir befinden uns in einer Gegend des Wolkenmeers, in der ich mich nicht sehr gut auskenne. Habt Ihr nicht in Arsindair Einblick in die Karten der Taijirin erhalten?«

»Richtig. Ich lasse sie Shur gleich holen.«

»Ihr braucht keine Karten«, sagte Iril. »Ich habe jahrelang in diesen Wolken gelebt, und ich kann Euch sagen, dass es nur eine einzige größere Ansiedlung im Umkreis von zwei Tagesreisen gibt. Dort gäbe es wahrscheinlich auch ein Heilmittel für Euren Gefährten.« Sie stockte und wirkte unsicher.

»Eurer Miene nach zu urteilen, hat die Sache einen Haken«, sagte Corren.

»Es gibt ein Problem, ja«, gestand Iril. »Bei der Stadt handelt es sich um Ieverasts Feste, eine Hochburg für Luftpiraten – ein gefährlicher Ort für Fremde. Außerdem sind meine Freunde und ich von dort geflohen, und wenn ich dort gesehen werde, könnte das für zusätzliche Schwierigkeiten sorgen.«

Corren hob die Augenbrauen. »Ihr wart eine Luftpiratin?«

»Nein«, antwortete Iril scharf. »Ich war die … Dienerin eines einflussreichen Kapitäns. Genau wie Beornhard und die anderen Diener und unzufriedenen Mannschaftsmitglieder. Wir haben uns davongestohlen.«

»Ihr müsst uns nicht begleiten«, sagte Corren. »Weist uns nur die Richtung, und ich werde mit Shur und den Greifen allein losziehen.«

Die Taijirin-Frau schüttelte den Kopf. »Ihr werdet ohne meine Hilfe nicht finden, was Ihr sucht. Die Festung ist ein Labyrinth.«

»Ich werde Euch auch begleiten«, warf Shai'dana ein. »Hechet ist mein Freund. Wenn es dort ein Heilmittel gibt, bin ich es ihm schuldig, dafür zu sorgen, dass wir es in die Finger bekommen.«

»Es wäre mir lieber, wenn wir die Gruppe klein halten, wenn wir losziehen«, sagte Corren. »So erwecken wir weniger Aufmerksamkeit.«

»Wer zieht wohin?« Grimmeisen, der breitbeinig auf sie zumarschierte, sah sie fragend an.

»Wir wollen in einer Luftpiratenfestung nach einem Heilmittel für Hechet suchen«, erklärte Shai'dana.

»Sich in eine Piratenfestung einschleichen? Klingt nach einem Abenteuer ganz nach meinem Geschmack.«

»Wir suchen dort keinen Ärger«, warnte ihn Corren. »Wir bewegen uns ungesehen hinein und wieder hinaus. Ihr und Orsa solltet auf der *Wolkenwanderer* bleiben und die Mannschaft beschützen. Das ist umso wichtiger, wenn wir uns in einem Gebiet befinden, in dem so viele Luftpiraten unterwegs sind.«

»Ich stimme Euch zu, dass Orsa hierbleiben sollte«, sagte der Söldner. »Ich liebe sie, wie nur ein Bruder seine Schwester lieben kann, aber sie ist zu laut und zu langsam für so eine Mission. Ich dagegen bin der beste Mann, den Ihr für diese Aufgabe finden könnt. Es fängt schon damit an, dass ich im Gegensatz zu Euch wie ein Schurke aussehe. Ich werde dort überhaupt nicht auffallen. Zamashuras dagegen – also falls Ihr ihn mitnehmen wolltet – wird dort sofort Aufmerksamkeit erregen, denn seinesgleichen gibt es nicht im Wolkenmeer.«

»Glaubt mir, Grimmeisen, Shur und ich sind nicht ganz unbewandert darin, uns Zugang zu verbotenen Orten zu verschaffen«, versicherte ihm Corren. »Ich weiß Euer Angebot zu schätzen, aber ich brauche Shur, um mit den Greifen im Hintergrund zu bleiben und uns notfalls schnell abzuholen. Ich nehme an, dass man nicht mit Greifen einfach durch die Straßen dieser Festung reiten kann.«

»Eure Greifen werden Euch nicht viel nutzen«, bemerkte Iril. »Ieverasts Feste wurde in einen schwebenden Berg gegraben.«

»Zugegeben, dass erschwert die Sache ein wenig«, sagte Corren, »aber dennoch geht nichts über einen Greifen, um schnell von irgendwo zu verschwinden – und da wir nur zwei davon haben und außer Iril niemand von uns fliegen kann, werden Shur, Iril und ich allein gehen.«

»Auf dem Rücken eines Eurer Greifen ist gewiss Platz

für zwei«, wandte Shai'dana ein. »Ich bin nicht schwer, und wenn ich eins der Sicherheitsgeschirre der *Wolkenwanderer* trage, bin ich sogar noch leichter.«

»Großartige Idee, die Sicherheitsgeschirre.« Grimmeisen nickte eifrig. »Wir können sie unter einem Umhang tragen, dann fallen sie auch keinem auf.«

Corren sah Waughan an. »Was sagt Ihr, Kapitän?«

Die Ohren des Nonduriers zuckten unruhig. »Freude empfinde ich keine darüber, dass wir in der Nähe einer Luftpiratenhochburg so gut wie ungeschützt zurückgelassen werden, aber ich schätze, wir können uns eine Weile in den Wolken verstecken. Also nehmt die Söldner ruhig mit, Magister, damit sie Euch helfen, das Heilmittel für ihren Gefährten zu beschaffen.«

Sie folgten Irils Führung, bis sie sich gegen Mittag des nächsten Tages dem Festungsfelsen so weit genähert hatten, dass es gefährlich wurde, mit der *Wolkenwanderer* weiterzufliegen. Daraufhin suchte sich Waughan eine geeignete Wolkenballung, in die er das Flugschiff hineinsteuerte, um es dem Blick zufällig Vorbeifliegender zu entziehen. Corren machte sich unterdessen mit Zamashuras, Shai'dana, Grimmeisen und Iril auf den Weg, wobei er, sein Adlatus und die Söldner auf Ishaljir und Triasti ritten, während die Taijirin-Frau neben ihnen her flog.

Iril zeigte ihnen eine kleine Gruppe schwebender Felsen, die etwa eine Flugstunde von Ieverasts Feste entfernt in der Luft hingen. Dort rasteten sie und warteten auf den Einbruch der Dunkelheit. Die Felsen waren unbewohnt, sah man von einigen blauen kleinen Flugechsen ab, die in Felsspalten lebten und sich an den Besuchern nicht störten. Am späten Nachmittag warnte Iril vor einem nahenden

Flugschiff. Versteckt zwischen blassgrünen Sträuchern mit großen, violetten Blüten, beobachteten sie, wie das Schiff in weniger als drei Meilen Entfernung vorbeiglitt. Corren vermochte keine Einzelheiten zu erkennen, aber Iril versicherte ihnen mit scharfem Blick, dass es sich um ein Schiff der Luftpiraten handelte.

Im Schutz der Nacht setzten sie ihren Anflug auf die Piratenhochburg fort. Sie hielten sich so nah über den Nebeln wie möglich, um sich geschützt durch Dunst und Dunkelheit heimlich anzupirschen.

Der Festungsfelsen war schon von weitem auszumachen. Ein halbes Dutzend Flugschiffe lag vor der schwebenden Insel vor Anker, und deren Besatzungen gaben sich keine Mühe, ihre Anwesenheit zu verheimlichen. Laternen und Feenfeuer erhellten jedes Deck, und auf mindestens einem der Schiffe wurde mit Musik und rauem Gelächter gefeiert. Die Festung selbst war in den rötlichen Schein von Drachenöl-Lichtquellen getaucht. Sowohl auf den Straßen, die sich um den an eine unregelmäßige Kartoffel erinnernden Felsen herumzogen, als auch in den Korridoren und Kammern im Inneren schien zu dieser späten Stunde noch allerhand Leben zu herrschen.

Grimmeisen stieß einen leisen Pfiff aus. »Dieser prachtvolle Ort sieht aus, als gäbe es hier ein paar gute Spelunken, um seine Kristalle zu versaufen.«

»Denkt nicht einmal daran«, warnte ihn Corren.

»Sehr bedauerlich. Wo ich doch gerade so viele Kristalle von Euch erhalten habe, die mir schwer im Geldbeutel liegen.«

»Stellt Euch Ieverasts Feste nicht zu schön vor«, sagte Iril. »Es ist ein schmutziges, lautes, dunkles und stickiges Loch, voller ungewaschener Leiber, die sich nur zum Vergnügen Rauschmitteln, der Fleischeslust und der Gewalt hingeben.«

»Wie ich schon sagte: ein prachtvoller Ort«, erwiderte Grimmeisen grinsend.

»Wie gelangen wir ins Innere?«, fragte Corren.

»Es gibt einige Zugänge am unteren Ende des Felsens«, sagte Iril. »Dort werden Abfälle und Tote entsorgt. Die Öffnungen liegen halb im Nebel verborgen, und die wenigsten wissen davon.«

»Und Ihr gehört zu dieser kleinen Gruppe?«

»Einer meiner Gefährten arbeitete als Sklave für Ieverast, den Piratenprinzen, der diese Insel beherrscht. Er war regelmäßig dort unten. Über diese Zugänge sind wir aus der Festung geflohen.«

»Ich verstehe. Hoffentlich wurden in der Zwischenzeit keine Gitter angebracht.«

Sie schlugen einen Bogen, um nicht von den Mannschaften der Flugschiffe bemerkt zu werden. Shai'dana, die hinter Corren saß, murmelte eine leise Beschwörung, woraufhin ein kaum merklicher Seenebel aufstieg, der ihre Annäherung verbarg, ohne dass er einem der Piraten als ungewöhnlich aufgefallen wäre, falls dieser zufällig auf die nächtlichen Wolken hinausschaute.

Im Schatten unter dem Berg wurde es ziemlich dunkel, so dass Corren in seine Ausrüstungstasche griff und sein Katzenaugen-Amulett hervorholte, das er in Geolath mit einer Fassung versehen hatte, um es mit Hilfe eines Lederstreifens besser am Kopf befestigen zu können. Als sich die Welt um ihn unvermittelt aufhellte, gewahrte er das beinahe mannsgroße Loch, das wenige Schritte entfernt im Fels klaffte. Überreste von Flüssigkeiten besudelten das Gestein, und es lagen ein paar Essensreste an der Kante.

»Hier geht es hinein«, sagte Iril.

»In Ordnung.« Corren überprüfte den Sitz seines Sicherheitsgeschirrs. Außer der Taijirin-Frau trugen sie alle eins – abgesehen davon, dass sie so die Greifen entlasteten, konnte man nie wissen, wann es sich als nützlich erwies. Er wandte sich an Grimmeisen. »Ich nehme an, Ihr wollt die Vorhut übernehmen.«

»Bin schon unterwegs.« Der Nahkämpfer zückte eine seiner Äxte, dann öffnete er die Kyrillian-Kästchen am Geschirr und verschwand recht schwungvoll durch das Loch. Es rumpelte kurz, und er fluchte unterdrückt. »Alles in Ordnung. Alles gut.«

»Shur, Ihr bleibt mit den Greifen in Deckung«, befahl Corren seinem Adlatus. »Wenn wir rasch verschwinden müssen, lasse ich es Euch wissen.« Er klopfte auf das neue Rufhorn, das er über die Schulter geschlungen hatte.

»Ich werde zur Rettung eilen, wie immer«, versicherte ihm der Quano.

Nacheinander glitten sie durch das Abfallloch in den Raum, der schräg darüberlag. Die Kammer wirkte wie grob aus dem Fels geschlagen und stank trotz der guten Belüftung nach vergammeltem Essen und Fäkalien.

Corren verzog das Gesicht. »Was für reizvolle Orte Ihr kennt.«

»Glaubt mir, ich habe schlimmere kennengelernt«, entgegnete Iril. »Kommt, der Alchemist, der uns hoffentlich helfen kann, lebt auf der vierten Ebene – dem Handwerkerviertel, wenn Ihr so wollt.«

»Klingt nach einer belebten Ecke. Fürchtet Ihr nicht, erkannt zu werden?«

Die Taijirin-Frau deutete an sich hinab. Sie trug provisorisch umgearbeitete Kleider, die ihr zu weit waren, weil

Kaillyn, von der sie sie erhalten hatte, eine kräftigere Statur hatte. »In diesen Gewändern? Kaum. Außerdem habe ich ja das noch.« Sie zog die grobe Kapuze aus dem Gürtel, die sie aus einem Stück altem Segeltuch gefertigt hatte, streifte sie über den Kopf und drapierte sie so, dass ihr Gesicht halb im Schatten war. »Eine kleine Ungewissheit bleibt immer. Aber wir halten uns von den Gegenden fern, wo sich Piraten herumtreiben, die mich kennen könnten.«

»Wie Ihr meint«, sagte Corren. »Gehen wir.«

Sie verließen die Kammer und liefen durch einen schmalen Felsengang mit roh behauenen Wänden aufwärts. Da die schwebende Insel genug Platz bot, hatten sich die Erbauer der Festung nicht die Mühe gemacht, Treppenstufen in den Stein zu schlagen oder einen aufwändig gewendelten Gang zu graben. Stattdessen verlief der Gang in merklicher Steigung schlicht fünfzig Schritt geradeaus, vollzog dann eine Wende in die entgegengesetzte Richtung und dies immer wieder, wobei an jedem Wendepunkt Korridore zur jeweiligen Ebene abzweigten.

Zunächst herrschte Leere in den Gängen, was daran lag, dass sich in der Tiefe des Bergs nur Lagerräume und Kerker befanden, in denen Iril zufolge kaum jemand einsaß, weil die Piraten im Grunde keine Gefangenen machten. Ab der dritten Ebene – oder vielmehr der siebten, denn gezählt wurde von oben nach unten – wurde es voller. Raubeinige Männer und mit allen Wassern gewaschene Frauen kreuzten ihren Weg, manche lachend und sichtlich entspannt, andere mit einem finsteren Ausdruck auf dem Gesicht. Musik hallte durch die Gänge, und aus zahlreichen Fenstern drang der Geruch von offenen Feuern und gebratener Echse. Hier begannen die Teile der Festung, in denen sich das Leben abspielte.

Genau genommen war Ieverasts Feste eine Stadt im Fels, in der sich Gastwirte, Handwerker, Huren und sogar der ein oder andere Priester einer der zahlreichen Gottheiten, die auf Endar verehrt wurden, niedergelassen hatten. Beherrscht wurde das alles von dem Taijirin-Piratenfürsten Ieverast und seinen Kriegern, aber die Feste wurde mit leichter Hand geführt. Solange alle Flugschiffkapitäne ihre Liegegebühren bezahlten und alle Ansässigen ihren Zehnt ablieferten, mischte sich Ieverast kaum in das ein, was in den mittleren Ebenen geschah. Wichtiger für Corren und die anderen war jedoch, dass der Taijirin-Pirat auch nicht wusste, wer sich alles in den Gängen seiner Festung herumtrieb.

Aus diesem Grund gelangten sie unbehelligt bis hinauf in die vierte Ebene, auch wenn Iril sich zweimal hinter Corren schob, um sich vor Männern zu verbergen, die ihnen in den zunehmend breiteren Korridoren entgegenkamen.

Ihr Ziel war ein kleiner Laden am Rand des Handwerkerviertels. Über der Tür hing ein Schild mit der Aufschrift *Arthimenos' Salben und Tränke*, daneben hatte jemand einen Mörser mit Stößel gemalt. »Arthimenos ist ein alter Freund von mir«, verriet Iril. »Er wird uns helfen, da bin ich sicher.«

Eine Türglocke läutete, als sie eintraten. Sie schreckte einen rundlichen Settländer auf, der soeben über einem dicken Buch gebrütet hatte. Er hatte dichtes, graues Haar und einen gepflegten Bart, der ihm bis zum Gürtel reichte. Neben ihm auf dem Tisch brodelte eine blaue Flüssigkeit in einem Glaskolben über einem Quartett Kerzen, wobei der aufsteigende Dampf von einem Trichter aufgefangen wurde und, nachdem er dort kondensiert war, über ein dünnes Rohr in einen zweiten Behälter geleitet wurde. Dieser Aufbau war nicht der einzige in dem schmalen, langgestreckten

Raum. Im Schein mehrerer Laternen gluckerten noch an mindestens zwei weiteren Stellen Kessel, darüber hinaus war der Raum mit Regalen vollgestellt, in denen Arthimenos – Corren nahm an, dass der Sette selbiger war – sein Werkzeug, Zutaten sowie Behältnisse mit den beworbenen Tränken und Salben aufbewahrte. Corren ließ den Blick nur kurz durch die Kammer schweifen, doch was ihm allein dabei ins Auge fiel, bestätigte ihm, dass es klug gewesen war, Zamashuras nicht mitzunehmen. Der Quano hätte sich niemals von den eigentümlich duftenden Kräutern, die zusammengebunden unter der Decke hingen, den Gläsern mit bizarren, in Alkohol eingelegten Innereien oder den brodelnden Versuchsanordnungen lösen können.

»Wer stört mich um diese Stunde noch?«, verlangte der Sette zu wissen. »Ich habe geschlossen.« Kleine Augen schauten mürrisch über den Rand einer filigranen Sehhilfe hinweg. Dieser Blick änderte sich, als Iril ihre Kapuze zurückschlug. »Iril?«

»Hallo, Arthimenos«, sagte die Taijirin-Frau. »Ich brauche Eure Hilfe.«

Kapitel 21

IM HORST DES ADLERS

13. Tag des 8. Mondlaufs im Jahr 850

»Was macht Ihr hier?«, entfuhr es Arthimenos. Rasch kam er näher und schloss die Tür hinter Grimmeisen. Dann legte er den Riegel vor, der bislang ungenutzt neben der Tür an der Wand gelehnt hatte. Eindringlich sah er Iril an. »Ihr solltet doch auf dem Weg nach Skargakar sein.«

Die Taijirin ließ die Flügel hängen. »Dieser Traum hat sich zerschlagen«, sagte sie leise.

»Ich verstehe nicht ganz.« Verwirrung hielt auf Arthimenos' Miene Einzug. »Wo sind Beornhard und die anderen? Und wer sind diese Leute hier?«

»Gebt mir einen Moment, dann will ich Euch alles erklären.«

»Natürlich. Bitte … äh … sucht Euch doch einen Stuhl und setzt Euch alle.« Der Sette deutete mit vager Geste auf das Durcheinander seiner Ladenwerkstatt.

Grimmeisen blieb mit vor der Brust verschränkten Armen an der Tür stehen. Die anderen suchten sich eine Sitzgelegenheit und ließen sich darauf nieder. Dann berichtete Iril ihrem alten Freund, welch tragische Umstände ihrer Reise in ein neues Leben ein frühes Ende gesetzt hatten. Arthimenos wirkte erschüttert, wenngleich ihm das Schicksal der anderen Geflohenen weniger am Herzen zu liegen schien als Irils. »Ihr habt als Einzige überlebt?«, fragte er.

»Ich fürchte, so sieht es aus«, gab Iril zurück. »Und selbst mein Leben wäre verwirkt gewesen, wenn Magister von Dask und seine Expedition mich nicht gefunden hätten.«

Corren nutzte den Augenblick, um sich und seine Begleiter vorzustellen. »Wir befinden uns auf einer Forschungsreise zu einer Stadt am Grund des Wolkenmeers«, erläuterte er. »Ihr Name ist ThaunasRa. Ihr habt nicht zufällig von ihr gehört?«

»Nein, noch nie.« Arthimenos nahm seine Brille ab und polierte die Gläser mit einem Zipfel seiner Schürze. »Am Grund des Wolkenmeers, sagt Ihr? Das ist ein ziemlich gefährlicher Ort.«

»Das haben wir bei einer ersten Fahrt in die Tiefe selbst festgestellt«, sagte Corren düster. »Einer unserer Männer wurde von einem drachenartigen Ungeheuer verletzt.« Er schilderte dem Alchemisten die Begebenheit, wobei er besonders die Galle des Untiers und seine Wirkung genau beschrieb. »Unsere Möglichkeiten, unserem Gefährten Linderung zu verschaffen, sind gering. Daher bot Iril an, uns hierherzubringen. In der Feste, bei Euch, so sagte sie, würde sich gewiss ein Heilmittel finden.«

»Hm.« Nachdenklich strich sich Arthimenos über den langen Bart. »Euer Vertrauen ehrt mich, und tatsächlich hätte ich Euch wohl behilflich sein können, wenn Ihr sofort zu mir gekommen wärt. Doch so …« Er schüttelte den Kopf.

»Was meint Ihr mit *doch so*?«, verlangte Shai'dana zu wissen. »Hechet ist mein Freund, und wir sind ein großes Wagnis eingegangen, um hierherzukommen. Speist uns nicht einfach ab.«

Der settische Alchemist stand auf und hob entschuldigend die Arme. »Es tut mir leid. Ich wünschte, ich hätte eine andere Antwort für Euch. Aber ich kenne diese Drachengalle. Sie frisst sich nicht nur durch Rüstung und Fleisch, sie ist obendrein giftig, wenn sie in großer Menge im Körper eines Opfers wirkt. Mit der rechten Tinktur hätte man sie wahrscheinlich unschädlich machen können, aber nach drei Tagen dürfte sich das Gift bereits im ganzen Körper ausgebreitet haben.«

»Ihr wollt damit sagen, dass alles umsonst war? Dass wir nichts mehr für meinen Freund tun können?« Shai'dana schien nicht bereit, sich damit abzufinden.

Unbehaglich fuhr sich Arthimenos mit einer Hand über den Mund. »Eine Möglichkeit der Heilung gäbe es«, gestand er zögernd, »aber ich weiß nicht, ob Ihr imstande seid, in den Besitz des Artefakts zu gelangen, das Ihr dafür bräuchtet.« Er wechselte einen Blick mit Iril. »Ihr wisst, wovon ich spreche, nicht wahr?«

»Das Heilmedaillon …«

Er nickte.

»Was für ein Heilmedaillon?«, fragte Corren.

»Ein magisches Kleinod der Taijirin«, erklärte Iril. »Es ist kaum jemandem bekannt, aber Ieverast besitzt eins. Er hat es vor Jahren einem Taijirin-Adligen aus Arsindair geraubt. Es ist sein größter Schatz, denn es vermag jede Art von Wunde, und sei sie noch so tödlich, zu heilen. Ieverast wäre schon manchem Meuchelversuch zum Opfer gefallen, besäße er nicht dieses Medaillon. Er trägt es immer um den Hals.«

Corren nickte langsam. »Ich habe von solchen Amuletten gehört. Sie sind unglaublich selten, und für viele gehören sie ins Reich der Legende.«

»Das hier ist echt, und es wirkt«, sagte Iril. »Ich habe seine Macht gesehen. Es ist von den Lichtgefiederten gesegnet.«

»Wenn so wenig Leute von diesem Medaillon wissen,

wie kommt es dann, dass Ihr davon Kenntnis habt?«, fragte Shai'dana. »Sagtet Ihr nicht, Ihr wärt nur eine Dienerin gewesen?«

»Das ist auch wahr! Ich … ich diente dem Vergnügen meines Kapitäns.« Iril schlug die Augen nieder. »Manchmal verlieh er mich an seine besten Freunde. Ieverast gehörte dazu. Ich habe mehr als eine Nacht in seinem Schlafgemach verbracht, und ich kenne mehr als nur eines seiner Geheimnisse, die er mir im trunkenen Zustand ins Ohr geflüstert hat.« Sie schauderte. »Ich weiß jedoch nicht, wie wir ihm dieses Medaillon abnehmen sollen.«

»Aber ich weiß es«, sagte Shai'dana fest. »Männer sind wie der Sand und der Wind. Man muss nur die richtigen Worte finden, und sie tun alles, was man von ihnen möchte. Ieverast kennt mich nicht. Er wird kein Misstrauen hegen, wenn ich mich ihm nähere. Oder schlägt sein Herz nur für Frauen mit Federn?«

Iril schüttelte den Kopf. »Ieverast ist anspruchsvoll in seinen Genüssen, aber stets offen für Neues. Wenn Ihr so verlockend zu wirken vermögt, wie Ihr behauptet, sollte er Euch nicht abweisen, zumal eine Sidhari meines Wissens noch nie zu seinen Gespielinnen zählte.«

»Der Zeitpunkt ist tatsächlich günstig«, warf Arthimenos ein. »Ieverast feiert anlässlich eines erfolgreichen Raubzugs heute Nacht in den oberen Ebenen ein rauschendes Fest. Wenn es einen Anlass gibt, zu dem Ieverast empfänglich für die Verführungskünste einer Frau ist, dann ist es dieser.«

»Seid Ihr sicher, dass Ihr Euch in die Höhle des Löwen begeben wollt?«, fragte Corren die Sidhari.

»Wohl eher in den Horst des Adlers«, erwiderte Shai'dana, »aber ja, das bin ich. Hechet würde das Gleiche für mich tun.«

Grimmeisen an der Tür gluckste. »Das bezweifle ich.«

Shai'danas Augen glühten auf, als sie ihn verärgert ansah. »Ihr wisst, was ich meine.«

Abwehrend hob der Söldner die Hände.

»Also gut«, sagte Corren. »Wir brauchen … passende Kleider für Euch, wenn diese Verführung klappen soll. Und ein starkes Schlafmittel. Schließlich haben wir nicht die ganze Nacht Zeit – und Ihr wollt vermutlich auch keine ganze Nacht im Schlafgemach dieses Piraten verbringen.«

»Kommt drauf an.« Shai'dana zuckte anmutig mit den Schultern. »Man sagt Luftpiraten nach, dass sie feurige Liebhaber sind.« Dabei bedachte sie Grimmeisen mit einem Seitenblick, den Corren nicht recht zu deuten wusste.

»Wir sind nicht hier, um Spaß zu haben«, knurrte der Söldner. »Ansonsten säße ich schon längst in einer Taverne und würde mich betrinken.«

»Grimmeisen hat recht«, sagte Corren. »Das alles ist gefährlich genug, ohne dass Ihr unnötige Risiken eingeht. Ich habe diesem Ausflug zugestimmt, weil ich keinen Mann – und keine Frau – verlieren will. Das schließt die Anwesenden mit ein.«

»Keine Sorge, Magister«, entgegnete die Elementarmagierin. »Ihr könnt Euch auf mich verlassen.«

Arthimenos versorgte sie mit einem Schlafmittel, das binnen Herzschlägen wirken würde. Auf Irils sorgenvolle Frage hin, ob man den Trank nicht zu ihm würde zurückverfolgen können, antwortete er mit einem Schulterzucken. »Ich verkaufe jeden Tag so viele Gifte und Heilmittel – und habe noch nie jemanden gefragt, wozu er sie braucht. Ich bin nur ein nützliches Werkzeug für all die Intriganten in Ieverasts

Feste. Und solange ich allen nützlich bin, beschwert sich keiner bei mir.«

Bei einem Schneider, den Iril ihnen empfohlen hatte, kauften Corren und Shai'dana einige Stofffetzen aus Schimmerseide, die nur mit viel Wohlwollen als Kleidung durchgingen und, was die körperlichen Vorzüge der durchaus wohlgeformten Sidhari anging, wenig der Phantasie des Betrachters überließen. Außerdem erwarben sie bei einem benachbarten Händler ein glitzerndes Puder, das in gewissen Kreisen dem Körperschmuck diente und geschickt aufgebracht die arkanen Symbole auf der Haut der Elementarmagierin verbargen. Schließlich besorgten sie ein Wams für Corren, das ihm den Anschein eines schmierigen Zuhälters verleihen würde – nachdem er drei Viertel seiner gegenwärtigen Ausrüstung abgelegt hatte.

Der Plan sah vor, dass Corren und Grimmeisen Shai'dana bis zu Ieverasts Fest begleiten würden, denn allein schaffte sie es in ihrer frivolen Verkleidung keine hundert Schritt weit, ohne von den Bewohnern und Gästen der Feste bedrängt zu werden.

Iril wurde von Corren zurück zu Zamashuras geschickt. »Ihr könnt hier nichts mehr für uns tun«, sagte er. »Und es ist viel zu gefährlich für Euch dort oben. Verratet uns bloß noch, wie das Amulett aussieht, und wartet dann bei Shur auf unsere Rückkehr.«

»Es ist eine münzgroße, bronzene Scheibe«, sagte Iril, »die auf der einen Seite, fein geprägt, eine gefiederte Gestalt in einem Strahlenkranz zeigt, auf der anderen das Taijirin-Symbol für die Gnade der Lichtgefiederten.« Sie zeichnete es andeutungsweise mit dem Finger an die Felswand.

»Ich werde es erkennen«, sagte Shai'dana. »So viele Amulette wird er nicht um den Hals tragen.«

»Nur zwei oder drei«, bestätigte Iril.

Sie trennten sich, und während die Taijirin Correns abgelegte Ausrüstung als Bündel zusammengenommen unter den Arm klemmte und den Weg zurücklief, den sie gekommen waren, drangen Corren, Shai'dana und Grimmeisen weiter nach oben vor.

»Das alles gefällt mir nicht«, sagte der Söldner.

»Mir auch nicht«, gab Corren zu und zupfte am Kragen seines Wamses. »Aber wie ich schon sagte: Ich opfere keinen meiner Leute aus Feigheit. Ich nehme an, Ihr seht das genauso.«

»Kein bisschen anders«, knurrte Grimmeisen. »Schließlich ist Hechet doch ein alter Kampfgefährte von mir.« Er sah Shai'dana an.

»Sein Dank wird Euch gewiss sein«, gab sie zurück. »Und meiner ebenso – ganz besonders meiner.«

In ihren Augen glaubte Corren ein verheißungsvolles Glühen zu sehen. Nicht zum ersten Mal auf dieser Reise fragte er sich, ob der Söldner und die Sidhari ein Paar waren oder nicht.

»Sand und Wind …«, murmelte Grimmeisen. »Schon klar.«

Shai'dana lachte leise.

Kurz darauf erreichten sie die zweite Ebene. Hier wurde die Architektur weiter und öffnete sich nach draußen, zur Oberfläche der schwebenden Insel. Laue Nachtluft wehte durch Fenster herein, und Corren erhaschte einen Blick auf die Wolken. Das Gedränge nahm zu. Die halbe Festung schien sich hier eingefunden zu haben, um gemeinsam mit dem Herrn dieses Felsens zu feiern. Es wurde gelacht und getrunken, manche Gäste versuchten, sich lautstark mit prahlerischen Geschichten zu übertrumpfen, andere grölten Trinklieder und ein paar prügelten sich zur Freude ihres Umfelds. Grimmeisens Laune besserte sich merklich bei diesem Anblick.

»Vielleicht wird doch alles gut«, meinte er. »In dem Treiben fallen wir jedenfalls nicht auf.«

»Sprecht nur für Euch«, entgegnete Shai'dana und schlug die Hand eines grinsenden Menschen beiseite.

»Pfoten weg!«, warnte Corren den Mann und legte die Hand auf sein Kurzschwert. »Die ist für Ieverast persönlich bestimmt.«

»Ein Hoch auf den Flattermann!« Sein Gegenüber rülpste lautstark und wankte weiter.

Als sie den Übergang zur ersten Ebene erreichten, wurden sie von zwei kräftigen Taijirin aufgehalten, die beide bewaffnet waren.

»Wo wollt Ihr hin?«, fragte der Größere.

»Meine Name ist Dask«, sagte Corren in seiner besten Imitation eines cordurischen Straßenhändlers. »Ich möchte dem großen Ieverast ein ausgesprochen verlockendes Angebot unterbreiten. Es geht um sinnliche Vergnügen, wie sie dieser Felsen noch nicht gesehen hat, und mir ist durchaus bewusst, dass dieser Felsen schon eine Menge gesehen hat.«

Die beiden Wachen maßen Corren, Grimmeisen und insbesondere Shai'dana mit prüfendem Blick, dann sahen sie sich an. Der kleinere der beiden nickte leicht. »Ihr könnt passieren«, verkündete sein Begleiter. »Aber ohne Euren Waffenknecht.« Er deutete auf Grimmeisen.

»Aber ich benötige ihn zum Schutz meiner exotischen Blume«, protestierte Corren salbungsvoll.

»Ab hier steht Ihr unter dem Schutz von Lord Ieverast.«

Corren deutete eine Verbeugung an. »Aber natürlich. Wie

dumm von mir.« Er wandte sich Grimmeisen zu. »Haltet Euch in der Nähe auf, mein Bester. Nein, wartet, ich habe eine noch bessere Idee. Kehrt zu unserem Schiff zurück und sagt meinen anderen Blumen, sie sollen sich bereithalten. Vielleicht werden sie noch heute Nacht auf dieser Feier benötigt.«

Der Söldner zögerte. »Seid Ihr sicher, dass Ihr mich nicht mehr braucht?«

»Ganz sicher.« Corren schaute betont hochmütig. »Was würdet Ihr mir hier auf dem Gang schon nützen? Nichts! Also geht lieber und überbringt meine Nachricht, damit alles bereit ist, wenn es schnell gehen muss.« Er hoffte, dass die eigentliche Botschaft bei Grimmeisen ankam. Er wollte ihre Gruppe nicht über die halbe Festung verstreuen. Das würde ihre Flucht nur erschweren. Es war besser, wenn sich Grimmeisen zu Zamashuras und Iril gesellte und mit ihnen zusammen auf Correns Ruf wartete.

»Wie Ihr wünscht.« Grimmeisen warf den beiden Wachen einen finsteren Blick zu, bevor er sich auf den Rückweg machte.

»Genießt das Fest.« Der größere Taijirin machte ihnen Platz.

Corren bedachte ihn mit einem vielsagenden Grinsen. »Das werde ich ganz gewiss. Kommt, meine Blume.« Er bot Shai'dana den Arm, die sich bei ihm einhakte.

»Die erste Hürde hätten wir genommen«, raunte er ihr zu, als sie außer Hörweite waren.

Die Feierlichkeiten in der obersten Ebene von Ieverasts Feste unterschieden sich kaum von denen in der zweiten Ebene, sah man davon ab, dass die Gäste kostbare Kleider trugen, sich edle Weine aus Goldpokalen in die durstigen Kehlen stürzten und von Duftwasserwolken umgeben waren, die, zu einem kaum erträglichen, süßen Gemisch vereint, schwer im Raum hingen.

Zielstrebig, doch ohne Hast, arbeiteten sich Corren und Shai'dana durch die Menge auf das Podest am fernen Ende des Saals zu. Dort saß, auf einem protzigen Thron wie ein Herrscher, der seinen Reichtum zur Schau stellen wollte, ein Vogelmensch. Ieverast gebärdete sich wie ein Wüstenprinz aus Xol. Seine Kleider bestanden aus roter und blauer Seide. Um die Hüften hatte er einen breiten Gürtel geschlungen. Das Oberteil stand weit offen, so dass man nicht nur seine kräftige, von feinem Gefieder bedeckte Brust sah, sondern auch die Amulette, die an Ketten um seinen Hals hingen. Umgeben von Höflingen saß er entspannt auf seinem Prunksitz, hielt einen Kelch mit Wein in der Linken und beobachtete aus halbgeschlossenen Augen das Treiben zu seinen Füßen.

Corren kannte diese Art von Herrschern. Wenn man sie um den Finger wickeln wollte, lag die beste Vorgehensweise darin, ihnen zu schmeicheln. Das war nichts, was er gern tat, aber es ging um Hechets Wohl – und abgesehen davon reizte den Gelehrten dieses Taijirin-Amulett. Er war begierig darauf, seine wundersamen Heilkräfte zu beobachten, die, wenn man länger darüber nachdachte, eine gewisse Ähnlichkeit mit den lebenspendenden Kräften des Schreins der Ewigkeit der ArChaon hatten. Die Magiegelehrten der Akademie von Geolath würden ihm die Füße küssen, wenn er gleich beide Artefakte mit in die Heimat brachte und sich dadurch möglicherweise eine Verbindung über die Jahrtausende hinweg zwischen völlig fremdartigen Kulturen und deren Magieverständnis herstellen ließ. *Eins nach dem anderen*, dachte Corren. *Erst einmal müssen wir das Amulett stehlen.*

»Lord Ieverast!«, rief er und weckte damit die Aufmerksamkeit des Vogelmenschen.

Der wollte schon abwinken, doch da fiel sein Blick auf Shai'dana. Seine Augen weiteten sich, und er richtete sich auf seinem Thron auf. Interessiert bedeutete Ieverast Corren und der Sidhari näher zu treten. »Wer seid Ihr und welch außergewöhnliche Schönheit bringt Ihr an meinen Hof?«

»Mein Name ist Dask, und ich bin ein Händler ganz besonderer Freuden. Eine von ihnen habe ich Euch mitgebracht. Nehmt sie als Kostprobe, wenn Ihr mögt, und wenn Euch gefällt, was sie Euch zu bieten hat, gewährt mir die Gnade, ein bescheidenes Etablissement in Eurer berühmten Festung einzurichten, zur Freude aller, die uns besuchen. Und natürlich jederzeit zu Eurem Genuss.«

Der Piratenprinz lachte. »Ihr wisst einem Mann ein Geschäft schmackhaft zu machen, das muss ich Euch lassen, Dask. Also, kommt mal näher, Sidhari-Zauberin und zeigt mir ein wenig von Eurer Magie.«

Shai'dana neigte anmutig den Kopf. In ihren glühenden Augen stand feste Entschlossenheit. Dann schritt sie elegant auf Ieverast zu und drehte sich vor ihm, damit er sie von allen Seiten in Augenschein nehmen konnte.

Der Taijirin lächelte lüstern. »Oh, mein Freund Dask, Ihr habt wirklich einen guten Geschmack.«

»Erzählt unserem Lord, was Ihr mit ihm tun möchtet, meine Blume«, forderte Corren Shai'dana auf.

Sie beugte sich vor und flüsterte Ieverast etwas ins Ohr. Dessen Lächeln wurde breiter. Mit einem kräftigen Schluck trank er seinen Goldkelch leer und warf ihn hinter sich. »Meine Freunde«, wandte er sich an die Umstehenden, die Shai'dana ebenfalls mehr oder weniger begierig anschauten, »entschuldigt mich eine Weile. Ich muss mich einer dringenden *geschäftlichen* Angelegenheit widmen. Es gilt, die Frage zu klären, ob Meister Dask ein Freudenhaus in Ieverasts Feste eröffnen darf. Und diese Frage duldet keinen Aufschub.« Er nahm Shai'dana an der Hand und führte sie zu einem nahen Durchgang, der vermutlich zu den Privatgemächern des Piratenprinzen führte.

Als Corren zusah, wie die Söldnerin darin verschwand, zogen sich seine Eingeweide zusammen. Waren sie im Begriff, einen gewaltigen Fehler zu machen?

Um sich abzulenken, wandte er sich einem der Diener zu und nahm sich einen Kelch mit Wein. Dann schlenderte er scheinbar entspannt durch den Raum, um mögliche Fluchtwege auszukundschaften – nur für den Fall, dass sie einen raschen Abgang hinlegen mussten. Der beste Weg nach draußen wäre der über den breiten Balkon gewesen, der die linke Seite des großen Festsaals einnahm. Bedauerlicherweise hatten weder Corren noch Shai'dana ihr Sicherheitsgeschirr dabei, und sie hatten, anders als etliche der sonstigen Anwesenden, auch keine Flügel. Aber vielleicht ließ sich über den Balkon eine der Straßen erreichen, so dass sie in Bewegung bleiben konnten, bis Zamashuras mit den Greifen kam, um sie abzuholen.

Um sich dessen zu versichern, trat Corren nach draußen – und prallte zurück. Sofort ging er hinter einer Steinsäule in Deckung. Sein Herzschlag beschleunigte sich, und für einen Moment waren sogar Shai'dana und ihre heikle Mission vergessen.

Vor ihm, nur wenige Schritte entfernt, stand ein Quano. Ein Quano, den er kannte.

Kapitel 22

FLUCHT DURCH DIE WOLKEN

13. Tag des 8. Mondlaufs im Jahr 850

Der Name des Quano war Eshamnoras, und er gehörte zur Fakultät für Geschichte an der Akademie von Geolath. Genau genommen war er wissenschaftlicher Mitarbeiter von Correns besonderem Freund Orashanos.

»Was macht der hier?«, murmelte Corren zu sich selbst.

Es war unmöglich, dass sich Eshamnoras zufällig in Ieverasts Feste aufhielt. Niemand aus der Akademie von Geolath hatte je den Weg ins Wolkenmeer gefunden. Corren und Zamashuras waren die Ersten gewesen. Aber wie es aussah, waren sie nicht allein nach Süden gereist.

Der Diebstahl der Karte von ThaunasRa kam ihm wieder in den Sinn, ebenso der Angriff der Taijirin nach ihrem Abflug aus Arsindair. Schon damals hatte Corren sich gefragt, ob Orashanos ihm gefolgt sein könnte. Nun wurde aus dem Verdacht Gewissheit. Wenn Eshamnoras in der Piratenfestung weilte, konnte sein Herr nicht weit weg sein.

Sie müssen mit einem der Flugschiffe unterwegs sein, die an der Insel festgemacht haben, ging es Corren durch den Sinn. *Doch was bei allen Dunkelreichen hat Orashanos mit den Piraten zu schaffen?*

Er spähte erneut um die Ecke und sah, dass der Quano mit einem bärtigen Menschen ins Gespräch vertieft war, der seiner guten Kleidung nach zu urteilen der Kapitän eines der auf der Hafenebene vertäuten Schiffe sein mochte.

Eshamnoras sagte etwas, und der Bärtige lachte schallend. Es sah nicht so aus, als hätten sie sich eben erst kennengelernt.

»Orashanos …« Corren ballte die Hände zu Fäusten, als ihn Zorn übermannte. Er hatte also mit allem recht behalten. Dieser grauhäutige Mistkerl hatte sich an ihre Fersen geheftet, und nun versuchte er, vor Corren ThaunasRa zu finden. Dass er dabei so weit ging, Correns Reise zu sabotieren, bezweifelte Corren keinen Moment lang.

Wie gerne wäre er losgestürmt und hätte Eshamnoras zur Rede gestellt, um notfalls die Wahrheit aus ihm herauszuprügeln. Aber diese Art von Aufsehen konnte Corren sich gegenwärtig nicht leisten. Also spülte er seine Wut mit einem großen Schluck Wein hinunter, bevor er einen Bogen schlug, um von dem Quano nicht gesehen zu werden. Er musste aufpassen, ob sich weitere vertraute Gesichter unter Ieverasts Gästen befanden. Falls sich Orashanos die Gunst des Piratenprinzen erkauft hatte, durfte niemand Corren wiedererkennen, sonst brachte er Shai'dana damit in große Gefahr.

Obwohl er nun darauf achtete, fiel ihm niemand mehr ins Auge, der zu Orashanos' Gefolge hätte gehören können. Und als Corren mitbekam, wie Eshamnoras an der Seite des Bärtigen den Festsaal verließ, wagte er beinahe aufzuatmen.

Erneut begab sich Corren auf den Balkon. Die laue Brise einer Sommernacht empfing ihn, und am sternklaren Himmel hing ein beinahe voller Mond, der die Wolken zu seinen Füßen in silbriges Licht tauchte. Es war eine magische Atmosphäre, und an jedem anderen Tag hätte sich Corren an die steinerne Brüstung gestellt und die schimmernde Weite des Wolkenmeers bewundert.

Doch jetzt galt sein Interesse anderen Dingen. Gründlich sah er sich um. In der Tat verlief weiter unten eine Straße, allerdings musste man, um sie zu erreichen, gewiss sechs oder sieben Schritt die Felswand hinunterklettern. Springen konnte man nicht, ohne sich die Knochen zu brechen. Corren hätte sich diese Kletterpartie zugetraut – aber nicht während sie von aufgebrachten Piraten mit Pfeilen oder Armbrustbolzen beschossen wurden. Außerdem hatte er keine Ahnung, wie geschickt Shai'dana im Klettern war. In dem Teil der Wüste Shaom, den die Sidhari traditionell bewohnten, gab es keine nennenswerten Berge. Diese Richtung eignete sich für eine Flucht also eher nicht.

Er entdeckte eine Treppe am rechten Ende des Balkons, die hinauf in Richtung des Gipfels des Felsens führte. Dort oben erhob sich ein kleines Bauwerk inmitten niedriger Bäume, vielleicht ein Wachturm, vielleicht ein Götterschrein. Es bestand die Gefahr, dass ihnen von dort Feinde entgegenkamen, wenn sie die Treppe hinaufflohen. Trotzdem war dieser Weg die bessere Wahl. Zumindest besser als ein Sprung über die Balkonbrüstung oder eine Hetzjagd durch die Felsenkorridore der Festung, die voller Feinde und Sackgassen waren.

Hinter ihm, im Festsaal, entstand Unruhe.

»Haltet die verfluchte Diebin!«, schrie ein Mann, der eindeutig nach Ieverast klang.

»Corren!«, war Shai'danas Stimme zu vernehmen.

Sofort eilte Corren durch einen Mauerbogen ins Innere. Er sah die Sidhari, barfuß, aber noch mit all ihren Schleiern bekleidet, über das Podest rennen. Im Durchgang hinter ihr stand der Piratenprinz mit geöffnetem Hemd und ohne Hose und deutete anklagend auf die Flüchtende, die in der zur Faust geballten Rechten eins seiner Amulette hielt.

»Hier, Shai'dana!«, rief Corren und winkte.

»Ergreift die Hure! Sie hat mich bestohlen«, schrie Ieverast.

Ein Mann versuchte, der Aufforderung Folge zu leisten, aber die gelenkige Sidhari wich seinen zupackenden Händen aus.

Ein anderer Pirat wandte sich Corren zu und zückte einen Dolch. Corren packte einen zufällig neben ihm stehenden Nondurier und schleuderte den überraschten Mann gegen den Bewaffneten. Dann griff er unter sein Wams und zog einen der wenigen Tricks hervor, die er in diesen Zuhälter-Gewändern mit sich führte. *»Ohren zu!«*, schrie er Shai'dana auf Sidhari zu.

Ohne ihren Lauf zu verlangsamen, gehorchte sie, und Corren warf das Fläschchen, dessen Siegel er zuvor eingedrückt hatte, schwungvoll in die Mitte des Raums. Der Donnerschlag des *Götterblitzes* ließ die Wände beben, und der Lichtblitz war so gleißend hell, dass er durch die Fenster noch weithin auf dem Wolkenmeer zu sehen sein musste.

Ein Aufschrei ging durch die Menge, und im nächsten Moment brach Chaos aus, als mindestens die Hälfte der Anwesenden halbblind und taub Deckung vor dem vermeintlichen Angriff suchte. Shai'dana wich einem weiteren Gegner aus, und Corren schickte einen mit einem Faustschlag zu Boden. Dann erreichten sie einander, und Corren ergriff die freie Hand der Sidhari. »Folgt mir«, schrie er sie an. »Hier geht es nach draußen.«

Er rempelte einen hageren Taijirin aus dem Weg und rannte geduckt zum Balkon. Neben seinem Ohr zischte ein schlecht gezielter Wurfdolch vorbei, der einen dunkelhäutigen Menschen in den Hals traf. Keuchend taumelte dieser zurück. Shai'dana rief etwas Befehlendes in ihrer Sprache und vollführte hinter Corren irgendeine Bewegung mit dem freien Arm, woraufhin unvermittelt ein kurzer, wütender Windstoß über ihre Köpfe hinweg in den Raum fuhr, der Gäste und Einrichtung umwarf.

»Bringt sie um!«, tobte Ieverast, der ohne Beinkleid nicht erpicht darauf schien, die Verfolgung selbst aufzunehmen. »Ein Sack Kristalle für den, der mir ihre Köpfe bringt!«

Corren wartete nicht darauf, dass jemand Anstalten machte, sich die Belohnung zu verdienen, sondern stürmte mit Shai'dana hinaus auf den Balkon. Er ließ sie los und schob sie in Richtung Treppe. »Los. Hier entlang.«

Sofort machte sie sich auf den Weg den Fels hinauf. Corren folgte ihr dichtauf. »Was ist schiefgegangen?«, wollte er wissen. »Ich dachte, er würde schlafen.«

»Ich weiß es nicht«, antwortete Shai'dana. »Er hat den Trank getrunken. Entweder hat Arthimenos uns verraten oder eins seiner anderen Amulette hat Ieverast vor dem Schlafgift beschützt.«

»Ein toller Plan«, murmelte Corren, während sie weiter aufwärtshetzten. Er zog das Rufhorn aus dem Gürtel, hob es an die Lippen und entlockte ihm einen klaren, hellen Ton. Zwar nahm er an, dass Zamashuras den *Götterblitz* bemerkt hatte, aber Corren wollte ausschließen, dass der Quano ihn fälschlicherweise für Festfeuerwerk hielt.

Hinter ihnen tauchten Verfolger auf, sicher ein gutes Dutzend. Die meisten eilten die Stufen hinauf. Zu Correns Glück waren alle nur mit Dolchen, Schwertern oder Äxten bewaffnet. Selbst als Pirat brachte man keine Armbrust zu einer Feierlichkeit mit. Einige Taijirin allerdings schwangen sich in die Luft und schickten sich an, Corren und Shai'dana zu überholen, um ihnen von oben den Weg abzuschneiden.

Ohne nennenswert langsamer zu werden, rief die Sidhari erneut den Wind an und fuhr mit der freien Hand durch die Luft. Corren spürte nur einen leichten Lufthauch, aber die magischen Böen verfingen sich in den Flügeln der Vogelmenschen und schleuderten sie von der Insel fort in den hellen Nachthimmel. Überraschte Schreie waren zu hören, als sich die Taijirin abzufangen versuchten.

Die Piraten hinter ihnen kamen immer näher, und Corren fürchtete, alsbald einen Dolch in den gegenwärtig ungerüsteten Rücken zu bekommen. Er drehte sich um, riss sein Schwert aus der Scheide und führte es in einem Abwehrhieb vor sich quer durch die Luft. Die Treppe war nicht sehr breit und der Fels zu beiden Seiten schroff, so dass Corren sich nur zwei Gegnern gegenübersah, während der Rest hinter selbigen drängte und sie dabei eher behinderte als ihnen half.

»Kommt schon, Shur«, knurrte Corren, während er sein Schwert nach links und rechts führte und gleichzeitig langsam rückwärts die Treppenstufen hinaufstieg. »Zeit für eine schnelle Rettung.«

Ein Ass hatte er noch im Ärmel – oder genauer gesagt in seiner Gürteltasche. Aber er zögerte, den *Drachenodem* zum Einsatz zu bringen. Er wusste nicht, wie massiv diese vollständig ausgehöhlte Insel war. Wenn er Pech hatte, brachte er mit dem Sprengpulver den Boden unter ihnen zum Einsturz. Er sah den *Odem* als letzte Maßnahme, wenn alle Hoffnung dahin war. Und so weit war Corren noch nicht.

Einen Augenblick später wurde er für seine Zurückhaltung belohnt, als sich mit schrillen Jagdschreien Ishaljir und Triasti ankündigten. Unter kräftigen Flügelschlägen kamen die Greifen aus der Tiefe herangerauscht. Zamashuras saß auf Ishaljir, Grimmeisen auf Triasti. Iril begleitete sie auf eigenen Schwingen, wobei sie sich etwas über den Greifen hielt.

Als die beiden Vogelpferde hoch genug waren, bildeten sie die Wolkenstreifen unter ihren Hufen und wechselten in den Galopp, der sie rasant näher brachte. Die Piraten schrien überrascht auf und duckten sich, während die mächtigen Geschöpfe über ihre Köpfe hinwegdonnerten. Im Nu hatten die Greifen Corren und Shai'dana erreicht, und beide schwangen sich hinter ihre Gefährten auf den Rücken der Reittiere.

»Wo sind meine Sachen?«, wollte Corren wissen, der zum Abschied gern einen zweiten *Götterblitz* auf die Piraten geworfen hätte, um für zusätzliche Verwirrung zu sorgen.

»Iril trägt sie, ebenso wie Shai'danas Kleider«, antwortete Zamashuras und machte diesen Plan damit zunichte. Ishaljir breitete die Flügel aus und flog eine Schleife, um sie hinaus auf das nächtliche Wolkenmeer zu tragen.

»Wir müssen die Kerle irgendwie davon abbringen, uns sofort zu verfolgen«, schrie Corren. »Könnt Ihr erneut diesen Nebel rufen, Shai'dana?«

Sie warf ihm von Triastis Rücken aus einen kurzen Blick zu. »Ich will es versuchen.« Eilig begann sie ihre Beschwörung der Elemente.

In Ieverasts Feste wurde derweil eine Alarmglocke geschlagen. Corren schaute über die Schulter und gewahrte Gestalten, die auf den hell erleuchteten Flugschiffen hin und her rannten und sich Befehle zuschrien. Außerdem setzte ein ganzer Schwarm Taijirin, bewaffnet mit Bögen und strahlenden Feenfeuern, zur Verfolgung an. »Das wird unschön«, rief er.

Für eine Jagd durch die Wolken waren sie nicht gut vorbereitet. Eine offene Konfrontation mit Ieverast war nicht

Teil des Plans gewesen. Die Greifen waren gute Langstreckenflieger, aber Corren fürchtete um Irils Ausdauer, wenn sie versuchte, mit den schnellen Tieren mitzuhalten und gleichzeitig Correns und Shai'danas Kleider und Ausrüstung zu tragen. Früher oder später würden sie verlangsamen müssen, doch dann liefen sie Gefahr, von ihren Verfolgern eingeholt zu werden. Und die *Wolkenwanderer* war noch Meilen entfernt.

»Wir brauchen diesen Nebel«, rief Corren. »Oder einen Sturm oder irgendetwas anderes, um unseren Verfolgern zu entkommen. Davonfliegen können wir ihnen auf Dauer nicht.«

»Gebt Shai'dana etwas Zeit«, brüllte Grimmeisen zurück. »Sie macht das schon.«

Neben ihnen zischten schlanke Pfeile in die Wolken. Unwillkürlich duckte sich Corren tiefer zwischen Ishaljirs Flügel. »Zeit ist gerade ein echtes Luxusgut!« Er warf erneut einen Blick über die Schulter. Die Taijirin-Piraten schossen auf extreme Entfernung und bei Nacht. Jeder Treffer würde reines Glück sein – doch auch ein Glückstreffer konnte tödlich sein. Im Hintergrund legten zwei Flugschiffe ab, um die Verfolgung aufzunehmen.

Dann gewahrte Corren etwas, das ihn hoffen ließ. Nebel stieg aus den Wolken auf, dichte weiße Schwaden, die rasch emporwuchsen und den Blick auf ihre Verfolger verschleierten. Noch eine Handvoll Pfeile schossen daraus hervor, danach hörten die Angriffe auf, denn blind zu feuern hatte überhaupt keine Aussicht auf Erfolg.

»Los, Richtungswechsel«, befahl Corren. »Sorgen wir dafür, dass sie uns verfehlen, wenn sie weiterfliegen.«

Sie wichen von ihrem bisherigen Kurs ab. Dadurch waren sie zwar gezwungen, einen Bogen zur *Wolkenwanderer* zu schlagen, aber wenn sie auf diese Weise Ieverasts Leuten entgehen konnten, nahm Corren den zusätzlichen Weg gern in Kauf.

Der Nebel hinter ihnen wurde immer dichter, und er schien ihnen nachzufolgen wie ein lebendiges Wesen. Binnen kürzester Zeit sollten ihre Verfolger vollständig die Orientierung verloren haben – und bei der Suche nach Corren und seinen Begleitern würden ihnen auch Kompasse nichts nützen.

Plötzlich kam hinter ihnen ein Wind auf, der quer zu der vorherrschenden Brise zu wehen schien. Corren blickte zu Shai'dana. »Seid Ihr das?«

»Nein.« Sie sah sich um. Die Nebelschleier wurden rasch dünner, als die Böen sie verwirbelten. Im Dunst wurden die Fackeln und Laternen an Bord eines Flugschiffes sichtbar. »Das ist ein zweiter Sidhari«, rief sie. »Er muss sich an Bord des Schiffs befinden.«

Corren fluchte gepresst. Das war gar nicht gut. Die Aussicht, ihre Gefährten zu erreichen, wurde mit jedem verstreichenden Augenblick schlechter. Ieverast verfügte über viele Männer, er hatte Flugschiffe, Bogenschützen und nun auch einen Elementarmagier. »Fliegt!«, feuerte er die Greifen und Iril an. »Fliegt, so schnell ihr könnt. Nur so überleben wir das hier.«

Ishaljir antwortete mit einem schrillen Jagdruf. Im gestreckten Galopp donnerte er über den Wolken dahin und wölbte dabei die Flügel leicht, um sich zugleich vom Wind vorwärtstreiben zu lassen. Triasti tat es ihm gleich, und auch Iril flog über den Himmel, als wären alle Dämonen der Dunkelreiche hinter ihr her.

Corren winkte die Taijirin-Frau näher. »Werft mir das Bündel mit unseren Sachen zu! So habt Ihr weniger Last zu tragen.« Er hätte sie auch anweisen können, einfach alles in die Wolken fallen zu lassen, aber sein Lederharnisch war wertvoll, und er wollte ihn nur im Notfall aufgeben.

»Nicht nötig«, rief sie zurück. Sie hielt ihm scheinbar mühelos Shai'danas Mantel entgegen, in den sie alles andere eingewickelt hatte. Im ersten Moment fragte sich Corren, ob er ihre Kräfte unterschätzt hatte. Dann fiel ihm auf, dass von dem Bündel ein violettes Glühen ausging.

»Sehr schlau«, lobte er sie. Sie musste eins der Sicherheitsgeschirre um das Bündel geschnallt haben. So trug sie das Bündel weniger, als dass selbiges sie trug. Auf diese Weise konnte Iril ihre halsbrecherische Geschwindigkeit länger durchhalten.

Doch würde es genügen? Die Taijirin-Piraten waren geübte Kämpfer und ohne Zweifel ebenso zäh wie ausdauernd. Und ein Flugschiff ermüdete niemals. *Waughan, ich wünschte, Ihr würdet uns entgegenkommen.*

Da fiel Corren das Rufhorn an seinem Gürtel ein. Vielleicht konnte er mit ihm die Besatzung der *Wolkenwanderer* wachrütteln? Er hob es an die Lippen und ließ einen langgezogenen Ton über das stille Meer wehen und dann noch einen zweiten. Das musste die Besatzung ihres Flugschiffs hören, selbst über Meilen hinweg, insbesondere die Nondurier mit ihrem scharfen Gehör. Hoffentlich zogen sie auch die richtigen Schlüsse daraus.

So schnell wie möglich hetzten sie weiter. Corren wäre es wahrscheinlich in der Dunkelheit nicht möglich gewesen, die Orientierung zu behalten, aber Ishaljir und Triasti schienen genau zu wissen, wo ihr Ziel lag.

Für ihre Häscher galt das umso mehr. Beharrlich blieben sie den Flüchtenden auf den Fersen. Sie verschwendeten keine Pfeile mehr mit Fernschüssen, obschon die Sicht zwischen ihnen wieder klar war. Doch das mussten sie auch gar nicht, wie Corren erkannte. Irgendwann, so schienen sich die Piraten ausgerechnet zu haben, mussten die Kräfte ihrer Beute erlahmen. Selbst wenn sie davon ausgingen, dass Corren und die anderen zu einem Flugschiff flohen, änderte das nichts, denn spätestens dort würden sie sie einholen. Und gegen zwei vollbesetzte Piratenschiffe und die Taijirin-Kämpfer würde die Verteidigung selbst furchtlosen Kriegern wie Orsa und Grimmeisen schwerfallen.

Wir können nicht entkommen, begriff Corren. Irgendwie hatte er sich diesen Ausflug zu Ieverasts Feste anders vorgestellt.

»Magister!«, rief Zamashuras vor ihm. »Seht doch!«

Corren schaute an dessen ausgestrecktem Arm entlang – und ihm wurde kalt. »Indra, Jerup und Vazar, auch das noch.«

Zwischen den Wolkenballungen vor ihnen war eine massige, geflügelte Gestalt aufgetaucht. Silbernes Mondlicht schimmerte auf dicken Schuppen, die die Farbe von brüniertem Eisen hatten. Lange Krallen glänzten ölig, ebenso die Dorne an den ausladenden Schwingen. Und als der Drache etwas näher kam, sah Corren auch den mehrfach gehörnten Schädel, der in einen harten, gezackten Kiefer auslief, der eher einem bizarren Vogelschnabel als dem Maul einer Echse ähnelte. Bislang war ihnen diese Drachenart auf ihrer Reise nicht begegnet, aber Corren hatte genug Gespräche mit Lian geführt, um das Untier zu erkennen. Es handelte sich um eine Adamantschwinge.

Adamantschwingen galten Lian zufolge nicht als ausnehmend angriffslustig. Diese hier allerdings kam direkt auf sie zu, und als der Drache ein dröhnendes Brüllen ausstieß, klang es nicht nach einer freundlichen Begrüßung.

»Auseinander!«, schrie Corren. »Versucht, ihm auszuweichen.«

»Corren, wartet!«, rief Iril. »Schaut, er kommt nicht allein.«

Mit verengten Augen starrte Corren über Zamashuras' Schulter in die Wolken. Gleich darauf entdeckte er, was die scharfen Augen der Taijirin-Frau schon erspäht hatten. Weit hinter der Großen Echse näherte sich ein Flugschiff, und der Form nach, die im Schein der Laternen an Bord zu erkennen war, handelte es sich um die *Wolkenwanderer*. Das konnte kein Zufall sein.

Lian, schoss es Corren durch den Kopf.

Der riesige Leib des Drachen verdunkelte Mond und Sterne, während das Ungetüm über sie hinwegrauschte. Die Bestie hätte sie ohne Schwierigkeiten töten können. Aber sie tat es nicht. Stattdessen stürzte sie sich auf die Taijirin hinter ihnen, die hektisch auseinanderstoben, als der Drache zwischen sie fuhr. »Lian!«, schrie Corren, und ein Gefühl unendlicher Erleichterung durchflutete ihn. Der Drachenfreund hatte die Große Echse tatsächlich zu Hilfe gerufen.

Die beiden Flugschiffe hinter ihnen drehten bei, und Alarmglocken wurden geschlagen, die in einem erneuten Brüllen untergingen. Corren wusste nicht, wie weit der Drache gehen würde, ob Lian ihm nur aufgetragen hatte, ihren Verfolgern einen gehörigen Schrecken einzujagen, oder ob das Ungeheuer nun ein blutiges Festmahl halten würde. Er wollte es auch gar nicht wissen. Mit einem grimmigen Lächeln richtete er den Blick wieder nach vorn auf die nahende *Wolkenwanderer*. Sie würden überleben. Und wenn das Taijirin-Medaillon hielt, was ihm nachgesagt wurde, Hechet auch.

Kapitel 23

VON FESSELN UND FREIHEIT

15. Tag des 8. Mondlaufs im Jahr 850

Die *Wolkenwanderer* vermochte in dieser Nacht erfolgreich zu entkommen, und auch am Folgetag zeigte sich kein Piratenschiff in den Wolken hinter ihnen. Trotzdem sorgte Waughan dafür, dass sie zügig nach Süden segelten, und immer wieder hielt Iril aus der Luft über dem Flugschiff Ausschau nach Verfolgern.

Dem geheimnisvollen Taijirin-Medaillon gelang unterdessen das scheinbar Unmögliche: Hechet wurde von den Verletzungen, die ihm die Galle des Tiefendrachen zugefügt hatte, geheilt. Einen Tag und eine Nacht lag er unruhig in seiner Koje, während ein sanftes Glühen von dem Amulett ausging, das Shai'dana ihm auf die nackte Brust gelegt hatte. Am Morgen darauf tauchte er mit verwunderter Miene auf Deck auf und fragte, was denn geschehen sei. Von seinen Verletzungen war nichts mehr zu sehen.

»Das ist Magie«, staunte Winsla. »Pure Magie.«

»Ihr sagt es«, pflichtete Corren ihr bei und drehte das wieder völlig unscheinbar wirkende Kleinod, das Hechet ihm überreicht hatte, in den Händen. »Ein wahrhaft erstaunliches Artefakt.« Er blickte Iril an. »Wisst Ihr, wem das Amulett gehört? Ich gestehe zwar, dass ich es liebend gern zu Untersuchungen mit an die Akademie von Geolath nehmen würde, aber da es von Ieverast geraubt wurde, wäre es wohl nur rechtens, es dem eigentlichen Besitzer zurückzugeben, wenn wir auf dem Rückflug in Arsindair haltmachen.«

Die Taijirin schüttelte den Kopf. »Ieverast hat nie eingehender darüber gesprochen.«

»Wir können Ialrist fragen, sobald wir erneut in Arsindair sind«, schlug Zamashuras vor. »Wenn diese Amulette wirklich so selten sind, wurde sein Verlust möglicherweise bekannt und er hat davon gehört. Zumal es sich bei dem Bestohlenen sicher um einen Adligen handelte.«

»Das klingt nach einem guten Plan«, sagte Corren. »Bis dahin werde ich das Kleinod aufbewahren. Ich hoffe zwar nicht, dass wir es noch einmal benötigen, aber es ist beruhigend zu wissen, dass wir zur Not darauf zurückgreifen können.« Er steckte das Medaillon in eine seiner Gürteltaschen.

»Magister von Dask.« Hechet wandte sich Corren zu. Die Miene des Nonduriers wirkte noch ernster als sonst. »Ich möchte Euch noch einmal ausdrücklich für das danken, was Ihr für mich getan habt. Ihr seid ein großes Risiko eingegangen, als Ihr in die Festung dieses Piraten eingedrungen seid, nur um ein Heilmittel für mich zu finden.«

»Ihr seid ein guter Kämpfer«, erwiderte Corren. »Ich brauche Euch, wenn diese Expedition Erfolg haben soll.«

»Ihr hättet neue Söldner anheuern können. Die meisten Männer und Frauen, die Söldner einkaufen, machen das so. Sie setzen nicht ihr eigenes Leben aufs Spiel, um Todgeweihte zu retten, sondern geben ein paar Kristalle für neue Leute aus.«

»Für Heerführer auf einem Kriegszug mag das Sinn ergeben«, sagte Corren, »aber bei einer Expedition in unbekannte Gefilde geht es darum, eine Gruppe zusammenzustellen, die füreinander einsteht. Die in der Not bereit ist, das eigene Leben für die anderen zu riskieren. Wie soll ich mich auf meine Leute verlassen können, wenn sie nicht wissen, dass ich mich als Expeditionsleiter um sie sorge und tue, was in meiner Macht steht, um sie vor Schaden zu bewahren?«

Hechet wechselte einen kurzen Blick mit Shai'dana, den Corren nicht so recht zu deuten wusste. Dann verbeugte sich der Nondurier. »Eure Einstellung ehrt Euch. Seid Euch versichert, dass auch ich weiterhin mein Bestes gebe, um Euch vor allen Gefahren zu beschützen.«

»Danke, Hechet.« Corren nickte dem hundeköpfigen Mann zu.

»Eigentlich gebührt die Ehre, sein Leben gerettet zu haben, Euch«, sagte Corren etwas später zu Iril. Sie war gerade – auf eigenen Wunsch – damit beschäftigt, Triastis Gefieder mit einer weichen Bürste zu säubern, und er schaute ihr dabei zu.

»Wenn Ihr uns nicht zu Ieverasts Feste geführt hättet«, fuhr er fort, »wäre Hechet seinen Verletzungen erlegen.«

»Ihr habt mein Leben gerettet«, sagte die Taijirin-Frau, ohne bei ihrer Arbeit innezuhalten. »Ich war es Euch schuldig, zu helfen, auch wenn ich zugeben muss, dass es mir nicht leichtgefallen ist, dorthin zurückzukehren.«

»Das glaube ich gern, nach dem, was Ihr uns erzählt habt …« Corren zögerte. Er bezweifelte, dass Iril gern über ihre Zeit bei den Piraten sprach, aber letztlich siegte seine Neugierde. »Wie hat es Euch eigentlich nach Ieverasts Feste verschlagen? Ihr wart nicht freiwillig die Gespielin dieser Piraten, nehme ich an.«

»Nein. Ich …« Sie hielt inne und wirkte einen Moment sehr nachdenklich.

»Wenn Ihr nicht darüber reden möchtet, müsst Ihr das nicht«, sagte Corren.

»Darum geht es gar nicht. Es ist nur …« Iril warf Corren einen leicht kläglichen Blick zu. »Meine Vergangenheit ist keine sehr schöne Geschichte, und meine Rolle in dieser ist auch nicht eben glanzvoll.«

Corren gesellte sich zu ihr und strich Triasti über Kopf und Schnabel. »Nun habt Ihr mich neugierig gemacht.«

Mit sorgfältigen Strichen setzte sie die Gefiederpflege der Greifendame fort. »Als ich noch jung war«, begann sie zu erzählen, »lebte ich auf den Inseln, die die Menschen hierzulande die Westlichen Vogelinseln nennen. Es war eine streng geführte Kolonie. Der Adel auf den Bergspitzen herrschte, wir anderen hatten uns unterzuordnen. Meine Familie versprach mich einem viel zu alten Mann, und unser Sohn wurde mir entrissen, kaum dass er acht Sommer alt war, um in der Kriegerakademie ausgebildet zu werden. Eine Rivalität zwischen ihm und ein paar anderen Jungen brachte ihm fünf Jahre später den Tod. Ich war mir sicher, dass einer der anderen Jungen Schuld daran hatte, und in meiner Trauer forderte ich nachdrücklich, dass er angemessen hart bestraft werde. Allerdings wollte die Akademie den Zwischenfall lieber unter den Teppich kehren, denn der Junge, den ich beschuldigte, gehörte einer adligen Familie an. Stattdessen wurde mein Sohn in Verruf gebracht, und man behauptete, er sei an seinem Schicksal selbst schuld.«

»Lasst mich raten«, warf Corren mit einem Anflug von Bitterkeit ein. »Ihr habt Euch diese Adelsfamilie zu Feinden gemacht, und sie sorgte dafür, dass Ihr unauffällig verschwindet. Was läge näher, als Euch als Sklavin an irgendwelche Piraten zu verkaufen.«

»Nein, so war es nicht ganz«, sagte Iril. »Ich habe den

Zorn der Familie und auch anderer Mächtiger auf mich gezogen, als ich gegen die Ungerechtigkeit, die meinem Sohn widerfuhr, zu Felde zog. Sie mussten mich gar nicht unauffällig verschwinden lassen. Um seinen eigenen Ruf zu schützen, wandte sich mein Mann von mir ab, wenig später wurde ich festgenommen und der Hetze gegen den Adel angeklagt. Man bauschte die Angelegenheit ein wenig auf, und schließlich verurteilte man mich wegen Verrats zum Tode.«

Ungläubig sah Corren sie an. »Dreigötter, und ich dachte, die Taijirin wären ein zivilisiertes Volk.«

»Oh, das sind wir«, sagte Iril spöttisch. »Wir haben unsere Lebensweise derart weit entwickelt, dass die hohen Würdenträger unserer Kolonien nichts Besseres mehr zu tun haben, als sich in ein Netz von Intrigen und persönlichen Feindschaften zu verstricken. In dieses Netz bin ich hineingeraten, und es hätte mich beinahe umgebracht.«

»Wie ging es weiter?«

»Der Zufall rettete mich. Einen Tag vor meiner Hinrichtung griffen Luftpiraten die Westlichen Vogelinseln an. Sie hatten den Raubzug offenbar seit längerem geplant, denn er wurde mit viel Geschick und einem großen Aufgebot an Flugschiffen geführt. Ieverast – damals noch ein einfacher Kapitän auf einem der Flugschiffe – drang mit seinen Leuten in die Wachburg ein und befreite alle Gefangenen. Er unterbreitete ihnen das Angebot, die Piraten zu begleiten. Die meisten nutzten die Gelegenheit, in Freiheit zu entkommen. Ich natürlich auch.« Iril klopfte Triasti auf die Flanke und umrundete die Greifendame, um sie von der anderen Seite zu bürsten.

»Ieverasts Macht unter den Luftpiraten nahm an dem Tag durch die zahlreichen neuen Taijirin-Anhänger stark zu. Binnen kürzester Zeit schwang er sich zum Herrscher über eben jenen Piratenhort auf, der heute als Ieverasts Feste bekannt ist. Dabei setzte er seine neuen Anhänger, darunter auch mich, durchaus klug ein. Er machte sie zu Festungswachen, Quartiermeistern oder brachte sie bei anderen Kapitänen unter. Dabei ging er so geschickt vor, dass wir anfangs gar nicht verstanden, dass wir ihm damit dienten.«

Sie zögerte. Nun schien der Teil zu kommen, den zu erzählen ihr schwerer fiel. Corren wartete einfach ab, und nach kurzem Schweigen fuhr sie fort.

»Mich brachte er mit einem menschlichen Kapitän, Markart, einem seiner engen Vertrauten, zusammen. Im Grunde wiederholte sich damit meine Lebensgeschichte, denn ich wurde abermals einem Mann geschenkt. Aber ich merkte es nicht. Markart war mutig, ein wenig dreist, er sah gut aus und ich schien ihm zu gefallen. Eine Weile lang hielt ich das, was wir hatten, tatsächlich für Liebe.«

»Aber schließlich hat er sein wahres Gesicht gezeigt«, mutmaßte Corren, der sich an Irils frühere Beschreibung des Kapitäns erinnerte.

Sie nickte. »Er stellte sich als herrisch heraus, als jemand, der alles kontrollieren wollte. Und er begann, mich eher wie eine Dienerin als seine Gefährtin zu behandeln. Als ich ihn deswegen zur Rede stellte und ihm drohte, Ieverasts Feste zu verlassen, machte er mir deutlich, dass er mich nicht gehen lassen würde. Ich klagte Ieverast mein Leid, der mich tadelte, nicht undankbar zu sein. Schließlich hätten Männer wie Markart und er mich vor dem Tod gerettet. Überredungskunst und Drohungen ließen mich meine Lage noch eine Weile länger ertragen. Dann entschied ich, allen Warnungen Markarts zum Trotz, zu fliehen. Unglücklicherweise wurde ich erwischt – und danach wurde alles nur noch schlimmer. Ich hatte keinerlei Freiheit mehr, musste tun, was Markart und Ieverast von mir verlangten. Die bittere Wahrheit war, dass ich von einer feindseligen Gesellschaft in eine andere geraten war. Die Umgangsformen in Ieverasts Feste mochten rauer sein, aber im Grunde herrscht dort die oberste Schicht genauso wie der Adel in meiner alten Heimat.«

»Ich bedaure, was Ihr erleiden musstet.« Corren dachte daran, was sie ihm in Arthimenos' Werkstatt verraten hatte: dass sie Markart und seinen Freunden als Liebesdienerin hatte zu Gebote sein müssen.

»Ich weiß Euer Mitgefühl zu schätzen, Corren.« Iril bedachte ihn mit einem kurzen, etwas freudlos wirkenden Lächeln. »Glücklicherweise war meine Lage nicht von Dauer.«

»Wie gelang Euch die Flucht?«

»Ich war noch nie eine Taijirin, die sich in ihr Schicksal ergibt. Ich hatte mich mit dem Adel der Westlichen Vogelinseln angelegt – und nun hießen meine Gegner eben Markart und Ieverast. Ich tat, was nötig war, um mein Leben halbwegs erträglich zu gestalten und die Männer in Sicherheit zu wiegen, die meine Leine in der Hand hielten. Sie sollten denken, sie hätten mich gebrochen. Tatsächlich jedoch plante ich erneut meine Flucht, diesmal allerdings mit weitaus mehr Vorsicht. Ich scharte Gleichgesinnte um mich, Diener und Unzufriedene wie Beornhard. Und ich fand in Arthimenos einen Freund, der Mitleid mit mir hatte und mir half, unsere Flucht zu bewerkstelligen. Und als der Moment günstig war, verschwanden wir – mit einem Flugschiff in Richtung Landfall, wo wir fern von Ieverasts Feste ein neues Leben anfangen wollten. Nun ja, und dann kamen die Raubechsen.« Sie brach ab, und ihre Flügel erbebten leicht.

»Euer Leben ist wirklich eine Abfolge grausamer Schicksalsschläge«, stellte Corren fest. »Ich wünschte, ich könnte etwas tun, um Euch von dem Fluch zu befreien, den Eure Lichtgefiederten auf Euch gelegt haben.«

»Die Götter haben nichts damit zu tun«, widersprach Iril. »Es waren Taijirin und Menschen, die für all das die Verantwortung trugen.«

Zustimmend neigte Corren den Kopf. »Ihr habt natürlich recht. Ich wollte nicht Euren Glauben beleidigen.«

»Schon gut.« Sie strich ein letztes Mal über Triastis Gefieder und streichelte über den Hals der Greifendame. »So, jetzt glänzen deine Federn wieder so prachtvoll, wie es dir angemessen ist.«

Triasti krächzte und schmiegte den Kopf an den von Iril. Die Taijirin-Frau lachte und herzte das Tier. »Eure Greifen sind so wundervolle Geschöpfe, Corren. Ich wünschte, ich könnte noch viel mehr von ihrer Art sehen.«

Ihre Worte brachten Corren auf einen Gedanken. »Wenn Ihr wollt, könnt Ihr das«, sagte er.

Fragend blickte Iril ihn an. »Wie meint Ihr das?«

Ishaljir drängte sich zwischen sie. Der Greif schien der Ansicht zu sein, es sei nun dringend an der Zeit, dass sich jemand um sein Gefieder kümmerte. Sanft schob Corren ihn etwas beiseite. »Begleitet mich zurück nach Norden, wenn diese Expedition vorüber ist. Ich habe Euch ja angeboten, dass Ihr überall, wo Ihr mögt, von Bord gehen könnt. Bleibt doch einfach und kehrt mit Zamashuras und mir zum Inneren Ozean zurück, nach Geolath, wo wir herkommen.«

»Ich soll das Wolkenmeer verlassen?« Der Gedanke schien Iril trotz allem, was sie erlebt hatte, zu erschrecken.

»Ja«, antwortete Corren. »Was hält Euch noch hier? Ihr habt keine Familie mehr, Eure Freunde sind tot. Und auch Skargakar wird Euch nicht glücklich machen, davon bin ich überzeugt. Ich habe nur kurze Zeit in der Stadt verbracht, aber sie ist kein sonderlich angenehmer Ort.«

»Anders als dieses Geolath?«

»Ich will nicht lügen, auch Geolath hat seine Schattenseiten. Aber ich glaube schon, dass Euch die Küste des Inneren Ozeans gefallen dürfte. Es ist warm dort, und die Sonne scheint an fast allen Tagen des Jahres. Das Meer ist blau und weit – und ich spreche hier von richtigem Wasser, keinem Dunst, der einen verschluckt, wenn man nicht aufpasst. Es gibt steile Felsen, von denen aus Ihr Euch in die Lüfte schwingen könnt, und kleine, von schattigen Bäumen bewachsene Inseln vor der Küste, die kaum eines Menschen Fuß je betreten hat, aber für Euch wären sie leicht erreichbar.«

»Das klingt wahrlich nach einem schönen Ort«, gestand Iril. »Und dort gibt es Greifen?«

»Nicht in Geolath, nein. Die Greifen sind in den nördlichen Gefilden Endars beheimatet. Aber ich stamme ursprünglich aus diesen Landen, und ich reise immer wieder übers Meer dorthin zurück, um im Schatten ihrer Berge und Wälder zu wandern. Ich würde Euch mitnehmen – wenn Ihr mögt.«

Iril legte den Kopf schräg und betrachtete ihn aus ihren eindringlichen Vogelaugen. »Ihr wollt, dass ich bei Euch bleibe.« Ihre Worte waren keine Frage, sondern eine Feststellung, aber es schwang merkliche Verwunderung, gepaart mit einem Hauch Argwohn, in dieser Erkenntnis mit. »Warum?«

»Missversteht mich bitte nicht«, sagte Corren. »Ich zwinge Euch zu nichts, und ich möchte Euch auch zu nichts überreden. Ich unterbreite Euch lediglich ein Angebot. Ich bin mein halbes Leben lang von einem Ende der Welt zum anderen gereist, und ich habe diese Reisen, aller Gefahren und Unbill zum Trotz, stets als großes Glück empfunden. Ich genieße dieses Privileg, die Freiheit zu haben, mich nicht nur zu fragen, was hinter dem Horizont liegt, sondern auch losziehen zu können, um es herauszufinden. Ihr dagegen habt Euer halbes Leben auf die ein oder andere Weise in Gefangenschaft verbracht. Ihr lebt im Wolkenmeer und kennt nicht einmal seine Wunder. Wenn ich daran denke, überkommt mich tiefe Trauer – und der Wunsch, Euch etwas von der Freiheit zu schenken, die ich habe. Nehmt dieses Geschenk an oder lasst es, das ist Eure Entscheidung. Wenn es Euch lieber ist, könnt Ihr am Landfall bleiben oder wir setzen Euch auf dem Rückweg bei Arsindair ab, wo Lian mit seiner Familie wohnt und gute Verbindungen zu Taijirin pflegt, die Euch helfen können, ein neues Leben anzufangen. Dreigötter, wenn es Euch beliebt, breitet Eure Flügel aus und verlasst uns auf der Stelle.«

Corren sah die Taijirin fest an. »Ihr seid keine Gefangene mehr, Iril. Hier gibt es keine Fesseln, nichts, was Euch bindet. Selbst wenn Ihr so etwas wie eine Lebensschuld empfinden solltet, seid Ihr davon mittlerweile befreit, denn Ihr habt geholfen, Hechet vor dem Tod zu bewahren. Ihr habt die Wahl: Geht oder bleibt … solange Ihr möchtet. Und wenn es wirklich Euer Wunsch ist, Greifen zu beobachten, die sich von den Gipfeln der Grauen Berge schwingen, dann kommt mit mir und begleitet mich dorthin.«

Sie schlang die Arme um die Brust, nach wie vor offenbar verunsichert von seinem Angebot. »Und Ihr erwartet keine Gegenleistung von mir für Eure Freundlichkeit? Verzeiht die Frage, aber ich habe in den letzten Jahren wenig Selbstlosigkeit erlebt.«

»Oh, ich handle durchaus selbstsüchtig«, erwiderte

Corren. »Ich umgebe mich gern mit außergewöhnlichen Gefährten: Zamashuras, Lian, Orsa und Shai'dana beispielsweise. Auch Euch halte ich für außergewöhnlich.«

Iril schüttelte den Kopf. »Ich bin ein Niemand. Ich habe keine mystischen Gaben und bin keine Meisterin irgendeines Fachs. Ich bin nur eine Taijirin.«

Corren lächelte. »Ihr seid die einzige Taijirin, die ich kenne. Außerdem lieben Euch Ishaljir und Triasti. Diese Ehre gewähren sie nur einem sehr kleinen Kreis von Lebewesen.«

»Sie lieben mich bloß, weil ich ihr Gefieder putze«, gab Iril schmunzelnd zurück und erwehrte sich sanft des Versuchs von Triasti, mit ihrem Schnabel zärtlich an Irils langen, schmalen Kopffedern zu knabbern, die ihr haargleich über die Schultern fielen.

»Falsch!«, sagte Corren. »Sie *gestatten* Euch, ihr Gefieder zu putzen, weil Sie Euch mögen und Euch vertrauen. Damit dürftet Ihr neben Zamashuras und mir die Einzige an Bord der *Wolkenwanderer* sein, die dieses Privileg genießt. Und wenn Ishaljir und Triasti Euch mögen, müsst Ihr jemand Besonderes sein. Jemand, den ich ungern hier oder in Arsindair oder am Landfall zurücklassen würde.«

Iril schob Triasti von sich und wandte sich Ishaljir zu, um sich seinem Gefieder zu widmen. »Ich schätze, ich habe es verstanden«, sagte sie, und das Lächeln, mit dem sie ihn bedachte, wirkte befreiter. »Gebt mir etwas Zeit, um über Euer Angebot nachzudenken, ja?«

»Natürlich.« Corren deutete auf seinen Greif. »Und wenn Ihr Eure Freundschaft zu Ishaljir vertiefen wollt, reibt ihm ordentlich den Nacken ab. Das mag er besonders.«

Iril lachte. »Danke für den Rat.«

Kapitel 24

DAS FREMDE SCHIFF

20. Tag des 8. Mondlaufs im Jahr 850

Weiter und weiter glitt die *Wolkenwanderer* hinaus in die weiße Welt. Sie folgte den Wegmarken, die Corren aus den Karten der Taijirin-Gelehrten von Arsindair übertragen hatte. Diese erwiesen sich als aus der Tiefe aufragende Bergspitzen und einsam in den Wolken hängende Inseln, auf denen bis auf ein paar Echsen und Vögel, die in Felsspalten und Bäumen nisteten, nichts lebte. Flugschiffe begegneten ihnen keine mehr, denn so weit draußen gab es keine Ziele, die sich anzulaufen lohnten. Dafür nahm die Anzahl an Sichtungen großer Drachen zu.

»Wir müssen aufpassen«, warnte Lian Corren, nachdem sie wieder einem offenbar alten Klingenschwanz ausgewichen waren. »Meine Gabe, die ganz großen Echsen zu beeinflussen, ist begrenzt. Schon der Versuch, die Adamantschwinge vor ein paar Tagen zu überreden, die Piraten von Ieverasts Feste anzugreifen, wäre beinahe gescheitert. Zum Glück war sie ohnehin zornig, so dass ich ihrem Drang zu kämpfen nur eine Richtung weisen musste. Doch wenn wir einem Sturmbringer oder einem Großen Roten begegnen, könnte dies ein böses Ende nehmen.«

»Ich bin mir der Gefahren unserer Reise bewusst«, gab Corren zurück, »wir alle kannten sie vom ersten Tag an. Laut meinen Aufzeichnungen sind wir unserem Ziel nun so nahe, dass es nur eine Frage von ein oder zwei Tagen sein kann, bis wir das Gebiet oberhalb von ThaunasRa erreichen. Nichts wird mich davon abhalten, diese letzten Meilen auch noch zu fliegen.«

»Das wollte ich auch gar nicht in Frage stellen«, sagte Lian. »Ich wollte Euch lediglich wissen lassen, dass wir besonders vorsichtig sein müssen. Vertraut nicht darauf, dass ich alle Drachen, deren Weg wir kreuzen, dazu bringe, mir aus der Hand zu fressen.«

Corren nickte. »Ich werde Iril und die anderen, die für uns die Augen offen halten, entsprechend warnen. Aber jetzt entschuldigt mich. Es gibt vor unserer Reise hinunter nach ThaunasRa noch einiges für mich zu tun.«

»Ihr versucht noch immer, aus dieser seltsamen Karte schlau zu werden, die Ihr mir mal gezeigt habt?«

»Oh, ich habe dieser Karte bereits eine Menge Geheimnisse entlockt – zumindest habe ich mit Zamashuras zahlreiche Theorien darüber entwickelt. Trotzdem will ich weiter meine Unterlagen studieren, um möglichst gut vorbereitet zu sein, wenn wir zu der Stadt der ArChaon hinuntertauchen.«

»Na, dann wünsche ich viel Erfolg.«

»Danke, den beabsichtige ich zu haben.«

Corren begab sich unter Deck und durchquerte den Aufenthaltsbereich in der Mitte des Rumpfs. Niemand verbrachte dort gerade seine Zeit. Durch die offene Tür der benachbarten Kombüse sah Corren Winsla, die in einem großen Topf das kommende Abendessen zubereitete. Da sie ihm den Rücken zuwandte, während sie mit einem langen Messer Gemüsestücke von einem Holzbrett in den Topf schob, sprach er sie nicht an, sondern verschwand in Richtung des Gangs, von dem die provisorisch abgetrennten Schlafbereiche abgingen. Correns und Zamashuras' Kabine lag ganz am Heck, hinter den Unterkünften der Besatzung zur Linken und der Söldner zur Rechten.

Als er in den Gang trat, vernahm Corren eine Frauenstimme, die hastig ein paar leise Worte zischte. Gleich darauf war ein Plätschern wie von Wasser und ein Schaben zu vernehmen, als würde Holz über Holz bewegt. Stirnrunzelnd blickte er im Halbdunkel durch die Schlitze zwischen den Brettern, die den Schlafbereich der Söldner notdürftig abtrennten. Er gewahrte Shai'dana, die mit geschlossenen Augen am Boden zwischen den Pritschen kniete, die Hände auf die Oberschenkel gelegt.

Misstrauisch klopfte Corren gegen den Holzrahmen des Eingangs, der nur von einem groben Stoffvorhang verhängt war. Ohne auf eine Einladung zu warten, schob er den Vorhang beiseite. »Shai'dana«, sagte er und gab sich überrascht. »Was macht Ihr hier unten?«

Langsam öffnete sie die Augen, zwei violette Feuer in der spärlich erhellten Kammer. »Ich meditiere, Magister von Dask«, antwortete sie ruhig. »Warum fragt Ihr?«

»Mir war so, als hätte hier jemand gesprochen.« Unauffällig ließ er den Blick schweifen, aber es hielt sich sonst niemand in dem kleinen Raum auf. Allerdings fiel Corren etwas ins Auge, das wie eine Essschale aussah, die halb unter der Pritsche links von Shai'dana stand.

»Das kann gut sein«, sagte die Sidhari. »Ich spreche gelegentlich rituelle Worte während meiner Meditation.«

»Seltsam. Es klang nicht nach rituellen Worten.« Corren trat einen Schritt näher und ging in die Hocke. Bedächtig strich er mit dem Zeigefinger über die hölzernen Bohlen vor ihren Füßen. Sie waren feucht.

»Worauf wollt Ihr hinaus?« Ein Anflug von Gereiztheit schlich sich in ihre Stimme.

Mit einer schnellen Bewegung zog Corren die Schale unter der Pritsche hervor. Eine trübe Flüssigkeit befand sich darin – Flüssigkeit, die über den Rand geschwappt war, als Shai'dana die Schale rasch außer Sicht geschoben hatte.

»Ich will wissen, was Ihr wirklich hier getrieben habt.« Streng sah Corren die Elementarmagierin an. »Was ist das?«

»Das ist Wasser«, behauptete Shai'dana.

»Ach ja? Dann macht es Euch sicher nichts aus, wenn ich einen Schluck davon nehme.« Er wollte die Schale zum Mund führen, doch Shai'danas Hand zuckte vor, um sie beiseitezuschlagen. Blitzschnell griff Corren zu, aber er erwischte ihr Handgelenk erst, als die Schale schon klappernd durch den kleinen Raum flog und ihren Inhalt über den Boden verteilte. Mit hell auflodernden Augen starrte Shai'dana ihn an, und Corren erwiderte ihren Blick einen Moment lang stumm.

»Magister von Dask?« Grimmeisens Stimme drang von der Luke hinunter in den Rumpf.

»War es das Wasser des Sehens?«, fragte Corren leise. Er kannte es aus seiner alten Heimat Breganorien. Die seltene magische Substanz rief nach der Einnahme rauschartige Visionen hervor, konnte aber auch dazu dienen, über weite Entfernungen miteinander zu sprechen. Traditionell wurde dafür eine glatte Wasseroberfläche benötigt, die sich mit Hilfe einiger Tropfen des silbrigen Wassers des Sehens in ein Fenster zu einem anderen Ort verwandelte. Wenn Shai'dana wirklich das Wasser des Sehens verwendet hatte, warf das ein paar schwerwiegende Fragen auf. »Mit wem habt Ihr gesprochen?«, fuhr Corren drängender fort. »Mit Orashanos womöglich? Sagt es mir!«

»Magister!« Grimmeisens Stimme klang ungeduldig,

und Schritte polterten auf der Treppe. »Magister, wir haben ein Schiff gesichtet.«

»Sagt es mir«, wiederholte Corren, eindringlich, aber mit gedämpfter Stimme, denn noch wollte er den Zwischenfall nicht an die große Glocke hängen.

Shai'dana riss sich los. »Ihr leidet unter Verfolgungswahn«, zischte sie. »Ich habe keine Ahnung von Eurem Orashanos. Habe ich nicht mehrfach bewiesen, dass ich auf Eurer Seite stehe?« Sie stand auf, und Corren tat es ihr gleich.

Im nächsten Augenblick tauchte Grimmeisen im Eingang zur Kammer auf. »Shai'dana, habt Ihr Magister … oh.« Verwirrt blickte der Söldner Corren an. »Hier seid Ihr ja. Ist … äh … ist alles …?« Sein Blick huschte von Corren zur Sidhari und zurück.

»Es ist alles in Ordnung, Grimmeisen«, versicherte ihm Shai'dana rasch. »Der Magister hat mich meditieren sehen und war neugierig auf die Techniken der Sidhari.«

»Ja«, pflichtete Corren ihr bei und warf ihr einen vielsagenden Blick zu. »Wir sprechen später weiter.« Dann wandte er sich Grimmeisen zu. »Was sagtet Ihr? Ein Schiff wurde gesichtet?«

»Ja, Magister. Es bewegt sich auf Backbord am Horizont entlang und scheint unserem Weg zu folgen.«

»Lasst mich das sehen.« Mit schnellen Schritten begab sich Corren an dem Söldner vorbei und den Gang hinunter. Gefolgt von Grimmeisen und Shai'dana erklomm er die Treppe an Deck und trat ans Schanzkleid neben dem Steuerstand. »Wo ist das Schiff?«, fragte er laut genug, um alle anzusprechen.

»Dort zwischen den Wolken«, sagte Hechet und deutete aufs Meer hinaus.

Corren blickte in die angegebene Richtung, vermochte aber nur Grau in Grau zu erkennen. Der Himmel war an diesem Tag bewölkt, was die Sicht in die Ferne einschränkte – zumindest für Menschen. Er zog sein Fernrohr aus einer Gürteltasche und setzte es an das rechte Auge. Dann versuchte er erneut, ihren unerwarteten Begleiter auszumachen.

Diesmal hatte er Erfolg. Tatsächlich bewegte sich ein Gefährt, das eindeutig ein Flugschiff war, in mehreren Meilen Entfernung über die Nebel dahin. Corren vermochte keine Einzelheiten auszumachen, konnte also nicht sagen, ob es sich um Luftpiraten oder ein einsames Drachenjägerschiff handelte. Einen Händler hielt er so weit draußen für ausgeschlossen. *Aber es könnte Orashanos sein*, ging es ihm durch den Kopf. Hatte Shai'dana ihn gerufen? Dass sie mit jemandem gesprochen hatte, stand für ihn außer Zweifel, ganz gleich wie sehr sie es abstritt.

Da sie ihm nach oben gefolgt war, wandte sich Corren an sie. »Könnt Ihr mir sagen, auf wen wir treffen, wenn ich befehle, auf das Flugschiff zuzusteuern?«

»Woher sollte ich das wissen?«, gab sie spitz zurück. »Ein Drachenjäger, nehme ich an.«

»Na schön.« Corren drehte sich um. »Kapitän Waughan, wir wollen uns unsere Begleiter mal aus der Nähe anschauen. Wenn es wirklich Drachenjäger sind, kennen sie sich vielleicht in der Gegend aus und können uns von ungewöhnlichen Phänomenen in den Wolken berichten, die uns einen Hinweis auf den Standort von ThaunasRa liefern.«

»So, wie Ihr das sagt, Magister, scheint Ihr jemand anderen zu erwarten«, knurrte der Nondurier.

»Um ehrlich zu sein, würde es mich nicht wundern, einen alten Konkurrenten von der Akademie anzutreffen. Er wollte gemeinsam mit mir nach der Stadt der ArChaon suchen, aber ich habe die Zusammenarbeit damals abgelehnt. Ich halte ihn für fähig, uns die ganze Strecke lang verfolgt zu haben.« Warum Orashanos ausgerechnet jetzt unvorsichtig wurde und sich sehen ließ, konnte Corren nicht sagen. Vielleicht lockte ihn die Nähe zu ihrem Ziel, und er hielt Schnelligkeit von nun an für wichtiger als Heimlichkeit.

»Finden wir es heraus.« Waughan zog an den Steuertauen und legte die *Wolkenwanderer* in eine gemächliche Kurve. Der Wind frischte auf, und ihre Segel flatterten kurz, bevor sie sich wieder strafften und das Flugschiff in flotter Fahrt über die Wolken trieben. Corren, Lian, Zamashuras und die Söldner liefen zum Bug, um das andere Schiff im Blick zu behalten. Iril schwang sich in die Lüfte, von wo aus sie eine bessere Sicht hatte.

Sie folgten seit vielleicht fünfzig Herzschlägen ihrem neuen Kurs, als Hechet rief: »Sie haben abgedreht! Sie ziehen sich zurück.«

Durch das Fernrohr sah Corren die Aussage des Nonduriers bestätigt.

»Womöglich halten sie uns für Luftpiraten«, mutmaßte Lian.

»Oder sie haben etwas zu verbergen«, sagte Corren.

»Wie wäre es, wenn wir die Greifen nehmen und hinüberfliegen?«, schlug Zamashuras vor. »Mit Ishaljir und Triasti sollten wir das Schiff rasch einholen.«

Corren ließ sich den Gedanken durch den Kopf gehen. »Gute Idee.«

»Seid vorsichtig«, sagte Lian. »Wenn diese Burschen Drachenjäger sind, verfügt ihr Schiff ganz sicher über Speerschleudern, und es wird Männer und Frauen geben, die damit umzugehen wissen. Kommt ihnen nicht zu nahe, ansonsten schießen sie womöglich auf Euch.«

»Ich nehme eine weiße Fahne mit, um sie von unseren friedfertigen Absichten zu überzeugen.« Corren wandte sich Ishaljir zu, der mit Triasti hinter ihnen stand und etwas erstaunt auf die vielen Leute am Bug schaute. »Komm, mein Freund. Wir machen einen kleinen Ausflug.«

»Das würde ich mir noch mal überlegen.« Hechet zeigte auf den Horizont. »Da hinten zieht eine ziemlich heftige Sturmfront auf, und unser Freund hält genau darauf zu.«

»Die versuchen wirklich mit allen Mitteln, uns zu entkommen«, stellte Grimmeisen fest.

Corren trat zurück ans Schanzkleid und kniff die Augen zusammen. Tatsächlich war der südwestliche Horizont außergewöhnlich dunkel für diese Tageszeit. Er nahm erneut sein Fernrohr hoch. Eine schwere, schwarzblaue Wolkenwand ragte dort in den Himmel, in deren Tiefen großflächiges Wetterleuchten zu erkennen war. Ein dichter Schleier hing unter den Wolken, und wenn man genau hinhörte, war das leise Grollen von Donner zu hören. »Shai'dana, mit Stürmen kennt Ihr Euch doch aus«, sagte er.

Die Sidhari hob abwehrend die Hand. »Ich kann kein Unwetter aufhalten. Es mag mir gelingen, den Sturm unmittelbar um uns so weit abzuschwächen, dass wir nicht völlig durchgeschüttelt werden. Aber um derartige Naturgewalten zu beherrschen, bräuchte es eine ganze Ritualgruppe aus Elementarmagiern.«

Corren warf ihr einen prüfenden Blick zu. Er fragte sich, ob ihre Worte der Wahrheit entsprachen oder ob sie nur verhindern wollte, dass sie das andere Flugschiff einholten.

»Schaut mich nicht so an«, beschwerte sie sich. »Jeder Flugschiffer, der je mit einem Sidhari gereist ist, wird Euch bestätigen, dass ein ausgewachsener Gewittersturm unsere Kräfte übersteigt.«

»Sie hat recht«, sagte Lian. »Auf der *Carryola* gab es damals einen Sidhari, der das Wetter zu beeinflussen vermochte. Doch mehr als uns schützen, wenn uns ein Unwetter heimsuchte, konnte er auch nicht.«

»Lasst das elende Schiff doch ziehen, Magister«, knurrte Grimmeisen. »Selbst wenn es sich um Euren Gegenspieler von der Akademie handelt, wozu wollt Ihr ihn unbedingt einholen? Glaubt Ihr, dass Ihr ihn mit wüsten Beschimpfungen zum Umkehren zwingen könnt? Oder habt Ihr allen Ernstes vor, sein Schiff zu versenken?«

»Natürlich nicht«, gab Corren zurück. An den Worten des Söldners war etwas dran. Was genau hatte er davon, wenn er herausfand, dass Orashanos auf dem fremden Flugschiff weilte? *Nun, ich wüsste, wie dicht er mir auf den Fersen ist*, gab er sich selbst die Antwort. *Wie knapp der Wettlauf nach ThaunasRa tatsächlich ist.* Doch dass er unbedingt als Erster dort eintreffen musste, konnte er den anderen nur schwer deutlich machen, solange er ihnen die Existenz des Schreins der Ewigkeit verschwieg.

»Dann lasst diese Verrückten doch in ihr Verderben steuern«, fuhr Grimmeisen fort. »Der Sturm wird ihnen gewiss nicht gut bekommen. Und uns auch nicht, falls wir uns hineinwagen. Wenn Ihr mich fragt, sollten wir ihn lieber umfliegen. Oder vielleicht können wir auch darüber hinwegfliegen. So erreichen wir unser Ziel gewiss schneller, als wenn wir die Winde herausfordern.«

Wahrscheinlich hat er recht, dachte Corren. Es war besser, kein unnötiges Wagnis einzugehen. Vielleicht wurde Orashanos durch das Unwetter ja sogar aufgehalten. »Na gut«, sagte er grimmig. »Wenn diese Leute so eine Angst davor haben, uns zu begegnen, dass sie in ein Unwetter hineinflüchten, sollten wir sie ziehen lassen.« Er drehte sich zu

Waughan um. »Kapitän, könnt Ihr uns irgendwie an dem Sturm vorbeilenken?«

»Ich will es versuchen, Magister«, rief dieser zurück.

Die *Wolkenwanderer* drehte ab, um das Unwetter in weitem Bogen zu umfliegen. Das andere Flugschiff verschwand unterdessen in der Finsternis unter den Wolken, und Corren verlor es trotz seines Fernrohrs aus den Augen. »Hoffentlich schlägt der Blitz bei Euch ein«, murmelte er und dachte an Orashanos. Er hatte keinen Beweis dafür, dass sich der Quano an Bord des anderen Flugschiffs befand, aber sein Bauchgefühl sagte ihm, dass dem so war.

Da ging ein markerschütterndes Brüllen durch das Wolkenmeer.

Erschrocken richtete Corren seine Aufmerksamkeit wieder nach vorn. »Was war d…?« Der Rest des Satzes blieb ihm im Halse stecken.

»Bei den Vier Winden!«, entfuhr es Lian. »Das Nest eines Großen Roten! Kapitän, macht sofort kehrt, wenn Euch Euer Leben lieb ist!«

Corren sah, was sein Begleiter meinte. Kaum eine Meile vor dem Bug ihres Flugschiffs tauchte ein Berggipfel auf, der bislang von aufgetürmten Wolken verdeckt gewesen war. Auf der Spitze des keine zweihundert Schritt durchmessenden Eilands saß ein riesenhaftes und offenkundig aus Trümmerteilen von Flugschiffen errichtetes Nest. Im Inneren bewegte sich etwas, das Corren nicht richtig erkennen konnte, aber es gehörte nicht viel Phantasie dazu, sich auszumalen, dass es sich um junge, womöglich frisch geschlüpfte Drachen handelte, zumal ein gewaltiges, rotgeschupptes Muttertier über dem Nest thronte. Der Drache breitete drohend die mächtigen Schwingen aus und brüllte erneut, dann tauchte hinter dem Berg ein zweiter, noch größerer Roter auf – ohne Zweifel der von seiner Gefährtin aufgescheuchte Hüter der Familie.

An Correns Seite gab Grimmeisen ein gepresstes Ächzen von sich. Ishaljir und Triasti schlugen unruhig mit den Flügeln. Waughan stieß eine Verwünschung aus und riss an den Steuertauen. Knarrend legte sich die *Wolkenwanderer* in eine enge Kehre. »Wieso hat das niemand vorhergesehen?«, wetterte der Kapitän.

»Erst das Flugschiff, dann das Unwetter …« Kaillyn und die anderen rannten über Deck, um die Segel an den geänderten Kurs anzupassen. »Wir haben das Nest einfach nicht bemerkt.«

»Sie hatten sich in den Wolken versteckt«, sagte Lian. »Sie wollten nicht gefunden werden. Es war Pech, dass wir über sie gestolpert sind.«

»Todbringendes Pech, würde ich sagen.« Waughan warf einen raschen Blick über die Schulter.

Hinter ihnen breitete der Große Rote ehrfurchtgebietende Schwingen aus und hob den Kopf zum Himmel. Eine Flammenlanze stach in die Wolken hinauf, eine Drohgebärde, die niemand missverstehen konnte. Gleich darauf schwang sich das Ungetüm in die Höhe.

NockNock im Heck stieß ein panisches Quäken aus und sprang auf, als wolle er flüchten. »Bleib hier!«, rief Lian ihm zu und rannte zu ihm, um ihn zurückzuhalten. »Du bist sicherer an Bord.«

»Sicher?« Grimmeisen lachte beinahe hysterisch. »Niemand von uns ist sicher, solange wir in einem Kahn wie diesem sitzen und von einem Großen Roten verfolgt werden.«

»Er verteidigt nur sein Nest«, sagte Lian. »Wir müssen uns rasch zurückziehen, dann lässt er wahrscheinlich von uns ab.«

»Es sei denn, er hat Hunger und denkt sich, dass so ein paar Flugschiffer doch ein feiner Happen wären«, warf Kaillyn ein.

Correns Gedanken überschlugen sich. »Wir müssen Zeit gewinnen. Shai'dana, sorgt dafür, dass die Bestie etwas Gegenwind bekommt. Vielleicht können wir sie davon überzeugen, dass wir die Mühe nicht wert sind.«

Die Elementarmagierin nickte und lief ebenfalls zum Heck, wo sie die Arme ausstreckte und mit ihrer Beschwörung begann.

»Ich hole meinen Bogen«, verkündete Hechet und eilte in Richtung der Luke, die unter Deck führte.

»Wir sollten ihn nicht zusätzlich reizen«, warnte Lian. »Pfeile verärgern ihn eher, als dass sie ihn verletzen.«

»Nur als letzten Ausweg«, rief der Nondurier von den Treppenstufen aus. »Ich sterbe nicht kampflos.«

»Soll ich den Drachenstab holen, Magister?«, fragte Zamashuras.

Corren sah ihn kurz verblüfft an. »Ja, unbedingt.« Der Anblick des majestätischen Geschöpfs, das sich hinter ihnen ungeachtet seiner Masse staunenswert elegant in den Himmel schraubte, hatte ihn dermaßen in Bann geschlagen, dass er daran überhaupt nicht gedacht hatte.

Zamashuras folgte Hechet, und Corren rief Iril zu sich, die beim Anblick der Drachen sofort mittschiffs gelandet war. »Bleibt bitte bei den Greifen und beruhigt sie für mich, wollt Ihr das tun?«

»Natürlich, Corren. Und was habt Ihr vor?«

»Ich versuche, uns heil aus diesem Schlamassel herauszubringen.« Auch er eilte zum Heck und wurde von einer auffrischenden Brise begrüßt, die Shai'dana dem Drachen mit zunehmender Stärke entgegenschleuderte.

Das Ungetüm brüllte und wich zur Seite aus, um dem Windkegel zu entgehen, doch die Sidhari behielt ihn im Blick und im Zentrum ihrer Abwehr. »Wir müssen an das Unwetter heran«, rief sie, ohne Corren anzuschauen. »Ich kann die Kraft des Sturms nutzen, wenn wir nah genug dran sind.«

»Aber dann geraten wir in das Gewitter«, sagte Waughan hinter ihnen. »Die *Wolkenwanderer* ist nicht schnell genug, um sich vor einer Sturmfront zu halten.«

»Besser ein Sturm als ein Drache, würde ich sagen«, warf Grimmeisen ein. »Zumal er uns bestimmt nicht in das Unwetter folgen wird.«

»Unwahrscheinlich«, gab Lian zu. »Die meisten Drachen mögen Gewitter ebenso wenig wie wir.«

»Ihr habt es gehört, Kapitän«, sagte Corren. »Kann die *Wolkenwanderer* so einen Sturm überstehen?«

Waughan schnaubte. »Keine Frage. Regen und Wind bringen uns nicht so leicht zum Absturz. Aber es wird nicht schön werden.«

»Vorsicht!«, schrie Shai'dana.

Corren fuhr herum. Der Drache war seitlich ausgebrochen, warf sich herum und senkte den Kopf. Flammen loderten in den Tiefen seines gewaltigen Mauls. »Runter!«, brüllte er und duckte sich unwillkürlich. Im nächsten Moment brandete eine Feuerflut die Kehle des Großen Roten empor.

Kapitel 25

EIN LICHT IN DER TIEFE

20. Tag des 8. Mondlaufs im Jahr 850

Nun war alles vorbei. All die jahrelangen Mühen, die Corren auf sich genommen hatte, um dem Geheimnis namens ThaunasRa auf die Spur zu kommen, die Reisen, die Kämpfe, die Entbehrungen: hinfällig. Zu Asche verbrannt im erbarmungslosen Feuer einer gewaltigen roten Bestie, die sie durch einen unglücklichen Zufall aufgeschreckt hatten.

Rauschend und grollend bahnte sich das Feuer den Weg durch den Rachen des Ungetüms, ein Inferno, das in einem scheinbar unendlich gedehnten Augenblick lodernd und sich selbst verschlingend näherkam.

Ein Wunder, schoss es Corren durch den Kopf. *Nur ein Wunder kann uns jetzt noch retten.*

Plötzlich stand Zamashuras an seiner Seite, den Drachenstab hoch in die Luft gereckt. Auf den Zügen des Quano zeichnete sich eine Entschlossenheit ab, die sich in seiner Haltung – aufgerichtet und ohne jede Deckung – widerspiegelte. Mit einem Wort der Macht, das ihm ebenso geläufig war wie Corren, entfesselte er die Energien des Stabs, und die Kristallkugel an der Spitze des runengeschmückten Metallschafts explodierte in einer Druckwelle aus Licht.

Brüllend zuckte der Rote zurück, und der Flammenstrahl, der aus seinem Maul schoss, fauchte wirkungslos in den Dunst wenige Schritt neben dem Flugschiff. Aus mehreren Kehlen – tierischen wie menschlichen – drang ein entsetzter

Aufschrei, denn die Hitze des vernichtenden Odemangriffs war auch auf diese Entfernung gut zu spüren.

Correns Herz schlug wie wild in seiner Brust, und seine Kehle war staubtrocken. Er verzog seinen Mund zu einem beinahe irren Grinsen. »Das war Rettung im letzten Augenblick«, lobte er Zamashuras, »wie so oft, mein Freund.«

»Noch ist es nicht vorbei«, erwiderte der Quano, ohne seine Aufmerksamkeit von dem Stab und dem Drachen zu nehmen. Tatsächlich hatte er die Wut des Großen Roten mit dem magischen Schlag nur vergrößert, aber selbst diesem Titanen war es unmöglich, die uralte Macht des Drachenstabs zu überwinden.

Vor dem Bug der *Wolkenwanderer* rückte die Unwetterfront näher. Der Wind frischte auf, und Donner rollte über den Himmel. Der Rote brüllte, als er merkte, wohin sich die kleinen Geschöpfe in dem fliegenden Gefährt absetzen wollten. Aufgebracht zog er von links nach rechts über den Wolken dahin, aber Shai'danas magische Windböen, die durch den Sturm verstärkt wurden, hielten ihn ebenso auf Abstand wie der Abwehrzauber des Drachenstabs.

Frustriert spie der Drache ein weiteres Mal Feuer. Es war ein schlecht gezielter und auf Entfernung durchgeführter Angriff. Dennoch zwang er Corren, Zamashuras und Shai'dana hinter dem Schanzkleid der *Wolkenwanderer* Deckung zu suchen, denn keiner von ihnen wollte auch nur von der Spitze der riesigen Flammenzunge getroffen werden. Das Feuer leckte hoch über sie hinweg und traf den oberen Teil des hinteren Masts. Während das robuste Holz nur leicht geschwärzt wurde, geriet das daran befestigte Hecksegel umgehend in Brand.

»Löscht das Segel!«, befahl Kaillyn.

Der Befehl war vollkommen unnötig, denn schon im

nächsten Moment traf sie das Unwetter, und es fühlte sich an, als hätte der Himmel unvermittelt seine Schleusen geöffnet. Ein wahrer Sturzregen ging auf sie nieder, und heftige Winde erfassten das Flugschiff, derweil die Welt um sie dunkel wurde und die Wolken über ihnen mit den Wolken unter ihnen zu einem Chaos der Elemente verschmolzen.

»Bei den Vier Winden!«, entfuhr es Grimmeisen. »Shai'dana, unternehmt etwas!«

»Noch nicht!«, rief Corren und schirmte die Augen gegen den heftigen Regen ab, der sie binnen kürzester Zeit vollkommen durchnässte. »Erst wenn wir tiefer im Sturm sind und sicher sein können, dass uns der Rote nicht länger verfolgt.«

»Er wäre verrückt, es zu tun«, gab der Söldner lautstark zurück.

Blitze zuckten in der Finsternis, und Donner krachten ohrenbetäubend, während die *Wolkenwanderer* tiefer in den Mahlstrom aus Sturm und Wolken vordrang.

»Holt die Segel und die Seitenfächer ein!«, befahl Waughan. »Sonst reißen sie.«

Seine Mannschaft machte sich sofort an die Arbeit, und auch Corren und die anderen Passagiere legten mit Hand an, um das Flugschiff zu sichern und alle beweglichen Teile festzubinden. Das Deck bebte unter den Sturmböen und wenn Corren geglaubt hatte, dass man bei einem Unwetter in den Wolken weniger den Elementen ausgeliefert war als mit einem Schiff auf hoher See, wurde er nun eines Besseren belehrt. Die *Wolkenwanderer* mochte nicht so heftig auf und ab schwanken wie ein auf den Wellen tanzendes Seeschiff, dafür wurde sie immer wieder unvermittelt von einer kräftigen Böe in die Höhe geworfen oder fiel ohne erkennbaren Grund mehrere Manneslängen in die Tiefe, wobei sich alle festhalten mussten, um nicht über Bord zu gehen. Der Rumpf knarrte und ächzte und Waughan kämpfte sichtlich darum, ihn in stabiler Lage zu halten. Es war beinahe schlimmer als auf dem Meer, denn dort konnte man die Wellen wenigstens sehen, die auf einen zurollten. In der Luft gab es keine Vorwarnung vor einem Treffer. Irgendwie war Corren froh, dass sie noch keine Gelegenheit zum Abendessen gehabt hatten.

»Vier Winde!«, schrie Grimmeisen über das Toben der Elemente hinweg. »Vielleicht war der Drache doch das kleinere Übel.«

Corren kniff die Augen zusammen und wischte sich das klatschnasse Haar aus der Stirn. Der Große Rote war nirgendwo mehr auszumachen. Nichts als dunkle Wolken, Regen und Sturm umgaben sie. Wieder krachten Blitz und Donner, und Corren schmeckte die sich entladenden Energien geradezu in der Luft. Er klammerte sich an die Takelage, die den hinteren Mast mit dem Schanzkleid verband, um zu verhindern, dass ihn das bockende Deck von den Füßen holte. »Shai'dana!«, rief er. »Wenn es in Eurer Macht steht, etwas gegen dieses Unwetter zu tun, wäre jetzt der richtige Zeitpunkt. Alles, was uns hilft, heil durch diesen Hexenkessel zu gelangen, wäre ein Segen.«

Sie nickte, doch Corren glaubte auf ihren Zügen einen Anflug von Verbissenheit zu erkennen. Der Kampf gegen den Großen Roten, so rasch er auch vorbei gewesen sein mochte, hatte an ihren Kräften gezehrt, und dieser Sturm war kein lauer Sommerwind, der sich mit einer Hand fortwedeln ließ, sondern eine Herausforderung. Trotzdem begab sie sich zum Bug und hob erneut die dunklen Arme mit den aufgemalten, goldenen Symbolen ihrer Zunft. Mit befehlender Stimme rief sie in die Dunkelheit hinein.

»Irgendwann wird sie sich selbst verzehren«, sagte Zamashuras, der mit dem Drachenstab zu Corren gelaufen war.

»Was meint Ihr?«, fragte Corren.

»Shai'dana.« Der Quano nickte in Richtung der Elementarmagierin. »Egal ob Drache oder Sturm, für sie ist jeder ein Feind, den man bezwingen muss. Das kostet sie enorme Kraft. Es wäre leichter für sie, wenn sie sich auf ihre Umgebung einlassen würde.«

»Jetzt ist wirklich der falsche Anlass für magietheoretische Betrachtungen, Shur«, erwiderte Corren. »Ihre Methode zeigt Wirkung, und das reicht mir.«

Diesmal allerdings schien er sich zu früh gefreut zu haben. Eine Weile beschwor Shai'dana mit lauter und zunehmend wütend klingender Stimme die sie umtosenden Urgewalten, doch Sturm und Regen wurden nicht weniger, und auch der Donner zerriss unvermindert ohrenbetäubend den Himmel über ihnen. Als Corren sich mit Zamashuras zu ihr gesellte, warf sie ihm aus hell glühenden Augen einen frustrierten Blick zu. »Ich weiß nicht, warum es nicht klappt«, rief sie. »Der Sturm widersetzt sich mir. Es fühlt sich an, als würde eine fremde, stärkere Macht meine Bemühungen zunichtemachen. Als wolle etwas, dass dieser Sturm tobt.« Sie wirkte so aufrichtig wütend darüber, dass Corren geneigt war, ihr zu glauben, auch wenn ihm eine leise, misstrauische Stimme in seinem Hinterkopf einflüsterte, dass sie ihr Versagen womöglich nur spielte, um dem anderen Flugschiff, das vor ihnen in das Unwetter geflogen war, einen Vorsprung zu verschaffen.

Zamashuras schloss die Augen und hob leicht den Kopf. Er schien in den Aufruhr der Elemente hineinzuhorchen, so als lausche er auf ein ganz bestimmtes Geräusch im Heulen,

Tosen und Donnern, das ihm eine Erklärung für Shai'danas Versagen bieten könne. »Ich spüre es auch«, sagte er schließlich.

»Was?« Corren beugte sich vor. »Was spürt Ihr?«

»Eine magische Kraft, sehr alt, sehr mächtig.« Zamashuras öffnete die großen, dunklen Augen und blickte Corren an. »Etwas befindet sich in den Wolken, eine Quelle enormer, chaotischer Magie.«

Correns Augen weiteten sich. »ThaunasRa!«, entfuhr es ihm. »Wir müssen uns ThaunasRa nähern.«

»Das wäre eine Erklärung«, gab Zamashuras zu.

»Wo ist es? In welche Richtung müssen wir fliegen?« Aufgeregt beugte sich Corren über das Schanzkleid am Bug und starrte suchend in die finsteren Wolken.

»Ich bin mir nicht sicher«, sagte Zamashuras. »Aber es scheint, als läge das Auge des Sturms und damit das Zentrum dieser uralten Magie irgendwo vor uns.«

»Dann sind wir auf dem richtigen Weg.« Ungeachtet des Regens, der ihn bis auf die Haut durchnässt hatte, und des Sturms, der an ihm und dem Schiff unter seinen Füßen zerrte, verspürte Corren ein Hochgefühl in sich. ThaunasRa war kein Mythos! Es existierte wahrhaftig – und sie kamen ihm immer näher.

Vor ihm in den Wolken wurden schemenhafte Formen sichtbar. Zunächst vermochte Corren sich keinen Reim darauf zu machen, doch dann erhellte ein weiterer Blitz die Szenerie, und er erkannte, was dort auf ihrem Kurs lag. Er fuhr herum. »Kapitän! Schwebende Felsen voraus!«

»Bei allen schreienden Dämonen, das hat uns noch gefehlt«, brüllte Waughan. »Kaillyn, übernimm die Steuertaue. Ich muss mir das ansehen.« Sie vollzogen einen raschen Positionswechsel, und der Nondurier hastete zum

Bug des Schiffs. Bei Corren angekommen, stieß er gleich die nächste Verwünschung aus. »Schwebende Inseln in einem Unwetter. Es gibt wenig, was für ein Flugschiff gefährlicher wäre.«

»Können wir nicht aufsteigen und sie überfliegen?«, fragte Corren.

»Versuchen können wir es. Aber ich will den oberen Wolken nicht zu nah kommen. Ein Volltreffer von einem dieser Blitze könnte den Rumpf entzweisprengen. Und Eure Elementarmagierin scheint im Moment ja nicht imstande, uns vor dem Unwetter zu schützen. Es wird also ein heikler Ritt.«

»Und wenn wir umkehren?«, fragte Grimmeisen.

Waughan schüttelte den Kopf. »Das schaffen wir nicht – nicht ohne Shai'dana. Es mag Euch entgangen sein, aber nicht wir geben hier die Richtung der *Wolkenwanderer* vor, sondern der Sturm. Und der treibt uns in die Felsen.«

»Es würde uns auch nichts nützen«, sagte Zamashuras. »Ich frage mich, ob dieser Sturm überhaupt jemals endet, denn ich glaube, dass er durch die Nähe zu ThaunasRa und die enorme Menge an freier, chaotischer Magie genährt wird. Selbst wenn wir ihn jetzt verließen, müssten wir womöglich wieder hineinfliegen, um die Stadt zu erreichen.«

»Wir drehen jetzt nicht um, das steht außer Frage«, stellte Corren klar. »Tut, was Ihr tun müsst, Kapitän, um uns unversehrt an diesen Felsbrocken vorbeizumanövrieren.«

»Worauf Ihr Euch verlassen könnt.« Waughan kehrte an seinen Platz im Steuerstand zurück.

Hinter ihnen stieß Triasti einen Schrei des Unbehagens aus. Die beiden Greifen standen eng beisammengedrängt und wirkten alles andere als glücklich über ihre Lage. Corren zwang sich zur Ruhe, bevor er sich den Vogelpferden zuwandte. »Keine Angst.« Er streckte die Hände aus und strich Ishaljir und Triasti über den Schnabel. »Es wird alles gut werden.«

Zunächst jedoch wurde alles noch schlimmer. Waughan befahl seine Leute ans Schanzkleid, um Ausschau zu halten, und zog die *Wolkenwanderer* dann in die Höhe. Obwohl das natürlich Einbildung war, kam es Corren so vor, als krachten die Blitze nun unmittelbar über ihren Köpfen, während unter ihrem Rumpf, schroffen Riffen im aufgewühlten Ozean gleich, die dunklen Schatten der schwebenden Felsen vorbeizogen. Immer wieder schrien Knurrn, Broderik und die anderen Flugschiffer Warnungen vor neuen Hindernissen, und Waughan versuchte, unterstützt durch Kaillyn, das Flugschiff trotz der heftigen Windböen an ihnen vorbeizulenken. Oft genug gelang es ihm nur mit knapper Not.

Einmal warnte der Drak Zirosh sie zu spät, und die *Wolkenwanderer* rammte seitlich einen der Felsbrocken. Das Schiff schüttelte sich, und Waughan fluchte hemmungslos, während er die Steuerkästen weiter öffnete, um sie von dem Hindernis zu lösen. Glücklicherweise schien der Rumpf keinen Schaden davongetragen zu haben – zumindest dachte das Corren, bis ihm die leichte Schräglage auffiel, die darauf hindeutete, dass sie aus dem Kyrillian-Rahmen vorn an Steuerbord ein paar Kristalle verloren hatten.

Plötzlich stieß Shai'dana einen Schrei aus. »Seht doch! Dort in den Wolken! Da ist ein Licht.«

Sofort ließ Corren von den Greifen ab und stürzte zum Schanzkleid. Auch die anderen kamen neugierig herbei. In der Tiefe war eindeutig ein geisterhaft grüner Schein auszumachen, und wenn er vom Grund des Wolkenmeers herrührte, musste die Lichtquelle von enormer Größe sein, wie ein ganzer Wald dieser glühenden Pilze, die sie bei ihrem ersten Ausflug in den Abgrund gesehen hatten, nur um ein Vielfaches heller.

Zamashuras gab ein Keuchen von sich und geriet kurz ins Wanken, bevor er sich wieder fing. »Dort unten … Solch eine Erschütterung der Harmonien Gahats habe ich noch nie verspürt.«

Der Anblick ließ Corren alles um sich herum vergessen, den Sturm, den Regen, die Blitze und die drohenden Felsen. Wie magisch wurde sein Blick von dem glühenden Fleck tief in den Nebeln angezogen. »Das ist es! Das muss es sein! ThaunasRa.« Er blickte über die Schulter zum Steuerstand. »Haltet die *Wolkenwanderer* über diesem Ort, Kapitän! Wir haben das Ziel unserer Reise erreicht.«

»Einfacher gesagt als getan«, rief Waughan zurück. »Der Wind drückt uns weiter.«

»Nein!«, versetzte Corren heftig. »Nein, wir dürfen nicht weiterfliegen. Wir müssen diese Gelegenheit nutzen, die sich uns bietet. Wer weiß, ob wir den genauen Standort noch einmal so leicht finden, wenn uns der Sturm erst Meilen davongetragen hat.«

»Sorgt Euch darum nicht, Magister«, sagte Zamashuras. »Das, was dort unten liegt, würde ich jederzeit wieder spüren, ganz gleich ob uns ein Licht den Weg weist oder nicht.«

»Ja, ich spüre es auch«, warf Shai'dana ein. Die Augen der Sidhari sprühten beinahe Funken, so hell glühten sie. »Es ist berauschend.«

»Ich will trotzdem nicht warten«, beharrte Corren. »Denkt an das andere Schiff, das vor uns in den Sturm geflogen ist. Wer weiß, ob es schon hier war oder nicht. Ich kann einfach nicht riskieren, dass Orashanos die Stadt vor mir findet. Wir müssen nach unten, und zwar sofort.«

»Seid Ihr des Wahnsinns?«, rief Waughan. »Ich werde

die *Wolkenwanderer* auf keinen Fall in einem Sturm in dieses Feld aus schwebenden Felsen steuern und erst recht nicht in die Nebel, die darunterliegen. Das ist viel zu gefährlich.«

»Ich spreche auch gar nicht von der *Wolkenwanderer.* Wir nehmen das Beiboot, wie schon bei der ersten Reise zum Grund.«

»Das ist auch nicht besser. Das Beiboot ist so leicht, dass eine heftige Bö aus der falschen Richtung es gegen die Felsen schmettern wird.«

»Der Kapitän hat recht«, mischte sich Kaillyn ein. »Inmitten eines Unwetters ist ein Absinken zu gefährlich. Lasst uns wenigstens warten, bis der Wind etwas abflaut.«

»Dadurch verlieren wir bloß Zeit«, entgegnete Corren. »Und wir wissen nicht mal, ob er überhaupt jemals schwächer wird. Zamashuras glaubt, dass ThaunasRa der Grund für den Sturm ist. Solange die Stadt besteht, wird auch er toben.«

»Das ist doch Unfug! So etwas wie einen ewigen Sturm gibt es nicht.«

»Wenn Magie im Spiel ist, ist alles möglich.«

»Ich folge ja sonst dem Mann, der mich bezahlt, überallhin«, meldete sich jetzt auch Grimmeisen zu Wort. »Aber bevor ich mich in dieses Teufelsboot setze, wüsste ich schon gern, warum Ihr unbedingt der Erste sein wollt, der diese Stadt erreicht. Ist sie nicht groß genug für zwei Gelehrte?«

»Meine Aufzeichnungen«, sagte Corren eindringlich, »berichten von Schätzen, die Eure Vorstellungskraft übersteigen. Diese Schätze liegen da unten nicht zweimal herum. Wer sie zuerst findet, der beansprucht sie für sich, und aller Ruhm wird ihm allein gebühren. Ebenso aller Reichtum.« *Und vielleicht sogar die Unsterblichkeit*, fügte er in Gedanken hinzu.

Die *Wolkenwanderer* war unterdessen weitergetrieben worden, und das geisterhafte Licht in der Tiefe drohte hinter den schwebenden Felsen zu verschwinden. »Genug der Debatte«, sagte Corren scharf. »Ich gehe runter, zur Not allein.«

Hechet trat vor. »Ich begleite Euch. Ihr habt mein Leben gerettet. Ich lasse Euch jetzt nicht im Stich.«

»Ich natürlich auch nicht«, sagte Zamashuras.

»Und ich bin auch dabei«, verkündete Shai'dana.

Grimmeisen knurrte mürrisch. »Ach, beim Nordwind, was soll's.« Er sah Corren warnend an. »Aber ich hoffe, das mit dem Reichtum war ernst gemeint.«

»Was ist mit Euch?«, fragte Corren Lian.

Der neigte den Kopf. »Es mag nicht die klügste Entscheidung sein, Euch bei diesem Ausflug zu begleiten, aber ich würde es mein ganzes Leben bereuen, dieses mythische ThaunasRa nicht mit eigenen Augen gesehen zu haben.«

»Das wollte ich hören.« Corren wandte sich wieder Waughan zu. »Kapitän, haltet uns irgendwie noch eine kurze Weile über dem Licht. Nur bis wir unsere Ausrüstung geholt und das Beiboot fertig gemacht haben.«

»Ich will es versuchen. Broderik, Knurrn, Steuerbordseitenfächer raus. Wuffnar, Urdo, vorderes Segel halbhoch. Mal sehen, ob wir eine Wende hinbekommen.«

»Also los!«, rief Corren tatendurstig. »Holt Eure Sachen. Und macht schnell.«

Hektik ergriff alle Anwesenden, da jeder sich beeilte, den Anordnungen von Corren und Waughan Folge zu leisten. Corren selbst rannte mit Zamashuras unter Deck, um ihre Unterlagen und seine Expeditionsausrüstung zu holen. Er war froh, dass er seine Taschen schon vor Tagen fertig gepackt hatte, denn jetzt hätte er keine Zeit dafür gehabt.

Während er rasch seinen Lederharnisch anlegte und darüber das Sicherheitsgeschirr schnallte, faltete Zamashuras die Karte von ThaunasRa zusammen, über der sie am Morgen noch gebrütet hatten. Dann hielt er plötzlich inne.

»Was ist los, Shur?«, fragte Corren. »Worauf wartet Ihr?«

Der Quano drehte sich zu ihm um. Seine Miene wirkte ernst. »Magister, mir ist bewusst, dass dies der denkbar ungünstigste Zeitpunkt für solcherlei Zweifel ist, aber –«

»Ihr habt recht«, unterbrach ihn Corren. »Es ist ein ungünstiger Zeitpunkt für Zweifel.« Er schlang seine Tasche über die Schulter, befestigte den Drachenstab am Rücken und schnallte den Waffengurt um.

»Ich muss sie dennoch äußern«, beharrte Zamashuras.

Corren seufzte. »Was gefällt Euch diesmal nicht?« Sein Gefährte hatte es sich zur Gewohnheit gemacht, auf jedem ihrer Abenteuer an irgendeinem Punkt schwerwiegende Bedenken an der Klugheit von Correns Vorgehen vorzubringen. Bislang war er auf dieser Reise diesbezüglich auffällig still gewesen.

»Diese Stadt, ThaunasRa, sie ist nicht ganz das, was ich erwartet habe.«

»Ihr habt Sie doch noch gar nicht gesehen.«

»Aber gespürt. Und was ich fühlte, war nichts Gutes. Magister, ich bin kein Mann für dramatische Übertreibungen, aber dort unten lauert etwas Dunkles, eine Macht, so fremdartig und widernatürlich, dass sie mir Angst bereitet. Es mag nicht weise sein, sie durch unseren Besuch aufzuscheuchen. Ich sage das wahrlich nicht gern, aber womöglich sollten wir dieses Geheimnis unangetastet lassen.«

»Ihr wollt, dass ich die Expedition abbreche, so kurz vor dem Ziel?«, fragte Corren ungläubig.

»Ja.«

Einen Moment lang blickte Corren seinen Freund und Adlatus an. Er wusste, dass der Quano weder ein Feigling noch ein Unheilsprophet war. Wenn er ein ungutes Gefühl hatte, musste man das für gewöhnlich ernst nehmen. Doch nicht nur die Neugierde, sondern auch die Umstände zwangen Corren dazu, weiterzumachen. »Hört zu, Shur, selbst wenn ich Euch nachgeben würde und nicht nach ThaunasRa ginge, würde Orashanos es an meiner statt tun. Und Ihr kennt Orashanos. Er schert sich bestimmt nicht um dunkle Dinge, die in der Tiefe ruhen mögen. Er ist unvorsichtig und nur von Gier getrieben. Also müssen wir vor ihm dort unten sein, um herauszufinden, was es mit ThaunasRa auf sich hat. Und um Orashanos davon abzuhalten, irgendwelche Dummheiten zu begehen, sollte er in der Stadt auftauchen.«

Zamashuras dachte kurz darüber nach, dann neigte er ergeben den kahlen Kopf. »Ich verstehe. In dem Fall möchte ich vorschlagen, dass wir die Greifen mitnehmen.«

»Ishaljir und Triasti? Warum?«

»Als Sicherheitsmaßnahme. Schon bei unserem ersten Tauchgang hat nicht viel gefehlt, und wir hätten das Beiboot verloren. Sollte uns hier etwas passieren, können die Greifen uns nach oben bringen.«

»Ich würde ja einwenden, dass wir genau dafür die Sicherheitsgeschirre tragen«, sagte Corren und schnippte mit dem Finger gegen eines der Kyrillian-Kästchen, »aber ich sehe ein, dass das nicht das gleiche ist. Daher bin ich einverstanden. Hoffen wir, dass Ishaljir und Triasti es auch sind.« Er ergriff eine der zwei Taschen mit Studienunterlagen über die Stadt der ArChaon und nickte seinem Gefährten aufmunternd zu. »Und los geht es.«

Kapitel 26

THAUNASRA

20. Tag des 8. Mondlaufs im Jahr 850

»Warum noch mal haben wir diesen Auftrag angenommen?«, fragte Grimmeisen seine Schwester leise, während sie einander mit raschen, geübten Handgriffen dabei halfen, ihre Rüstungen anzulegen.

»Du wolltest Shai'dana beeindrucken«, antwortete Orsa mit der ihr eigenen, unverblümten Ehrlichkeit. Sie rammte ihre rechte Hand in den Panzerhandschuh und bewegte probeweise die Finger.

»Hm, ja, vermutlich war das der Grund«, gestand Grimmeisen, der seine Äxte in die Rückenhalterungen schob. »Diese kurze Schwärmerei habe ich jedenfalls teuer bezahlt. Ungeheuer in der Tiefe, mordlustige Taijirin, Große Rote und jetzt eine Bootsfahrt im schlimmsten Sturm, den ich je erlebt habe.«

»Warum jammerst du? Du hast doch bis jetzt kaum einen Kratzer abbekommen.« Orsa zog den anderen Handschuh an, dann ergriff sie ihren Helm und klemmte ihn sich unter den Arm.

»Vielleicht jammere ich genau deswegen. Wir sind bis jetzt fast nur Gefahren begegnet, gegen die wir machtlos waren. Dass wir diesen Tiefendrachen erlegt haben, war reines Glück. Wäre er nicht zwischen uns gelandet, hätte ich meine Äxte bloß schreiend durch die Luft schwingen können.«

»Du denkst zu viel nach«, sagte seine Schwester. »Wappne dich und warte auf das, was kommt. Mehr können wir nicht tun.«

»Ja, wahrscheinlich hast du recht.« Gegenwärtig dachte Grimmeisen vor allem daran, dass Orsa im Begriff war, mit einer schweren Metallrüstung hinaus in ein Gewitter zu marschieren. Er betete, dass sie schnell genug mit dem Beiboot in den Nebeln verschwanden, um zu verhindern, dass der Blitz in sie einschlug. *Nicht denken, handeln!*, schalt er sich. Er hob die Hand und hielt sie Orsa entgegen. »Auf in den Kampf, Schwesterherz.«

»Bis zum Sieg.« Scheppernd schlug sie mit der Rechten ein. Ihre Kraft verlieh ihm Zuversicht.

Gemeinsam begaben sie sich an Deck, wo der Wind um die Aufbauten heulte. Der Regen hatte ein wenig nachgelassen, aber unverändert war es stockdunkel um die *Wolkenwanderer*, wenn nicht gerade Wetterleuchten über den Himmel irrlichterte.

Kaillyn, Lian, Shai'dana und Hechet saßen bereits im Boot, der Magister und sein Adlatus luden soeben ein paar Taschen mit Unterlagen und Ausrüstung ein. »Alles bereit?«, fragte von Dask.

»Von uns aus kann es losgehen«, bestätigte Grimmeisen.

»Sehr gut. Zamashuras und ich werden Euch auf den Greifen begleiten. Wir wollen sie zur Sicherheit mitnehmen.«

Grimmeisen brummte beifällig. Die Greifen faszinierten ihn. Sie waren prachtvolle Reittiere und wirkten eindrucksvoll im Kampf. Er fühlte sich besser, wenn die beiden an ihrer Seite waren.

Der Magister und sein grauhäutiger Gefährte eilten zum Bug, wo Ishaljir und Triasti sie zusammen mit Iril erwarteten.

»Viel Glück!«, rief die Taijirin den beiden zu. Sie selbst würde die Gruppe nicht begleiten. Zum einen hatte ihr Volk eine ausgeprägte Abneigung gegen die Tiefen des Wolkenmeers, zum anderen sollte Iril zur Not als fliegender Bote dienen, falls die *Wolkenwanderer* in ernste Gefahr geriet und die anderen gebraucht wurden. Dass sie sich allein im Nebel verfliegen würde, war nicht zu befürchten. Das Licht unter ihnen war ein nicht zu übersehender Wegweiser, und der Magister hatte ihr obendrein sein Rufhorn übergeben, damit sie über den Dächern von ThaunasRa auf sich aufmerksam machen konnte.

Während die beiden Männer sich auf ihre Tiere schwangen, kletterten Grimmeisen und Orsa an Bord des Beiboots. »Sowas hab ich gern«, knurrte Kaillyn, die offenbar von Waughan den Befehl erhalten hatte, das kleine Gefährt zu steuern. »Erst zwingt er uns, in diesem Sturm den Tauchgang zu unternehmen, dann sitzt er nicht mal bei uns im Boot, sondern vertraut lieber seinen Greifen.«

»Wenn Ihr zurückbleiben wollt, kann ich das Beiboot steuern«, erbot sich Lian.

»Das wollte ich damit bestimmt nicht sagen. Irgendjemand muss schließlich die Schätze bergen, die der Kapitän uns versprochen hat, als wir dieser Fahrt zugestimmt haben.« Sie zog ihre Handschuhe zurecht und griff nach den Steuertauen. Ein sanfter Zug und das Beiboot hob vom Deck der *Wolkenwanderer* ab. Sofort wurden sie von den Böen erfasst und zur Seite getrieben, wobei das Boot in bedenkliche Schräglage geriet. Kaillyn fluchte und öffnete die Kyrillian-Kästen auf der gegenüberliegenden Seite etwas weiter, um sie vor einem Umkippen zu bewahren.

»Erinnere mich daran, Orsa, dass wir, sollten wir diese Reise überstehen, nie wieder einen Auftrag auf einem Flugschiff annehmen«, rief Grimmeisen seiner Schwester über das Brausen des Sturms hinweg zu.

Sie wandte ihm nur stumm das vom Helm verdeckte Gesicht zu und nickte.

»Es sollte gleich besser werden«, sagte Lian. »Die Nebel verschlucken jedes Unwetter schon nach wenigen Schritt Tiefe.«

»Eigentlich seltsam«, meinte Kaillyn. »Warum sollten Regen, Wind und Donner nachlassen?«

»Das weiß ich auch nicht«, erwiderte Lian, »aber als ich damals über Bord ging, herrschte auch gerade ein Unwetter. Schon nach kurzer Zeit merkte ich kaum noch etwas davon. Alles wirkt in den Nebeln fern und gedämpft.«

»Es muss mit der Magie des Wolkenmeers zu tun haben«, sagte Shai'dana. »Und hier ist sie stärker als irgendwo sonst.«

Der Magister und Zamashuras erhoben sich auf ihren Greifen in die Lüfte und machten sich im Sinkflug in Richtung Wolken auf. Kaillyn schloss sich ihnen mit dem Beiboot an, und NockNock folgte wiederum diesem. Der Sturm schüttelte sie durch, und sie mussten aufpassen, nicht mit einem der schwebenden Felsen zusammenzustoßen, die als schroffe, unnachgiebige Hindernisse überall in der Luft hingen.

Mit einer Mischung aus Staunen und Todesangst sah Grimmeisen zu, wie Kaillyn in hastiger Abfolge an den Steuertauen zog, während sie sich von Lian und Hechet vor den Felsen unter ihnen warnen ließ. Für den Geschmack des Söldners rauschte ihr Beiboot viel zu nah an den massiven Brocken vorbei. Mitunter hätte er nur die Hand ausstrecken müssen, um die Flechten und Moose zu berühren, die auf ihrer unebenen Oberfläche wuchsen.

Dann verschluckten sie die Nebel, und alles wurde dunkelgrau um sie. Grimmeisen war davon ausgegangen, dass schwebende Inseln nur oberhalb der Wolkendecke zu finden waren, doch er wurde eines Besseren belehrt. Auch inmitten der dichten Dunstschleier tauchten immer wieder Felsbrocken auf, manche von ihnen so unvermittelt, dass es Kaillyn nur um Haaresbreite gelang, ihnen auszuweichen. Einmal krachte das Beiboot gegen eines der schwebenden Riffe – Inseln konnte man diese knapp ein Dutzend Schritt messenden Steinsplitter kaum nennen. Grimmeisen entfuhr ein leiser Aufschrei, und Kaillyn stieß eine heftige Verwünschung aus. Zu ihrem Glück nahm der Rumpf des Beiboots keinen Schaden.

Immerhin wurde ihr Abstieg ruhiger, genau wie Lian es vorhergesagt hatte. Der Regen ließ nach, Blitz und Donner wirkten bald seltsam fern und von dem brausenden Sturm war gar nichts mehr zu spüren. Einmal mehr sanken sie in eine Welt der Stille und des Zwielichts hinab, in der nichts existierte außer ewiger, grauer Nebel.

Nach dem wilden Ritt durch das Chaos der Elemente war Grimmeisen beinahe dankbar für die einkehrende Ruhe. Allerdings bezweifelte er, dass dieses Gefühl lange anhalten würde. Er blickte über den Rand des Boots auf das kränklich grüne Glühen in der Tiefe, und ein äußerst ungutes Gefühl machte sich in seiner Magengrube breit. »Ich frage mich, was uns dort unten erwartet«, murmelte er und musste kaum die Stimme heben, um von allen gehört zu werden.

»Etwas, was noch kein Sterblicher vor uns erblickt hat«, sagte Shai'dana fast andächtig. Auch sie schaute in den Abgrund, doch anders als Grimmeisen schien sie ihre Ankunft dort geradezu herbeizusehnen.

»Na, solange es unberührte Reichtümer bedeutet und

nicht unaussprechliche Schrecken, soll es mir recht sein.« Er wandte sich an Lian. »Ihr habt doch mehr Ahnung von solchen Dingen. Was meint Ihr? Lebt da unten noch etwas?«

Nachdenklich wiegte dieser den Kopf. »Wir alle kennen die Geschichten, die man sich so erzählt, nehme ich an. Tatsächlich halte ich es für wahrscheinlich, dass wir Bewohner in ThaunasRa vorfinden. Bei meinem ersten unfreiwilligen Besuch am Grund des Wolkenmeers bin ich tagelang gewandert, ohne in der Leere auf Leben zu stoßen. Aber kaum hatte ich einen Rest von Zivilisation gefunden – ein altes Schiffswrack –, waren auch die Ungeheuer nicht fern. Genauso war es in den Ruinen des Dorfs neben der Drachenkultinsel. Also was immer in der Tiefe haust, scheint genauso wie wir Oberflächenbewohner Gefallen an einem schützenden Hort oder Versteck zu haben.«

»Wie ermutigend«, knurrte Grimmeisen.

»Eins noch dazu«, fuhr Lian fort. »Ich wusste es damals nicht, aber heute bin ich recht sicher, dass keins der Geschöpfe, denen ich am Grund begegnet bin, irgendein übernatürliches Monster gewesen wäre. Die Tiefe scheint keine Schrecken von sich aus hervorzubringen. Vielmehr verwandelt sie jene, die in ihr stranden – egal ob Drachen oder Flugschiffbesatzungen – in kranke Zerrbilder ihrer Selbst.«

»Seid vorsichtig«, wandte Kaillyn ein. »Das Wolkenmeer ist gewaltig, und nur weil Ihr ein paar Tage durch seine Abgründe gestolpert seid, heißt das nicht, dass Ihr alles wisst.«

»Das ist wahr«, gab Lian zu. »Vermutlich kann uns wohl … alles in ThaunasRa erwarten.«

»Soll ruhig kommen«, tönte Orsa aus ihrem Helm heraus. »Mein Hammer ist bereit, es zu empfangen.«

Tiefer und tiefer glitt das Beiboot, begleitet von den

beiden Greifen und NockNock, die als schemenhafte Gestalten um das langsam sinkende Gefährt herumschwebten. Um sich im dichten Dunst nicht zu verlieren, stießen Ishaljir und Triasti immer wieder helle Rufe aus, die NockNock mit Quäken beantwortete. Am Bug und am Heck des Beiboots brannten unterdessen helle Laternen, um den anderen als Orientierungspunkte zu dienen. Aber sie waren nur kleine Lichtinseln, die sich rasch im dunstigen Dunkel verloren.

Doch es blieb nicht so dunkel. Je weiter sie in den Abgrund vordrangen, je näher sie der Quelle des grünlichen Scheins kamen, desto heller wurden die Nebel um sie. Außerdem kam es Grimmeisen so vor, als würde auch der Dunst – anders als bei ihrer ersten Reise zum Grund – lichter werden. Die Veränderung begann schleichend und machte sich vor allem dadurch bemerkbar, dass er plötzlich den Magister und Zamashuras auf ihren Greifen sehen konnte, die in wenigen Schritt Entfernung ihre langsamen Kreise abwärts zogen. Auch Lians Flugechse tauchte über ihnen auf. »Irre ich oder lässt der Nebel nach?«, fragte Grimmeisen.

»Ihr irrt nicht«, knurrte Hechet. Er kniff die Augen zusammen und spähte zu den Greifen hinüber. »Man kann sicher fünfzig Schritt weit sehen. Das ist viel mehr als zu Beginn unseres Abstiegs.«

Shai'dana, die ihren Blick kaum vom Abgrund genommen hatte, atmete geräuschvoll ein. »Staunt nicht, wie weit man sehen kann. Staunt über das, was unter uns liegt.«

»ThaunasRa …« Voller Faszination blickte Corren in die Tiefe. »Shur, mein Freund, das muss es sein.«

»In der Tat«, sagte Zamashuras. »Es ist … größer, als ich angenommen habe.«

Das empfand Corren als eine höfliche Untertreibung.

Kein wochenlanges Studium der Karte von ThaunasRa hatte ihn darauf vorbereiten können, wie gewaltig die Stadt der ArChaon in Wirklichkeit war. Unter den Greifen schälte sich ein ganzes Gebirge aus Stein aus dem fahlgrün glühenden Dunst. Titanische Bauwerke, die unmöglich von gewöhnlichen Sterblichen errichtet worden waren, erhoben sich dicht an dicht in den Nebel. Von oben ließen sich ihre wahren Ausmaße nur schwer erahnen, aber es schien Corren, als würden selbst die größten Festungen der Menschen von einst dagegen klein wirken. Schluchten zogen sich zwischen den Bauwerken dahin, die Straßen gewesen sein mussten und sich hier und da zu weitläufigen Plätzen verbreiterten. Die Bauten erstreckten sich in alle Himmelsrichtungen, bis sie sich im Nebel verloren.

»Fliegen wir näher«, sagte Corren. »Und dann suchen wir nach dem Tempel.«

»Haltet Ihr es für klug, dass wir uns offen über den Himmel der Stadt bewegen?«, gab Zamashuras zu bedenken. »Wenn dort unten jemand … oder etwas … lebt, verraten wir ihm so ganz sicher unsere Anwesenheit.«

»Ich fürchte, dass wir unseren Weg durch diese Schluchten nicht finden werden.«

»Wir haben die Karte. Wir müssen nur einen Ort ausmachen, den wir auch auf der Karte entdecken. Dann können wir ihrer Anleitung zum Tempel folgen.«

Mit einem Nicken gab Corren sein Einverständnis. »Also gut, dann wollen wir auf einem der Dächer landen und versuchen, uns von dort aus einen Überblick zu verschaffen.«

Sie unterrichteten die anderen von ihren Absichten, dann glitten sie auf eins der Bauwerke zu. Aus der Nähe war deren fremdartige Architektur gut zu erkennen. Die meisten der gewaltigen Turmbauten bestanden aus einem bleichen, beinahe weißen Stein, der Corren unwillkürlich an die Gebeine titanischer Ungetüme erinnerte. Sie waren von einer klobigen Wuchtigkeit, die von dem Wunsch ihrer Erbauer zeugte, sie mögen Äonen überdauern. Zwar gab es einige schräge Kanten, und Corren gewahrte Galerien und Terrassen, die um die Bauwerke herumliefen, sowie Brücken, die sich zwischen ihnen spannten, aber nichts davon vermochte den Eindruck zu mildern, dass Schwere und Schlichtheit die Ideale der ArChaon gewesen waren.

Gerade Letzteres zeigte sich in dem außerordentlich glatten Mauerwerk, das schmucklos war, sah man von den zahllosen Öffnungen ab, die als dunkle Löcher in der Fassade klafften und Fenster sein mochten. Eigentümlich wirkten dabei die enormen Größenunterschiede. Manche von ihnen waren so klein und schmal, dass sich kein Mensch hätte hindurchzwängen können. Andere hatten die Ausmaße mächtiger Portale, durch die nicht nur ihr Beiboot, sondern die ganze *Wolkenwanderer* ohne Schwierigkeiten ins Innere der Bauwerke hätte fliegen können. Die absolute Finsternis dahinter ließ nicht im Ansatz erahnen, welche Ausmaße die Hallen im Inneren der monumentalen Bauten hatten.

Die Greifen und das Beiboot landeten auf dem flachen Dach eines Turms, und jetzt begriff Corren, warum die ganze Stadt derart intensiv glühte. Auf dem Dach wuchsen nicht nur Moos und verschiedene bizarre Pilzgewächse, es war obendrein auf weiter Fläche von der eigentümlichen grünen Substanz bedeckt, die sie bereits auf den Hüten der übergroßen Pilze im Dorf der Drachenanbeter bemerkt hatten. Auch alle anderen Gebäude mussten davon befallen sein. So verwandelte sich die Stadt tatsächlich in einen der leuchtenden Pilzwälder, die Lian während seiner Wanderung durch die Tiefe gesehen hatte – nur hundertmal größer.

»Dieses Zeug ist wirklich überall«, murrte Grimmeisen und betrachtete angewidert seine Stiefel. »Ekelhaft.«

»Gefährlich«, meinte Orsa. »Man rutscht darauf aus.«

»Ja, das kommt hinzu.«

Corren beachtete die beiden Söldner nicht weiter, sondern trat zum Rand des Dachs. Es gab keine Brüstung, allerdings wehte auch nicht der Hauch eines Windes, so dass keine Gefahr bestand hinunterzufallen, wenn man keine Angst vor Höhen hatte, und die hatte Corren nicht. Er ließ den Blick schweifen, und irgendwie sah ThaunasRa in jede Richtung gleich aus, ein unübersichtliches Monument aus Stein, das sich nach vielleicht dreihundert Schritt im Nebel verlor.

»Dort drüben.« Zamashuras deutete auf ein Gebäude, das von zwei anderen flankiert wurde. Zu dritt bildeten sie eine auffällige Kreuzform. »Diese Bauwerke finden wir vielleicht auf der Karte.«

»Versuchen wir es«, sagte Corren. Sie begaben sich zum Beiboot, das Kaillyn eine halbe Manneslänge über dem Boden in der Schwebe hielt. Sie wollte verhindern, dass die Kyrillian-Kristalle mit der grünleuchtenden Substanz in Berührung kamen. Corren kletterte an Bord und holte eine Kladde mit Pergamentbögen aus einer Tasche, auf denen sich die abgezeichneten Teile der Stadtkarte befanden. Zwar hatte er auch die Originalkarte bei sich, aber weil sie so groß war, ließ sie sich nicht gut handhaben, so dass er sie nur im Notfall ausbreiten wollte.

Grimmeisen und Orsa gesellten sich zu ihnen. »Was haben wir denn jetzt vor?«, fragte der Söldner. »Schauen wir uns diese Riesenbauten von innen an? Ich frage nur, weil dort hinten ein Loch im Dach ist, das in einen Raum darunter führt. Wenn es irgendwo was zu finden gibt, dann bestimmt nicht auf dem Dach.«

»Wir suchen ein ganz bestimmtes Bauwerk«, erklärte ihm Corren, während er die Pergamentbögen hervorholte und die Hälfte davon Zamashuras reichte. »Den obersten Tempel von ThaunasRa. Dort … sollte jeder von uns finden, wonach er sucht, egal ob Artefakte oder Wissen.«

»Ah, der Tempel. Das klingt gut. Es geht doch nichts darüber, kostbare Abbilder von Göttern zu verkaufen, an die man selbst nicht glaubt.« Grimmeisen grinste vielsagend. »Wie sieht das Ding aus?«

»Wir nehmen an, dass der Tempel die Form einer riesigen Pyramide hat«, sagte Corren. »Aber zuerst müssen wir dieses Gebäude dort hinten auf den Karten finden, um überhaupt zu wissen, wo wir gerade sind.« Er deutete auf das Bauwerk.

Eine steile Falte entstand auf Grimmeisens Stirn, als er es in Augenschein nahm. Dann winkte er auffordernd mit der linken Hand. »In Ordnung, gebt mir ein paar Eurer Kartenteile. Ich helfe Euch.«

Corren reichte ihm fünf Bögen. »Geht vorsichtig damit um. Wir haben nur diese und das Original der Karte. Es wäre unschön, wenn die Aufzeichnungen in diesem grünen Schleim landen würden.«

»He, für wen haltet Ihr mich?«, erwiderte Grimmeisen entrüstet. »Ich kann mit Äxten jonglieren. Ich werde ja wohl –«

»Da.« Orsa deutete mit ihrer gepanzerten Rechten auf den obersten Pergamentbogen in den Händen ihres Bruders. »Sind das die Türme, die Ihr sucht?«

Grimmeisen warf einen Blick darauf. »Beim Westwind, sie könnte recht haben.«

Erstaunt nahm Corren das Pergament wieder entgegen. Tatsächlich war etwas an der Stelle eingezeichnet, das einem

Kreuz ähnelte. Feine Lücken an den einzelnen Gliedern wiesen darauf hin, dass es sich um mehrere Bauwerke handelte. Er hob die Karte und den Blick und verglich die Bauwerke in der unmittelbaren Umgebung mit den Zeichen auf dem Pergament. Langsam nickte er. »Das nenne ich einen Glückstreffer. Aber wir sollten zur Sicherheit dennoch die anderen Kartenteile anschauen. Wer weiß, ob sich Strukturen in dieser Stadt wiederholen.«

Unter Mithilfe aller – auch Kaillyn, Lian, Shai'dana und Hechet waren mittlerweile hinzugetreten – überprüften sie die übrigen Pergamentbögen, doch es gab tatsächlich nur eine Stelle auf der Karte, die zu den Gebäuden vor ihnen passte.

Auf dem Boden des Beiboots legte Corren die nötigen Kartenteile aneinander. Mit dem Finger fuhr er die Linien nach, dann warf er einen Blick auf den Kompass am Steuerstand. »Wir müssen ziemlich genau nach Osten. Der Tempel sollte nicht zu verfehlen sein.«

Zamashuras deutete auf eine schnurgerade Linie. »Wenn wir dieser Straße folgen, dürfte sie uns direkt zum Tempelvorplatz führen.«

»Gute Idee. Begeben wir uns nach unten.«

»Wollt Ihr wirklich hinab zum Boden?«, fragte Kaillyn. »Über den Dächern wären wir sicherer.«

»Wären wir das?«, fragte Corren zurück. »Unser letzter Gegner hier unten war ein Drache. Und so ein Ungetüm, das zweifellos in den oberen Ebenen der Stadt lebt, bereitet mir mehr Sorge als alles, was uns am Boden begegnen könnte. Außerdem müssen wir ja nicht ganz hinunter. Wir können ein paar Schritt Abstand halten. Hauptsache, die Gebäude links und rechts schützen uns vor Entdeckung durch Wesen, die weiter oben die Nebel beobachten.«

»Damit kann ich leben.« Kaillyn begab sich zum Steuerstand.

Corren und Zamashuras sammelten ihr Kartenmaterial ein, und die anderen kamen an Bord. »Ishaljir, Triasti, folgt dem Boot«, befahl Corren den Greifen, und Lian gab NockNock die gleiche Anweisung. Corren nickte Kaillyn zu. »Auf zum Tempel.«

Kapitel 27

AUGEN IN DER FINSTERNIS

20. Tag des 8. Mondlaufs im Jahr 850

Ganz gleich ob es Tag oder Nacht an der Oberfläche war, in der Stadt am Grund des Wolkenmeers herrschte das ewige fahlgrüne Dämmerlicht. Es verlieh den gewaltigen, stummen Steinmonumenten eine geisterhafte Aura und der Atmosphäre etwas Unwirkliches, Traumartiges, denn es gab keinerlei Schatten zwischen den Bauten, nur diesen unheilvoll wirkenden Nebel, der alles einhüllte. Dafür war die Dunkelheit hinter den klaffenden Öffnungen in den Fassaden umso tiefer. Sie wirkte beinahe stofflich, wie etwas, das im Inneren der Türme lauerte und nur darauf wartete, mit nachtschwarzen Gliedern hervorzubrechen.

Corren hatte viele schauerliche Orte in seinem Leben besucht; Ruinen auf einsamen Bergeshöhen, feuchte Katakomben und nebelverhangene Felder des Todes, auf denen nach gewaltigen Schlachten der Vergangenheit die Gebeine Tausender verrotteten. Diese Orte hatten ein Gefühl des Unbehagens in ihm wachgerufen, und vielleicht hatten ihm sogar die klammen Finger der Angst über den Nacken gestrichen – doch niemals hatte er sich so fremd und verloren gefühlt wie zwischen diesen ehrfurchtgebietenden Zeugen einer vor Ewigkeiten untergegangenen Zivilisation.

Dabei war ThaunasRa ihnen gegenüber nicht spürbar feindselig. Bis jetzt hatten sie nicht die geringste Lebensform angetroffen. Aber vielleicht war genau das der Grund für Correns Beklommenheit: Spinnen, Käfer, Ratten, Schlangen – jeder noch so verfluchte Ort war für irgendwelche Geschöpfe, egal wie widerlich sie auch sein mochten, ein Zuhause. Die Stadt der ArChaon dagegen wirkte vollkommen tot, sah man von dem kränklich wirkenden Pflanzenwuchs – den Moosen, Flechten und Pilzwucherungen – ab. Es kam Corren vor, als sollte hier schlichtweg nichts Lebendiges existieren, als verstoße die bloße Anwesenheit ihrer Gruppe gegen ein uraltes und uneingeschränkt geltendes Gesetz.

»Ich hoffe, dieser Tempel bietet einiges an Schätzen«, knurrte Grimmeisen, während sie, flankiert von NockNock und den Greifen, mit dem Beiboot langsam zwischen den riesigen Bauwerken dahinglitten, »denn ich kann mir kaum vorstellen, durch eine dieser Öffnungen zu treten, um die Dunkelheit dahinter zu durchsuchen.«

»Was lässt Euch glauben, es wäre im Tempel weniger dunkel?«, fragte Lian.

»Ich …« Der Söldner brach ab und schwieg kurz, bevor er fortfuhr. »Hm, da ist was dran. Aber wenigstens wollen wir dort alle hinein.«

»Auf der Karte strahlte der Tempel, oder nicht?«, merkte Hechet an.

»Das ist wahr, aber die Karte wurde auch zu einer Zeit angefertigt, als ThaunasRa von Leben erfüllt war«, sagte Corren.

»Wisst Ihr, was mich wundert?«, warf Kaillyn ein. »Warum ist diese Stadt so vollkommen ohne jedes Anzeichen von Leben? Und damit meine ich gar nicht heutiges Leben, sondern früheres. Diese Straßen, diese Bauwerke, sie erwecken den Eindruck, als wäre niemals jemand drüber hinweggeschritten, als hätte dort nie einer gewohnt.«

»Ich verstehe, was Ihr meint.« Corren ließ den Blick schweifen. »Mir ist auch schon aufgefallen, dass es keinerlei Spuren der Zivilisation der ArChaon gibt, von den Bauwerken selbst einmal abgesehen. Die Schriften sind nicht ganz eindeutig, in welchem Zeitraum ThaunasRa unterging, aber selbst wenn die ArChaon nicht vollkommen von der magischen Katastrophe überrascht wurden, die sie selbst heraufbeschworen haben, sondern Zeit hatten, die Stadt in Ruhe und mit all ihrem Hab und Gut zu verlassen, müsste es Überreste geben. Karren, die nicht mitgenommen wurden, weil sie kaputt waren. Abfälle des Alltags, darunter auch solche, die nicht verrotten, etwa Tonscherben oder Steinbehältnisse. Es müsste alte Straßenlaternen aus Metall geben, selbst wenn sie heute völlig verrostet wären, oder Schilder an den Gebäuden, wie es sie bei uns über Schänken und Werkstätten gibt.«

»Vielleicht müssen wir genauer hinschauen, um sie zu entdecken«, sagte Zamashuras. »Es ist neblig, wir schweben mehrere Schritt über der Straße und sehr viele Flächen sind auf die eine oder andere Weise überwuchert oder von dieser glühenden Substanz bedeckt. Es könnte also durchaus Spuren geben, aber wir sehen sie nicht.«

»Das ist möglich«, gab Corren zu. »Aber bevor ich mich auf die Suche nach Tonscherben oder verrosteten Pfeilspitzen mache, will ich diesen Tempel besuchen. Er ist das Herz von ThaunasRa. Wenn wir irgendwo Antworten finden, dann –«

»Magister!«, unterbrach ihn Hechet. Die spitzen Ohren des Nonduriers richteten sich steil auf, und seine Augen verengten sich.

»Was ist los?« Corren blickte in die Richtung, in die auch der Söldner schaute. Sie passierten gerade ein kleineres Gebäude, das lediglich die Höhe eines gewöhnlichen Wehrturms hatte. In der Fassade gab es mehrere Öffnungen. Eine besonders große befand sich etwas über ihnen, ungefähr acht Schritt über dem Boden.

»Da drin lebt etwas«, sagte Hechet. »Ich habe eine Bewegung wahrgenommen, und Augen glühten in der Dunkelheit.«

»Glühten? So wie von einem Sidhari?«, hakte Grimmeisen nach.

»Ja, nur sahen sie größer aus, und sie leuchteten weißlich.«

»Seid Ihr Euch ganz sicher, dass dort etwas war und Eure Sinne Euch nicht bloß einen Streich gespielt haben?«, fragte Corren.

»Meine Sinne sind scharf wie immer«, stellte Hechet klar.

Mit grimmiger Miene wandte sich Corren an alle. »Da haben wir das Leben, das wir so vermisst haben. Ich weiß nicht, ob ich nun glücklicher bin. Haltet die Augen offen. Wir wissen nicht, womit wir es zu tun haben. Und, Kaillyn: Bringt uns so schnell wie möglich zu diesem Tempel, hört Ihr?«

»Ich gebe mein Bestes«, erwiderte Waughans Erster Maat, »aber Kyrillian-Kristalle dienen dazu, Auftrieb zu verleihen. Voran kommt man mit ihnen nur ziemlich schlecht.«

»Wir sollten dennoch bald den Vorplatz erreichen«, meldete sich Zamashuras zu Wort, der ihren Weg auf den abgezeichneten Kartenteilen verfolgte. »Ich schätze, uns fehlen noch hundert Schritt.«

»Er hat recht«, sagte Lian. »Dort vorne scheint das grune Leuchten des Nebels etwas heller zu sein, als gäbe es eine freie Fläche.«

Grimmeisen stieß einen Fluch aus. Dann hob er den Arm

und deutete auf einen Turm zu ihrer Linken. »Jetzt habe ich auch eine Bewegung gesehen, da oben auf der Galerie. Es sah aus, als schleiche dort jemand umher.«

»Rechts an den Fenstern verstecken sich noch mehr«, knurrte Orsa.

»Entweder erreichen wir gerade eine wirklich belebte Gegend«, meinte Shai'dana, »oder die Bewohner in den Bauwerken weiter hinten haben alle geschlafen, und wir haben diese hier versehentlich geweckt.«

»Wollen doch mal schauen, ob ich mehr erkennen kann.« Corren zog das Katzenaugen-Amulett aus einer Gürteltasche und legte es an. Sofort wurde das Glühen aller Bauwerke unangenehm hell, und jeder Anflug von Schatten zwischen den Türmen verschwand gänzlich. Die absolute, stoffliche Finsternis hinter den Fassadenöffnungen blieb jedoch undurchdringlich. »Bei den Dunkelreichen! Ich vermag rein gar nichts zu erkennen.«

»Gestattet mir, dass ich für ein wenig Licht sorge«, sagte Hechet. Er hielt schon die ganze Zeit seinen Jagdbogen in den Händen, nun holte er rasch einen Pfeil aus dem Köcher, wickelte eine schützende Stoffbahn um die knollenförmige Pfeilspitze ab und schlug diese dann kurz aber heftig gegen die Bootskante. Mit zornigem Zischen entzündete sich die an auskristallisiertes Salz erinnernde Spitze und begann, in hellem, roten Feuer zu brennen. Schnell legte Hechet den Pfeil auf die Sehne, zielte kurz und schoss ihn durch eine der Öffnungen, hinter denen Orsa Bewohner ausgemacht haben wollte.

Ein hohles Fauchen erklang, wie der letzte Atemzug eines im Sterben liegenden, sehr großen Tiers, und Corren konnte schnelle Bewegungen von, wie er glaubte, ausgemergelten, menschenähnlichen Körpern ausmachen. Dann wurde es wieder dunkel in dem Raum, so unvermittelt und vollkommen, als hätte die Finsternis selbst das Feuer des Pfeils verschlungen.

»Und? Was habt Ihr gesehen?«, wollte Grimmeisen wissen. Mittlerweile hatten seine Äxte ihren Weg in seine Hände gefunden.

»Ich bin mir nicht ganz sicher«, gestand Corren, der das Katzenauge-Amulett abnahm und einsteckte. »Die Körper dieser Wesen ähnelten denen von Menschen oder Sidhari, aber ihre Bewegungen wirkten irgendwie falsch.« Er konnte es nicht besser beschreiben.

»Hoffen wir, dass sie sich darauf beschränken, uns argwöhnisch zu beobachten«, meinte Kaillyn.

Lian ließ seinen Blick über die Fassade der benachbarten Türme schweifen. »Ich fürchte, dass sich dieser Wunsch nicht erfüllen wird«, sagte er langsam. »Da kommen sie!«

Corren legte den Kopf in den Nacken und spürte, wie sich seine Eingeweide verkrampften. »Das ist nicht gut.«

Ishaljir stieß einen hellen Warnschrei aus und schlug mit den Flügeln. NockNock quäkte unruhig. Alle an Bord, die es noch nicht getan hatten, griffen zu den Waffen.

Aus zahlreichen Öffnungen in den Fassaden der gewaltigen Steinbauten kamen sie gekrochen: bleiche, knochige Gestalten mit langen Gliedern und zu großen Händen und Füßen, die scheinbar in Krallen ausliefen. Manche von ihnen trugen praktisch nichts am Leib, andere waren in zerschlissene Lumpen gekleidet. Strähnige Haare hingen ihnen über die Schultern herab und weißlich glühende Augen erhellten Gesichter, über denen sich Haut spannte, die wie altes Leder wirkte.

»Vier Winde!«, hauchte Kaillyn. »Was sind das für Wesen? Sind das ArChaon?«

»Ich weiß es nicht«, antwortete Corren, und ein kalter Schauer lief ihm über den Rücken.

»Sie erinnern mich an die Geschöpfe, die mich damals angegriffen haben, als es mich vor zehn Jahren zum Grund des Wolkenmeers verschlagen hat«, sagte Lian atemlos. »Aber sie sehen doch etwas anders aus.«

Corren kniff die Augen zusammen. »Natürlich«, entfuhr es ihm, als er begriff. »Sie sehen anders aus, weil es sich nicht um ehemalige Quano handelt, sondern ... Dreigötter! ... das könnten früher Menschen und Nondurier gewesen sein, vielleicht auch Drak und Sidhari.«

Kaillyns Augen weiteten sich vor Schrecken. »Wollt Ihr damit etwa sagen ...?« Sie ließ die Worte in der Luft hängen, unfähig, sie auszusprechen.

Corren nickte finster. »Dass es sich um die einstigen Besatzungen von Flugschiffen handelt, ja. All jene, die in der Tiefe gestrandet sind und nie wieder den Weg nach oben fanden. Dieser Teil der Schauergeschichten über den Grund des Wolkenmeers scheint wahr zu sein.«

»Aber das ist unmöglich«, entgegnete Lian. »ThaunasRa liegt so weit draußen. So viele Drachenjäger oder Luftpiraten kann es gar nicht hierherverschlagen haben, von Handelsschiffen ganz zu schweigen.«

»Vielleicht sind sie gar nicht hier abgestürzt«, sagte Corren. »Womöglich geht ein Lockruf von dieser Stadt aus, dem sie gefolgt sind wie Fische, die zum Laichen lange Flüsse hinaufschwimmen, weil sie nicht anders können.«

Angespannt beobachtete er, wie die Gestalten an den zahlreichen Flechten die Hausfassaden hinunterkletterten und sich auf der Straße sammelten. Es mussten Dutzende sein, wenn nicht gar über hundert. Bewaffnet waren sie nicht, aber in der Übermacht brauchten sie auch keine Waffen, um Correns kleine Gruppe zu überwältigen – sofern sie ihrer habhaft wurden, was nicht geschehen würde, solange das Beiboot hoch über der Straße blieb.

Lian schüttelte zweifelnd den Kopf. »Das kann trotzdem nicht sein. Der Weg hierher ist viel zu weit. Sie wären alle auf der Wanderschaft verhungert.«

»Vielleicht sind sie das«, sagte Grimmeisen düster.

»Wollt Ihr damit sagen, wir haben es mit Untoten zu tun?«, fragte Corren.

»Seht sie Euch doch an, Magister. Dieses unheilige Licht in ihren Augen, die dürren, fahlen Körper … wie Leichen, die eine böse Magie wieder zum Leben erweckt hat. Die böse Magie, die den Grund des Wolkenmeers beherrscht.«

Corren wusste, dass es mehr zwischen Himmel und Erde gab, als der menschliche Geist für gewöhnlich glaubte oder sich gar auszumalen vermochte. Trotzdem war er nicht bereit, an eine Armee von Untoten zu glauben. »Auch der Tiefendrache wirkte auf bizarre Weise verwandelt. Dennoch konntet Ihr ihn mit Orsas Hilfe töten. Wäre er untot gewesen, hätten gewöhnliche Waffen ihn niemals stoppen können. Ich glaube auch, dass die Tiefe diese Männer und Frauen verändert hat, aber untot sind sie nicht.«

»Wenn Ihr wollt, finde ich schnell heraus, ob gewöhnliche Waffen ihnen etwas anhaben können oder nicht«, sagte Hechet und sah auf den Pfeil, der auf der Sehne seines Bogens lag. »Ein Wort genügt.«

»Nein«, beschied Corren. »Bis jetzt haben sie nicht versucht, uns etwas anzutun. Vielleicht sind sie nur neugierig, aber scheu genug, dass sie sich von uns fernhalten.«

»Oder sie warten nur, dass wir landen«, warf Kaillyn ein. »Und das müssen wir, wenn Ihr in Euren Tempel wollt.«

»Schauen wir uns das Gebäude erst einmal an«, sagte

Corren. »Womöglich können wir in einer oberen Ebene landen, die sie nicht erreichen.«

Die rothaarige Frau schaute zweifelnd. »Auf mich wirken die recht geschickt im Klettern.«

»Landet so, dass wir den Eingang zum Tempel im Rücken haben«, sagte Grimmeisen. »Dann halten Orsa und ich Euch diese hässlichen Brüder schon vom Hals.«

Orsa unterstrich seine Worte mit einem Brummen.

Ein aus vielen Kehlen stammendes Fauchen und Zischen wehte zu ihnen herauf. Die bleichen Gestalten hatten sich mittlerweile in großer Zahl auf der Straße versammelt und folgten dem Beiboot, wobei sie gierig die Arme in die Höhe reckten, offenbar ohne wahrzunehmen, dass sich das schwebende Gefährt deutlich außerhalb ihrer Reichweite befand. Es war ein äußerst beunruhigender Anblick.

Zur Linken und zur Rechten wichen die Gebäude zurück, und das Beiboot erreichte einen großen Platz. Er hatte die Form eines riesigen Halbkreises, und an der geraden Seite erhob sich die Pyramide, die Corren als Tempel bezeichnete, auch wenn er den Begriff so nirgendwo in den Aufzeichnungen gefunden hatte. Die Übersetzung aus dem alten Sidhari lautete vielmehr in etwa *Heimstatt der* oder *des Unsterblichen.*

Die Pyramide war gewaltig und stellte alles, was Corren jemals in Xol gesehen hatte, in den Schatten. Er schätzte ihre Kantenlänge auf mehr als dreihundert Schritt, und sie musste an die hundertfünfzig Schritt hoch sein. Ein mächtiger Portalvorbau schmückte die Stirnseite, der für sich genommen gewiss schon zwanzig Schritt, hoch war. Dazu gehörten auch zwei massive Steinmauern, die parallel zueinander aufragten und auf architektonisch interessante Weise von hohen, sehr schmalen Fensterschlitzen durchbrochen waren. Sie führten zu dem Eingang, der fast groß genug schien, ein mittelgroßes Flugschiff zu verschlucken. Das ganze Bauwerk ruhte auf einem Podest, das man über breite Treppen erklimmen konnte. Nicht zum ersten Mal fragte sich Corren, ob die ArChaon körperlich so viel eindrucksvoller als Menschen, Quano oder Nondurier gewesen waren oder ob sie schlicht einen Hang zum Größenwahn gehabt hatten.

»Wir landen auf dem Podest«, sagte er. »Von dort aus sollte man sich gut verteidigen können.«

»Hoffentlich habt Ihr recht.« Kaillyn zog an den Steuertauen, um das Beiboot herumzuschwenken und über den Vorplatz zu fliegen. Doch statt sich vorwärtszubewegen, fingen sie plötzlich an zu sinken.

»He, was macht Ihr da?«, rief Grimmeisen. »Das ist die falsche Richtung.«

»Das weiß ich selbst«, erwiderte Kaillyn gereizt. Sie zog erneut an den Tauen, schien die Kästen weiter zu öffnen. Aber es zeigte keine Wirkung. Sie sanken immer weiter dem Boden entgegen, so als hätten die Kyrillian-Kristalle alle Wirkung verloren.

Unter ihnen nahm das Zischen und Fauchen ihrer bleichen Begleiter zu. Von hungriger Vorfreude erfüllt, drängten sie voran und ihrer Beute nach, die vom Himmel sackte wie ein tödlich verwundeter Drache.

»Was ist mit den Kristallen los?«, fragte Corren.

»Ich weiß es nicht.« Kaillyn zog an allen Tauen, öffnete und schloss damit die Kästen unter dem Rumpf. Sie hätte genauso gut die Arme vor der Brust verschränken und nichts tun können, denn genau das bewirkten ihre Bemühungen: nichts.

Hechet legte einen Pfeil auf die Sehne und spannte den Bogen. »Schluss mit der Zurückhaltung«, knurrte er. »Jagen wir diese Ungeheuer in die Löcher zurück, aus denen sie gekrochen sind.«

Corren nickte und zog sein Schwert.

Hechet schoss einem der Geschöpfe in die Brust, und zu Correns Erleichterung taumelte es und kippte um. Untot waren ihre Gegner also nicht. Aber es waren viele!

»Habt Ihr nicht noch einen dieser Donnerschläge, die Ihr in Ieverasts Feste eingesetzt habt?«, wollte Shai'dana wissen.

»Schon, aber wenn ich den zünde, wecken wir die ganze Stadt auf.«

»Kann es noch viel schlimmer werden?« Sie deutete auf die Meute unter ihnen, auf die hundert ausgemergelten Gestalten, die ihre krallenartig verkrümmten Finger nach ihnen ausstreckten. Auf den Zügen der Verdammten zeichnete sich der Wahnsinn ab.

»Wahrscheinlich nicht«, gab Corren zu.

»Was immer Ihr tun wollt, tut es schnell«, drängte Kaillyn. Sie waren jetzt nur noch drei Schritt über dem Boden.

Rasch öffnete Corren seine Tasche mit den alchemistischen Überraschungen. Noch vier *Götterblitze* befanden sich darin. »Haltet Euch bereit.« Er zog einen hervor. »Sobald ich das Fläschchen geworfen habe, schließt die Augen und haltet Euch die Ohren zu. Nachdem der Blitz ausgelöst wurde, springen wir von Bord und rennen los. Aber bleibt alle zusammen, nur für den Fall, dass der Trick bei diesen Halbtoten keine Wirkung zeigt.«

»Wenn wir das Boot zurücklassen, wie kommen wir wieder an die Oberfläche?«, wollte Grimmeisen wissen.

»Mit den Sicherheitsgeschirren. Und wenn das nicht klappt, bringen uns Ishaljir und Triasti nacheinander nach oben. Aber das alles später.« Die ersten Fingernägel kratzten geräuschvoll über den Rumpf. Corren hob das Fläschchen. »Bereit?«

Alle nickten.

Er drückte das Siegel ein und schleuderte den *Götterblitz* über Bord. Dann warf er sich herum und bedeckte den Kopf.

Ein gewaltiger Donnerschlag erschütterte das Beiboot, und Corren konnte das Geräusch aus dieser unmittelbaren Nähe geradezu spüren. Ein lautes, vielstimmiges, aber irgendwie tonloses Wehklagen setzte ringsum ein, und als Corren die Augen wieder öffnete, sah er eine sich wie toll gebärdende Masse aus bleichen Leibern, als die Geschöpfe sich wie panisch auf die tauben Ohren schlugen und die geblendeten Augen rieben.

»Los!«, schrie er.

Das Beiboot befand sich keine Manneslänge mehr über dem mit großen Steinquadern ausgelegten Pyramidenvorplatz, und sie sprangen auf beiden Seiten von Bord. Sofort begannen Grimmeisen an ihrer linken Flanke und Orsa an ihrer rechten ihre Waffen sprechen zu lassen, um ihnen den Weg frei zu machen und die Zahl ihrer Gegner zu verringern.

»Keine Zeit dafür!«, rief Corren, während er losrannte. »Kommt!«

Im Laufschritt eilten sie über den Vorplatz auf das gewaltige Tempelbauwerk zu. »Hoffentlich ist der Bau nicht auch bewohnt«, rief Kaillyn.

»Beschwört das Unheil nicht herauf!«, gab Corren zurück.

»Oh, oh«, entfuhr es Lian. »Wie war das mit Eurer Befürchtung, dass der Knall halb ThaunasRa wecken könnte?«

Corren blickte über die Schulter und zum linken Ende des Vorplatzes, wohin Lian zeigte. Dort tauchten weitere

Gestalten im Nebel auf, und das weißliche Glühen ihrer Augen war ebenso wie die abgehackten Bewegungen ihrer dürren Körper legten den Verdacht nahe, dass es sich auch bei ihnen um verfluchte Flugschiffer handelte. Und es mussten erneut Dutzende sein.

»Von rechts kommen sie auch«, warnte Shai'dana.

»Wie ist es möglich, dass ThaunasRa so viele Bewohner hat?«, regte sich Grimmeisen auf. »Derart viele Flugschiffe gehen doch wirklich nicht im Wolkenmeer verloren.«

»Über die Jahre hinweg offensichtlich schon«, rief Corren und stieß eine leise Verwünschung aus. So hatte er sich ihren Besuch in der Stadt nicht vorgestellt.

Hechet feuerte im Rennen Pfeile ab, und Shai'dana rief einige ihrer Windböen herbei. All das vermochte die nahenden Wesen allerdings kaum aufzuhalten.

»Könnt Ihr nicht ein paar schöne Blitzschläge in diese Ausgeburten der Tiefe jagen?«, fragte Grimmeisen.

»Nein«, antwortete Shai'dana. »Schon diese Böen sind schwer genug zu beschwören. Die Magie dieses Orts hemmt meine Gaben!«

Immer näher rückten ihnen die Verfluchten, und ein wütendes Zischen und Fauchen in ihrem Rücken kündete davon, dass sich auch ihre ursprünglichen Verfolger wieder an ihre Fersen hefteten.

»Das wird hässlich!«, verkündete Grimmeisen.

»Wolltet Ihr nicht endlich mal etwas tun, um Euren Sold zu verdienen?«, rief Kaillyn. »Jetzt habt Ihr die Gelegenheit.«

»Damit meinte ich nicht, dass ich gegen hundert verdammte Seelen kämpfen will.«

»Euch kann man es auch nicht recht machen.«

»Atem sparen und laufen!«, empfahl Corren beiden.

Sie erreichten die Stufen, die zum Tempelpodest führten, und hasteten sie hinauf. Ishaljir und Triasti rauschten an ihnen vorbei und schwangen sich empor, um auf der Oberkante der beiden hoch aufragenden Mauern Platz zu nehmen, die den Eingang zur Pyramide säumten. Nock-Nock landete auf dem Podest und erwartete Corren und die anderen. Er stieß ein angriffslustiges Fauchen in Richtung ihrer Verfolger aus.

Corren erreichte die Mauern und wirbelte herum, bereit, den Eingang zum Tempel so lange zu verteidigen, wie es nötig war. Seine Begleiter taten es ihm gleich. Angespannt und mit erhobenen Waffen blickten sie dem Heer aus Verfluchten entgegen. Es waren so viele … Corren wechselte das Schwert in die Linke, und seine Rechte glitt in seine Alchemistentasche, umfasste den *Drachenodem.* Die Explosion würde ihre Feinde verheeren, aber Corren und die anderen wären viel zu nah dran. Er vermochte nicht abzuschätzen, wie viel sie selbst abbekamen. Aber alles war besser, als von diesen hechelnden, geifernden Ungeheuern zerfleischt zu werden.

Er sah Zamashuras an, der ihm einen wissenden Blick zuwarf. »Ich glaube, ich habe keine andere Wahl«, sagte Corren.

Sein alter Freund nickte. »Ich fürchte, Ihr habt recht, Magister.«

Kapitel 28

DER SCHREIN

20. Tag des 8. Mondlaufs im Jahr 850

Das Heer der Verdammten rückte näher und näher, und Corren war bereits im Begriff, das Siegel an der Phiole mit dem *Drachenodem* einzudrücken, um den bleichen Gestalten Feuer und Vernichtung entgegenzuschleudern, da hielten ihre Verfolger plötzlich inne. Unmittelbar vor den Treppenstufen, die hinauf zum Eingangspodest führten, blieben sie stehen. Sie reckten die Köpfe, und ihre Hände fuhren tastend durch die Luft, so als würden sie eine unsichtbare Barriere vor sich wahrnehmen.

»Kann es sein, dass dieser Tempel von einem Schutzzauber umgeben ist?«, fragte Grimmeisen mit einem Anflug von Hoffnung in der Stimme.

»Warum wurden wir dann nicht aufgehalten?«, entgegnete Kaillyn.

»Vermutlich, weil wir nicht im Bann von ThaunasRa stehen«, sagte Corren. Misstrauisch betrachtete er die bleichen Gestalten. Keine einzige von ihnen setzte auch nur einen Fuß auf die unterste Treppenstufe. Stattdessen ging ein Zischen und Raunen durch die Menge. Die Verfluchten schienen sich auszutauschen. Und dann zogen sie sich langsam zurück.

»Ich verstehe das nicht«, sagte Grimmeisen. »Man könnte glauben, sie hätten vor dem Tempel Respekt.«

»Oder Furcht«, fügte Lian unheilvoll hinzu. »Wer weiß,

was das hier für ein Gebäude ist. Welchem Gott in diesen Hallen gehuldigt wurde.«

Unvermittelt gingen Corren die warnenden Worte von Zamashuras durch den Sinn. *Dort unten lauert etwas Dunkles, eine Macht, so fremdartig und widernatürlich, dass sie mir Angst bereitet.* Er verdrängte die Stimme in seinem Kopf. »Was auch immer der Grund für ihren Rückzug ist, wir nutzen die Gelegenheit«, sagte er. »Grimmeisen, Orsa, Ihr haltet den Eingang, wie besprochen. Der Rest kommt mit mir.«

»Ich würde lieber bei NockNock bleiben«, erwiderte Lian. »Ich will ihn nicht zwingen, in diese Pyramide hineinzugehen, und ich kann ihn nicht allein hier draußen lassen. Außerdem bin ich dort drinnen ohnehin keine Hilfe. Es ist nicht anzunehmen, dass Ihr auf Drachen treffen werdet. Und mich reizen weder Schätze noch das Wissen der Ar-Chaon. Ich habe bereits mehr über die Tiefe erfahren, als ich gedacht hätte.«

»Gut, bleibt bei den beiden.«

Orsa sah ihren Bruder an. »Grimmeisen, geh mit dem Magister. Zusammen mit dem Drachenjungen halte ich den Eingang.«

»Bist du sicher, Schwesterherz?«, fragte der Söldner. »Du teilst kräftig aus, aber das sind verdammt viele Gegner, und Lians Schwert ist kein Ersatz für meine Äxte.«

»Mein Schwert vielleicht nicht«, sagte Lian. »Aber NockNock ist es gewiss. Vertraut mir. Und Ishaljir und Triasti sind auch noch da, nicht wahr?« Die letzten Worte hatte er an Corren gerichtet.

»So ist es.« Corren hob die Stimme. »Habt Ihr gehört, Ihr zwei? Ihr bewacht diesen Eingang. Niemand kommt hier rein, bis wir wieder herauskommen.«

Die Greifen hoben den Kopf, stießen zwei gellende Schreie aus und schlugen kurz mit den Flügeln.

Zufrieden packte Corren sein Schwert fester und drehte sich dem Eingang der Pyramide zu. Mit entschlossenen Schritten marschierte er hinein. Zamashuras, Grimmeisen, Shai'dana, Hechet und Kaillyn folgten ihm.

Als sie in das Dunkel der Pyramide vordrangen, entzündete Kaillyn zwei Laternen, die sie aus dem Beiboot gerettet hatte. Eine davon reichte sie Corren, der sie vor sich hielt. Die Luft war kalt und feucht, und die abgrundtiefe Schwärze, die im Inneren des Bauwerks herrschte, schien sich nur widerwillig vor dem rötlichen Schein des Drachenöls zurückzuziehen, so dass sie nicht allzu weit sehen konnten. Die Gangwände bestanden aus massiven und äußerst sorgsam behauenen Blöcken aus hellem Stein, die nur von Riesen so säuberlich hätten gestapelt werden können. Nach ein paar Schritten fielen Corren erstmals Symbole der ArChaon ins Auge, Wandinschriften, die der Verzierung dienen mochten oder aber der Erbauung und Unterweisung der Tempelbesucher.

Zum wiederholten Mal fragte sich Corren, welchem Zweck der Schrein der Ewigkeit in der Stadt der ArChaon gedient hatte. Die ihm vorliegenden Quellen schwiegen sich darüber weitgehend aus. Er wusste nur, dass die ArChaon die Schöpfer des Artefakts waren, dass dieses alle Zeiten überdauern sollte und dass es dem gemeinen Volk verboten war, sich ihm zu nähern, so als wäre die Unsterblichkeit nur einer Oberschicht oder Priesterklasse vorbehalten. Konnte das die Antwort sein? Hatten die Herrscher von ThaunasRa den Schrein geschaffen, um für alle Zeit die Macht über ihr Reich zu erhalten? Und wenn er wirklich so wertvoll für sie war, wie hatten sie ihn geschützt? »Seid vorsichtig«, warnte er die anderen. »Bauwerke wie dieses weisen für gewöhnlich Fallen auf, um die Unwürdigen abzuwehren.«

»Man sollte meinen, dass wir nach den Strapazen dieser Reise mehr als würdig sind«, knurrte Grimmeisen.

»Leider gibt es keine ArChaon mehr, denen ihr das erzählen könnt. Also rechnet lieber mit der ein oder anderen tödlichen Überraschung.«

Doch die ArChaon schienen in dieser Hinsicht andere Vorstellungen gehabt zu haben als der gewöhnliche Tyrann, denn abgesehen von einem Raum am Beginn des breiten Gangs, der einst mit Wachen besetzt gewesen sein mochte, fiel niemandem von ihnen irgendein Abwehrmechanismus ins Auge, selbst Corren nicht, der einen geübten Blick für solche Dinge hatte. Stattdessen führte der breite Korridor einfach mit merklicher Steigung aufwärts auf das Herz der Pyramide zu.

Nach vielleicht fünfzig Schritt kreuzte ein Quergang ihren Weg, der in beide Richtungen in einer weiten Kurve verschwand. Sie blieben stehen und leuchteten in die Gänge. »Ich schätze, dass dieser Weg einmal im Kreis führt«, sagte Corren.

»Wollen wir uns nicht umsehen?«, fragte Zamashuras. »Wer weiß, was auf dieser Ebene der Pyramide zu finden ist.«

Corren blickte den Hauptgang entlang, der unverändert hinaufführte. »Mein Gefühl sagt mir, dass wir weiter nach oben müssen, um den Schrein zu finden. Die Nebenkammern des Tempels können wir uns immer noch später ansehen.«

Der Quano neigte den Kopf. »Wie Ihr meint, Magister.«

»Was für einen Schrein?«, fragte Grimmeisen.

Corren verwünschte sich im Stillen für seine Nachlässigkeit. Ausgerechnet jetzt war ihm die Sache mit dem Schrein herausgerutscht. Er versuchte die Angelegenheit möglichst beiläufig abzuwiegeln. »Erinnert Ihr Euch daran, was ich über Artefakte gesagt habe, die es nur einmal in ThaunasRa gibt, und wer sie findet, der beansprucht sie für sich?«

»Ja, und?«

»Der Schrein ist eins davon. Mehr ist im Moment nicht wichtig. Und nun kommt.«

Sie folgten weiter dem Hauptgang aufwärts. Corren schätzte, dass sie sich mittlerweile in der oberen Hälfte der Pyramide befanden. Weit konnte es nicht mehr sein. Erneut kreuzte ein gebogener Quergang ihren Weg. Dieser war drei bis vier Mannesländen hoch, und bereits ein flüchtiger Blick enthüllte, dass die steinernen Wände über und über mit Schriftzeichen und großflächigen, stilisierten Zeichnungen übersät waren.

»Magister!«, entfuhr es Zamashuras. »Schaut Euch das an!« Er nahm Kaillyn die Laterne ab und machte, die beiden Taschen mit ihren Forschungsunterlagen unter den anderen Arm geklemmt, ein paar Schritte in den linken Gang hinein. Fasziniert blickte er die schriftlichen Zeugnisse der ArChaon an. »Das ist unglaublich. Diese Menge an Originaltext! Ob es sich dabei um religiöse Inschriften handelt oder gar um eine Geschichte von ThaunasRa?« Er warf Corren einen flehenden Blick zu. »Magister, daran kann ich nicht einfach vorbeigehen. Wir müssen diese Schriften genauer betrachten. Womöglich enthalten sie auch wichtige Hinweise über den Schrein. Wir wissen nach wie vor viel zu wenig über ihn, dessen seid Ihr Euch doch genauso bewusst wie ich.«

Corren dachte kurz darüber nach. Zamashuras hatte nicht unrecht. Wenn es hier tatsächlich eine Beschreibung des Schreins der Ewigkeit gab und wie man seine Kräfte nutzte, war es wichtig, sich diese anzusehen. »In Ordnung, kümmert Euch um diese Inschriften, Shur. Hechet wird Euch Gesellschaft leisten und aufpassen, dass Euch nichts passiert.« Corren wandte sich an den Nondurier. »Kann ich mich darauf verlassen?«

»Ich werde an Zamashuras' Stelle alle Sinne auf die Umgebung richten«, versprach der Hundeköpfige.

»Gut. Wenn Ihr etwas Wichtiges herausfindet, Shur, ruft uns. Wir suchen derweil die Hauptkammer des Tempels. Weit dürfte sie nicht mehr entfernt sein.« Er überließ den Quano seinen Studien und wandte sich einmal mehr dem Hauptgang zu. Von oben kam ihm ein kaum merklicher Windhauch entgegen, und es schien ihm, als würde es dort ein wenig heller werden.

Kurz darauf erreichten sie das Ende des Gangs und blieben vor einer imposanten Steintür stehen. Die Tür bestand aus zwei Flügeln, die sich allem Anschein nach durch einen phantastischen Mechanismus in die Wand ziehen ließen. Gegenwärtig stand sie einen guten Fingerbreit offen, und ein golden flackerndes Licht drang durch den Spalt in den Gang. Dazu war ein dumpfes Summen zu vernehmen. Corren spähte durch die Lücke, konnte aber nichts erkennen, außer dass die Türflügel sicher zwei Handbreit dick waren und schwer wie ein halbes Flugschiff sein mussten. Probeweise schob er eine Hand hinein und drückte. Es bewegte sich überhaupt nichts.

»Ich hoffe, es gibt einen Hebel, der diese Tür öffnet«, sagte er, als er sich zu den anderen umdrehte. »Ansonsten wird diese Expedition ausgesprochen unerfreulich enden.«

»Wie wäre es hiermit?« Grimmeisen deutete auf eine Nische in der Wand, in der ein vollkommen verrosteter Metallhebel zu erkennen war. Er wollte ihn gerade berühren, doch Corren hielt ihn auf.

»Wartet! Man darf nie dem Offensichtlichen vertrauen – erste Regel beim Erforschen uralter Tempel.« Er nahm den Türbereich noch einmal genau in Augenschein, und tatsächlich fiel ihm ein Spalt in der Decke über ihnen auf. Er streckte sich und leuchtete mit der Laterne in die Höhe. »Wie ich es mir gedacht habe«, sagte er. »Dort oben befindet sich eine zweite und ebenfalls ziemlich dicke Steinplatte, die vermutlich zu Boden kracht, wenn man den falschen Hebel betätigt. Dann ist der Raum dahinter vollends versperrt.«

»Stellt sich nur die Frage, wo der richtige Hebel ist«, warf Shai'dana ein.

Suchend sah Corren sich im Gang um. Er ging in die Hocke und betrachtete den Fußboden, danach schritt er die Wände ab, wobei er mit den Fingern der Rechten über das helle Gestein fuhr, in der Hoffnung, eine auffällige Unregelmäßigkeit zu bemerken. Ihm fiel nichts auf. Erneut blickte er zur Decke hinauf. Ob die Steinplatte nur eine Abschreckung war und sich gar nicht bewegen ließ? Aber das ergab keinen Sinn. »Hat sonst jemand was gefunden?«, fragte er in die Runde.

Er erntete nur Kopfschütteln.

»Vielleicht kann man den Hebel auf … ich weiß nicht recht … verschiedene Weise betätigen«, meinte Kaillyn. »Eine richtige und eine falsche.«

»Das würde mich wundern, weil es ziemlich schwierig umzusetzen wäre«, erwiderte Corren. »Ich kenne kein Volk, von den Settländern abgesehen, das zu einer derartigen Tüftelei imstande wäre. Andererseits galten die ArChaon als hochentwickelt. Wer weiß, welche Mechanismen sie zu bauen vermochten.« Er begab sich zu dem Hebel und untersuchte ihn im Schein der Laterne. Dass deren Licht rot und nicht gelb leuchtete, wie er es gewohnt war, erschwerte ihm die Arbeit. Trotzdem fielen Corren schwache, senkrechte Kratzer im unteren Drittel des Hebels auf. Einem Bauchgefühl folgend stand er auf, stellte die Laterne beiseite, umfasste den Hebel mit beiden Händen und drückte ihn nach unten. Es knirschte trocken, als er halb im Stein versank, dann rastete hörbar etwas ein. Sonst geschah nichts.

»Vielleicht müsst Ihr ihn jetzt nach vorn ziehen«, schlug Grimmeisen vor. Er, Shai'dana und Kaillyn hatten sich neugierig zu Corren gesellt, um ihm über die Schulter zu schauen.

»Ich schätze, ich muss das Risiko eingehen.« Corren erwog, wie Zamashuras in den Aufzeichnungen an den Gangwänden nach hilfreichen Hinweisen zu suchen, aber irgendwie bezweifelte er, dass die ArChaon zunächst eine knifflige Mechanik ersonnen und dann offen an eine Mauer schrieben, wie man in ihr Allerheiligstes gelangte. Also zog er stattdessen an dem Hebel.

Mit einem tiefen Rumpeln begannen die Türhälften auseinanderzugleiten. Staunend sah Corren zu, wie die massiven Steinplatten in der Wand verschwanden. Er konnte sich nicht ansatzweise vorstellen, wie dieser Öffnungsmechanismus, der die Tür ja auch wieder schließen können musste, konstruiert war. *Hätten wir nur mehr Zeit, um all das zu erforschen*, dachte er wehmütig. *Die ArChaon müssen wahre Baumeister gewesen sein.* Im nächsten Moment fuhr sich die Tür mit einem Knirschen fest.

Sie war nicht vollständig in der Wand verschwunden, aber immerhin weit genug, dass ein Spalt von gut einem Schritt zwischen den Türhälften entstanden war – mehr als genug Platz, um hindurchzutreten. Helles, goldenes Licht drang ihnen aus dem Inneren entgegen, und das Summen war nun deutlich lauter. Corren wollte in den Raum spähen, aber eine weitere Steinplatte, die sich mit einigem Abstand zur Tür im Raum erhob, versperrte ihm die Sicht.

Er holte tief Luft und trat durch das Portal.

Das Erste, was ihm auffiel, war, dass die Kammer erstaunlich schachtartig aufgebaut war. Sie schien sich bis zur Spitze der Pyramide zu erstrecken, die hoch über ihren Köpfen lag und obendrein fehlte, so dass man durch ein kreisrundes Loch die grünglühenden Nebel am Himmel über ThaunasRa ausmachen konnte. Das Summen war nun geradezu unangenehm laut, und ein eigentümliches Knistern gesellte sich dazu.

Neugierig trat Corren um die Steinplatte herum, die nur eine von einem halben Dutzend war, die in gleichmäßigen Abständen entlang der Raumwand verteilt standen. Ihren Zweck erkannte er, als er das eigentliche Sanktuarium erreichte.

Der Anblick verschlug Corren den Atem. An die Vorderseite jeder Steinplatte war ein gewaltiger, aufwändig geschliffener Kristall angesetzt. Unter den Kristallen befanden sich kreisrunde Löcher im Boden. Durch diese schoss summend und knisternd eine Art goldener Energiestrahl, der sich im Kristall brach und von diesem auf die Mitte des Raums gelenkt wurde. Dort fanden alle Energiebahnen zusammen und nährten eine riesige Kugel, die aus purem Licht zu bestehen schien. Energieschleier waberten über die Hülle der Kugel, und Blitze zuckten knisternd darüber hinweg, dennoch war sie durchsichtig genug, dass Corren erkennen konnte, was sich in ihrem Inneren befand.

Im vorderen Teil stand eine Steinstatue, die ein kniendes, ausgesprochen grobschlächtig wirkendes Wesen von eindrucksvoller Größe darstellte. Das Wesen trug keine Kleidung, aber hielt mit breiten Händen ein mächtiges, runenverziertes Schwert umfasst, auf das es sich stützte. Es hatte den haarlosen Kopf gesenkt und die Augen geschlossen. Hinter ihm ragte ein Monolith aus Kristall von nachgerade überirdischer Pracht auf. Er musste gut drei Schritt breit und sechs Schritt hoch sein, und er schimmerte und glitzerte im Licht der Energiestrahlen in allen nur erdenklichen Farben, als wäre er aus Tausenden bunten und vielfach facettierten Edelsteinen zusammengesetzt.

Beim Anblick des gewaltigen, lichtverhüllten Artefakts erfasste Corren eine tiefe Ehrfurcht. Nie in seinem ganzen Leben hatte er etwas derart Schönes und Erhabenes gesehen, etwas, das so vollkommen das Prinzip der Magie zu verkörpern schien. Das hier war wahrhaftig das Herz von ThaunasRa, und alle Zweifel, die Corren während der ganzen Reise ins Wolkenmeer insgeheim geplagt hatten, diese nagende Ungewissheit, ob es tatsächlich ein Ding auf dieser Welt geben konnte, das die Unsterblichkeit verlieh, waren wie weggewischt.

Langsam trat Corren zwei Schritt auf den Monolithen zu. »Es gibt ihn wirklich«, hauchte er. »Den Schrein der Ewigkeit.«

Er drehte sich zu seinen Begleitern um, die hinter ihm die Kammer betreten hatten. Grimmeisen, Shai'dana und Kaillyn wirkten nicht weniger überwältigt als er. Wie erstarrt und mit staunend geöffnetem Mund standen der Söldner und die Flugschifferin da. In Shai'danas Augen dagegen brannte ein violettes Feuer, das dem der summenden, knisternden Energiestrahlen in nichts nachstand. Sie richtete den Blick auf Corren, und es lag eine unheilvolle Gier darin.

»Meinen Glückwunsch, Magister von Dask«, sagte sie. »Ihr habt den Schrein tatsächlich gefunden. Und nun … gehört er mir!«

Sie richtete eine dunkle Hand auf ihn und sprach ein Wort der Macht.

Kapitel 29

DIE VERRÄTERIN

21. Tag des 8. Mondlaufs im Jahr 850

Der magische Windstoß fauchte Corren entgegen. Ohne nachzudenken, warf er sich zur Seite und rollte über den Boden ab, während die kraftvolle Böe wirkungslos zwischen den Steinplatten verpuffte. Seine Ausrüstung klapperte und schepperte, und er war froh, dass die alchemistischen Tränke in seiner Tasche so gut gepolstert waren, sonst hätte sein Manöver ein Ende mit Donnerschlag nehmen können. Er kam auf die Knie, sah, dass Shai'dana auf den Monolithen im Zentrum der Kammer zulief, und riss warnend die Hand hoch. »Shai'dana! Nein! Ihr bringt uns alle um!«

Grimmeisen hatte wie im Reflex seine beiden Äxte gezogen, schien nun aber nicht so recht zu wissen, was er damit anstellen sollte. Eine davon Shai'dana in den Rücken zu werfen, schien für ihn nicht in Frage zu kommen. Kaillyn handelte entschiedener und sprintete Shai'dana hinterher. Kurz bevor die Sidhari die Lichtkugel erreicht hatte, warf die Flugschifferin sich auf sie. Schreiend gingen beide Frauen zu Boden und rollten kurz darüber hinweg, bevor Kaillyn die Oberhand gewann und die Sidhari rücklings auf die Steinplatten presste.

»Lasst mich los!«, schrie Shai'dana. Sie wollte ihre Gegnerin von sich stoßen, doch Kaillyn hielt sie mit der verbissenen Kraft einer Frau fest, die in den dunklen Hafengassen von Skargakar ihr Lehrgeld bezahlt hatte. Die Elementarmagierin begann, etwas zu sagen, aber sie kam keine zwei Worte weit, bevor ihr Waughans Erster Maat eine heftige Kopfnuss gegen die Schläfe verpasste, die Shai'danas Kopf gegen den Steinboden schlagen ließ. »Haltet bloß Euer Maul!«, warnte Kaillyn, »oder ich schlage Euch die Zähne ein.« Sie setzte noch einmal nach und entlockte der Sidhari damit ein wütendes Fauchen. Die Magierin war ihr im schmutzigen Nahkampf heillos unterlegen.

Im nächsten Moment waren Corren und Grimmeisen heran.

»Das reicht!«, fuhr der Söldner die Luftschifferin an. »Auseinander.« Er versuchte, sie fortzuziehen, doch die schüttelte sich heftig, um ihn abzuwehren.

»Dask?«, rief sie.

Corren legte sowohl Grimmeisen als auch Kaillyn die Hand auf die Schulter. »Alle ganz ruhig, in Ordnung? Grimmeisen, tretet einen Schritt zurück. Kaillyn, lasst Shai'dana los. Und Ihr, Shai'dana, wendet ja nicht noch einen Zauber an, oder *ich* werde wütend.« Widerwillig gehorchten alle, und nachdem Kaillyn sich von Shai'dana gelöst hatte, packte Corren die Sidhari am Oberarm und zog sie mit sich. »Alle zurück an den Rand der Kammer. Grimmeisen, Ihr seid für Eure Magierin verantwortlich.«

»Ich frage mich gerade, ob sie je meine Magierin war«, knurrte der Söldner und nahm Shai'dana am anderen Arm. »Was bei allen Dämonen sollte das?«

»Ihr habt doch keine Ahnung, worum es hier geht, Grimmeisen«, fuhr Shai'dana ihn an. Sie versuchte, die Männer abzuschütteln, aber die verstärkten bloß ihren Griff.

»Zwingt mich nicht, Euch niederzuschlagen«, sagte Corren drohend und hob die zur Faust geballte Linke. Sie brachten Shai'dana zur Wand neben der Eingangstür und ließen sie dort los, jedoch nicht ohne ihr den Fluchtweg zu verstellen.

Die Sidhari starrte sie aus hell glühenden Augen zornig an. Sie wirkte, als wolle sie sich auf Corren stürzen, aber sie hielt sich zurück.

»Also noch mal«, sagte Grimmeisen barsch. »Worum geht es hier eigentlich?«

»Sagt Ihr es ihm, *Magister.*« Das letzte Wort kam Shai'dana wie ein Fluch über die Lippen. »Sagt beiden, was Ihr vor uns verborgen habt.«

Corren warf ihr einen finsteren Blick zu, dann wandte er sich an den Söldner und die Flugschifferin. »In den Aufzeichnungen über ThaunasRa fand ich Hinweise auf ein Artefakt. Es wurde der Schrein der Ewigkeit genannt. Ich vermochte die Schriften, die davon künden, nicht vollständig zu entziffern, aber nach allem, was ich weiß, verleiht der Schrein demjenigen, der ihn berührt …« Er stockte.

»Ewiges Leben«, beendete Shai'dana den Satz für ihn. »Die Unsterblichkeit. Das ist der Grund, warum uns der Magister nach ThaunasRa geschleppt hat. Er interessiert sich überhaupt nicht für die Geheimnisse oder den Ursprung des Wolkenmeers. Vielmehr will er unsterblich werden.«

Ungläubig sahen Grimmeisen und Kaillyn Corren an.

»Das ist nicht wahr!«, widersprach dieser. »Ich *bin* hierhergekommen, um das Geheimnis des Wolkenmeers zu lüften. Der Schrein ist lediglich das wertvollste Artefakt, von dem ich durch meine Aufzeichnungen wusste. Daher habe ich natürlich ein besonderes Interesse an ihm. Aber nicht, weil ich ihn für mich nutzen will – sondern weil ich ihn den Magiegelehrten in meiner Heimat, an der Akademie von Geolath, zur Verfügung stellen möchte.« Er deutete auf den tausendfach glitzernden Monolithen. »Schaut ihn Euch an.

Was wir von diesem Schatz alles lernen können, übersteigt selbst meine Vorstellungskraft. Dagegen ist das Heilamulett der Taijirin, das wir in Ieverasts Feste gestohlen haben, geradezu unbedeutend, ein Stück Ramsch vom Markt.«

Der Zweifel schwand nicht aus Grimmeisens und Kaillyns Mienen, aber sie schienen gewillt zu sein, Corren – dem Gelehrten und Anführer ihrer Expedition – mehr zu glauben als der wütenden Zauberin Shai'dana. Rasch fuhr er fort: »Doch gerade weil dieser Schatz so wertvoll ist, muss er mit höchster Vorsicht behandelt werden. Glaubt Ihr etwa, diese Energiebahnen und die Kugel dienen nur dazu, diese Kammer hübsch auszuleuchten? Haltet Eure Hand in einen Strahl, wenn Ihr mögt. Ich gehe jede Wette ein, dass sie binnen eines Herzschlags zu Asche zerfallen wird. Und was passiert wäre, wenn Ihr die Lichtkugel berührt hättet, Shai'dana, will ich mir gar nicht ausmalen. Im besten Fall hätte es nur Euch das Leben gekostet.«

Die Sidhari machte ein finsteres Gesicht, aber ein Anflug von Unsicherheit flackerte in ihren Augen, der Corren hoffen ließ, dass sie Einsicht zeigen würde.

»Verzeiht, Magister«, meldete sich Kaillyn zu Wort, »aber wenn der Schrein denjenigen unsterblich macht, der ihn berührt, und Ihr nicht hier seid, um unsterblich zu werden, sondern um ihn in Eure Heimat zu bringen, wie wollt Ihr das bewerkstelligen? Wie wollt Ihr das Artefakt mitnehmen, ohne es anzufassen? Ich bin mir nicht mal sicher, ob wir alle gemeinsam dazu imstande wären, es zu tragen. Dieses Ding ist riesig und vermutlich ziemlich schwer. Ganz zu schweigen davon, dass unser Beiboot nach wie vor von einer Horde verfluchter Seelen belagert wird und wir deshalb mit Euren Greifen zur Oberfläche zurückkehren wollten.«

»Wie ich den Monolithen bewegen soll, weiß ich ehrlich gesagt auch noch nicht«, gestand Corren. »Ich dachte, dass er bedeutend kleiner wäre, von der Größe einer gewöhnlichen Tür vielleicht. Außerdem nahm ich an, dass wir die Sicherheitsgeschirre als Kyrillian-Bojen nutzen könnten, aber ...« Er klappte die Kyrillian-Kästchen an seinem Geschirr auf. Die Kristalle glühten weder, noch hoben sie ihn in die Luft. Seufzend klappte er sie wieder zu. »Damit, dass diese Umgebung um den Tempel alles Kyrillian nutzlos machen könnte, habe ich nicht gerechnet.«

Die rothaarige Frau stemmte die Hände in die Hüften. »Vergessen wir die Frage des Transports einstweilen. Wie sieht es mit dem Berühren aus?«

»Worauf wollt Ihr hinaus? Dass wir den Schrein unangetastet lassen sollten?«

»Vielleicht, ja. Seit Jahrtausenden ist alles hier unangetastet gewesen. Selbst die Verfluchten haben sich davon ferngehalten. Und wie mir scheint, wurde dieses ... Heiligtum für die Ewigkeit errichtet. Ich bezweifle, dass die ArChaon gewollt hätten, dass wir es schänden, indem wir etwas daraus rauben.«

Langsam wurde Corren ungehalten. »Hört mir zu, Kaillyn, ich forsche seit mittlerweile acht Jahren dem Geheimnis des Wolkenmeers, den ArChaon, ThaunasRa und eben diesem Schrein hinterher. Ich werde nicht so kurz vor dem Ziel umkehren und unverrichteter Dinge nach Hause reisen. Dieses Wunder muss der Wissenschaft zur Verfügung gestellt werden, es muss erforscht werden. Der Schrein ist ein Goldschatz, der gehoben werden will. Ihn nicht mitzunehmen, sondern ihn in dieser vergessenen Stadt zurückzulassen, wäre der eigentliche Frevel. Und wenn wir, um den Schrein bergen zu können, erst Unsterblichkeit erlangen müssen, dann halte ich das nicht für einen Preis, sondern für einen zusätzlichen Segen.«

»Hm, ich weiß nicht«, brummte Grimmeisen. »Unsterblichkeit ist eine ziemlich große Sache. So verführerisch sie zunächst klingt – ich weiß nicht, ob ich dafür bereit bin.«

»Dann zieht Handschuhe an, bevor Ihr den Schrein anfasst«, versetzte Shai'dana. »Was seid Ihr für ein Mann, der sich für zu klein für die Unsterblichkeit hält?«

»Offenbar ein ziemlich dummer«, gab der Söldner zurück. »Ich dachte tatsächlich, Ihr wärt etwas Besonderes. Aber Ihr seid auch nur auf Euren eigenen Vorteil bedacht, wie jeder Straßendieb in Skargakar. Wir anderen sind doch lediglich – wie sagtet Ihr so schön? – *Sand und Wind* für Euch. Männer, die man verlocken kann. Nichts anderes habt Ihr die ganze Zeit getan, oder? Uns mit schönen Worten über Eure Absichten getäuscht.«

»Ich weiß von dem Schrein auch erst seit wenigen Tagen«, gab Shai'dana hitzig zurück. »Der Magister ist es, der Euch, der uns alle von Anfang an getäuscht hat, weil er kein Wort über diesen Ort hier verloren hat.«

»Und das aus gutem Grund«, sagte Corren. »Ich wollte verhindern, dass unsere Reise von der Frage überschattet wird, ob an diesem Ort das Geschenk der Unsterblichkeit auf uns wartet. Das hätte unsere Gemeinschaft zerstören können. Die Aussicht auf ewiges Leben bringt in manchem die dunkelsten Triebe zum Vorschein. Ihr seid das beste Beispiel dafür, Shai'dana. Ihr habt heimlich meine Arbeiten gelesen, Ihr habt mich angegriffen und Ihr wart bereit, das Wagnis einzugehen und uns alle durch Eure dumme Gier umzubringen. Oh, und wie war das mit dem Wasser des Sehens?«

»Wasser des Sehens?«, wiederholte Grimmeisen verständnislos.

»Sie hat auf magischem Wege von der *Wolkenwanderer* aus mit irgendjemandem gesprochen. Ich habe es vor wenigen Stunden erstmals bemerkt, kurz bevor das fremde Schiff auftauchte – vor dem Drachen und dem Sturm.«

»Als ich Euch beide in unserer Kabine antraf?«

»Sehr richtig. Nur die Dreigötter wissen, wie oft sie das Wasser schon zuvor eingesetzt hat.« Er wandte sich wieder Shai'dana zu. »Diese Frage könnten wir jetzt eigentlich klären, wo wir gerade dabei sind, alle Wahrheiten ans Licht zu bringen. Mit wem habt Ihr heimlich gesprochen? War es Orashanos, mein Rivale?«

Einen Moment lang spießte Shai'dana Corren wortlos mit Blicken auf. Hätten diese töten können, er wäre auf der Stelle leblos zu Boden gesunken. »Na schön«, presste sie hervor. »Ihr wollt es wissen? Von mir aus. Es spielt ohnehin keine Rolle mehr. Ja, ich habe mit jemandem heimlich Verbindung gehalten und das schon seit Beginn unserer Reise. Aber es war nicht Orashanos, sondern Erzmagister Samnion.«

»Samnion?« Diese Antwort hatte Corren nicht erwartet.

»Wer ist Samnion?«, fragte Grimmeisen.

»Ein Gelehrter der Akademie von Geolath«, antwortete Corren. »Lange Jahre war er mein Mentor, der mich immer unterstützt hat. Diese Expedition hat er jedoch verurteilt. Er wollte mich davon abbringen, aber ich habe nicht auf ihn gehört.« Er richtete den Blick wieder auf Shai'dana. »Was habt Ihr mit Samnion zu schaffen?«

»Er wollte, dass Hechet und ich auf Euch aufpassen – während wir Euch ausspionieren.«

»Werdet ein bisschen deutlicher. In was für eine Ränke wart Ihr da verstrickt?«

Shai'dana zuckte mit den Schultern. »Ich kenne nicht

alle Hintergründe. Nur so viel: Hechet und ich wurden von Hechets Onkel Bellem in Syarest mit dem Erzmagister zusammengebracht. Er wollte mit einem anderen Gelehrten, Eurem Orashanos, auf eine Expeditionsreise gehen, fürchtete aber, Orashanos könne ihm etwas antun. Deshalb war er auf der Suche nach einer vertrauenswürdigen Leibgarde für sich selbst und … nun ja … Bellem empfahl uns.«

»Vertrauenswürdig …« Grimmeisen lachte leise. »Großartig.«

»Und weiter?«, fragte Corren.

»Wir brauchten das Geld und hielten die Aufgabe, zwei Gelehrte zu überwachen, die einander nicht vertrauen, für ziemlich einfach, also kamen wir mit Samnion ins Geschäft. Gemeinsam flogen wir mit Bellems Flugschiff nach Geolath, wo wir Orashanos trafen. Wie es aussah, war er der Mann mit dem Geld und Samnion der mit den guten Verbindungen, etwa zu Bellem und uns. Samnion stellte uns als Kenner der Shaom vor. Obendrein sollte ich als Elementarmagierin dafür sorgen, dass der Flug durch die Wüste mitten im Sommer erträglich wäre, und uns gegebenenfalls vor Sandstürmen schützen. Das Ziel ihrer Reise lautete zunächst Skargakar, danach wollten sie ins Wolkenmeer, um, genau wie Ihr, eine Stadt namens ThaunasRa zu finden. Das waren damals alles Orte, die mir nichts sagten, aber das kümmerte mich nicht.«

Unwillkürlich beugte Corren sich etwas vor. »Hatten Sie eine Karte der Stadt bei sich, so wie wir? Eine hastig gezeichnete womöglich?«

»Sie brüteten über irgendwelchen Karten, ja«, antwortete Shai'dana. »Ich habe nur kurze Blicke darauf geworfen, aber sie ähnelten in der Tat jenen, die Ihr mitgebracht habt.«

Mit einem leisen Fluch schüttelte Corren den Kopf. Er

konnte es kaum fassen, dass sein alter Mentor und sein Rivale gemeinsame Sache gemacht hatten. Dass Orashanos ein Interesse an den Schätzen von ThaunasRa hatte, war ihm klargewesen. Aber was hatte Samnion dazu bewogen, Corren zu hintergehen und sich mit einem der fragwürdigsten Männer der Akademie zu verbünden? *War es der Schrein, Samnion?*, fragte er sich. *Ihr habt derart überzeugend gegen meine Absichten, den Schrein der Ewigkeit zu suchen, gewettert … War das alles nur eine Täuschung, um Euer eigenes Interesse daran zu verbergen?* Samnion war kein junger Mann mehr. Genau genommen mochte ihn der Tod aus Altersschwäche in wenigen Jahren ereilen. Die Aussicht, das eigene Leben verlängern zu können, mochte ihn verführt haben. Womöglich hatte sogar Samnion selbst den Sidhari-Dieb angeheuert, der Corren in Geolath die Karte gestohlen hatte. Und nachdem sie eine rasche Kopie angefertigt hatten, war vermutlich Orashanos der Meinung gewesen, dass es besser sei, den Sidhari loszuwerden und die Karte zurückzugeben, um Corren davon abzuhalten, beharrlich Nachforschungen anzustellen und ihnen dabei auf die Schliche zu kommen. Einige Puzzleteile fügten sich auf einmal auf bemerkenswerte Art und Weise zusammen. Aber noch war das Bild nicht vollständig.

»Und wie kam es dann dazu, dass Hechet und Ihr *uns* … beschützen solltet?«, wollte Corren wissen.

»Im Laufe der Reise stellte sich heraus, dass Orashanos wirklich skrupellos ist und für seine Ziele über Leichen geht.« Das war für Corren nichts Neues, aber er schwieg und hörte weiter zu. »Samnion begann, sich Vorwürfe zu machen. Er erzählte Bellem, Hechet und mir von Euch und dass er Euch belogen habe. Außerdem sagte er, er fürchte um Euer Leben, denn Orashanos habe wohl mehrfach durchscheinen lassen, Euch in der Fremde umzubringen, um Euch endlich los zu sein. Das wollte der Erzmagister nicht. Ich erinnere mich noch gut an seine Worte: *Ich mag ein alter Narr und ein Dieb sein, aber ein Mörder bin ich nicht.*«

»Also hat Samnion Euch in Skargakar zurückgelassen, damit Ihr Euch meiner Expedition anschließt?«, fragte Corren. »Da ist er ein ziemliches Wagnis eingegangen. Ich glaube gern, dass er sicher war, nach einem Flug quer durch die Shaom vor Zamashuras und mir am Landfall einzutreffen, aber woher wusste er, dass wir aufeinandertreffen würden?«

Shai'dana verschränkte die Arme unter der Brust und lehnte sich gegen die Steinwand. Langsam gewann sie ihre alte Fassung zurück, denn sie schenkte Corren ein schmales Lächeln. »Hechet und ich haben sehr genau aufgepasst, wer in den Folgetagen in Skargakar ankam. Euer Quano-Gefährte und Eure Greifen machten Euch zu einer recht auffälligen Reisegruppe. Und danach war alles nur noch eine Frage von ein wenig geschickter Manipulation.«

Grimmeisen schnappte nach Luft. »Ihr habt die Schlägerei im *Schädelbrecher* ausgelöst, um uns kennenzulernen?« Er warf Corren einen Seitenblick zu. »Orsa und ich haben Hechet und sie nämlich erst einen Tag vor Euch getroffen. Ich sollte nichts verraten, aber jetzt ist es offensichtlich einerlei.«

Shai'dana verdrehte die Augen und lachte leise. »Seid kein Narr. So wichtig wart Ihr für meine Pläne nicht. Ich brauchte ein paar Söldner, denen Hechet und ich uns anschließen konnten, um die Aufmerksamkeit von uns abzulenken. Ihr und Eure Schwester wart gute Kämpfer, deren Dreistigkeit mir gefiel und deren Waffen uns gut ergänzten. Aber ich hätte auch jeden anderen Söldner auswählen können.

Eingefädelt habe ich nur den Überfall der Straßenbande auf Euch und Euren Freund, Magister.«

Corren nickte langsam. Wieder ein Puzzleteil. »Der plötzliche Rückzug dieser Halsabschneider war mir immer etwas seltsam vorgekommen. Aber ich habe es schlicht als glücklichen Umstand betrachtet.«

»Und das war er auch – für mich, denn natürlich nahmt Ihr uns freudig an Bord. Viel mehr gibt es zu all dem eigentlich nicht zu sagen. Ich hielt Verbindung mit Samnion, berichtete ihm, was wir herausfanden, und bemühte mich, seinen Auftrag zu erfüllen und Euch zu beschützen, etwa gegen die Taijirin-Angreifer bei Arsindair, die mit Sicherheit von Orashanos geschickt wurden.« Sie sah Corren vielsagend an. »Ihr seht also, dass ich nicht gelogen habe, als ich Euch sagte, ich stünde auf Eurer Seite.«

»Mal abgesehen von diesem kleinen Zwischenfall hier eben, meint Ihr wohl«, gab Corren zurück. »Ich schätze, das war nicht mit Samnion abgesprochen.«

»Nein. Was den Schrein angeht, haben sich Orashanos und Samnion ebenso bedeckt gehalten wie Ihr. Was es mit ihm auf sich hat, habe ich selbst herausgefunden. Und anders als Grimmeisen will ich ihn berühren!« Sie beugte sich etwas vor, und erneut flammte ein Feuer in ihren Augen auf, das ihnen einen Ausdruck zwischen Dringlichkeit und Besessenheit verlieh. »Ich brauche die Kraft des Schreins, Magister. Die Magie, die ich wirke, das Beschwören der Elemente, zehrt an mir. Ich weiß nicht, wie lange ich noch weitermachen kann wie bisher, denn jeder Einsatz verlangt seinen Preis in Lebenskraft. Dieses Artefakt könnte mir eine Quelle niemals versiegender Kraft sein! Ich wäre zu magischen Großtaten imstande, die sonst nur Ritualgruppen vollbringen können.«

Kaillyn schnaubte. »Hört Ihr Euch eigentlich selbst, wenn Ihr redet? Ihr klingt, als wärt Ihr auf dem besten Weg, ein wahnsinniger Schwarzmagier zu werden.«

»Jemanden wahnsinnig zu nennen zeugt leider allzu oft von einem Mangel an Visionen«, erklärte Shai'dana kühl.

Ihre Worte ließen Corren eine Entscheidung treffen. »Niemand von uns berührt den Monolithen, solange ihn nicht die Magiegelehrten der Akademie untersucht haben oder wenigstens Zamashuras einen Beleg für seine Wirkung an den Wänden dieser Pyramide gefunden hat. Wir werden Orsas und Kaillyns Handschuhe verwenden, um ihn zu untersuchen. Denn der Hinweis von Shai'dana war vermutlich klüger, als sie dachte. Die Magie dürfte nicht wirken, wenn man den Monolithen nicht unmittelbar berührt.«

»Bevor wir ihn überhaupt berühren können, müssen wir zunächst einmal diese Lichtbarriere überwinden«, knurrte Grimmeisen. »Und ich mag ja schwarzsehen, aber es würde mich wundern, wenn dieser Steinkerl mit dem Schwert nur zur Zierde vor dem Monolithen kniet.«

»Ihr glaubt, dass er erwachen könnte?« Kaillyn sah die Statue stirnrunzelnd an.

»Es ist die erste Statue dieser Art, die wir in Thaunas-Ra vorfinden«, gab der Söldner zu bedenken. »Und das Schwert besteht eindeutig aus Metall. Das ist eine Waffe, nichts was ein Bildhauer geschaffen hat.«

Die rothaarige Frau schüttelte ungläubig den Kopf. »Aber niemand könnte über tausend Jahre eingesperrt in einer Lichtkugel überleben, wenn er nicht … oh.«

»Mit einem Artefakt, das unsterblich macht, eingeschlossen ist? Wolltet ihr das sagen?« Grimmeisen warf ihr einen vielsagenden Blick zu.

»Aber was soll das für ein Geschöpf sein? Es sieht aus wie aus Stein!«

»Vielleicht ein ArChaon«, sagte Corren, in dessen Geist eine wilde Theorie Gestalt annahm. »ThaunasRa ist eine Stadt des Steins, so viel haben wir festgestellt. Sie ähnelt einem von der Hand Sterblicher geschaffenem Gebirge, und wir haben nichts entdeckt, das man erwarten würde, wenn gewöhnliche Geschöpfe wie Menschen oder Sidhari oder Quano hier gelebt hätten. Waren die ArChaon allerdings eine Zivilisation aus Steinernen, würde das vieles erklären.«

»Ganz gleich, was der Bursche ist, wir müssen damit rechnen, dass er aufwacht, wenn der Lichtvorhang fällt, und dann ziemlich wütend sein wird«, sagte Grimmeisen.

Diese Einschätzung war nicht völlig von der Hand zu weisen, das musste Corren zugeben. »Gut, dann rufen wir Orsa zu uns. Ihr Hammer dürfte uns hilfreich sein, falls es uns nicht gelingt, mit dem Wesen zu reden. Hechet soll ihren Platz draußen neben Lian einnehmen und Shur ... ach, Dreigötter, Shur kann auf sich selbst aufpassen. Er ist fähiger, als viele denken. Kaillyn, würdet Ihr loslaufen und die anderen unterrichten?«

»Bin schon unterwegs«, erwiderte die rothaarige Frau und nahm eine der zwei Laternen, die sie am Eingang abgestellt hatten. Sie schien nicht unglücklich darüber zu sein, die Kammer für eine Weile zu verlassen.

Sie eilte los – und prallte am Eingang mit einem erschrockenen Ausruf zurück. Im nächsten Moment hob sie in einer Geste der Kapitulation die Hände und schritt rückwärts. Grimmeisen hatte sofort seine Äxte wieder in den Händen, und auch Corren griff nach dem Schwert. Seine Lippen wurden zu einem schmalen Strich, als er sah, wer hereintrat.

»Orashanos«, presste er hervor.

»Ich grüße Euch, Magister von Dask«, sagte der Quano. »Wie schön, Euch an diesem bemerkenswertesten aller Orte anzutreffen.«

Zehn Bewaffnete – eine bunte Mischung rauer Männer und Frauen, die ohne Zweifel aus Ieverasts Feste stammten – ergossen sich in den Raum und verteilten sich um Corren und seine Gefährten. Kurzschwerter, Äxte und sogar eine eigentümlich rohrförmige Schusswaffe mit einem armbrustartigen Feuermechanismus, die in der Hand eines graubärtigen Settländers lag, richteten sich auf sie.

»Ich hoffe«, fuhr Orashanos spöttisch fort, »ich komme nicht zu spät für eine Begegnung mit der Unsterblichkeit.«

Kapitel 30

DAS DUNKEL ERWACHT

21. Tag des 8. Mondlaufs im Jahr 850

»Das ist Euer Freund, von dem Ihr uns so viel erzählt habt?«, fragte Grimmeisen, die Hände so fest um die Griffe seiner Äxte geschlossen, dass die Knöchel an den Fingern weiß hervortraten.

»Freund wäre das letzte Wort, das mir im Zusammenhang mit Orashanos in den Sinn käme«, entgegnete Corren.

»Ja, bellt mich ruhig an, wenn Ihr mögt, Magister von Dask«, sagte Orashanos. »Beißen könnt Ihr mich schließlich nicht.«

»Das werden wir noch sehen.« Corren ließ den Blick über die Luftpiraten gleiten. »Wie ich feststelle, habt Ihr ein paar neue Gefährten gefunden. Endlich umgebt Ihr Euch mit Männern und Frauen Eures Schlages.«

Orashanos neigte den Kopf. »Kampfstark, geschäftstüchtig und bereit, jeden Widerstand aus dem Weg zu räumen, um ein Ziel zu erreichen? Ja, Ihr habt recht.«

»Halunken, meinte ich eigentlich.«

»Beleidigt mich, so viel Ihr wollt. Ich habe Besseres zu tun, als mich über Euch zu ärgern. Wisst Ihr, ich würde Euch ja gleich umbringen lassen, aber ich glaube, es wäre sehr viel unterhaltsamer, Euch ohne jede Hoffnung in der Tiefe zurückzulassen.« Er nickte einem der Piraten zu. »Nehmt ihm und den anderen ihre Waffen, die Ausrüstung und die Sicherheitsgeschirre ab.«

Der Mann machte einen Schritt auf Corren zu, doch der hob drohend sein Schwert. »*Fasst* mich nicht an!«

Die Luftpiraten hoben ebenfalls ihre Waffen, bereit zuzuschlagen.

Orashanos legte die Hände zusammen. »Ich wollte zu dieser Maßnahme eigentlich nur im Notfall greifen, aber ich bin es müde, mich mit Euch zu streiten, daher nutze ich nun eine Eurer zahlreichen Schwächen aus.«

»Meine Vorliebe für cordurischen Gewürzwein?«

»Euren Edelmut.« Der Quano hob die Stimme. »Bringt sie rein.«

Auf dem Gang kam es zu Bewegung, und zwei weitere Männer betraten den Raum: ein Pirat und Eshamnoras, der Gelehrte aus Orashanos' Gefolge, den Corren schon in Ieverasts Feste gesehen hatte. In ihrer Mitte führten sie Iril, die schrie und sich wand, aber dabei keinen Laut über die Lippen brachte und wie von unsichtbaren Fesseln gebunden schien.

Zorn wallte in Corren auf. »Was habt Ihr ihr angetan?«, rief er und drängte sich nach vorn. Eine Piratin stellte sich ihm in den Weg, aber er schlug ihre Klinge mit seinem Schwert beiseite und verpasste ihr dann mit der Linken einen kräftigen, von all seiner Wut genährten Faustschlag ins Gesicht, der sie zurücktaumeln und gegen eine Steinplatte prallen ließ.

Grimmeisen nahm den Angriff als Einladung und ließ seine Äxte auf den nächstbesten Gegner niedersausen. Der parierte die rechte Axt mit seinem breiten Entermesser, die linke grub sich seitlich in seine Lederrüstung.

»Halt!«, befahl Orashanos. »Oder die Taijirin stirbt!« Er hatte Iril an sich gerissen und hielt ihr einen kleinen, spitzen Dolch an die Kehle.

Sein Hass auf diesen Mann ließ Corren die Warnung beinahe missachten, aber die Angst in Irils Augen weckte das, was der Quano abfällig Edelmut nannte, und er hielt inne. Grimmeisen tat es ihm gleich. Der angeschlagene Pirat löste sich keuchend von ihm und hielt sich die blutende Seite.

»Tut mir überhaupt nicht leid«, ließ ihn der Söldner mit finsterem Grinsen wissen.

Shai'dana hatte keinen Finger gerührt. Sie schien sich ihrer Loyalitäten nicht ganz sicher zu sein.

»Wenn Ihr Iril etwas antut, bringe ich Euch um, Orashanos«, sagte Corren hitzig. »Dann vergesse ich meinen Eid gegenüber der Akademie und alles, was mich die Zivilisation von Geolath gelehrt hat, und bringe Euch um.«

»Auf den Versuch freue ich mich schon fast«, gab sein Rivale zurück. »Aber es liegt in Eurer Hand, was mit ihr geschieht. Streckt die Waffen und steht mir nicht im Weg, und ich schenke Euch Euer Leben. Ich werde Euch selbstverständlich in ThaunasRa zurücklassen, aber ich schenke Euch das Leben.«

»Warum sollte ich Euch auch nur ein Wort glauben?«

Orashanos wiegte den Kopf. »Das ist eine berechtigte Frage, das gebe ich zu. Aber was bleibt Euch übrig? Kämpft Ihr, tötet Ihr vielleicht ein paar meiner Leute, aber dann ist Euer aller Schicksal ebenfalls besiegelt. Ihr vier gegen uns dreizehn? Ich denke, dieser Zusammenstoß wird schnell vorbei sein.«

»Drei gegen dreizehn«, sagte Shai'dana und löste sich von der Wand, um sich an den Piraten vorbeizudrängen.

»He!« Orashanos hob warnend eine Hand. »Was soll das werden?«

»Ich dachte, wir stehen auf derselben Seite«, sagte die Sidhari lächelnd. »Erinnert Ihr Euch nicht? Erzmagister

Samnion hat Hechet und mich angeheuert, um Euch durch die Shaom zu begleiten.«

»Und dafür bin ich Euch dankbar – aber wie Ihr selbst sagt: Erzmagister Samnion hat Euch angeheuert, und er hat für meinen Geschmack viel zu oft mit Euch allein gesprochen. Ich vertraue Euch nicht, also bleibt Ihr schön dort, wo Ihr seid.«

Auf Shai'danas Stirn entstand eine steile Falte. »Wo ist Samnion? Lasst mich mit ihm sprechen. Wir sind keine Feinde.«

»Erzmagister Samnion ist bedauerlicherweise von uns gegangen. Er fiel – wie soll ich es ausdrücken? – einem Sturm zum Opfer.«

Corren wusste kaum, wohin mit seinem Zorn. Eine Hitze brannte in seinem Körper, die einen Weg nach draußen suchte. Er fühlte sich wie einer der alchemistischen *Götterblitze* kurz vor dem Explodieren. »Ihr wart schon immer niederträchtig, Orashanos«, presste er hervor, »aber diesmal übertrefft Ihr Euch selbst.«

»Es geht um nicht weniger als die Unsterblichkeit, oder nicht?«, erwiderte sein Rivale. »Bei diesem Spiel gelten die höchsten Einsätze.«

Corren wandte sich Shai'dana zu. »Und für diesen Mann habt Ihr mich hintergangen«, sagte er verbittert. »Ich hoffe, Ihr seid stolz auf Euch.«

»Ich habe nicht für ihn gearbeitet, sondern für den Erzmagister«, verbesserte ihn Shai'dana. »Das wurde mir ja gerade eben noch einmal sehr deutlich gemacht.« Auch in ihren Augen loderte dumpfe Wut. Die Verräterin war verraten worden. Darin lag eine gewisse Gerechtigkeit, aber Corren konnte sich nicht wirklich darüber freuen.

»Genug geredet!«, fauchte Orashanos. »Ich sage es zum

letzten Mal: Legt Eure Waffen weg, und Ihr, Magister von Dask, auch Eure Alchemistentasche. Oh, und ich soll Euch einen schönen Gruß von Lord Ieverast ausrichten. Er will sein Amulett zurück.« Auffordernd streckte er eine graue Hand aus. »Eigentlich forderte er auch Euren Kopf, aber ich denke, mein Anspruch auf Rache ist älter als seiner.«

Einen Augenblick lang überlegte Corren, ob er einen *Drachenodem* hervorziehen und damit drohen sollte, sie alle umzubringen, wenn Orashanos nicht seinerseits aufgab. Aber Orashanos würde ihn durchschauen und nicht darauf eingehen. Die Lage mochte frustrierend sein, aber noch war Corren nicht bereit, sich mutwillig umzubringen. Solange er lebte, gab es Hoffnung. Also ließ er wortlos sein Schwert fallen, außerdem Dolch und Drachenstab, löste seinen Waffengurt mit den Gürteltaschen und zog das Heilamulett über den Kopf, um es Orashanos zu reichen. Dabei achtete er darauf, dass der Quano nichts von den übrigen Schutzamuletten mitbekam, die er noch bei sich trug. Unterdessen gaben auch Grimmeisen und Kaillyn ihre Waffen ab. Shai'dana führte keine.

Nachdem die Piraten ihre Ausrüstung eingesammelt hatten, nickte der Quano zufrieden und stieß Iril zu Corren. Dabei bewegte er die langen, dürren Finger seiner linken Hand auf beiläufige Art und Weise, und plötzlich war Irils erschrockener Aufschrei zu hören und sie vermochte sich auch wieder zu bewegen.

»Was war das?«, entfuhr es ihr entsetzt, als Corren sie auffing und festhielt. »Was hat er mir angetan?«

»Quano-Magie«, antwortete Corren düster. Er wandte sich an Orashanos. »Ich wusste gar nicht, dass Ihr so bewandert darin seid.«

»Jeder Quano kann sich mit den Wegen Gahats vertraut

machen«, gab dieser zurück. »Es ist nur eine Frage der Übung. Ich gestehe, dass es mir lange Jahre zu mühsam war, mich mit diesem speziellen Studienfeld zu befassen. Aber nach dem ein oder anderen Rückschlag in der Vergangenheit, an dem Ihr nicht ganz unschuldig wart, kam ich zu dem Schluss, dass es doch nützlich sein könnte, meine Fähigkeiten zu verbessern, um mir einen Vorteil zu verschaffen, den Ihr mir gewiss nicht streitig machen würdet. Also habe ich das letzte Jahr damit verbracht. Und siehe da: Es ist tatsächlich nützlich.«

»Ihr seid nicht würdig, den Namen der Weltseele auch nur in den Mund zu nehmen. Zamashuras würde übel werden, wenn er sähe, wie Ihr die heiligen Gaben Eures Volks missbraucht.«

»Ja, ja, wie auch immer.« Orashanos winkte ab. »Wo ist Euer Adlatus eigentlich? Er befand sich nicht auf Eurem Flugschiff, und hier ist auch nicht.«

»Muss wohl einem Sturm zum Opfer gefallen sein«, gab Corren zurück.

»Ausgesprochen erheiternd. Nun gut, es spielt keine Rolle. Wie ich ihn kenne, hockt er irgendwo in der Pyramide und studiert weltvergessen eine Wandzeichnung, die er entdeckt hat. Man kann ihn so leicht glücklich machen.«

Corren wunderte sich, dass Orashanos auf seinem Weg in das Sanktuarium nicht auf Zamashuras getroffen war. So viele Gänge gab es innerhalb des Tempels nicht. Allerdings schien er auch Orsa, Lian, den Greifen und Nock-Nock nicht begegnet zu sein, von der Horde der Halbtoten ganz zu schweigen. Es musste also mindestens noch einen zweiten Eingang in dieses Bauwerk geben, den Orashanos' Gruppe genommen hatte. Dieses Wissen würde Corren im Hinterkopf behalten. Es mochte noch wichtig werden.

»Nun, dann wollen wir uns mal dem Schrein widmen«, verkündete Orashanos. »Vielleicht möchtet Ihr mich begleiten und Eure bisherigen Erkenntnisse darüber mit den meinen teilen, Magister?«

»Schert Euch in die Dunkelreiche«, knurrte Corren, ohne sich zu rühren.

»Ja, natürlich. Wie Ihr meint.« Der Quano vollführte eine schnelle Bewegung, und Iril wurde Corren aus dem Arm gerissen, nur um in Grimmeisens zu landen. Überrascht schrien beide auf. Derweil bewegten sich Orashanos' Finger weiter, und plötzlich konnte Corren seine Arme nicht mehr bewegen. Unsichtbare Fesseln banden sie an seinen Körper. Dann riss etwas an ihm, und er stolperte seinem Rivalen entgegen. »Soll ich Euch mitschleifen oder möchtet Ihr einen Rest von Würde behalten?«, fragte ihn Orashanos.

Corren stieß eine Verwünschung aus. Diese Fähigkeit der Quano, ihre Umgebung zu beeinflussen, war ausgesprochen unerfreulich, wenn sie einem skrupellosen Verbrecher wie Orashanos zu Gebote stand. Mit mürrischem Nicken schloss er sich seinem Rivalen an, und sie wandten sich dem Monolithen in der Lichtkugel zu.

»Phantastisch«, murmelte Orashanos, als sie gemessenen Schrittes näher gingen. »Einfach phantastisch. Diese unfassbare Macht. Man spürt sie in allen Fasern des Körpers, selbst durch die Barriere hindurch. Ich frage mich, was es mit dieser Lichtkugel auf sich hat. Was ist das für eine Energie, die sie speist? Wie stark ist sie? Was meint Ihr, Magister?«

»Ich habe keine Ahnung«, antwortete Corren. »Bevor wir Zeit hatten, sie genauer zu untersuchen, habt Ihr uns gestört.«

»Oh, das tut mir leid. Beim nächsten Mal treffe ich etwas

später ein und überlasse Euch die Arbeit, die Hindernisse zum Schatz aus dem Weg zu räumen.«

»Ja, das würde zu Euch passen.« Voller Abscheu sah Corren seinen Gegenspieler an.

Orashanos verzog die Mundwinkel zu einem kaum merklichen Lächeln. Dann riss er die rechte Hand nach vorn, und Corren wurde von der Magie des Quano gegen die Lichtkugel geschleudert. Es gab einen lauten Knall, etwas traf ihn mit der Wucht eines Katapultsteins, und er wurde so heftig nach hinten geworfen, dass er, als er auf dem Steinboden aufprallte, beinahe bis zur Wand und seinen Gefährten rutschte. Ein Pirat trat höflich zur Seite, um ihn nicht aufzuhalten.

Um Atem ringend, blieb Corren am Boden liegen. Es fühlte sich an, als stünde sein ganzer Körper in Flammen, und tatsächlich stieg leichter Qualm von seinem Harnisch auf. Er hätte vor Schmerz schreien mögen, doch zu mehr als einem gequälten Ächzen war er nicht imstande.

»Corren!« Iril kniete sich sofort neben ihn. Sie versuchte, ihn zu berühren, etwas knisterte, und mit einem leisen Aufschrei zog sie die Hand zurück. Dann streckte sie sie erneut aus, und weil diesmal nichts geschah, rückte sie noch etwas näher und bettete seinen Kopf auf ihren Schoß. Dabei stellte Corren fest, dass Orashanos' unsichtbare Fesseln durch den Zusammenprall mit der Lichtkugel verschwunden waren – immerhin ein kleiner Trost.

»Ihr seid doch wahnsinnig!«, schrie Kaillyn Orashanos an. »Ihr hättet uns alle umbringen können!«

»Ich bin Gelehrter«, erwiderte der Quano ungerührt. »Um Wissen zu schaffen, muss ich experimentieren. Dieses Experiment hat mir zu der Erkenntnis verholfen, dass ein menschlicher Körper nicht imstande ist, die Lichtbarriere zu durchdringen. Ich bin geneigt anzunehmen, dass dies auch für Quano, Sidhari, Drak, Taijirin und Settländer gilt.«

»Na, so weit waren wir auch schon«, sagte Grimmeisen.

»Tatsächlich? Das hat Magister von Dask leider vergessen zu erwähnen.« Orashanos legte einen Finger an die Lippen und sah sich nachdenklich um. Sein Blick schien sich zu verschleiern und in weite Ferne zu schweifen. Außerdem glaubte Corren, ein goldenes Glitzern in den großen schwarzen Augen zu erkennen, aber das mochte eine Widerspiegelung der Energiebahnen sein, die summend den Raum teilten.

»Was macht er?«, fragte Iril leise.

»Ich … weiß es nicht«, antwortete Corren mit schwerer Zunge. »Vielleicht will er … noch mehr Magie wirken.« Er versuchte, probeweise seine brennenden Glieder zu bewegen. Es ging, aber sie fühlten sich schrecklich kraftlos an.

»Narona?«, sagte Orashanos, und für einen Moment hatte Corren keine Ahnung, was das Wort bedeuten sollte.

»Ja, Magister?«, meldete sich eine dunkelhäutige Piratin zu Wort, die ein breites Schwert mit ungewöhnlich langem Griff führte.

»Zerschlagt mit Eurer Waffe einen der Kristalle, welche die Energiebahnen umleiten.«

»Nein, vielen Dank«, gab die Piratin zurück. »Ich komme diesen Strahlen nicht zu nah.«

»Zerschlagt einen der Kristalle, sage ich!«, wiederholte der Quano scharf. »Oder wollte Ihr mich wütend machen?«

Unwillig brummend hob die Piratin namens Narona ihr Schwert und trat neben eine der Steinplatten mit den angesetzten Kristallen. Corren setzte sich etwas auf, um besser sehen zu können. Sie nahm Maß, holte aus und schlug mit aller Kraft zu. Ein helles Klirren erklang, und die breite

Klinge prallte von dem Kristall ab. Auf diesem war kaum ein Kratzer zu sehen.

»Noch mal«, befahl Orashanos. »Schlagt mit aller Kraft zu.«

Narona spannte die Oberarmmuskeln an, stieß einen Schrei aus und hämmerte ihr Schwert gegen den Kristall. Die Auswirkungen waren die gleichen wie zuvor.

»Vielen Dank, das hatte ich befürchtet.« Eine Weile starrte der Magister ins Leere. Dann begann er, langsam durch die Kammer zu schreiten, wobei er den Energiebahnen auswich, indem er sich unter ihnen hindurchduckte. Dabei bewegte er die Finger beider Hände in einem komplizierten Muster durch die Luft.

»Was für einen … Irrsinn habt Ihr … jetzt wieder vor?«, fragte Corren keuchend. Er zwang sich dazu, sich ganz aufzusetzen. Er musste möglichst schnell wieder Herr seines Körpers werden, egal wie schmerzhaft das war.

»Schweigt bitte, Magister von Dask«, sagte Orashanos. »Ich muss mich konzentrieren.«

An der Tür wurde eine vertraute Stimme laut. »He«, sagte Hechet. »Was treibt Ihr hier o… oh.« Er brach mitten im Satz ab, als sich die Klinge eines Piraten, der neben der Tür stand, an seine Kehle legte. Hechets Bogen hing auf dem Rücken, alle Pfeile steckten im Köcher. Er war so wehrlos wie der Rest von ihnen.

»Hallo, Hechet«, sagte Shai'dana verbittert. »Willkommen im Kreis der Verratenen.«

»Ah, Euer nondurischer Freund«, mischte sich Orashanos ein. »Ich hatte mich schon gefragt, wo Ihr ihn gelassen habt. Bitte erkläre ihm jemand seine Lage und entwaffne ihn dann.«

Eshamnoras übernahm diese Aufgabe offenbar gern, und

kurze Zeit später saß Hechet bei Corren, Iril, Shai'dana, Grimmeisen und Kaillyn am Boden und wurde von den Luftpiraten bewacht. »Das nenne ich ein unerfreuliches Wiedersehen«, knurrte er leise.

»Hechet mochte den Magister vom ersten Tag an nicht«, erklärte Shai'dana. »Sein Instinkt hat ihn bedauerlicherweise nicht getäuscht.«

»Hättet Ihr bloß mir vertraut«, sagte Corren. »Vielleicht wären wir nicht so überrascht worden.« Er gestand es sich nicht gern ein, aber im Grunde trug er selbst kaum weniger Schuld daran. Obwohl er seit Ieverasts Feste wusste, dass Orashanos in der Nähe war, und obwohl er sogar dessen Schiff entdeckt zu haben glaubte, hatte er schlichtweg nicht erwartet, dass sein Rivale so kurz nach ihnen am Schrein der Ewigkeit auftauchen würde. Natürlich hatte er sich auch in Sicherheit gewiegt, weil Orsa und Lian vor dem Haupteingang Wache hielten. Aber mit einem zweiten Eingang hätte er rechnen müssen. Dieser Mangel an Vorsicht und Weitsicht, der zweifellos auf seine Begeisterung, ihr Ziel erreicht zu haben, zurückzuführen war, rächte sich nun bitterlich.

»Aha!«, entfuhr es Orashanos triumphierend. »Ich denke, ich habe etwas gefunden, was uns weiterhelfen sollte.« Er begab sich zu einer scheinbar willkürlich ausgesuchten Steinfliese, wie sie zu Hunderten den Boden der Kammer bedeckten. Mit einem weiteren seiner Quano-Zauber hob er sie in die Höhe und legte sie neben sich ab. Dann kniete er sich neben die Öffnung und steckte einen Arm hinein. »Brokkbar?«

»Hm?«, brummte der Settländer mit der Rohrkanone fragend.

»Ich werde diese Anordnung von Steinplatten nun so verändern, dass die Lichtkugel ausfallen sollte. Sobald das geschieht, erwarte ich, dass der steinerne Wächter zum Leben erwacht. Bitte zerstört Ihn mit Eurem Donnerwerfer.«

Der bärtige Pirat nahm sein Ziel in Augenschein. »Ich werde eine zweite Kugel laden, nur zur Sicherheit.« Er öffnete seine sperrige Umhängetasche und zog eine leuchtend blaue Kugel hervor.

»He!«, entfuhr es Hechet. »Ich habe diese Waffe schon einmal gesehen. Ist Ewigkeiten her, aber so etwas vergisst man nicht. Es war oben in Nondur, und damals führte sie auch ein Sette, aber nicht Ihr.«

»Es war mein Bruder, ein großer Tüftler«, sagte Brokkbar barsch. »Ein Drache fraß ihn vor zehn Jahren. Das ist alles, was von ihm übrig blieb. Glück für mich.« Er rammte die Kugel durch eine geöffnete Klappe in den röhrenförmigen Lauf und verschloss diese. Danach spannte er die Waffe, trat näher an die Lichtkugel heran und zielte. »Bereit, wenn Ihr es seid, Magister.«

Orashanos betätigte irgendeinen Mechanismus im Boden der Kammer. So wie zuvor die unfassbar schweren Flügel der Steintür in der Wand verschwunden waren, begannen nun die sechs massiven Steinplatten mit trockenem Mahlen im Boden zu versinken. Dabei näherten sich die geschliffenen Kristalle den Energiestrahlen, die aus dem Boden kamen, immer weiter an, wodurch diese ihren Weg durch den Kristall veränderten und immer steiler nach oben gerichtet austraten. Die Lichtkugel, in der sich alle Strahlen trafen, erhob sich zunächst vom Boden und schwebte knisternd und summend in die Höhe. Als sie etwa vier oder fünf Schritt über den Monolithen hinaus aufgestiegen war, dehnte sie sich aus und verging von einem Moment auf den anderen, während die Strahlen schimmernd und funkelnd durch den offenen Schacht hinauf in die Nebel über der

Stadt schossen. Die Steinplatten waren fast zur Hälfte im Boden verschwunden, und die Kristalle lagen nun direkt über den Bodenöffnungen, aus denen die geheimnisvollen Energien der Pyramide hervortraten.

Wie erwartet, begann sich die Steinstatue zu regen. Schwere Augenlider öffneten sich und enthüllten blass glühende, hellblaue Flächen – Augäpfel wie kleine Kristallkugeln, ohne Pupille und Iris. Knirschend hob der Steinerne den Kopf und blickte auf die Eindringlinge, die seinen ewigen Schlaf gestört hatten. Dann kam er auf die Beine, richtete sich zu seiner vollen Größe auf und hob das Runenschwert. Sein Mund öffnete sich, und ein Laut, dunkel und grollend, drang aus seiner Kehle. Drohend machte der Wächter einen Schritt nach vorn, das Schwert hoch über dem Kopf erhoben und die breite graue Steinbrust einladend entblößt.

In diesem Moment feuerte Brokkbar. Aus Neugierde schien er kurz gezögert zu haben, doch jetzt jagte er dem Geschöpf die zwei blaugleißenden Kugeln aus dem Lauf seiner schweren Schusswaffe in die Brust. Es gab einen ohrenbetäubenden Doppelknall, und der Steinerne wurde buchstäblich in Stücke gesprengt. Graue Brocken flogen durch die Kammer und prasselten klackernd wie Kiesel auf die Fliesen und gegen die Wand. Mit einem metallischen Klappern fiel auch das Schwert zu Boden. Die Steinhände, die nun kurz vor den Ellbogen endeten, hielten den Griff noch umschlossen. Als sich der Steinstaub verzog, war von dem Wächter nichts weiter als ein Stück Rumpf mit zwei Beinen, ein paar Armbruchstücke und ein halber Schädel übrig, dessen eines, stumpfes Auge mit scheinbar vorwurfsvollem Blick ins Leere starrte.

Corren presste die Lippen zusammen. Er wusste nicht, ob der Tod des Wächters vermeidbar gewesen wäre. Auch er hatte damit gerechnet, gegen ihn kämpfen und ihn zerstören zu müssen – er wusste nicht, ob *umbringen* bei einem Wesen, dass augenscheinlich aus Stein bestand, das richtige Wort war –, und trotzdem kam ihm Orashanos' Vorgehen unendlich barbarisch vor. Der Steinerne hatte es nicht verdient, so zu enden: von einem schießwütigen Luftpiraten in die Luft gesprengt. *Früher hätte es einen Zweikampf gegeben, der des Anlasses würdig gewesen wäre*, dachte er, *ein aufrechter Held gegen den steinernen Wächter des Schreins.* Vielleicht hätte man auch eine Übereinkunft erzielen können, denn große Geister wussten auch, wie man Frieden mit dem Feind schließt. Doch das war vorbei. So ging die alte Zeit mit Blitz und Donner dahin.

Orashanos, der sich bei der Explosion unwillkürlich geduckt hatte, richtete sich auf und strich sich den Steinstaub vom Gewand. »Was für ein glorreicher Tag«, verkündete er, wobei nicht ganz klar wurde, ob er mit sich selbst sprach oder mit den anderen Anwesenden. »Zuerst mein Sieg über den unerträglichen Magister Corren von Dask, und jetzt die Unsterblichkeit.« Er bedachte Corren mit einem triumphierenden Blick. »Ich werde nicht nur in die Geschichte von Endar eingehen, von nun an werde ich sie selbst schreiben.«

»Ihr wart immer ein Dieb und Mörder«, erwiderte Corren verbittert. »Und ein Dieb und Mörder werdet Ihr auch bleiben.«

Auf den Zügen des Quano regte sich kein Muskel. »Eure Sicht der Dinge ist einfach bedauerlich. Aber was soll man von Euch erwarten? Ihr seid schließlich nur ein Mensch.« Mit diesen Worten drehte er sich um und schritt hochaufgerichtet und stolz auf den funkelnden Monolithen zu.

»Ob er wirklich unsterblich wird?«, flüsterte Shai'dana mit hörbarer Sehnsucht.

»Entweder das«, sagte Grimmeisen, »oder wir werden alle draufgehen.«

Orashanos hob die Hand und zögerte. Auf seinem grauen, vom flackernden Licht des Monolithen beschienenen Gesicht lag eine Faszination, die an Besessenheit grenzte, und in seinen großen Augen spiegelte sich das Feuer von Myriaden winziger Sterne. Ein Lächeln trat auf seine Züge, wie von einem Mann, der die Gnade und Herrlichkeit einer göttlichen Macht erfahren durfte. Der Schrein der Ewigkeit hatte Orashanos vollends in seinen Bann geschlagen.

Unwillkürlich hielt Corren den Atem an. Für einen Moment vergaß er den Schmerz und die Demütigung. Die Neugierde des Gelehrten drängte jedes andere Gefühl in den Hintergrund. Sie waren im Begriff, ein unglaubliches Wunder zu erleben, und er wollte auch nicht die geringste Kleinigkeit verpassen.

Mit einem entschlossenen Ruck presste Orashanos die Hand auf den funkelnden Kristall. Ein helles, klares Klirren wie von einer zersplitternden Scheibe war zu vernehmen, dann zerfiel die Vorderseite des Monolithen in einem Vorhang von flirrenden Funken, so als wäre sie nie stofflich gewesen. Es war, als wäre damit eine Tür aufgestoßen worden, denn an ihrer Stelle eröffnete sich nun ein schier endlos wirkender Abgrund. Die Wände des Tunnels oder Schachts schienen genau wie die Oberfläche des Monolithen aus funkelndem, vielfach facettiertem Kristall zu bestehen, wenngleich dieser scharfkantig und nur grob behauen wirkte wie der Kyrillian an der Unterseite der schwebenden Insel. Am fernen Ende des Kristalltunnels lag absolute Schwärze, eine Dunkelheit, die so vollkommen war, dass das Auge sich beinahe weigerte, sie wahrzunehmen.

Einige Herzschläge lang geschah nichts. Alle starrten in

einer Mischung aus Verwirrung und Faszination auf das Portal, das sich in dem Artefakt geöffnet hatte. »Was …?«, begann Orashanos tonlos. Weiter kam er nicht, denn unvermittelt rauschte die Schwärze durch den Kristalltunnel heran, schlug ihnen entgegen und mit ihr kam ein Gefühl alles überwältigenden Grauens.

Kapitel 31

DER SCHATTENHERR

21. Tag des 8. Mondlaufs im Jahr 850

Gahat, steh mir bei …« Zamashuras' Augen weiteten sich, als er begriff, wie sehr sie sich geirrt hatten. Sie hatten die Hinweise in ihren Texten über ThaunasRa die ganze Zeit falsch gelesen! Der Schrein der Ewigkeit spendete kein ewiges Leben, er verdammte etwas zu einem ewigen Leben in Gefangenschaft. Etwas, was niemals befreit werden durfte.

Sein Blick glitt hektisch über die Schriftzeichen an der Wand. Es stand alles da, und obwohl er wahrhaftig nicht jedes Wort verstand, war er sich diesmal sicher, die Botschaft erfasst zu haben. Die ArChaon waren eine blühende Zivilisation gewesen, deren Streben nach Wissen keine Grenzen kannte. Dabei hatten sie sich auch der Erforschung dunkler, chaotischer Magie verschrieben. Diese Erkenntnis jagte dem Quano einen Schauder über den Rücken, denn auch sein Volk hatte vor langer Zeit verbotene Grenzen überschritten, und ein furchtbarer Preis war dafür gezahlt worden.

Irgendwann war es den ArChaon gelungen, ein Portal zu einer anderen Welt zu öffnen. Durch dieses hatten Geschöpfe das vorzeitliche Endar erreicht, die die ArChaon nur *die Schattenherren* nannten. Eine Ära der Dunkelheit folgte, in der die ArChaon als Diener der Schattenherren zu grausamen Zerrbildern ihres einstigen Wesens wurden. Über die halbe Welt breiteten sich die Schattenherren aus, eine unaufhaltsame Armee der Dunkelheit. Es bedurfte schließlich des Eingreifens mythischer Wesen, der sogenannten Sterngeborenen, um die ArChaon und ihre Herren zurückzutreiben. Am Ende wurde alles Böse, was ausgelöscht werden konnte, getilgt. Die Schattenherren aber wurden von den Sterngeborenen in den Schrein der Ewigkeit verbannt – und dort bewacht von einem ihrer größten Krieger sowie starker Schutzmagie. Um jedem Sterblichen den Weg in die Heimat der ArChaon unmöglich zu machen, wurde zudem alles Land ringsum in immerwährenden Nebel gehüllt. So entstand das Wolkenmeer, und ThaunasRa geriet in Vergessenheit.

»Doch wir haben es gefunden«, murmelte Zamashuras. »Und der Magister will den Schrein mitnehmen. Das darf nicht passieren!« Er vernahm ein dumpfes Grollen, und das Fundament des Tempels schien unter seinen Füßen zu erbeben. Ein Gefühl alles überwältigenden Grauens überkam ihn. »Oh, nein!«, hauchte er. »Nein! Nein! Nein!« Er wirbelte herum und rannte los.

Mit einem Donnern, das die Wirklichkeit selbst zu erschüttern schien, brandete der Schatten aus der Tiefe des Kristalltunnels gegen die Öffnung des Monolithen. Mehrere nachtschwarze Arme peitschten daraus hervor, seltsam entstofflicht, so als bestünden sie aus Gestalt gewordener Finsternis. Einer von ihnen bohrte sich dampfend mitten in Orashanos Schädel und versetzte den Quano in unkontrollierte Zuckungen. Als er sich nur Herzschläge später wieder aus dem Körper von Correns Rivalen zurückzog, brach dieser wie ein nasser Sack leblos in sich zusammen. Es war, als hätte ihm der Schattenarm das Leben aus dem Leib gerissen. Ein langgezogenes Heulen erschallte, hohl und klagend, wie die gepeinigte Seele eines sehr großen Tieres, die aus dem Abgrund der Dunkelreiche nach ihnen rief. Eine Welle des Entsetzens spülte über Corren hinweg und drohte ihn zu ertränken.

»Weg hier!«, schrie er seine Gefährten und die Luftpiraten gleichermaßen an, während er sich allen Schmerzen zum Trotz von Iril löste und auf die Beine kam. »Bei den Göttern, bloß weg!«

Im nächsten Augenblick wurde sein Herz von Wärme erfüllt, die ihm frische Entschlossenheit verlieh, als eines der Schutzamulette, die er um den Hals trug, von selbst seine Kraft entfaltete. Es handelte sich um einen mächtigen Abwehrzauber, den Gelehrte an der Akademie des Wissens in der fernen Stadt Agialon geschaffen hatten, um den mitunter lähmenden Einfluss bösartiger Magie zu unterdrücken. Sofort wurde Correns Kopf klarer, und seine Sinne schärften sich.

Rasch erfasste er ihre Lage. Die Schattenarme wüteten überall in der Kammer. Einer von ihnen traf den Settländer Brokkbar und tötete auch ihn mit beiläufiger Leichtigkeit, ein anderer erwischte die Piratin, der Corren einen Fausthieb ins Gesicht verpasst hatte. Zwei weitere Arme wuchsen zu absurder Länge heran und krochen sich schlängelnd die Wände der Kammer empor, der offenen Spitze der Pyramide entgegen. Gleichzeitig bebten der Boden und die Wände, während der offenbar riesige Leib der grauenvollen Kreatur jenseits des Portals versuchte, sich durch die Öffnung des Monolithen zu zwängen.

Die überlebenden Luftpiraten blickten entweder starr vor Angst auf das furchtbare Schauspiel, suchten wimmernd hinter den Felsplatten Deckung oder flohen schreiend in Richtung Ausgang, nur um sich dort gegenseitig im Weg zu sein. Auch Kaillyn und Grimmeisen rannten ihrem einzigen Fluchtweg entgegen. Die Flugschifferin schaffte es nicht. Einer der Arme traf sie mit Wucht in den Rücken, trat aus der Brust wieder aus und riss sie in die Kammer zurück, nur um sie gleich darauf leblos von sich zu schleudern. Corren fluchte ungehemmt. Das hier war der reinste Albtraum.

Er ging hinter einer der Steinplatten mit den Kristallen in Deckung und sah Iril, die schreckensbleich zur Kammerwand zurückgewichen war. Ein paar Schritt neben ihr stand Shai'dana und starrte mit hell glühenden Augen auf das außerweltliche Grauen. Sie hatte die Hände abwehrbereit vor sich ausgestreckt, so als hätte sie einen Sidhari-Zauber gewirkt. Gleich darauf erkannte Corren auch, wen sie verteidigte hatte. Hechet lag am Boden zu ihren Füßen, mit schmerzverzerrter Miene, aber noch am Leben. Ein großer schwarzer Fleck, so als hätte ihm jemand ein Brandeisen auf die Brust gedrückt, prangte auf seinem Lederharnisch. Auch ihn musste einer der Schattenarme zumindest berührt haben.

»Shai'dana! Nehmt Hechet und Iril und zieht Euch zurück«, brüllte Corren gegen das Heulen und Donnern des tobenden Schattentitanen an. »Ich gebe Euch Deckung.« Geduckt rannte er zu der Stelle, wo sie ihre Ausrüstung abgeworfen hatten. Über sein Schwert und das Sicherheitsgeschirr machte er sich einstweilen keine Gedanken, er ergriff nur den Drachenstab und seine Tasche mit alchemistischen Tränken. Wenn ihm etwas gegen diesen Albtraum helfen konnte, dann Magie und Explosionen.

An der Tür wurde weiteres Geschrei laut, als die Piraten plötzlich zurück in den Raum geschleudert wurden. Dann tauchte Zamashuras im Eingang auf, eine Handfläche noch wie zustoßend nach vorn geschoben. Die Augen des Quano weiteten sich, während er sich umsah. Als er Corren und die anderen erblickte, eilte er an ihre Seite. Er fragte nicht, was geschehen war. Stattdessen rief er: »Wir müssen es aufhalten! Der Schattenherr darf niemals Endar erreichen, sonst wird sich alles wiederholen.«

»Was wiederholen?«, fragte Corren. Er kniete sich neben der Leiche von Brokkbar zu Boden und schnappte sich dessen Donnerwerfer. Dann begann er, in dessen Umhängetasche nach den blauen Kugeln zu wühlen.

»Das Zeitalter der Finsternis«, antwortete Zamashuras aufgeregt. »Der Untergang der ArChaon. Das Wolkenmeer. Es hat alles mit diesen Wesen zu tun.«

»Nun denn.« Genau wie der Settländer zuvor schob Corren zwei blaue Kugeln in das Rohr. Er schloss die Ladeklappe, spannte den Armbrustmechanismus und hob die Waffe. »Mal sehen, wie ihm das hier schmeckt.«

Mit einem dumpfen Geräusch entlud sich der Werfer, und die Kugeln jagten gleißend auf die Öffnung im Monolithen zu. Zunächst wurden sie von dem Schattenleib einfach verschluckt, aber dann ertönte ein doppelter Donnerschlag, als sie explodierten. Das Wesen stieß ein grauenvolles Heulen aus, ob schmerz- oder zornerfüllt vermochte Corren nicht zu sagen. Einige der Schattenarme zuckten zurück, doch gleich darauf schlugen sie umso wilder hervor. Ein weiteres Beben erschütterte den Tempel, als das Wesen sich gegen die Innenseite des Schreins warf. Mit Schrecken sah Corren, wie sich ein erster Riss im Kristallrahmen bildete. War es möglich, dass das Wesen sein Gefängnis vollends sprengte? Und wenn ja, was würde dann geschehen?

»Wie sollen wir diesen Schrecken bezwingen?«, schrie Grimmeisen, der plötzlich neben ihnen stand. Der Söldner hatte eine blutende Wunde an der Stirn, als wäre er gegen eine der Felsplatten gestoßen, aber der Schmerz schien ihn zur

Besinnung gebracht zu haben, denn auch wenn sich Furcht auf seinen Zügen abzeichnete, floh er nicht länger kopflos.

»Vielleicht hiermit.« Corren hob den Drachenstab. »Was gegen Große Rote hilft, kann gegen schwarze Ungeheuer nicht schlecht sein.«

Einer der Schattenarme zerschmetterte einen Teil der Schachtmauer und zwang sie in Deckung, als Steinbrocken auf sie herabregneten.

Zamashuras schüttelte den Kopf. »Wir können das Wesen nicht töten. Das ist nicht einmal den Sterngeborenen gelungen.«

»Wem?«, fragte Corren, aber winkte sogleich ab. »Nicht wichtig. Ich verstehe schon: mächtiger als wir. Also, was bleibt uns?«

Sein Adlatus spähte um die Steinplatte, hinter der sie sich verbargen. Ein Schattenarm schlug ihnen entgegen, aber Zamashuras vollführte einen Hieb in die Luft und vermochte ihn damit abzulenken. »Wir müssen ihn zurückdrängen und wieder einsperren«, erklärte er.

»Die Lichtkugel können wir vielleicht wieder herstellen«, sagte Corren. »Aber der Wächter ist tot und die Vorderseite des Schreins zerfallen.«

Zamashuras schloss kurz die Augen und als er sie wieder öffnete, war ein schwach goldenes Funkeln in ihnen zu sehen. Er spähte erneut zum Zentrum der Kammer. Mittlerweile waren sie die einzigen im Raum verbliebenen Personen. Wer nicht tot war, war geflüchtet. Ringsum lagen Orashanos, Kaillyn und fünf Piraten, denen die Schattenarme das Leben aus dem Leib gerissen hatten, vielleicht um die Kreatur zu stärken. Nun schien der dunkle Titan damit beschäftigt, sein Gefängnis zu sprengen, und die Schattenarme peitschten Fels zertrümmernd die schachtartige Kammer empor, als wollten sie die Pyramide von oben nach unten dem Erdboden gleichmachen. Wieder bebte alles, und Teile der Decke stürzten ein.

»Shur!«, rief Corren. »Wir haben nicht mehr viel Zeit.« Genau genommen fragte er sich, ob nicht schon alles zu spät war. Dass sich die schützende Lichtbarriere noch einmal aufbauen ließ, bezweifelte er. Die Erschütterungen der Kammer hatten die fein ausgerichteten Kristalle an den Steinplatten gewiss verschoben.

Zamashuras drehte sich ihm wieder zu. »So Gahat es will, kann ich den Monolithen wiederherstellen. Aber …« Er zögerte, und auf seinen ruhigen Zügen zeigte sich ein Anflug von Kummer.

»Aber was, Shur?« Corren sah ihn eindringlich an. »Sagt es mir!«

»Ich muss es von innen tun, denn nur so wird der Zauber stark genug sein.«

»Von innen?«, schrie Corren ihn an. »Ihr wollt in diesen Kristallkerker hinein?«

»Wir haben keine andere Wahl – außer zu fliehen und den Schattenherren die Rückkehr zu erlauben. Und das können wir nicht zulassen, das wisst Ihr.«

»Aber Ihr kommt nicht einmal in die Nähe des Portals. Wir müssten diesen Schrecken zurückdrängen, damit Ihr hineingehen könnt. Wie sollen wir das machen?«

Zamashuras streckte die Rechte aus und vollführte eine winkende Bewegung. Das Runenschwert des Steinernen flog ihm in die Hand. »Mit allem, was wir haben.«

»Wir schaffen es nicht!«, brüllte Lian und stach mit seinem Schwert einen weiteren Angreifer nieder. »Es sind zu viele. Wir müssen uns in die Pyramide zurückziehen.«

»Es sind nicht zu viele«, erwiderte Orsa grimmig. »Mein Hammer ist noch lange nicht satt.« Die hünenhafte Frau schwang ihre Waffe in einem weiten Bogen und riss damit gleich drei Gegner zu Boden. Sie hatte ihren Helm von sich geworfen, damit sie keinen ihrer vielen Feinde aus den Augen verlor, und mähte sich nun mit schweißnassem Haar und zorniger Miene durch das Heer aus verfluchten Flugschiffern, das in dem Augenblick auf sie losgestürmt war, als die Erde das erste Mal bebte.

Über ihren Köpfen stießen Ishaljir und Triasti wilde Jagdschreie aus, bevor sie zu einem weiteren Angriff herabdonnerten. Mit ungezügelter Wildheit fuhren sie unter die geifernden Halbtoten und warfen sie mit Huftritten und Flügelschlägen zu Boden. Neben ihnen fiel NockNock mit scharfen Krallen und zuschnappenden Zähnen über die bleichen Männer und Frauen her, zerfetzte Brustkörbe und biss Köpfe ab.

Doch für jeden Feind, den sie fällten, schienen zwei neue nachzukommen. Die Masse der Verfluchten war erdrückend, und nur der leidlich gut zu verteidigende Eingangsbereich der Pyramide verhinderte, dass Lian und Orsa überrannt wurden.

Ein unirdisches Heulen drang aus den Tiefen des Tempels und jagte Lian einen Schauer über den Rücken. »Bei den Vier Winden, was passiert da drinnen?«

»Nichts Gutes.« Orsa schlug einer in Fetzen gekleideten Frau mit zottigen Haaren und abscheulich verwachsenem Gesicht mit ihrem Hammer den Schädel ein. Mit einem Fußtritt beförderte sie die Tote nach hinten und riss ihre Waffe wieder frei.

Abermals bebte die Erde, und Lian musste aufpassen, nicht den Boden unter den Füßen zu verlieren. Ein Verfluchter nutzte den Moment der Ablenkung und warf sich auf ihn. Fauchend trieb er Lian bis zur Mauer zurück, und seine fauligen Zähne schlugen aufeinander, als er versuchte, Lian die Kehle durchzubeißen. Der Winkel war zu schlecht, um mit dem Schwert zuzustechen, also versuchte Lian, seinem Gegner den Knauf gegen die Schläfe zu schlagen und ihn so zu betäuben. Doch dieser ließ sich davon nicht beirren. Lian gab das Schwert auf und tastete nach seinem Dolch, aber der steckte hinten im Gürtel und war zwischen ihm und der Mauer eingeklemmt. In seiner Verzweiflung stieß Lian einen durchdringenden Pfiff aus, während er sich gleichzeitig mit bloßen Händen seines beißwütigen Gegners zu erwehren versuchte.

Kaum fünf Herzschläge später packten kräftige Krallen den Verfluchten und rissen ihn kraftvoll in die Höhe. Der Mann stieß ein frustriertes Fauchen aus und strampelte mit Armen und Beinen, aber er konnte nichts gegen NockNock unternehmen, der ihn zehn Schritt in die Höhe trug, bevor er ihn ohne viel Federlesens fallen ließ. Der Verfluchte prallte halb auf die Oberkante der Mauer, dabei brach sein Rückgrat, dann klatschte er mit einem dumpfen Laut neben den Stufen auf das Eingangspodest.

»Danke!«, rief Lian der Flugechse zu, die ihm mit einem langgezogenen Quäken antwortete. Er schnappte sich sein Schwert und wollte zu Orsa zurückeilen, da sah er, wie Shai'dana, Iril und Hechet aus der Pyramide gehastet kamen. Die beiden Frauen stützten den Nondurier, der unter starken Schmerzen zu leiden schien und nur halb bei Bewusstsein war.

Die Sidhari starrte voller Panik auf den Kampf, der vor ihnen tobte. »Sie greifen an?«

»Seit die Erde bebt, sind sie außer Rand und Band«, bestätigte Lian. »Was habt Ihr dort drinnen getan?«

»Das wollt Ihr nicht wissen, glaubt mir.« Die Glut in ihren violetten Augen flackerte. So erschüttert hatte er sie noch nicht erlebt.

»Wo sind Corren und die anderen?«

»Sie befinden sich noch in der Kammer, und … ich weiß nicht, was sie machen. Vielleicht versuchen sie, den Albtraum aufzuhalten. Auch wenn das unmöglich scheint.«

Verwirrt schüttelte Lian den Kopf. »Ich verstehe überhaupt nichts.«

»Es spielt keine Rolle. Es ist zu kompliziert. Nur eins ist wichtig: Wir müssen hier weg. Wir brauchen das Beiboot.«

»Dafür müssen wir dieses Heer der Verdammten bezwingen«, sagte Lian düster.

»Nicht reden!«, schrie Orsa, ohne sich umzuschauen. »Kämpfen!«

Shai'danas Miene verhärtete sich. »Iril, passt auf Hechet auf«, sagte sie und drückte der Taijirin-Frau ihren verletzten Gefährten in den Arm.

»Was habt Ihr vor?«, fragte Iril.

Die Elementarmagierin schob die Ärmel ihres langen Gewands zurück und enthüllte die goldenen Symbole auf ihrer dunklen Haut. »Ich rufe einen Sturm«, sagte sie, trat entschlossen vor und hob die Hände.

Hinter ihr brachen gewaltige Schattenarme aus der Spitze der Pyramide und peitschten hinauf in die fahlgrünen Nebel über der Stadt.

Fassungslos schüttelte Corren den Kopf. »Ihr seid verrückt, Shur. Ehrenwert, aber verrückt.«

»Hört auf, Euch der Wahrheit zu verschließen, Magister«, erwiderte Zamashuras. »Es gibt keinen anderen Weg, um das wiedergutzumachen, was wir an Schuld auf uns geladen haben.«

»Es war Orashanos, der den Schrein geöffnet hat.«

»Aber mit unserer Suche danach fing alles an.«

Wieder bebte der Tempel, und der schwarze Titan stieß ein zorniges Heulen aus. Ein Schlag seiner Schattenarme zertrümmerte eine der Steinplatten, und unvermittelt schoss ein Energiestrahl aus den Tiefen der Pyramide. Umgeleitet durch einen halbzersplitterten Kristall brannte er sich schräg durch den Raum und dann einige Schritte vor dem Monolithen zurück in den Boden. Sie hatten keine Zeit zum Streiten.

»Schön, angenommen wir können diesen Koloss zurückdrängen. Und dann? Sobald Ihr im Inneren seid, wird Euch der Schatten umbringen. Ihr könnt nicht gleichzeitig Euren Zauber wirken und Euch gegen diesen Albtraum verteidigen.«

»Das muss er nicht«, sagte Grimmeisen mit unerwartet fester Stimme. Die Augen des Söldners waren geweitet vor Angst, aber auf seinen Zügen lag eine nie gekannte finstere Entschlossenheit.

»Was soll das heißen?«, fragte Corren.

»Gebt mir eine Waffe, mit der ich das Ungeheuer in Schach halten kann, und ich verteidige Zamashuras.«

»Ihr werdet mit ihm im Kristall eingeschlossen sein. Für immer. Wahrscheinlich werdet Ihr sterben.«

»Beim Südwind, das weiß ich selbst!«, schrie Grimmeisen. »Aber schaut Euch doch um! Wer bleibt denn sonst? Ihr etwa?«

Die Erkenntnis traf Corren wie ein Donnerschlag. Natürlich musste er es tun. Zamashuras hatte recht. Die Suche nach ThaunasRa und dem Schrein der Ewigkeit hatte mit ihm begonnen. In den Schrein hineinzutreten und sich dem zu stellen, was dort vor Äonen eingekerkert worden war, stellte nur den letzten Schritt seiner langen Reise dar. Außerdem war der Quano sein treuster Freund und Gefährte. Wie oft hatten sie einander das Leben gerettet? Er konnte ihn unmöglich zurücklassen. Sie mussten diese größte aller Herausforderungen gemeinsam bewältigen.

»Ja, ich«, sagte er. »Ich gehe mit Zamashuras. Es ist meine Pflicht als sein Magister und sein Freund.« Er streckte die Hand nach dem Runenschwert aus.

»Vergesst Euren Edelmut, Magister«, entgegnete Grimmeisen. »Hier geht es um das Schicksal der Welt. Um dieses Ungetüm auf Abstand zu halten, braucht es den besten Nahkämpfer zwischen hier und Skargakar. Und der bin ich. Also gebt mir das Schwert!«

»Ich lasse Zamashuras nicht zurück!«, rief Corren. »Und ich lasse nicht zu, dass Ihr Euch opfert. Eure Schwester braucht Euch noch.«

»Meine Schwester würde mir den Arsch versohlen, wenn Sie erführe, dass ich die Männer, die uns bezahlt haben, damit wir sie beschützen, im Stich gelassen habe«, gab Grimmeisen zurück. »Wäre sie hier, würde sie darauf bestehen, dieses Monster persönlich in den Abgrund zurückzuprügeln, aus dem es gekrochen ist. Aber sie ist nicht hier. Also erledige ich das. Für sie. Und für Shai'dana, obwohl ich wirklich ein Narr sein muss, noch an sie zu denken. Und für Euch und Iril und für … ach, was weiß ich, alle eben.«

»Ich –«, begann Corren.

»Nein, Magister«, unterbrach ihn Zamashuras. Er legte Corren eine graue Hand auf die Schulter. »Glaubt mir, ich beende unsere lange Freundschaft ausgesprochen ungern auf diese Weise, aber Grimmeisen hat recht. Er ist die bessere Wahl, wenn wir darauf hoffen wollen, siegreich zu sein.«

Corren presste die Lippen zusammen. Seine Augen brannten. »Ich hasse es, der von uns zu sein, der überlebt.«

Der Quano schenkte ihm ein mildes Lächeln. »Tröstet Euch. Wenn alles klappt, wie wir es uns vorstellen, werden Grimmeisen und ich Euch um Jahrtausende überleben.«

Kapitel 32

DER ZWEITE UNTERGANG VON THAUNASRA

21. Tag des 8. Mondlaufs im Jahr 850

Mit ohrenbetäubendem Getöse warf sich der Albtraum ein weiteres Mal gegen den Monolithen. Kristallsplitter flogen funkelnd durch die Luft, und einige von ihnen vergingen, als sie in den goldenen Energiestrahl gerieten, der sich mit unverminderter Kraft in den Boden der Kammer brannte. Irgendwo tief unter ihnen war ein Donnern zu vernehmen, und die Pyramide erzitterte.

»Es wird Zeit«, sagte Zamashuras mit unerschütterlicher Ruhe. Er hob den Donnerwerfer, den er mit den letzten zwei Kugeln aus Brokkbars Vorrat geladen hatte. Die klobige Waffe wirkte seltsam unpassend in den schmalen grauen Händen des Quano.

»Ich bin bereit.« Corren wog die kleine Tasche in der Rechten, die er von seinem Gürtel gezogen hatte und in der alle *Götterblitze* und *Drachenodems* steckten, die er noch besaß. Er musste nur noch die Siegel eindrücken, dann hielt er eine Waffe in den Händen, die wahrscheinlich Burgmauern hätte einreißen können. Zunächst hatte Corren befürchtet, dass er damit den Monolithen selbst sprengen würde, aber Zamashuras behauptete, dass dessen Art der Magie nicht durch rein weltliche Gewalteinwirkung zerstört werden konnte.

»Bis zum Sieg«, knurrte Grimmeisen und packte den

Drachenstab und das Runenschwert fester. Noch nie hatte der Söldner auch nur annähernd so kraftvolle magische Artefakte in den Händen gehalten, und Corren sah ihm seine Aufregung deutlich an. Aber er war nun mal der Nahkämpfer unter ihnen und wenn es irgendetwas gab, das den schwarzen Schrecken zurückzudrängen vermochte, dann das Licht des Drachenstabs und das Feuer des Runenschwerts. Die notwendigen Worte der Macht, um beides zu wecken, hatte Zamashuras Grimmeisen verraten. Corren hatte sich gewundert, woher sein Adlatus das Schlüsselwort für die Entfesselung des Runenschwerts kannte. »Ich habe den Harmonien Gahats gelauscht«, hatte Zamashuras geantwortet.

Corren holte tief Luft. Er nickte den beiden anderen Männern zu. »Und los.«

Alle drei traten aus ihrer Deckung hervor. Corren schluckte, als er sah, wie weit sich das gewaltige Geschöpf aus einer anderen Daseinssphäre in ihre Welt gedrängt hatte. Seine schattenhaften Arme zogen sich den gesamten Schacht bis zur zerschmetterten Spitze der Pyramide empor und wüteten am Himmel über ThaunasRa. Und mehr und mehr schob sich der unförmige, aufgedunsene Leib des Titanen durch die viel zu kleine Öffnung des Monolithen. Ob sie ihn überhaupt wieder zurückdrängen konnten, war fraglich.

Doch für Zweifel blieb keine Zeit. Grimmeisen hob seine Waffen und sprach die Worte der Macht, die Zamashuras ihn gelehrt hatte. Mehr noch als diese war es seine wütende Entschlossenheit, die Stab und Schwert erwachen ließ. Corren sah das vertraute Licht über den Metallschaft des Drachenstabs huschen, gleichzeitig entzündete sich ein weißes Feuer am Griff des Runenschwerts, das rasch über die verzierte Klinge hinwegleckte. Beinahe gleichzeitig explodierten beide Waffen in gleißend hellem Licht. Eine Druckwelle fauchte durch den Raum und traf den tiefschwarzen Körper des Schattenherren.

Dieser zuckte zusammen, als habe man ihm ein glühendes Eisen in den Leib gerammt. Sein schmerzerfülltes Heulen dröhnte so laut durch die Kammer, dass Corren, Zamashuras und Grimmeisen beinahe in die Knie gezwungen worden wären. Die Männer aber hielten stand, Grimmeisen trat sogar einen Schritt vor, reckte ihrem Feind beide Waffen entgegen und antwortete ihm mit einem wilden Kampfschrei.

Sogleich hob Zamashuras den Donnerwerfer von Brokkbar dem Piraten. Mit hohlem Knall schossen die beiden faustdicken Kugeln aus dem Rohr, rasten auf den Schattenherren zu und schlugen tief in die dichten, an fetten Rauch erinnernden Dunstschwaden ein, die ihn umdampften. Als sie ihr Ziel fanden, erhellte bläuliches Wetterleuchten die schwarzen Wolken.

Der Titan zuckte zurück und zog einige seiner Arme schmerzerfüllt an den Körper. Rauschend und peitschend schossen sie den Schacht hinunter, wobei sie sich ebenso rasch zusammenzogen, wie sie sich zuvor ausgedehnt hatten. Zwei von ihnen schlugen dabei in blinder Wut nach Corren und Zamashuras, aber Grimmeisen war zur Stelle, wirbelte die zwei strahlenden Leuchtfeuer der Hoffnung durch die Luft und wehrte die Angriffe ab. Die Treffer schienen dem Wesen noch mehr Schmerzen zu bereiten. Es heulte und schüttelte sich so heftig, dass die Pyramide wie ein Schiff bei hohem Seegang zu schwanken schien.

»Zur Seite!«, schrie Corren und stieß Zamashuras nach rechts, als eine weitere Felsplatte brach und ein zweiter goldener Energiestrahl summend durch die Kammer schnitt.

Die beiden Männer wechselten einen raschen Blick und nickten sich zu. Dann hob Corren seine Gürteltasche und drückte alle Siegel der alchemistischen Tränke ein. Er fuhr herum und nutzte den Schwung der Drehung, um dem dunklen Schrecken die Tasche entgegenzuschleudern. Auch sie verschwand im Dunst, wie verschluckt von der unförmigen Masse. Unvermittelt war ein riesiges, fahles, kreisrundes Auge zu sehen, das sie aus der Öffnung des Monolithen anstarrte. Corren glaubte, einen Ausdruck von neugierigem Unglaube darin zu erkennen, so als frage sich der Schattenherr, wer es wagte, ihm derart Widerstand zu leisten.

Dann detonierte Correns alchemistische Bombe, und der kombinierte Schlag aus drei *Götterblitzen* und zwei Phiolen *Drachenodem* zerriss beinahe das Gefüge der Welt selbst. Der tiefschwarze Leib des Schattenherren wurde von innen heraus von einem hellen Blitz erleuchtet, die Druckwelle der Explosion schleuderte Corren, Zamashuras und Grimmeisen zu Boden und der fünffache Donnerschlag hätte sie auf der Stelle taub gemacht, wäre er nicht vom Körper ihres Feindes gedämpft worden.

Das Toben des Schattenherren war unbeschreiblich. In blindwütigem Schmerz zerschlugen seine Arme das Sanktuarium, und nur der Umstand, dass die Männer am Boden lagen, rettete ihnen in diesem Moment das Leben. Dann schoss das Ungeheuer davon, jagte, wie von Sinnen um sich schlagend, den Kristalltunnel hinunter, und seine Arme verschwanden hinter ihm im Monolithen.

Grimmeisen stieß einen Triumphschrei aus, der bei Corren nur sehr gedämpft ankam. Der Lärm der zahlreichen Explosionen ließ seine Ohren klingeln. Er wandte sich an Zamashuras. »Haben wir ihn besiegt?«, brüllte er seinen Adlatus an.

Der Quano blickte in den Kristalltunnel hinein. »Nein«, sagte er. »Er ist verletzt, aber er heilt schnell. Uns bleibt nicht viel Zeit, um das Portal zu schließen.« Er sah Grimmeisen an. Dessen Waffen verloren nun, da die unmittelbare Gefahr vorbei war, ihren Glanz und nahmen ihre gewöhnliche Färbung an. »Gehen wir?«

»Ja, und das besser schnell, bevor ich es mir anders überlege.« Der Söldner warf Corren einen Blick zu. »Es war ein Abenteuer mit Euch, Magister.«

Corren wusste nicht genau, wie er die Worte auffassen sollte, daher nickte er nur. »Ich werde dafür sorgen, dass Eure Schwester das Leben führen kann, das sie sich wünscht.«

»Weiß ich zu schätzen«, sagte Grimmeisen. »Sie kann gut kämpfen, aber sie braucht schon jemanden, der ein bisschen auf sie aufpasst.«

»Keine Sorge. Ich kümmere mich um alles.«

Der Boden unter ihren Füßen erzitterte, und irgendwo in der Tiefe der Pyramide war dumpfes Grollen zu hören. Corren warf den beiden Energiestrahlen, die sich ungezügelt ins Fundament des Tempels fraßen, einen besorgten Blick zu. »Kann der Monolith es überstehen, wenn der Tempel zerstört wird?«, fragte er Zamashuras.

»Wie ich schon sagte: Keine rein weltliche Kraft kann ihn zerstören«, antwortete der Quano. »Und ich werde dafür sorgen, dass es so bleibt.« Er drehte sich um und ging auf das Portal zu. Gemeinsam mit Grimmeisen schritt er über die Schwelle. In der Ferne vor ihnen brodelte die schwarze Masse des Schattenherren, mit dem sie im Begriff waren, die Ewigkeit zu teilen.

»Shur!«, rief Corren.

Zamashuras drehte sich um. Ein weicher Ausdruck lag auf

seinen grauen Zügen, und in seinen großen, dunklen Augen funkelten goldene Sterne, während er mit ruhigen Bewegungen begann, eine unüberwindbare Barriere zwischen dieser und der anderen Welt zu errichten. »Ja, ich weiß, Magister. Es gäbe noch so viel zu sagen. Aber dafür haben wir keine Zeit.«

Wieder grollte es unter Correns Füßen, und ein Zittern durchlief den Kammerboden. Die Kräfte, die in der Tiefe der Pyramide schlummerten, waren im Begriff, sich gewaltsam Bahn zu brechen.

»Es soll nie vergessen werden, was Ihr hier tut«, rief Corren. »Ich werde ein Denkmal für Euch in Geolath errichten lassen!«

»Ein Denkmal in Eurer Erinnerung ist alles, was ich mir wünsche«, erwiderte der Quano.

Sie sahen sich in die Augen, ein letzter Blick zwischen Freunden, die gemeinsam gekämpft und gelitten, gesiegt und gefeiert hatten. Corren wusste, dass in seinen Augen Trauer und unendliches Bedauern lagen. Zamashuras dagegen wirkte vollkommen ruhig, im Frieden mit sich und Gahat. Corren beneidete den Quano darum.

»Geht«, forderte ihn Zamashuras auf. »Bevor es zu spät ist.«

Corren nickte, wandte sich um, lief los. Kurz bevor er den Ausgang erreichte, fiel ihm etwas ein. Er streifte das Amulett, das vor der Aura chaotischer Magie schützte, über den Kopf und drehte sich um. »Grimmeisen!«

Der Söldner, der mit verbissener Miene zusah, wie Zamashuras sie beide lebendig einmauerte, hob den Kopf.

Corren hielt das Amulett in die Höhe. »Das könnt Ihr vielleicht brauchen.«

Grimmeisen wechselte das Runenschwert in die Hand,

die auch den Drachenstab hielt, und als Corren ihm das Kleinod durch die sich langsam mit funkelnden Kristallstrukturen schließende Portalöffnung zuwarf, fing er es geschickt auf. »Danke!«

»Lebt wohl«, verabschiedete sich Corren. Er schnappte sich sein Schwert und alle Sicherheitsgeschirre, die am Boden neben der Kammertür lagen, denn beides mochte sich bei der Flucht aus ThaunasRa noch als nützlich erweisen. Dann rannte er los. Unter seinen Füßen begann der Stein zu glühen.

Shai'dana schrie den Sturm an, der sich über dem Vorplatz des Tempels gebildet hatte. Es war kein sehr großes Unwetter, kaum größer als das, das sie nach ihrem Abflug von Arsindair beschworen hatte, um ihre Taijirin-Verfolger zu verjagen. Doch am Grund des Wolkenmeers, wo ganz eigene Gesetze herrschten, schien es sie enorme Kraft zu kosten, den Elementen ihren Willen aufzuzwingen.

Lian hoffte, dass sie sich nicht überanstrengte. Wenn die Sidhari das Bewusstsein verlor, bevor ihre Mühen Wirkung zeigten, war ihr Weg zu dem rettenden Beiboot endgültig versperrt. Sofern es überhaupt ihre Rettung war. Sie mussten es erst zum Rand des Vorplatzes befördern, um zu erfahren, ob die Kyrillian-Kristalle ihre Kraft wiederfanden. Aber wenn sie ThaunasRa entfliehen wollten, hatten sie keine andere Wahl, als es zu versuchen.

Doch zunächst mussten sie das Heer der Verfluchten vertreiben, das sie mit unverminderter Heftigkeit bedrängte. Dutzende der vom Wolkenmeer verschlungenen Männer und Frauen lagen bereits dahingeschlachtet auf den Stufen des Tempels und auf dem Platz davor. Aber so tapfer Orsa, die Greifen und NockNock unter ihnen wüteten, es schienen einfach nicht weniger zu werden – und langsam erlahmten die Kräfte aller.

Shai'danas Sturm mochte ihnen Erlösung bringen. Aber sie rang mit ihm wie mit einem wilden Drachen, den sie zu zähmen versuchte. Trotzdem gab sie nicht auf, reckte fordernd die Hände zum Himmel und befehligte die Elemente mit kraftvoller Stimme, die weit über den Vorplatz schallte. Hinter ihnen, im Inneren des Tempels, war ein grauenvolles Heulen und Orgeln zu vernehmen, und als Lian kurz über die Schulter blickte, gewahrte er, dass die unheimlichen Schattenarme, die über ihnen die Spitze der Pyramide verheert hatten, sich zurückzogen. Correns Kampf gegen den entfesselten Schrecken schien tatsächlich von Erfolg gekrönt zu sein.

»Weiter!«, rief er, von neuem Mut erfüllt. »Corren, Zamashuras und Grimmeisen sind bald wieder da. Lasst uns das Beiboot bis dahin erobern!«

Wetterleuchten und Donnergrollen antworteten ihm aus den Wolken, die Shai'dana gerufen hatte. Der Wind frischte auf und zerrte an Lians Haar und Kleidern. Dann begann sich in den Wolken ein Wirbel zu bilden, der stärker wurde, bis sich ein brausender Trichter aus Dunst bildete, der tastend seinen Weg zur nahen Erde suchte. Wo er den Vorplatz traf, riss er die verdammten Flugschiffer in die Höhe wie Puppen. Mit weitaufgerissenen Augen und Mündern flogen die bleichen Gestalten in die Luft und verschwanden in den dunklen Wolken zwischen den titanischen Steintürmen, wo sie mit Blitz und Donner empfangen wurden.

»NockNock, zurück!«, schrie Lian seinem geflügelten Gefährten zu, aber die Warnung war unnötig. Sowohl die Flugechse als auch die Greifen brachen ihre Angriffe ab und suchten am Eingang des Tempels Schutz, ebenso wie der verwundete Hechet und Iril, die nicht von seiner Seite wich. Orsa und Lian stellten sich derweil links und rechts neben Shai'dana, nicht nur, um die Elementarmagierin vor den Halbtoten zu schützen, sondern auch, weil dies nun der sicherste Ort auf dem Tempelpodest war.

Tosend rauschte der Sturmwirbel über den Vorplatz und die Stufen, die zum Eingang hinaufführten. Dabei kam er ihnen so nahe, dass Lian sich unwillkürlich duckte. Aber Shai'dana hatte die Elemente unter Kontrolle. Wie eine Tierbändigerin, die ein Rudel wilder Bestien zur Belustigung der Zuschauer durch ein Rund trieb, führte sie den Sturm mit weitausholenden Gesten und lauten Rufen über ihre Gegner hinweg, und wo er vorbeizog, blieb nichts zurück außer blanken Steinplatten.

Lian, der abwechselnd Shai'dana und den Vorplatz im Blick behielt, merkte, dass die Sidhari wankte. Ihr Gesicht war vor Anstrengung verzerrt, und die Glut in ihren Augen flackerte. Gleichzeitig sah er, dass von ihren Feinden kaum einer übrig geblieben war. Nicht einmal zwei Dutzend verstreute Gestalten wankten zerzaust und halbbetäubt zwischen ihnen und dem Beiboot in der Mitte des Platzes umher.

»Es reicht«, rief Lian Shai'dana ins Ohr. »Hört auf! Ihr habt gesiegt.«

Shai'dana drehte ihm das Gesicht zu und blickte ihn scheinbar verständnislos an. Sie stieß einen letzten Befehl in der Sprache der Sidhari aus, ihre Arme ruderten haltlos in der Luft umher, dann rollten ihre Augen nach oben und sie brach zusammen. Lian ließ sein Schwert los und fing sie auf. Über ihnen lösten sich der Sturm und die Gewitterwolken fast so schnell auf, wie sie gekommen waren.

»Ich übernehme den Rest«, verkündete Orsa schweratmend und stapfte ungeachtet ihrer eigenen Erschöpfung mit ihrem Hammer und der bluttriefenden Plattenrüstung los, um die verbliebenen Verfluchten zu erledigen.

Erneutes Grollen drang aus den Tiefen des Tempels in ihrem Rücken, und der Boden bebte unter ihren Füßen. Besorgt wandte sich Lian dem riesigen Bauwerk zu, und zu seinem grenzenlosen Erstaunen sah er, wie das Fundament des Tempels zu glühen anfing, so als wäre es aus Eisen, das zum Schmieden in der Esse aufgeheizt würde. Er wechselte einen Blick mit Iril. »Das sieht nicht gut aus.«

»Nein«, pflichtete sie ihm bei.

Er ließ die bewusstlose Shai'dana auf die Steinplatten gleiten. »Los. Ihr tragt Shai'dana, ich Hechet. Bringen wir etwas Abstand zwischen uns und den Tempel.«

»Wir müssen sie nicht selbst tragen.« Iril stieß einen schrillen, jagdvogelartigen Ruf aus, und im nächsten Moment ließen sich Ishaljir und Triasti von der Mauer über ihnen fallen. Rasch beförderten sie die beiden bewusstlosen Gefährten auf die Rücken der Greifen, die sie mit ihren Flügeln festhielten. »Los, zum Beiboot!«, befahl Iril den beiden Vogelpferden. Die Taijirin-Frau breitete die Flügel aus und schwang sich in die Luft. Die Greifen ließen Wolkenpfade unter ihren Hufen entstehen und folgten ihr.

»Komm, NockNock«, rief Lian die Flugechse zu sich. Er wollte gerade losrennen, als er Corren aus dem Portal der Pyramide stürzen sah. Der Magister war allein und schien einen Großteil seiner Ausrüstung verloren zu haben. Einzig sein Schwert und ein paar Sicherheitsgeschirre hatte er in den Händen.

»Was habt Ihr getan?«, fragte er den Gelehrten. »Wo sind Zamashuras und Grimmeisen?«

»An einem Ort, an dem sie nicht sein sollten«, gab Corren zurück. »Aber alles später. Jetzt lauft! Ich glaube, der Tempel zerstört sich selbst.«

Sie rannten auf das Beiboot zu, Corren vorneweg, Lian hinterher. NockNock flog ihnen voraus. Corren staunte, wie sich der Tempelvorplatz verändert hatte. Überall lagen die reglosen Leiber der verdammten Flugschiffer herum. Vielen von ihnen war der Schädel oder der Brustkorb eingeschlagen worden, ein deutliches Zeichen für Orsas Wüten. Einige wiesen die verdrehten, gebrochenen Glieder von jemandem auf, der aus großer Höhe heruntergefallen war. Außerdem lagen viele von ihnen weit über den Platz verstreut, soweit Corren das im allgegenwärtigen Dunst zu sagen vermochte. Er fragte sich, ob NockNock oder die Greifen dafür verantwortlich waren.

Vor ihnen wartete Iril bereits am Beiboot. Neben ihr bewegten sich Ishaljir und Triasti unruhig hin und her. Die Greifen wollten flüchten, aber sie waren zu treu, um Corren zurückzulassen. Auf ihrem Rücken lagen Hechet und die scheinbar ebenfalls verwundete Shai'dana. Von links kam Orsa herbeigestapft, eine hünenhafte Göttin des Krieges. Eine düstere Zufriedenheit lag auf ihren Zügen, während das Blut ihrer Feinde ihre gesamte Rüstung besudelte. »Wo ist Grimmeisen?«, fragte sie. »Und wo Euer Freund?«

»Es tut mir leid, Orsa«, sagte Corren, während er die Sicherheitsgeschirre und sein Schwert ins Boot warf. »Sie kommen nicht. Sie haben sich für uns geopfert, um einen grauenvollen Schrecken abzuwehren. Ich … ich erzähle Euch alles später. Aber jetzt müssen wir hier weg.« Er blickte zum Tempel. Das Glühen des Steinfundaments hatte sich verstärkt und ergriff immer mehr Teile des riesenhaften Bauwerks.

Doch Orsa bewegte sich keinen Schritt. »Ist mein Bruder tot?«

»Nein! Nein, er lebt, ebenso wie Zamashuras. Sie haben den Platz des Wächters eingenommen, um zu verhindern, dass die Schattenherren …« Er brach ab und hob hilflos die Arme. »Orsa, ich kann es Euch jetzt nicht erklären! Also glaubt mir, wenn ich Euch sage, dass Euer Bruder ein Held ist, der mir außerdem das Versprechen abgenommen hat, dass ich Euch in Sicherheit bringe. Also bei allem, was Euch heilig ist, macht jetzt keine Dummheiten, sondern kommt mit mir.«

Lian kletterte an Bord und zog an den Steuertauen. Nichts passierte. Der Tempel störte noch immer die Kräfte der Kyrillian-Kristalle. »Wir müssen das Boot zum Rand des Platzes schaffen«, sagte er und sprang wieder zu Boden.

Corren ließ den Blick über ihre Gruppe schweifen. Lian hatte recht. Sie waren zu viele, um sich von den Greifen tragen zu lassen. Er sah Orsa an, die unschlüssig in Richtung des Tempels sah. Ein Wechselbad der Gefühle spiegelte sich auf ihren verschwitzten Zügen: Verwirrung, Trauer, Sehnsucht.

»Bitte, Orsa«, beschwor Corren sie. »Wir brauchen Euch. Nur mit Euch sind wir stark genug, das Boot zu tragen. Folgt ein letztes Mal dem Wunsch Eures Bruder und kommt mit mir.«

Sie wandte ihm das Gesicht zu. Tränen schimmerten in ihren Augen. »Bis zum Sieg«, flüsterte sie rau.

Corren nickte. »Bis zum Sieg.«

Sie stieß ein zorniges Schnauben aus, so als wolle sie die Trauer in sich verjagen. Dann warf sie ihren Hammer an Bord des Boots und packte mit ihren Panzerhandschuhen den Bug des kleinen Gefährts. Mit erschreckender Mühelosigkeit hob sie ihn hoch. »Los«, befahl sie, von neuer Entschlossenheit erfüllt.

Rasch traten die anderen hinzu und fassten mit an. Selbst Hechet rollte sich ächzend von Ishaljirs Rücken. »Ich helfe Euch«, knurrte er, obwohl er dabei schmerzerfüllt das Gesicht verzog.

Gemeinsam hasteten sie los, die schwere Last ihres gegenwärtig nutzlosen Beiboots zwischen sich. Hinter ihnen grollte der Tempel, und schwache Erschütterungen liefen durch den Vorplatz. Corren vermochte nicht zu sagen, wohin das alles führte, aber er war sich sehr sicher, dass er nicht in der Nähe sein wollte, wenn es geschah.

Plötzlich wurde das Beiboot in ihren Händen leichter und driftete nach oben. »Sie glühen!«, rief Iril. »Die Kristalle glühen wieder!«

»Alle an Bord«, befahl Lian und sprang selbst hinein, um rasch die Steuertaue zu packen und zu verhindern, dass ihr Fluchtgefährt ohne sie den Weg zur Oberfläche antrat.

Corren hob Shai'dana von Triastis Rücken und reichte sie Orsa, die sie in das Boot hievte, bevor sie selbst einstieg. Hechet und Corren schlossen sich ihr an. Vom Heck aus blickte er über die Schulter. Die Pyramide glühte nun beinahe vom Fuß bis zur Spitze. *Wie ein Fass, das kurz vor dem Überlaufen steht*, dachte Corren. »Verschwinden wir!«

Mit einem beherzten Zug an den Steuertauen öffnete Lian die Kyrillian-Kästen, und das Beiboot schoss in die Höhe. NockNock, Triasti und Ishaljir flogen ihm, so schnell sie konnten, nach.

Rasch ließen sie die gewaltigen Turmbauten von ThaunasRa unter sich zurück. Die dichter werdenden Nebel verschluckten sie und machten sie wieder zu dem unheimlichen grünen Leuchten in der Tiefe.

Plötzlich drang ein anschwellendes Summen aus der Tiefe zu ihnen herauf. Einen Herzschlag später erschütterte ein metallisches Dröhnen den Abgrund des Wolkenmeers, als habe ein zorniger Gott mit einem Hammer auf eines der Spannseile geschlagen, die Endar in der Wirklichkeit verankerten. Eine gigantische, jeder Beschreibung spottende Lichtexplosion breitete sich sprunghaft in alle Richtungen aus und ließ die Nebel in einem Umkreis von Meilen einen Augenblick lang taghell werden. Corren und die anderen schrien auf und hielten sich am Rand des Beiboots fest. Keinen Moment zu früh.

Eine machtvolle Druckwelle fauchte durch die Wolken und trieb sie auseinander. Das Boot, NockNock und die Greifen wurden emporgeworfen wie Bälle von der Hand eines Kindes. Corren brüllte und presste sich auf den Boden des Boots, um nicht hinausgeschleudert zu werden. Er spähte nach oben und sah, wie die Druckwelle auch über ihnen die Wolken verdrängte, bis er unvermittelt den blassblauen Himmel eines neuen Morgens hoch über ihren Köpfen erblickte.

Als der wilde Ritt ihres Boots sich beruhigte, zog sich Corren am Rand hoch und schaute in die Tiefe. »Phantastisch«, entfuhr es ihm, als er die sicher drei Meilen durchmessende Fläche gewahrte, die auf einmal völlig frei von Nebel war. Die Druckwelle der enormen Detonation hatte einen annähernd kreisrunden Schacht vom Grund bis zur Oberfläche ins Wolkenmeer getrieben, und der Anblick, der sich ihm bot, war schlichtweg atemberaubend.

Etwa zwei Meilen unter ihren Füßen erstreckte sich ThaunasRa. Aus dieser Entfernung ließ sich noch gut erkennen, dass die gewaltige Explosion enorme Schäden in der Stadt der ArChaon angerichtet hatte. Im weiten Umfeld um den Tempel waren die riesenhaften Bauwerke zerstört worden. Erst in einiger Entfernung hatte der fremdartige bleiche Stein standgehalten. Allerdings hatte das gleißende Licht alle Pflanzen auf den Fassaden vergehen lassen, so dass die Fassaden eigentümlich geschwärzt wirkten. Der Tempelbau selbst schien zu Correns Erstaunen kaum beschädigt zu sein. Es war, als hätte ein Schutzzauber alle Gewalt nach außen gerichtet, um die Pyramide vor der Zerstörung zu bewahren.

Als Corren den Kopf drehte, machte er vielleicht eine Meile über ihnen die Rümpfe zweier Flugschiffe aus. Das eine war unverkennbar die *Wolkenwanderer.* Das andere musste Orashanos und Samnion gehört haben. Corren fragte sich, ob es eine normale Mannschaft hatte oder ausschließlich von Luftpiraten besetzt war. Zwischen dem Beiboot und den beiden Schiffen erstreckte sich ein Feld von schwebenden Felsen, das sie bei ihrem Abstieg in die Tiefe schon einmal durchflogen hatten. Doch nun war es deutlich heller, und das Fehlen der Wolken erleichterte ihnen den sicheren Aufstieg. »Schnell nach oben!«, rief Corren. »Solange die Sicht so gut ist.«

Schon begannen die Wolken, zurück in die geschlagene Bresche zu strömen. Einer lautlosen Sturzflut gleich ergossen sie sich von allen Seiten in den Schacht, denn die Magie des Wolkenmeers strebte danach, das Gleichgewicht wiederherzustellen, das durch die Explosion gestört worden war. Ein kräftiger Wind setzte ein, der sie nach unten zu ziehen drohte und Lian dazu zwang, alle Kyrillian-Kästen weit zu öffnen. Nun zahlte es sich aus, dass sie das Beiboot mit zusätzlichen Kristallen verstärkt und alle Segel entfernt hatten, denn so glitt es trotz des Sogs zügig nach oben. Ishaljir, Triasti und NockNock verlor Corren aus den Augen, aber er bezweifelte nicht, dass die in der Luft beheimateten Wesen imstande waren, den Fallwinden zu trotzen und ihren Weg an die Oberfläche der Wolken zu finden.

Die *Wolkenwanderer* und ihr Begleitschiff hatten weniger Glück. Der kräftige Sog erfasste sie und begann, sie in die Tiefe zu ziehen, in die Wolken und in das Feld aus schwebenden Felsen. Leise Schreie waren aus der Höhe zu vernehmen, während die Mannschaften versuchten, sich gegen die Naturgewalt zu behaupten.

»Kyrillian-Bojen!«, schrie Lian aus vollem Hals nach oben. »Setzt Eure Kyrillian-Bojen ein!«

Kurz fragte sich Corren, warum die *Wolkenwanderer* Kyrillian-Bojen an Bord haben sollte, obwohl sie kein Drachenjägerschiff war. Dann fiel ihm ein, dass es ursprünglich Waughans und Kaillyns Plan gewesen war, Fundstücke vom Grund des Wolkenmeers mit Hilfe der Bojen zu bergen. Dieser Umstand mochte ihnen jetzt das Leben retten – wenn Waughan klug genug war, daran zu denken.

Er schien es nicht zu sein, denn beide Flugschiffe sanken immer tiefer in den sich schnell schließenden Wolkenschacht hinein. Schon krachte Orashanos' Schiff gegen einen der schwebenden Felsen, und Teile des Steuerbordseitenfächers brachen ab. »Iril!«, rief Corren und wandte sich der Taijirin-Frau zu, die neben ihm an Bord kauerte. »Könntet Ihr nach oben fliegen und Waughan helfen?«

Iril hob den Kopf und blickte zweifelnd in die Höhe. »Ich weiß nicht, ob ich stark genug bin, dem Sog zu widerstehen.«

»Bitte versucht es, sonst könnte die *Wolkenwanderer* an den Felsen zerschellen!«, drängte Corren sie. Dann kam ihm eine Idee. Er kramte eins der Sicherheitsgeschirre hervor, die zu seinen Füßen am Heck lagen. »Hier. Streift das über. Es wird Euch helfen.«

Sie sah das Gurtzeug mit den kleinen Kyrillian-Kästchen an. »Ja, gut. Ich versuche es.« Mit fliegenden Fingern befestigten sie das Geschirr an Irils Oberkörper. Leises Donnern und Krachen zeugten davon, dass die Flugschiffe nun mitten in das Feld schwebender Felsen gerieten.

Die Taijirin stand auf, breitete die großen Flügel aus und warf sich in die Luft. Gleichzeitig öffnete sie die Kyrillian-Kästchen an dem Sicherheitsgeschirr. Mit kraftvollen Schlägen katapultierte sie sich in die Höhe. Angespannt blickten Corren und die anderen ihr nach, und mit Hilfe der Kyrilliane gelang es ihr tatsächlich, sich gegen den Sog zu behaupten. Geschickt steuerte sie zwischen den schwebenden Felsen hindurch und kämpfte sich in ihrem Windschatten Stück für Stück nach oben. Schließlich erreichte sie die *Wolkenwanderer* und verschwand außer Sicht.

Orsa stieß triumphierend eine Faust in die Luft. »Sie hat es geschafft!«

»Betet zu Euren vier Winden, dass dort oben noch jemand ist, der auf sie hört«, brummte Hechet. Auf Correns fragenden Blick hin fügte er hinzu: »Die *Wolkenwanderer* ist von Luftpiraten geentert worden, oder nicht?«

Correns Miene verfinsterte sich, als ihm klarwurde, warum die beiden Schiffe so nah beieinander gelegen hatten. »Hoffen wir, dass die Burschen keine Todessehnsucht verspüren.«

»Wir werden es gleich erfahren«, sagte Lian. »Festhalten, jetzt wird es etwas holprig.«

Gleich darauf hatten sie die Unterseite des Feldes der schwebenden Felsen erreicht. Nun war es an Lian, ihr Beiboot zwischen den Brocken hindurchzusteuern. Der anbrechende Tag und der gegenwärtig nur dünne Nebelschleier erleichterten das, aber die vorherrschenden Fallwinde drohten sie immer wieder gegen die steinernen Hindernisse zu drücken.

Über ihnen krachte es laut, als ein Teil des Rumpfs von Orashanos' Flugschiff barst. Abgerissene Segel flatterten haltlos im Wind, und ungesicherte Kisten und Fässer fielen über den Rand in die Tiefe. »Die werden es nicht schaffen«, meinte Hechet.

Correns Lippen wurden zu einem schmalen Strich. Er hatte nicht viel Ahnung von Flugschiffen, aber er teilte die Ansicht des Nonduriers. *So werden bereits die ersten neuen Verdammten geboren, die zukünftig durch die zerstörten Straßen von ThaunasRa irren*, dachte er grimmig.

Lians Flugkünste retteten sie an diesem Tag. Es gelang ihm, das Beiboot bis zur *Wolkenwanderer* zu steuern, wo Broderik, Knurrn und die anderen unter Mithilfe von einigen Fremden damit beschäftigt waren, alle Kyrillian-Bojen zu starten. Niemand hielt sich damit auf zu fragen, wer Freund und wer Feind war. Sie alle wollten bloß überleben. Und als sie alle Bojen gestartet hatten und zudem das hastig mit der *Wolkenwanderer* verbundene Beiboot aufsteigen ließen, gelang es ihnen, sich gegen die Gier des Wolkenmeers zu behaupten. Sie stiegen aus dem Feld der schwebenden Felsen auf und über den Rand des Wolkenschachts hinaus und dann empor in den kühlen klaren Morgenhimmel. Keiner von ihnen blickte zurück.

EPILOG

21. Tag des 8. Mondlaufs im Jahr 850

Das Wolkenmeer hatte ThaunasRa einmal mehr verschlungen und mit ihm das Schiff, das zur Expedition von Orashanos und Samnion gehört hatte. Die fünf Luftpiraten, die an Bord der *Wolkenwanderer* gewesen waren, zeigten sich ausgesprochen dankbar, als Corren ihnen das Beiboot überließ und dazu genug Baumaterial, um sich ein behelfsmäßiges Segel zu zimmern, sowie ausreichend Proviant, um belebtere Breiten zu erreichen. Orsa hätte die drei Männer und zwei Frauen am liebsten einfach über Bord geworfen, aber Corren meinte, dass in der letzten Nacht genug gestorben waren. Er wollte nicht noch mehr Tote, selbst wenn es sich um Diebe und Halsabschneider handelte.

Nachdem sie sich ihrer unliebsamen Gäste entledigt hatten, setzte die *Wolkenwanderer* Kurs nach Norden. Corren wollte zurück zum Landfall, und das so schnell wie möglich. So groß die unentdeckten Wunder des Wolkenmeers auch sein mochten, sein Bedarf daran war einstweilen mehr als gedeckt. Sie versorgten ihre Verwundeten – sowohl Hechet als auch Shai'dana würden durchkommen, auch wenn die Sidhari wirkte, als hätte sie Jahre ihres Lebens verloren –, und Waughan hielt eine kleine, schlichte Zeremonie für Kaillyn ab, die das einzige verbürgte Opfer ihrer Fahrt war. Dass Zamashuras und Grimmeisen auch tot sein könnten, weigerte sich Corren zu glauben.

Schließlich stand er müde und niedergeschlagen in der Kabine, die er bislang mit seinem Adlatus geteilt hatte, und blickte auf die Aufzeichnungen, die ihm geblieben waren, weil er sie nicht mit nach ThaunasRa getragen hatte. Die uralten Pergamentbögen, die Notizen, die Kartenausschnitte, die Übersetzungstabellen – all das schien ihn nun zu verhöhnen.

Seine Gedanken wanderten zurück zu dem Tag in Aidranon, als er auf dem Markt von dem scheinbar blinden Händler die uralte Kladde bekommen hatte. *Wer steckt dahinter?*, hatte Samnion ihn in Geolath kurz vor Anbruch ihrer Reise zum Wolkenmeer gefragt. *Glaubt Ihr wahrhaftig, die Götter wollen, dass Ihr den Schrein der Ewigkeit findet? Oder haben hier nicht viel eher dunklere Kräfte ihre Hände im Spiel?* Damals hatte er Samnions Warnung in den Wind geschlagen. Heute wünschte er sich, er hätte ihr mehr Beachtung geschenkt. Wie viel Leid hätte er sich und anderen dadurch ersparen können?

»Ich habe alles falsch gemacht«, murmelte er. »Diese Expedition war von Anfang an ein Fehler. Alle haben es gewusst – Jovaal, Samnion –, aber ich wollte nicht auf sie hören. Weil ich zu stolz war. Und weil mein Wissensdurst keine Grenzen kannte.«

»Ihr geht zu hart mit Euch ins Gericht«, vernahm er eine Stimme hinter sich. Iril war, ohne dass er es bemerkt hatte, im Türrahmen aufgetaucht.

»Tue ich das?« Corren stieß ein verbittertes Lachen aus. »Schaut Euch doch an, was mir diese Reise eingebracht hat. Mein bester Freund hat sich selbst in einem magischen Artefakt eingeschlossen, um die Ewigkeit mit einem urzeitlichen Albtraum zu teilen, den wir aus Unwissen beinahe in unsere Welt gelassen hätten. Eine gute Frau ist tot, einen tapferen

Mann mussten wir ebenfalls in ThaunasRa zurücklassen. Und ich kehre mit leeren Händen heim. Es gab keine Schätze und kein Wissen in der Stadt der ArChaon. Nur Tod und Verdammnis haben uns dort erwartet. Es wäre in der Tat besser, wenn wir die Stadt nie gefunden hätten. Diese ganze Reise ins Wolkenmeer war ein einziger Fehlschlag.«

Langsam trat Iril näher und ließ ihren Blick über die in der Kabine verstreuten Unterlagen schweifen. Dann nahm sie einen Stapel Pergamentbögen auf, die in einer Ecke lagen. »Schaut mal«, sagte sie sanft und reichte ihm die Bögen einen nach dem anderen. Zeichnungen waren darauf zu sehen, von Drachen und Vögeln, Pflanzen und Kyrillian-Kristallen. Auch vom Wolkenmeer selbst, schwebenden Inseln, Arsindair und Lians Eiland mit dem kleinen Haus darauf. Dazwischen befanden sich Bögen, die von oben bis unten in fein säuberlicher Handschrift beschrieben worden waren. Corren sah Listen mit den Namen von Drachen und darunter ihre wichtigsten Eigenarten. Eine nüchterne Beschreibung von Skargakar fand sich dort ebenso wie eine beinahe schwärmerische von Arsindair. Seite um Seite füllten diese Aufzeichnungen, ein Forschungstagebuch ihrer Reise ins Wolkenmeer.

»Zamashuras ...«, sagte er leise, und ein wehmütiges Lächeln trat auf seine Züge. »Er war so viel weiser als ich. Er hat von Anfang an erkannt, dass bei einer Fahrt wie dieser der Weg das Ziel ist. Und während ich nur ThaunasRa im Blick hatte, sein Geheimnis und seine Schätze, hat er das alles entdeckt und niedergelegt.«

»Eure Reise war kein Fehlschlag«, sagte Iril, »wenn Ihr erkennt, wie wertvoll dieses Erbe ist, dass Euch Euer Freund hinterlassen hat. Nehmt das alles und bringt es an diesen Ort namens Geolath. Ich bin sicher, dass die Wunder des

Wolkenmeers Eure Gelehrten in Staunen versetzen – auch ohne den verfluchten Ort ThaunasRa.«

»Ja, vielleicht habt Ihr recht.« Corren legte Zamashuras' Aufzeichnungen auf den Tisch.

»Gewiss habe ich das. Ihr werdet sehen. Die Säle in Eurer Akademie werden voll sein, wenn wir unsere Geschichten erzählen.«

Corren hob die Augenbrauen. »Wir?«

Iril lächelte. »Ja. Ich habe mich entschieden. Ihr habt meine Heimat kennengelernt, jetzt möchte ich die Eure besuchen. Und danach alle anderen Orte dieser Welt, an die Ihr mich mitnehmt.«

»Hm.« Corren rieb sich über das stoppelbärtige Kinn. »Ich schätze, ich könnte einen neuen Adlatus gebrauchen. Ihr habt zwar nicht studiert, aber schreiben und lesen und darauf aufpassen, dass ich keine Torheiten begehe, werdet Ihr wohl können.«

Iril lachte. »Vor allem Letzteres, da bin ich mir sicher.« Sie vollführte eine einladende Geste. »Kommt. Wir gehen nach oben an Deck. Der Tag ist zu schön, um ihn in der Dunkelheit zu verbringen.«

Schmunzelnd schüttelte Corren den Kopf. »Ihr klingt schon jetzt wie Zamashuras.« Dann folgte er ihr.

DANKSAGUNG

»Es kann nur besser werden beim nächsten Mal!« Das waren meine Worte am Ende der letzten Danksagung, und sie beschrieben im Wesentlichen meine Absicht, bei diesem Buch die Leidensfähigkeit meiner Familie (und der Mitarbeiter des Verlags) weniger auszutesten. Nun ja, der Vorsatz war da. Doch auch die Suche nach der mythischen Stadt ThaunasRa gestaltete sich spannend – und zeitraubend. Und einmal mehr bin ich einigen Leuten zu tiefem Dank verpflichtet, weil sie mich bis ans Ende des Wolkenmeers begleitet haben, ohne vorher von Bord zu springen.

Bastian Schlück und Kathrin Nehm von der Agentur Schlück danke ich dafür, dass sie auch meine zweite Fahrt ins Wolkenmeer unterstützt haben. Andy Hahnemann, Hannes Riffel und das ganze Team von Fischer Tor fanden stets die richtigen Worte, um mich anzuspornen, wenn ich mal wieder das Gefühl hatte, dieses Abenteuer könne kein gutes Ende nehmen. Meine Lektorin Hanka Jobke wühlte sich durch Berge kryptisch beschriebener Pergamentbögen und ordnete sie auf so elegante Weise, dass daraus tatsächlich ein Roman entstand. Dabei fand sie sogar die Zeit, meine diesmaligen Lieblingswörter auszumachen und ihre Zahl im Text merklich zu reduzieren.

Zu guter Letzt möchte ich wie immer meiner Familie danken, die mit Engelsgeduld ertragen hat, dass ich in den letzten Wochen vor Manuskriptabgabe viel zu wenig Zeit für Ausflüge bei schönem Wetter, abendliches Serienschauen und Spielen mit der Playmobil-Eisenbahn hatte. Es kann nur … nein, ich sage es lieber nicht. (Auch wenn der feste Wille da ist, es besser zu *machen*!)